ハヤカワ・ミステリ文庫
〈HM⑱-1〉

ストーンサークルの殺人

M・W・クレイヴン
東野さやか訳

早川書房
8568

THE PUPPET SHOW

by

M. W. Craven

Translated by
Sayaka Higashino
First published 2020 in Japan by
HAYAKAWA PUBLISHING, INC.
This book is published in Japan by
arrangement with
ENTITY B LTD.
c/o THE MARSH AGENCY LTD.
through TUTTLE-MORI AGENCY, INC., TOKYO.

わが妻ジョアンと、いまは亡き母スーザン・エイヴィソン・
クレイヴンに本書を捧げる。
ふたりがいなければ、この本は生まれなかったであろう。

Immolation

[im-***uh***-**ley**-sh***uh***-n]

1. 神への供物として殺すこと。
2. 殺すこと。とりわけ焼き殺すことを指す。

ストーンサークルの殺人

登場人物

ワシントン・ポー……………………………国家犯罪対策庁（NCA）の重大犯罪分析課（SCAS）の警官。元カンブリア州警察所属
ステファニー・フリン………………………同課警部
ティリー・ブラッドショー…………………同課分析官
エドワード・ヴァン・ジル…………………NCA 情報部長。SCAS の責任者
ジャスティン・ハンソン……………………同副部長

イアン・ギャンブル…………………………カンブリア州警察犯罪捜査課課長。主任警視
キリアン・リード……………………………同部長刑事

ミュリエル・ブリストウ……………………ポーの停職の原因となった事件の被害者
ペイトン・ウィリアムズ……………………同事件の加害者

グラハム・ラッセル…………………………第一の被害者。元新聞記者
ジョー・ローウェル…………………………第二の被害者。農業経営者
マイケル・ジェイムズ………………………第三の被害者。保守党議員

フランシス・シャープルズ…………………一年前の身元不明死体の発見者
クエンティン・カーマイケル………………かつての英国国教会首席司祭
ニコラス・オールドウォーター……………カーライル教区主教
オードリー・ジャクソン……………………児童相談所副所長
ヒラリー・スウィフト………………………元児童養護施設の責任者

　ストーンサークルは古くからある静かな場所である。ひとつひとつの石は、物言わぬ哨兵。身じろぎひとつしない番人。花崗岩の表面が朝露にうっすら濡れて光る。千回以上の冬を耐え抜き、そうとう年季が入っているものの、時にも季節にも人間にも屈したことはない。

　サークルのなか、ぼんやりとした影に囲まれ、老人がひとり立っている。顔には深いしわが刻まれ、コシのない灰色の髪が、はげあがったしみだらけの頭頂部のまわりにまだらに生えている。骸骨のようにやせこけ、そのやつれた体が小刻みに震えている。頭を垂れ、前かがみになっている。

　一糸まとわぬ姿で、これから死ぬところだ。

老人は頑丈なワイヤーで鉄の杭にくくりつけられている。ワイヤーが皮膚に食いこんでいる。べつに気にならない。すでに充分な苦痛をあたえられていたから。

いまの自分はショック状態にあるから、これ以上痛みを感じる余地などないと思う。

考えが甘かった。

「こっちを見て」感情というものがいっさいない声が言った、

老人はガソリンのようなにおいのするゼリー状の物質を、全身に塗りたくられていた。彼は顔をあげ、目の前のフードをかぶった人影に視線を合わせた。

人影はアメリカ製のジッポーのライターを手にしている。

恐怖が迫りあがる。火に対する本能的な恐怖。老人は、これからどうなるのかも、それをとめる手だてがないこともよくわかっている。呼吸が浅く、不規則なものになっていく。

ジッポーが目の前にかかげられる。老人はその無駄のない美しさに見入る。完璧な形、精密な作り。一世紀ものあいだ変わっていないデザイン。指ではじくと、蓋があく。親指でホイールをまわし、フリントにぶつける。火花が散り、炎が出現する。

ジッポーが下におろされ、それとともに炎も下に移動する。燃焼促進剤に火がつく。貪欲な炎が燃えあがり、老人の腕を這いおりる。

たちまち、血液が酸に変化したような痛みが襲ってくる。恐怖で目が飛び出し、すべての筋肉が硬直する。両手をきつく握る。悲鳴をあげようとするが、障害物のせいで、まともに声が出てこない。くぐもった情けない声が漏れ、喉のなかで血がごぼごぼ音をたてる。肉を高温のオーブンに入れたみたいに、肌が音をたてて焼けていく。血液、脂肪、水分が両腕を転がり落ち、指先からしたたる。

視界が黒一色に染まる。痛みが消える。呼吸はもう荒くもなく、苦しそうでもない。

老人は死ぬ。本人は知るよしもないが、燃焼促進剤が燃えつきたあとも、自身の脂肪によって火はさらに燃えさかる。胸に刻まれたものが炎によって焼け、ゆがんでいく様子を彼が見ることはない。

だが、とにかくそういうことだ。

1

一週間後

ティリー・ブラッドショーは悩んでいた。悩むのは好きじゃない。確信の持てない状態に弱く、そのせいで不安を感じていた。

この結果を見てもらおうとあたりを見まわしたが、重大犯罪分析課(SCAS)のオフィスには人っ子ひとりいない。腕時計に目をやると、そろそろ午前零時。また、十六時間もぶっつづけで仕事をしてしまった。電話をかけなかったことを謝ろうと、母親にメールを打った。

PC画面に目を戻す。ミスではないとわかっているけれど、このような結果が出た場合は、三重のチェックが求められる。そこでもう一度、プログラムを走らせた。

フルーツティーを淹れ、プログレスバーに目をやり、待ち時間がどのくらいになるか確認した。十五分。ブラッドショーは私物のノートPCをひらき、ヘッドホンをつないで打ちこんだ。〝戻った〟。数秒後には、多人数同時参加型のオンラインのロールプレイングゲーム『ドラゴンロア』に没頭していた。裏ではプログラムが入力データを処理している。

ブラッドショーは重大犯罪分析課のPCには一度も目を向けなかった。

彼女はミスをおかさない。

十五分後、国家犯罪対策庁（重大犯罪や組織犯罪を担当する法執行機関。イギリス版FBIとも称される）のロゴが消え、さきほどと同じ結果が表示された。ブラッドショーは〝離席〟と打ちこみ、ゲームからログオフする。

可能性はふたつ。結果が的確であるか、数学的にありえない偶然が起こったか。最初に結果を目にしたときに、偶然である確率を計算したが、数百万分の一という結果が出た。質問を受けた場合にそなえ、自分で設計したプログラムにこの数学的難問を入力して走らせた。表示された結果は誤差の範囲内。みずから書いたプログラムのほうが計算が速かったとわかっても、彼女はにこりともしなかった。

ブラッドショーはこのあとどうすべきか迷った。上司のステファニー・フリン警部は日ごろよくしてくれるけれど、一週間前、自宅に電話する適切な時間帯についてちょっとしたやりとりがあった。電話をかけるのは、重要な用事のときだけにしてちょうだいと言われたのだ。でも……重要かどうかを決めるのはフリン警部なのに、どうすれば訊かずに判断できるっていうの？　もう訳がわからない。

ブラッドショーはこれも数学の問題ならいいのにと思った。数学なら理解できる。フリン警部のことは理解できない。彼女は唇を嚙んで、心を決めた。

結果にもう一度目を通し、どう告げるか練習した。

彼女が解明したのは、重大犯罪分析課のここ最近の捜査対象――マスコミが〝イモレーション・マン〟と呼ぶ男に関係したことだ。犯人――早い段階から犯人は男と見当をつけていた――は六十代および七十代の男性に好感を抱いていないらしい。もっとはっきり言うなら、その年代の男性を嫌悪するあまり、火あぶりにしていた。

ブラッドショーが検証していたのは、その三人めにして直近の被害者のデータだ。第二の被害者が出たのち、重大犯罪分析課も捜査にくわわることになった。連続殺人犯および重度の性犯罪者の出現を予測するほか、複雑あるいは一見、動機がなさそうな殺人事件の捜査にあたる警察を、分析面で支援していくのがこの組織の役目だ。イモレーション・マンは、重大犯罪分析課の出動要件に当てはまっている。

問題の遺体は、人体には見えない状態まで焼きつくされていたため、カンブリア州警察の捜査主任は検死以外のアプローチを取らざるをえなかった。重大犯罪分析課に助言を求めたのだ。重大犯罪分析課は検死の終わった遺体をマルチスライスコンピュータ断層撮影装置（MSCT）でスキャンした。MSCTは高度な医学的調査手法だ。X線と液体染料を用いて、遺体の3D画像を作成する。本来は生きている患者に使うものだが、死者の場合でも有効な手段だ。

重大犯罪分析課には専用のMSCTをそなえるだけの資金はない——そんな余裕のある法執行機関はひとつもない——けれど、それを使うに値する状況ならば、時間いくらで利用するという合意ができている。イモレーション・マンは殺害現場、あるいは拉致現場になんの痕跡も残しておらず、捜査主任はあらゆる手段を講じるつもりでいた。

ブラッドショーはひとつ深呼吸をしてから、フリン警部の番号をダイヤルした。五回めの呼び出し音で相手が出た。だるそうな声が応答した。「もしもし？」

ブラッドショーは腕時計に目をやり、午前零時を過ぎたのを確認してから言った。「おはようございます、フリン警部。ちょっといいですか？」フリン警部には勤務時間外に電話するときは何時ごろがふさわしいか諭されているし、同僚にはもっと礼儀正しい態度を取りなさいとも言われている。

「ティリー」フリンは不機嫌な声を出した。「いったいなんの用？」

「事件のことでお話があるんです、フリン警部」

フリンはため息をついた。「わたしのことはステファニーと呼んでと言ってるでしょ、ティリー。あるいはステフでもいいし、ボスでもいい。ロンドンからそう遠くないんだから、親分と呼んでくれてもかまわないわよ」

「ええ、わかってます、ステファニー・フリン警部」

「だから……そう呼ぶのは……もう、いいわ」

ブラッドショーはフリンが言い終えるのを待ってから口をひらいた。「わかったことをお伝えしてもいいですか」

フリンはうめいた。「いま何時？」

「午前零時を十三分過ぎました」

「だったら話して。朝まで待てないほど重要なことってなんなの？」

フリンは報告を聞くといくつか質問をし、電話を切った。ブラッドショーは椅子に背中を預けてほほえんだ。電話したのは正解だった。フリン警部はそう言ってくれた。

三十分後、フリンが到着した。ブロンドの髪が乱れていた。化粧もしていない。ブラッドショーも化粧をしていないが、それはそういう主義だからだ。化粧なんてくだらないと思っている。

ブラッドショーはキーをいくつか叩き、一連の横断面を表示させた。「すべて胴体部分のものです」と言った。

つづいて、MSCTによってどんなことがわかるかを説明した。「検死では見つからなかった傷や骨折が割り出せます。被害者が激しく焼かれた場合にはとくに有効な手法です」そのくらいはフリンも知っているが、それでも最後まで説明させた。ブラッドショーは報告にたっぷり時間をかけ、フリンも先を急がせなかった。

「この横断面からたいしたことはわからないけど、ステファニー・フリン警部、これを見てください」ブラッドショーは一枚の合成画像を、今度は上から表示した。

「これはいったい……?」フリンは画面をじっと見つめながら尋ねた。

「傷です」ブラッドショーは答えた。「無数についてます」

「つまり、これだけの無秩序な傷痕が検死では確認できなかったと?」

ブラッドショーは首を横に振った。「あたしもそう考えたけど」彼女がボタンを押すと、ふたりの目の前に被害者の胸部の傷の3D画像が現われた。一見、無秩序に見える切り傷がプログラムによって分類されていく。そして最後にひとつにまとまった。

ふたりは最終画像に見入った。無秩序ではなくなっていた。

「どうしましょうか、フリン警部」

フリンはひと呼吸おいて答えた。「お母さんに電話してまだ帰宅できないことは伝えてある？」

「携帯メールを送りました」

「だったら、もうひとつメールを送って。今夜は帰れないと伝えなさい」

ブラッドショーは携帯電話の画面をタップしはじめた。「理由はなんて言えば？」

「えらい人を起こしにいかなきゃいけないと言っておいて」

2

ワシントン・ポーは丸一日、ドライストーンの壁の修復にいそしんでいた。これも、カンブリア州に戻ってあらたに身につけたスキルのひとつだ。骨の折れる仕事だが、一日の終わりにパイをつまみにビールが飲めると思えばその苦労もなんのそのだ。道具と予備の石を四輪バギーのトレーラーに積みこみ、エドガーという名のスプリンガースパニエル犬を口笛で呼び、自宅のある小農場目指して走りだした。きょうは外周の壁で作業をしたので、ハードウィック・クロフトという天然石造りの自宅までは一マイル以上ある。戻るには十五分ほどかかるだろう。

春の陽は傾き、夜露に濡れた芝とヘザーがきらきら光っている。鳥たちは縄張り宣言と求愛の歌をさえずり、早咲きの花々のいい香りがただよっている。ポーは運転しながら大きく息を吸いこんだ。

最高だ。

手早くシャワーを浴びたら、歩いてホテルまで行くつもりでいたが、自宅が近づくにつれ、おもしろい本をお供にゆっくり風呂につかるほうが断然、魅力的に思えてきた。最後の坂を越えようとしてバギーをとめた。自宅のガーデンテーブルに人の姿があった。いつも持ち歩いているキャンバス地のバッグをあけ、双眼鏡を出した。ぽつんと見える人影に焦点を合わせた。断定はできないが、女性のようだ。倍率をあげ、ブロンドのロングヘアの持ち主が誰かわかったところで苦笑いした。

なるほど……とうとう見つかったか。

双眼鏡をバッグに戻すと、なつかしき部長刑事と対面するため、坂を下りはじめた。

「ひさしぶりだな、ステフ」ポーは呼びかけた。「こんな北まで来るとはなんの用だい?」裏切り者のエドガーは、長らく音信不通だった友人にでも会ったように彼女にじゃれついている。

「ポー」彼女は言った。「ひげが似合ってる」

彼は顎をかいた。毎日ひげを剃る習慣とはとんと無縁になっていた。「おれが世間話が苦手なのはよく知ってるだろう」

フリンはうなずいた。「ここを見つけるのに、苦労したわ」彼女はパンツスーツ姿だった。ピンストライプの入った紺の上下で、引き締まってしなやかな体つきから判断するに、あいかわらずマーシャルアーツの訓練を欠かしていないようだ。管理職らしい自信が全身からにじみ出ている。読書眼鏡がたたんだ状態でテーブルのファイルのわきに置いてあった。ポーが帰ってくるまで仕事をしていたのだろう。

「ものすごく苦労したというほどでもなさそうだが」ポーはほほえまなかった。「それで用件はなにかな、フリン部長刑事？」

「いまは警部。だからと言って、それでなにかが変わるわけじゃないけど」

ポーは眉をあげた。「おれのあとを引き継いだのか？」

彼女はうなずいた。

「タルボットがきみに引き継がせるとは驚きだ」ポーは言った。タルボットはポーがSCASの警部だったときに部長をつとめていた。狭量な人間で、あの一件ではポーだけでなくフリンにも責任を負わせるところだった。それも彼以上の責任を——。ポーはとどまらなかったが、彼女はとどまった。

「いまの部長はエドワード・ヴァン・ジル。タルボットは余波をよけきれなかった」

「いい人だよ、おれは好きだね」ポーはつぶやいた。ヴァン・ジルがノース・ウェスト特別部に在籍していたときに、対テロ作戦で緊密に仕事をしたことがある。二〇〇五年七月二十一日にロンドン同時爆破事件を起こした犯人一味が湖水地方で訓練を受けていたため、カンブリア州の警官たちが精力的にプロファイリングをおこなったのだ。ＳＣＡＳを希望するようポーに勧めたのはヴァン・ジルだ。「で、ハンソンのやつは？」

「副部長に留任」

「同情するよ」ポーは言った。ハンソンは政治的に抜け目のない男だから、なんらかの手を使ってあの部署を抜け出していてもおかしくなかった。上席が取り返しのつかない判断ミスをおかして左遷された場合、次席がその職を引き継ぐのが一般的だ。ハンソンが昇格しなかったということは、彼も例の件についてまったくの無関係とはされなかったことを意味する。

自分に停職処分を言い渡したときにハンソンがうすら笑いを浮かべたことを、ポーはいまでも覚えている。あれ以来、国家犯罪対策庁の人間とはいっさい連絡を取っていない。転居先の住所は告げず、携帯電話も解約した。カンブリア州のいかなるデータベースにも自分の氏名はのっていないはずだ。

フリンが苦労してまで彼を見つけ出したということは、ようやく処分が決まったのだろう。ハンソンがいまだ前職にとどまっていることからして、いい知らせとは思えない。どうでもいい。もう何カ月も前にあきらめはついていた。フリンが国家犯罪対策庁からの解雇を言い渡しにきたのなら、それもけっこう。ハンソンがついに刑事事件として告発する道を見い出したと伝えにきたのだとしたら、それはそれで対処するまでだ。

単なるメッセンジャーに八つ当たりしてもしかたない。フリンにしても、好んでここに来たわけではあるまい。「コーヒーでもどうだ？　いまから淹れるよ」ポーは返事を待たず、吸いこまれるように家に入った。ドアを閉めた。

五分後、彼は金属製のエスプレッソメーカーと熱湯の入ったポットを持って出てきた。ふたつのマグカップにコーヒーを注ぐ。「あいかわらず飲み方はブラック？」

フリンはうなずき、マグに口をつけた。ほほえんで、おいしいというようにマグをかかげた。

「どうやっておれを見つけた？」彼はあらたまった顔で訊いた。この隠遁生活は彼にとって大事なものになってきていた。

「ヴァン・ジルはあなたがカンブリア州に戻ったのを知っていて、住んでいる場所の見当もついていた。採石場の作業員に訊いたら、人里離れた農場に誰か住んでいると教わった。あなたがここを手入れしているのをずっと見ていたみたい」彼女は手入れをしたようには見えないけれどというようにあたりを見まわした。

ハードウィック・クロフトは、地面からにょっきり生えてきたような外見をしている。

自然石——ひとりで運んで積むのは絶対に無理な大きさの石ばかりだ——を積みあげた壁は、太古の昔からある荒れ地に違和感なく溶けこんでいる。ずんぐりとしていて見てくれは悪く、二百年ものあいだ時がとまっていたように見える。ポーはそういうところが気に入った。

フリンは言った。「かれこれ二時間ほど待ってたのよ——」

「用件は？」

フリンはブリーフケースに手を入れ、分厚いファイルを出した。ひらかなかった。「イモレーション・マンのことは聞いてるわよね」

ポーはさっと顔をあげた。そんな科白（せりふ）が飛び出すとは予想していなかった。

もちろん、イモレーション・マンのことは聞きおよんでいる。シャップ丘陵（きゅうりょう）地の山奥でも、イモレーション・マンはニュースになっていた。カンブリアにあまたあるストーンサークルの一部で男たちが焼き殺された事件だ。あらたな事件が発生していなければ、これまでの犠牲者は三人。マスコミはすでに推理合戦を繰りひろげていたが、扇情主義に目をくらまされない者にとって、事実ははっきりしていた。

カンブリア州初の連続殺人鬼が誕生した。

重大犯罪分析課がカンブリア州警察に協力することになったとはいえ、ポーは現在、停職中の身だ。内部調査および独立警察苦情処理委員会（IPCC）による審問の対象となっているからだ。ポー自身はいかなる捜査においても必要な人材であると自負しているが、余人を持って代えがたいというわけでもない。重大犯罪分析課はこれまで彼なしでやってきているのだ。

ならば、フリンはいったいなんの用で来たのか。

「ヴァン・ジルがあなたの停職処分を解いた。この事件の捜査にあたってほしいそうよ。部長刑事としてわたしの下についてもらう」

ポーの表情は変わらなかったが、頭のなかはコンピュータ以上にめまぐるしく回転していた。釈然としない。あらたに警部になったフリンにとって、もっとも避けたいのがかつての上司が自分の下につき、いるだけで立場をあやうくしてくることだろう。しかも、彼女はポーとは長いつき合いだから、彼が幹部連中にどんな態度をとるか、よくわかっているはずだ。それなのになぜ、こんなことに一枚噛もうとするのか。

命令だからだ。

IPCCの調査についてはひとことも触れていないので、そっちはまだ継続中なのだろう。ポーは立ちあがり、マグを片づけた。「興味ないな」

その答えにフリンは意外そうな顔をした。ポーにはその理由がわからなかった。国家犯罪対策庁はもう自分には見切りをつけたと思っていたが。

「持ってきたファイルの中身を見たくないの?」彼女は訊いた。

「どうだっていい」ポーは答えた。もう重大犯罪分析課に未練はない。カンブリア山地でのゆったりした暮らしに慣れるのにはずいぶん時間がかかったものの、いまさらそれを捨てる気にはなれない。フリンが訪ねてきた理由が自分を解雇あるいは逮捕するためでないなら、彼女の話にはなんの興味もない。連続殺人鬼を捕まえることなど、もはや彼の人生の一部ではないのだ。

「そう」彼女は立ちあがった。長身なので、ふたりの目の高さはほぼ同じだ。「だったら、二枚ばかり書類に署名をしてもらいます」ブリーフケースからさきほどのよりも薄いファイルを出してよこした。

「なんだ、これは?」

「さっき、ヴァン・ジルがあなたの停職処分を解いたと言ったでしょう?」

ポーはうなずいて、書類を読んだ。

そういうことか。

「いまのあなたは公式に警察官の身分に戻ったわけだから、職務への復帰を拒むことは懲戒に値する規律違反になる。でも、そういう手続きを踏むよりは、いまここであなたから辞職願を受け取ってもいいと言われてる。勝手ながら、この書類を人事に言って出してもらった」

ポーは一枚だけの書類をじっくりながめた。いちばん下に署名すれば、もう警察官ではなくなる。しばらく前からそうなるだろうとは思っていたものの、見切りをつけるのは想像していたよりも容易ではなかった。署名すれば、この十八ヵ月を終わりにできる。あらたな生活を始められる。

けれども、二度と警官の身分証を持てなくなる。

エドガーに目をやった。スパニエル犬は名残の陽射しを一身に浴びていた。周辺の土地の大半は彼のものだ。これをすべて失ってもいいのか。

ポーはフリンからペンを受け取り、いちばん下に自分の名を書いた。そこに書いてあるのが〝失せろ〟という文字でないのを確認できるよう、フリンに返した。はったりをかけたのにあっさりとひらき直られて、フリンはこのあとどうすればいいのかわからないようだった。思ったようにはいかなかった。ポーはマグとコーヒーポットを手に、家のなかに引っこんだ。一分後、外に戻ると、フリンはまだいた。

「どうした、ステフ?」

「どういうつもりなの、ポー? 警官の仕事が好きだったくせに。なにが原因?」

ポーは聞き流した。結論はもう出したのだから、フリンにはさっさと帰ってほしかった。

「もう一枚の書類はどうした？」

「なんのこと？」

「署名する書類はふたつあると言ったろ。辞表には署名したんだから、同じものが二枚あるんでなきゃ、もうひとつあるはずだ」

フリンはふたたび仕事モードに戻った。ファイルをひらき、二枚めの書類を抜いた。今度のはさっきのよりもいくらか厚く、上に国家犯罪対策庁(NCA)の公印が押してある。

彼女はあらかじめ準備してきたメッセージを伝えた。ポー自身も同じメッセージを伝えたことがある。「ワシントン・ポー、この書類に目を通し、これを受け取ったことが確認できるよう署名してください」そう言うと、厚みのある一束の紙を差し出した。

ポーはいちばん上の紙を一瞥(いちべつ)した。

オズマン警告だった。

おいおい、どういうことだよ……。

3

特定の誰かに重大な危険が差し迫っているという情報を得た場合、警察には標的である人物に警告する義務がある。オズマン警告は、その義務を果たすための公式手順だ。標的となる可能性がある市民には警察による保護措置がとられるが、それに不満であれば、各自で対策を講じることになる。

ポーは一ページめにざっと目を通したが、上から目線の能書きがくだくだと書いてあるだけだった。これでは自分が誰の標的になっているのかさっぱりわからない。「これはいったいなんなんだ、ステフ？」

「あなたがいまも現職警官ならば話せるんだけどね、ポー」彼女は、彼がいましがた署名した辞表を差し出した。

彼は受け取らなかった。

「ポー、わたしを見て」

ポーの視線を受けとめたフリンの目には、真摯な思いしか浮かんでいない。

「とにかく、このファイルの中身を自分の目で確認して。興味がないなら、あとでハンソンにメールすればいい」フリンは辞表を返した。

ポーはうなずき、辞表をびりびりに破いた。

「けっこう」フリンは言った。

彼女は光沢のある写真を何枚か渡した。犯罪現場を写したものだった。

「それを見てなにか思いあたることはある?」

ポーは渡された写真に目を落とした。どれも同じ死体を写している。真っ黒に焦げ、とても人間とは思えない。もともと液体でできていたものが極度の高温にさらされたみたいにしなびている。ポーが毎朝、薪ストーブから取りのぞいている炭に感触も重さも似ている。写真から余熱が伝わってくる気すらした。

「どの事件のものかわかる?」フリンが訊いた。

ポーは答えなかった。なにか目安になるものはないかと、写真を見ていく。最後の一枚に現場全体が写っていた。そのストーンサークルなら知っている。「ここはロング・メグ・アンド・ハー・ドーターズだ。この死体は……」彼は一枚めの写真を指さした。「……地元の保守党議員のマイケル・ジェイムズだな。三人めの被害者だ」

「そうよ。ストーンサークルの中央で杭にくくりつけられ、燃焼促進剤をかけられたのち、火をつけられた。全身の九十パーセント以上に熱傷を負っている。ほかに知っていることは？」

「新聞で読んだことだけだ。現場となった場所に警察は驚いたんじゃないかな。前の二件ほど人里離れていないから」

「あれだけの監視の目をかいくぐってやりおおせたことのほうに何倍も驚いたわ」

ポーはうなずいた。イモレーション・マンは毎回、異なるストーンサークルで殺害をおこなっている。マスコミがその異名をつけたのもそれが理由だ。イモレーションとは生け贄として火あぶりにするという意味で、マスコミは一も二もなく飛びついた。ポーとしては、警察はてっきりすべてのストーンサークルを警戒しているものと思っていた。しかし、よく考えてみれば……カンブリア州には数多くのストーンサークルが存在している。墳墓塚、ヘンジ、直立した巨石もくわえれば、警戒対象は五百近くにもおよぶ。監視項目を最小限に抑えたところで、二千人近くの警官からなるチームが必要になる。ところが、カンブリア州にはバッジを帯びた警察官は千人いるかどうかだ。限られた人材を投入するには、場所を選別するしかないのだろう。

ポーは写真を返した。たしかにむごたらしい事件だが、それだけではフリンがわざわざこんな北まで出向いてきた説明がつかない。「これがおれとどう関係するのか、いまだにわからないんだが」

フリンはその質問を無視した。「イモレーション・マンの第二の犠牲者が出たのち、重大犯罪分析課も出動することになった。捜査主任がプロファイリングを希望したとかで」

当然だろう。それが重大犯罪分析課の得意とするところだ。

「だから、わたしたちは出動した」フリンは話をつづけた。「使える材料はなにも見つからず、わかったのは被害者の年齢層とか人種とか、そのたぐいのものばかり」

たしかにプロファイリングはやる意味があるが、あくまで捜査の選択肢のひとつである場合にかぎる。プロファイリングの件で、彼女がこうして訪ねてきたとも思えない。

「マルチスライスコンピュータ断層撮影法(MSCT)というのを聞いたことはある？」

「ああ」彼はうそをついた。

「人体全体ではなく、ひじょうに薄い断面図を撮影する手法よ。経費がかかるけれど、通常の検死では見逃してしまうような、生前および死後につけられた傷を割り出すことができる」

ポーは〝どういう仕組みかを知りたい〟タイプではなく〝それでなにができるのかを知りたい〟タイプだ。そういうことが可能だとフリンが言うのなら、本当に可能なのだろう。

「検死ではなにもわからなかったけど、ＭＳＣＴの結果、これが見つかった」彼女はべつの写真の束を出し、それをポーの前に並べた。無秩序につけられた切り傷に思えたものをコンピュータ処理した画像だった。

「三人めの犠牲者につけられた傷か？」彼は訊いた。

フリンはうなずいた。「胴体部分にね。犯人の行為はすべて、最大の効果をねらっておこなわれていた」

イモレーション・マンはサディストである。そのくらいのことは高度なプロファイリングなどしなくてもわかる。ポーはフリンがめくっていくページをのぞきこんだ。全部で二十ページ近くあったが、最後の一ページを見たとたん、思わず息をのんだ。

そこには、すべての部位の傷がまとめられていた。無秩序につけられた切り傷をひとつにまとめた結果、犯人が意図した絵が現われていた。なにか言おうにも口があけられない。

「どういうわけだ？」ポーはかすれた声を出した。

フリンは肩をすくめた。「あなたに訊けばわかると思ってた」

ふたりは最後の写真をじっと見つめた。

イモレーション・マンは被害者の胸部にふたつの単語を刻みつけていた。

〝ワシントン・ポー〟と。

4

ポーは倒れこむように腰をおろした。顔から血の気が引いている。こめかみの血管がどくどくいいはじめた。

コンピュータ処理されて浮かびあがった自分の名前に目をこらす。しかも、現われたのは名前だけではない——その上に数字の〝5〟が刻まれていた。

こいつは大変だ……とんでもなく大変だ。

「犯人がなぜあなたの名前を被害者の胸部に刻もうと思ったのか、その理由を知りたいの」

「ほかのふたつの遺体には、こういうことはされていないんだな？　マスコミに伏せているわけじゃないと？」

「ええ。ひとりめとふたりめの被害者についても、後追いでMSCTで調べたけれど、こういうことはされていなかった」

「それと、この数字の5は？」現実的な説明はひとつしかなく、フリンも同意見だろう。だから、オズマン警告を出したのだ。

「あなたが五番めの被害者になるというのがわたしたちの見解」

ポーは最後の写真を手に取った。イモレーション・マンは稚拙ながら数字の5を刻もうとしたものの、曲線を描くのはあきらめたらしい。どの文字も直線のみで書かれていた。

ふたりが目にしているのはコンピュータの画像にすぎないが、それでもメスでつけられたにしては傷口がぎざぎざしすぎているのがポーにはわかった。十中八九、カッターナイフだろう。ＭＳＣＴによって浮かびあがったという事実からふたつのことが言える。傷は生前につけられたものであり――そうでなければ、検死の段階で見つかっている――しかもかなり深いものだ。浅い傷では焼ける過程で消えていたはずだ。この被害者の最後の数分間は、まさに生き地獄だったことだろう。

「なぜおれなんだ？」たしかに警官になってからは敵を作ってばかりだったが、ここまで常軌を逸した人間が関与した事件を手がけたことはない。

フリンは肩をすくめた。「想像はつくと思うけど、その疑問を発したのはあなたが最初じゃない」

「おれは本当に、新聞で報じられていることしか知らないんだ」

「あなたがカンブリア州で警官をしていたとき、今回の三人の被害者の誰とも職務で接触していなかったことはわかってる。私生活でもいっさいかかわっていないと考えていいんでしょう？」

「ないと思う」ポーは自宅と周辺の土地を示した。「このところ、時間の大半をこれに取られてるし」

「わたしたちもそう思ってた。被害者との関連は考えてない。犯人との関連という線で考えてる」

「おれがイモレーション・マンを知ってると？」

「犯人のほうがあなたを知っている、あるいはあなたという存在を知っていると見ている。あなたのほうが知っているとは考えにくい」

いまやっていることは、数多くの議論と会議の第一歩であり、望もうと望むまいと、もう自分はかかわってしまっている。どのような立場かは、まだはっきりしないが。

「感想は？」フリンが訊いた。

ポーはふたたび切り傷に見入った。不明瞭な数字の5を数に入れなければ、全部で四十二ある。四十二個の傷で〝ワシントン・ポー〟とつづっている。四十二個の苦痛の表現。

「被害者はおれの名がボブだったらよかったのにと思ったろうな。そのくらいしか思い浮かばない」

「職務に復帰してほしい」フリンはポーが家と呼ぶ、荒涼とした丘陵地帯を見まわした。

「人間社会に復帰してほしいの」

彼は立ちあがった。辞職しようというさっきまでの気持ちは消え失せていた。大事なのはひとつだけだ。こうしているあいだにも、イモレーション・マンがどこかで四人めの犠牲者を選んでいる。心の平安を取り戻したいなら、自分が五番めになる前に犯人を見つけるしかない。

「どっちの車で行く？」彼は訊いた。

5

カンブリア州を出るとほどなく、土地は平坦になり、前方に滑走路のようにのびたM六号線が見えてきた。春なのに夏を思わせるほどの暑さで、ポーは思わず知らず、フリンのエアコンの吹き出しを強くしていた。背中に汗がたまっている。これは暑さのせいではない。

気まずい沈黙がつづき、ふたりとも息がつまりそうだった。ポーがいちばん近い家にエドガーを預けにいっているあいだに、フリンはぱりっとしたパンツスーツからジーンズとプルオーバーという楽な服に着替えていたが、カジュアルな恰好をしていても、長い髪を指にからませ、前方の道路をじっと見つめるばかりだった。

「昇進おめでとう」ポーは言った。

フリンは首をめぐらせた。「あなたの仕事を奪う気なんかなかったのよ。わかってるでしょう?」

「ああ。気休めになるかわからないが、きみなら警部としてりっぱにやっていけるよ」

その言葉に裏はなかった。フリンは態度をやわらげた。「ありがとう。あなたが停職になって、自分が警部になるなんて思ってもいなかったけど」

「ほかに選択肢はなかったんだろう」

「あなたを停職処分にしたときも、ほかに選択肢はなかったんでしょうね」フリンは言った。「でも、ああいうミスは誰だってするのに」

「そういう問題じゃないんだ」ポーは答えた。「あのミスがああいう事態を引き起こしたのは事実なんだから」


フリンが言っているのは、ふたりで手がけた最後の事件のことだ。ポーの最後の事件。テムズ・ヴァレー地区でふたりの女性が異常者に拉致され、その後、殺害されるという事件が二件発生し、さらにミュリエル・ブリストウという十四歳の少女が行方不明になっていた。重大犯罪分析課は当初から捜査に参加した。犯人のプロファイリングおよび犯罪地図が作製されたが、地理的プロファイリングから重要容疑者が浮かびあがった。下院議員の補佐官をつとめるペイトン・ウィリアムズ。すべてが合致していた。ストーカー行為の前科があり、三人の女性が拉致されたどの時間もテムズ・ヴァレー地区にいたことが判明し、人間関係に問題を抱えていることもあきらかになった。

ポーとしてはウィリアムズを逮捕して事情聴取をしたかったが、上司のタルボット部長は許可しなかった。国政選挙が間近に迫り、いわゆるパルダという選挙前期間に入っている時期で、議員の側近を証拠もなしに逮捕すれば、選挙妨害と取られかねない。少なくとも、タルボットの目にはそう映ったのだろう。「もっと確たるものを見つけてこい」ポーはそう命じられた。さらにタルボットは、この件は議員に伝えておくとポーに言った。そちらのスタッフのひとりを捜査していると。ポーはそれはやめてほしいと懇願した。

タルボットは聞き入れなかった。議員は問題の側近を解雇した。

そして、その理由を告げた。

ポーは憤慨した。これでペイトン・ウィリアムズがミュリエル・ブリストウに近づくことはないだろう。監視されていると知った以上は。ミュリエルがいまも生きているとしても、そう長くはもたないだろう。脱水症状で死んでしまうにちがいない。

ポーは愉快でない仕事を他人に押しつけるような警官ではなかった。ミュリエルの家族が住む家にみずから出向いた。出かける前に、被害者家族向けの報告書をプリントアウトしたが、これは捜査の概要について機密事項を徹底的に伏せた形のものだった。今後、どのような手を打つつもりかをブリストウ夫妻に説明したのち、あとでゆっくり目を通してもらうつもりで報告書を渡した。

それがその日のうちに、とんでもない事態に発展した。

ポーはミスをおかした。最悪なミスを。被害者家族向けの報告書をプリントアウトする際、自分用の最新版の報告書もプリントアウトしてしまったのだ。こっちは機密事項を伏せていないバージョンだ。それには、ポーが抱いている疑問や不満がすべて書かれていた。

まちがった報告書がまちがったファイルに入ってしまい……ブリストウ夫妻にペイトン・ウィリアムズに関する記述をすべて読まれる結果となり……

ミュリエル・ブリストウの父親に拉致されて拷問を受けたウィリアムズが、ミュリエルの居場所を白状し、彼女が家族のもとに無事に戻ってしばらくしてようやく、そもそもブリストウはどうやってペイトン・ウィリアムズの存在を知ったのかと誰もが考えはじめた。

ミスは即座に発覚し、結果的にポーは正しく、なんの落ち度もない少女は家族のもとに無事に戻ったものの、彼はただちに停職を命じられた。数週間後、ペイトン・ウィリアムズは怪我が原因で死亡した。

以来、フリンがハードウィック・クロフトにやってくるまで、ポーは国家犯罪対策庁の人間とは誰とも会っていなかった。

「誰にも別れの言葉ひとつ告げずにいなくなってしまうんだもの」フリンが言った。

ポーはいくばくかの罪悪感を感じた。停職処分を受けたあとは、支援を申し出るメールも留守電のメッセージもすべて無視した。人がひとり拷問を受けた責任は自分にある。それを抱えて生きていくことを受け入れなくてはならなかった。生まれ故郷のカンブリア州に戻った。善意の同僚から離れて。世間から身を隠して。暗い気持ちだけを道づれに。

フリンの話はつづいた。「ここだけの話だけど、IPCCは〝証拠不充分につき不問に付す〟ほうに傾いていると、ヴァン・ジルから聞いた。まちがった報告書を被害者家族に渡すファイルに入れたのは絶対にあなたであると証明できないみたい」

そう聞いてもポーの気持ちは少しも慰められなかった。ひょっとしたら、この隠遁者のような暮らしに慣れつつあるのかもしれない。彼は事件ファイルをひらき、重大犯罪分析課が得たイモレーション・マンに関する情報を読みはじめた。

6

三人が殺害された事件で、書類は膨大な数にのぼっていたが、これまでに数多くのファイルに目を通してきた経験から、ポーは重要な情報を探し出すすべにたけていた。彼は真っ先に、最初の犯行現場に関する捜査主任の説明を読みはじめた。第一印象が記されているので、ひじょうに参考になるからだ。報告書はあとになるほど抑制のきいた思慮深いものになる傾向がある。

カンブリア州警察の捜査主任はイアン・ギャンブルという主任警視だった。通常であれば、これほどの大事件は重大犯罪捜査チームが指揮を執るのだが、ほかの捜査で手がふさがっているため、ギャンブル――犯罪捜査課の課長でもある――がみずから捜査主任となったわけだが、カンブリア州にマスコミの注目が集まりつつある状況を考えれば、妥当な判断と言っていい。

ポーは警部だったころのギャンブルを知っていた。事務的にすぎるきらいはあるものの堅実な捜査をするきまじめな警官だ。最初の現場で、いかにもガソリンらしいにおいのなかに、べつの化学薬品のにおいが混じっているのに気づいたのは彼だった。そう感じたのは、実際にそうだったからだ。イモレーション・マンは自家製の燃焼促進剤を使っていた。死体が炭になるほど燃えたのも当然だ。

「おぞましいと思わない？」フリンが言った。「細かく砕いた発泡スチロール材をガソリンに溶けるだけ溶かすだけでできるらしいの。鑑識の話によると、そうやってできた白いゼリー状の物質は脂肪が溶けるほどの高温で燃えるんですって。人間の体そのものが燃料になるから、肉も骨も残らないそうよ」

「ひどいな」ポーはつぶやいた。警察に入る前、彼はスコットランド歩兵連隊のひとつ、ブラック・ウォッチに三年間所属していたが、そこで白燐弾を使う訓練を受けた。それがもたらす効果と同じようなものだろう。いったん火がついたら振り払おうにも振り払えない。皮膚がはがれ落ちてほしいと願うことしかできない。はがれ落ちなければ、ひたすら燃えつづける。

最初の被害者が殺されたのは四カ月前だった。グラハム・ラッセルは四十年前、地元カンブリアの新聞社で記者人生を始め、ほどなくフリート街の新聞社に移った。そこで全国規模のタブロイド紙の主筆にまでのぼりつめたが、その新聞はレヴェソン公聴会（二〇一一年に立ち上げられ、メディアの不正取材・電話盗聴を検証した）の際に激しく非難された。彼自身は疑惑にはまったくかかわっていなかったが、けっきょく、多額の年金を受け取ってカンブリア州に引っこんだ。住まいにしていたささやかな田舎屋敷からイモレーション・マンに拉致され、その後、ケズィック近くのキャッスルリッグ・ストーンサークルの真ん中で見つかった。硬くなるまで焼かれただけでなく、ひどく痛めつけられていた。

捜査班による初動捜査を追ううち、ポーは顔をくもらせた。「視野狭窄（きょうさく）におちいっていたのかな？」フリンに尋ねた。「経験の足りない捜査主任はときとして、そこにないはずのものを見る傾向にあり、ギャンブルは若手とはとても言えない年齢ではあるものの、ここしばらく殺人事件の捜査から遠ざかっている。

「そうにらんでる。もちろん、向こうは否定しているけど」フリンは答えた。「でも、ギャンブル主任警視は第一の殺人をレヴェソン公聴会がらみの怨恨による犯行と考えていたふしがある」

その一カ月後、ジョー・ローウェルの遺体が発見されてようやく、TIE捜査――追跡（Trace）、事情聴取（Interview）、除外（Eliminate）――は電話を盗聴された被害者をターゲットとするのをやめた。ローウェルは地主一族の出で、七代にわたってカンブリア州南部で農業を営んでいた。ローウェル家は――現在においても過去においても――地域社会における堅実で人望のある一族だ。

拉致されたのは自宅であるローウェル・ホールだった。息子も同居していたが、捜索願は出されなかった。遺体はカンブリア州南部のブロートン＝イン＝ファーネ近くにあるスウィンサイド・ストーンサークルの中央で見つかった。

その結果、捜査はいっそう熱を帯びることとなった。レヴェソン公聴会に関係しているという考えは過去のものになり——しかも、事件簿に修正がくわえられた——以前から言われていた方向、すなわち連続殺人事件の捜査へと焦点が移っていった。

ポーはストーンサークルに関する項を探し出した。犯人が現場となったストーンサークルとつながりがあるのではないかという考えから、ギャンブルはできるかぎりの情報をとりまとめていた。

カンブリア州はイギリス国内で、ストーンサークル、直立した巨石、ヘンジ、モノリス、および墳墓塚がもっとも多く集中している。ひとつひとつに特徴があり、また造られた時代も新石器時代初期から青銅器時代までと幅がある。楕円形のものもあれば円形のものもあり、また、ピンクの花崗岩もあれば粘板岩もある。ごく少数ながら、サークルのなかに、それよりも小さな石がサークル上に並んでいるものもある。だが、そういうのはまれだ。

ギャンブルは専門家を呼び、犯人の目的としてどんなことが考えられるかを捜査班にレクチャーしてもらったが、ほとんど参考にならなかった。死の儀式であるとするものから、月の周期と星が一直線に並ぶ現象が密接に結びついているのではないかという意見までさまざまだった。

専門家の意見が唯一一致したのは、ストーンサークルの全歴史のなかで、生け贄の儀式の場として使われたことはないという点だった。

そうだろうとも、とポーは胸のうちでつぶやいた。明日の歴史はきょう書かれるのだから……。

7

三つめの事件――被害者はサウス・レイクスの議員で、二週間前、胸部にポーの名を刻まれて死んだマイケル・ジェイムズ――の報告書に目を通していたポーは、とある書類を読んで思わず大声で笑いだした。書いたのは担当の部長刑事のひとりだが、犯行現場のにおいを〝瘴気（しょうき）にも似た性質〟を持つと表現してなにも言われないのは彼だけだ。

生まれついてのお調子者であると同時に、ポーがこれまで会ったなかで誰よりも頭がいい。三手で四目並べに勝ってしまうような男だ。名前をキリアン・リードといい、カンブリアでポーが唯一、真の友人と言える存在でもある。十代のはじめに出会って以来、ずっと親密につき合ってきた。こちらに戻ったときに訪ねていかなかったことで、ポーはいまさらながら罪悪感で胸が痛んだ。自分の問題で頭がいっぱいだったから、思いつきもしなかったのだ。とはいえ、リードとは長いつき合いで過去にいろいろありすぎたから、仲違いするようなことにはならないだろう。ポーはフリンの携帯電話を借り、辞書アプリを起動させ、〝瘴気〟という単語を打ちこんだ。それによれば、腐敗する有機物から立ちのぼる有毒な蒸気という意味らしい。自分以外に同じことをした者は何人いるだろう？　まったくリードらしい。無知だと思わせることで、上の連中にいっぱいくわせるとは。いまだに部長刑事なのも無理はない。

また一緒に仕事ができると思うと、気持ちが前向きになりはじめた。ポーは残りのファイルを手に取り、つづきを読む。

第二の被害者が発見され、重大犯罪分析課の出動が要請されたのちは、報告書にフリンの名前が登場するようになった。また、第二の被害者が出たことでマスコミは競うように犯人に名前をつけはじめた。最終的に——こういう場合のご多分に漏れず——〝イモレーション・マン〟と名づけたタブロイド紙が勝利した。

ポーは一回めの通読を終え、ファイルを後部座席に置いた。目を閉じて首をまわした。またすぐに、すべての書類に目を通すつもりだ。記憶にしっかりと焼きつけるために。最初の通読は取り組む事件の雰囲気をつかむのが目的だ。重大犯罪分析課が事件後すぐに出動を要請されることはまれであり、ファイルを迷宮入り事件のように読むのは重要なテクニックだ。つまり、捜査チームがおかしたミスを探すように読むのだ。

フリンはポーが読み終えたのに気づいて言った。「なにか意見はある？」

ためされているのだとすぐにわかった。一年以上も現場を離れていたのだ――フリンとヴァン・ジルがポーの仕事の勘が鈍っていないかたしかめたくなるのも当然だろう。

「ストーンサークルと火あぶりの線を調べたところで、袋小路に突き当たるだけだと思う。犯人にとっては意味があるのだろうが、どんな意味かは捕まえるまでわかりようがない。自分なりにこうしたいという考えはあっても、現実的に無理であれば、変更するのも厭わない」

「どうしてそう思うの？」

「最初の被害者は拷問を受けているが、ほかのふたりはちがう。なんらかの理由で思っていたようにならなかったんだろう。だから、拷問をやめた」

「マイケル・ジェイムズは胸にあなたの名前を刻まれてる。それだって充分な責め苦だと思うけど」

「それはちがう。おれたちがまだつかんでいないなんらかの理由があって、犯人はああしたんだ。被害者が受けた痛みはあくまで付随的なものだ。グラハム・ラッセルの場合は意図的だった」

フリンは先をうながすようにうなずいた。

「三人とも同じ年齢グループに属し、財力がある。三人が顔見知りだったことを示すものはなにも出ていない」

「犯人は無差別に被害者を選んでいると思う？」

そうは思わなかったが、まだその理由は言いたくなかった。もっと情報が必要だ。「無差別に選んでいると思わせようとしている」

フリンはうなずいただけで、なにも言わなかった。

「三人とも捜索願は出されてなかったんだよな？」ポーは訊いた。

「ええ。全員が自宅を留守にするもっともらしい理由があったから。遺体が発見されてはじめて、イモレーション・マンが手間暇かけて捜索願を出されないよう画策していたんだとわかった」

「その方法は？」ファイルに書いてあるのはわかっているが、事実関係をどう解釈しているか知るのも有効な場合がある。

「グラハム・ラッセルの車とパスポートはフェリーの乗船記録が残っていて、家族にはフランスでのんびりしているというメールが届いた。ジョー・ローウェルはノーフォークから家族あてにテキストメッセージを送っていて、その内容は友人と一緒に狩猟シーズンが終わるまでアカアシイワシャコを撃ちに出かけるというものだった。マイケル・ジェイムズはひとり暮らしだったから、いなくなってもすぐに気づかれる恐れはなかったけど、パソコンの履歴から、スコットランド諸島へのオーダーメイドのウィスキー・ツアーを計画していたことがうかがわれた」

「では、三人がいつ拉致されたかははっきりしないわけだ」

「正確なところは」

それがどういうことか考えたが、けっきょく、すでにわかっていることを裏づけただけだった。イモレーション・マンはそつがない。ポーはフリンにそう告げた。

「どうしてそう思うの？　あんな悲惨な現場を残してるのよ」

ポーは首を横に振った。まだためされている。「犯人は冷静に行動している。アドリブはいっさいない。必要なものはすべて持参している。拉致の現場にも殺害現場にも物的証拠をいっさい残していないが、物証の移動は必ずおこなわれ、証拠採取の技術がこれだけ進歩しているいま、それは驚くべきことだ。たしか、三人めの被害者が出たころには、ストーンサークルを徹底的に監視していたと思うが？」

「かなりやっていたわ。ロング・メグの監視は解除されたばかりだった」

「つまり、犯人は監視に気づいていた」ポーは言った。

「ほかには？」

「合格かな？」

フリンは頰をゆるめた。「ほかには？」

「うん。このファイルにおさめられていないものがある。捜査主任がマスコミに伏せている情報、コントロール・フィルターが知りたい」

「どうしてわかったの？」

「イモレーション・マンはサディストではないが、犯行は残虐だ。絶対に死体を損壊しているはずだ」

フリンは後部座席のブリーフケースを示した。「あのなかにもうひとつファイルが入ってる」

ポーは体をのばしてファイルを出した。〝極秘〟の印が押され、〝ギャンブル主任警視の書面による許可なしには閲覧不可〟と手書きしてあった。ポーはひらかなかった。

「切除の季節って知ってる、ポー？」

彼は首を横に振った。聞いたことがない。

「国民健康保健の造語なんだけどね。一年のうちの特定の時期——一般的には夏休み期間——を指していて、若い女の子——なかにはわずか生後二カ月の子もいるんだけど——が、海外に住む親戚を訪ねるという名目でイギリス国外に連れていかれるの。女の子たちはそこで、女性器を切除される。夏休みは長いから、戻ってくるまでに傷がふさがる見込みもある」

若い娘が性の喜びを経験できないようにするため性器の一部を切除するという忌むべき習慣である女性器切除（FGM）について、ポーはいくらか知っていた。そうすることで信仰心と純潔が保てると信じられているのだ。現実には、生涯、痛みに苦しみ、健康面でも問題を抱えることになる。傷口を植物のとげで縫い合わせる習慣もあるという。

フリンがなぜそんな話を始めたのか、ポーはようやくわかった。「犯人は被害者の性器を切除したのか？」

「正確に言うとちがう。男性器を切り落としているの。すぱっと、麻酔を使わずに」

「記念品を手もとに置いておこうというわけか」ポーは言った。連続殺人犯の大多数が被害者の一部を持ち去っている。

「それがそうじゃないの。ファイルをひらいてみて」

ひらいたとたん、ポーは思わず吐きそうになった。一枚めの写真で、被害者の悲鳴を聞いた者がいなかった理由がわかった。

被害者は口をふさがれていたのだ。

グラハム・ラッセルの口を接写した写真で、そこには本人の男性器がねじこまれていた。つづく数枚の写真には、口から取り出されたあとの陰茎、睾丸と陰嚢——まだそれぞれくっついた状態だ――が写っていた。炎にさらされた側は黒焦げで、反対側はびっくりするようなピンク色のまま損傷を逃れている。ほかの写真も繰ってみたが、どれも同じようなものだった。

そして、このおれが、第五の被害者になるのか？　なんだか、すでにそう決まっているような雰囲気だ。ポーは脚を組んだ。

「犯人があなたに接近するより先に、必ず捕まえてみせるわ、ポー」

8

ハンプシャー州の中心部、かつてのブラムシル警察大学校の校庭にフォックスリー・ホールが建っている。大学校はその役目を終えたが、フォックスリー・ホールはいまも重大犯罪分析課の本部として使われている。

世間の注目を避け、目立たないように仕事をする傾向にある組織が入っているわりには、ことのほか異様な建物だ。横に長く、地面にまで届きそうな差し掛け屋根をいただく構造のせいで、使われなくなった〈ピザハット〉の店舗で仕事をしているとしか思えない。

フリンはその夜、自宅に戻った。ポーはホテルにチェックインした。

ポーはひと晩じゅう、よく眠れなかった。悪夢が戻ってきていた。勤めていたころは、いつも死者のことが頭を離れなかった。夢にまで現われ、心の平安を乱された。ハンプシャーに戻ったことで古傷がまたひらいてしまったようだ。たしかにペイトン・ウィリアムズはひどい罪をおかしたが、だからと言って死んで当然というわけではない。初期の聴聞会で、ブリストウ氏がウィリアムズに負わせた傷の写真を見せられた。やっとこで歯を抜かれ、手の指は十本ともらせん骨折していた。脾臓がつぶれていたが、それがけっきょく死につながった。ポーがひと晩ぐっすり眠れるようになるまで、半年もかかった。

なのに悪夢が戻ってきた。しかも、このままずっと居すわりつづけることだろう……


朝の八時、フォックスリー・ホールに足を踏み入れたポーは、公式訪問者のような扱いを受けた。受付係の退屈そうな顔つきは、上司の姿を認めたとたん、へつらうような表情に変わった。受付係はフリンに郵便物を渡し、ポーをぞんざいに見やった。

「で、きみは?」ポーはにらみ返しながら尋ねた。ジーンズ姿の自分は警官というより山男に見えるのだろうが、SCASに警官がひとり復帰したことを彼女はまもなく知ることになる。

受付係は指示されないかぎり答えるつもりはないようだった。そこがこの地域の高雇用の問題点だ。誰も真剣に仕事に取り組もうとしない。小遣いに毛が生えた程度の給料しかもらっていないからだ。

「わたしがあなたの立場なら、いまの質問に答えるわよ、ダイアン」フリンは言い、渡された郵便物に目を通した。

ダイアンは作り笑いを浮かべるでもなく言った。「ハンソン副部長があなたのオフィスで待っています」

「副部長が?」フリンはため息をついた。「あなたは顔を合わせないほうがいいわ、ポー。部長になれなかったのはあなたのせいだと、いまだに根に持ってるから」

ハンソンが自分の不手際の責任を取ったことは一度もない。昇格できなかったのは誰かのせいかもしれないし、深遠なる陰謀によるものかもしれない。ペイトン・ウィリアムズの件でタルボットを支持したことはこの際どうでもいい。「喜んでそうさせてもらうよ」ポーはフリンに言ってからダイアンに向き直った。「ポー部長刑事にコーヒーを一杯頼む。そうしてくれたら、彼はきみの生涯の友になる」

ポーとダイアンはたがいに見つめ合った。両者ともそんなのはうそだとわかっているが、ポーは序盤からいがみ合う気にはなれなかった。フリンはハンソンに会いにいき、ダイアンはポーの先に立って間仕切りのないオフィスを抜け、キッチンに入った。彼女がフィルターコーヒーを淹れるあいだ、ポーはかつて自分が統率していたオフィスを見渡した。

ずいぶんと様相が変わっていた。ポーが警部だったころは、机の並びは各人のその日の気分で変化したし、セクション間の方針によって配置は頻繁に変更になった。フリンがそれをいらだたしく思っていたのはわかっていたが、ポーは口を出さなかった。整然とさせたいのなら、自分の部長刑事という階級にものを言わせればいい話だ。

しかしいま、警部の肩章を帯びた彼女は、自分の管理権限をふるうことにしたらしい。分析官と思われる連中がオーダーメイドの家具を並べたハブスペースのまわりにすわっているが、その大半は知らない顔だった。ハブスペースは車輪の中心として機能し、オフィスと専門家がいる区画がスポークの役割を果たしている。パーティションで小部屋に区切っているわけではないが、それに近い形になっている。ざわざわという抑えた音がしていた。くぐもった電話のやりとり、キーボードを叩く音、書類をめくる音。朝早い時間にもかかわらず、デスクで朝食を食べている者はひとりもいない。そういう行為も、かつてのフリンは苦々しく思っていた。なにしろ、職場に着くなり、三十分かけてポリッジを作るような輩もいたのだ。

SCASはプロに徹し効率的に仕事をする組織かもしれないが、ポーにとっては、そんなのは勤務時間外のメール程度の魅力でしかない。ここにこもりきりになれと強制されたら、一時間とたたぬうちにコンマと同じくらい頻繁に、〝ファック〟という言葉を連発することになるだろう。

少なくとも、彼が貼ったイギリスの大地図は残っていた。ポーはなんとなく近づいてながめた。地図は壁のかなりの部分を占めている。気象パターンのように何色ものカラーマーカーで塗り重ねられているのは、注視している犯罪が発生した場所を示している。同じ色ならば、関連した犯罪であることを示す証拠が充分にあるという意味だ。分析官たちは類似性と特異性がないかと、報道や所轄の警察署からあがってくる事件の報告書にひっきりなしに目を通している。SCASの仕事の一部はオオカミ少年と同じだ——類似性があると見ると、これは連続強姦魔、あるいは連続殺人鬼の犯行かもしれないと所轄の警察に連絡する。その指摘はまちがっていることが大半だ。

だが、ときに正しい場合もある。

カンブリア州には赤いマーカーで印が三つついていた。イモレーション・マンの動きがしっかりと見張られている。

入ってきた人物が誰か気づきはじめたらしく、静寂がしだいにひろがった。ポーの耳に自分の名をささやく声が届いた。彼は聞こえないふりをした。注目の的になるのは気にくわないが、自分が有名人なのはよく承知している。カーライルにある死体安置室の冷たい寝台で眠っている男の胸に、自分の名が刻みつけられていたからというのもあるが、ここの管理職だったときの運営方法にも原因がある。

それに、ここを去ることになったいきさつにも。それを忘れてはいけない。

くぐもった怒鳴り声が響き、静寂が破られた。声はポーのかつてのオフィス、というか、正確に言えば、現在のフリンのオフィスから聞こえた。ポーはそちらへ足を向けた。怒鳴り声の大半はなにを言っているかはっきりしなかったものの、自分の名前がときおり聞き取れた。ドアをあけ、こっそりとなかに入った。

ハンソンがフリンのデスクごしに身を乗り出していた。両手のこぶしをデスクに押しつけている。

「何度も言わせるな、フリン。部長がなんと言ったかは関係ない。やつを復職させるのは許さん」

フリンは落ち着きはらっていた。「正確に言うと、彼を復職させたのはヴァン・ジル部長であって、わたしではありません」

ハンソンは立ちあがった。「きみにはがっかりだな、フリン」

ポーは咳払いをした。

ハンソンは振り返った。「ポー。フリン警部と一緒に戻ってきていたのか」

「おはようございます」ポーは言った。

ハンソンはポーが差し出した手を無視した。

副部長によく思われていない点を気にするべきなのだろうが、洟も引っかけないほうがはるかに簡単だ。こっちが仕事に執着しなければ、お偉方はたちまち、自分たちの権力がいかに小さいかを悟るものだ。

「好きなだけへらへらしているがいい、ポー。おまえを復職させるというヴァン・ジル部長の判断は間違いだ。おまえはどうせすぐになにかやらかすだろうし、そうなれば部長も前部長と同じ道をたどるに決まっている」ハンソンはフリンに向き直った。「そして部長がいなくなれば、SCASも大きく変わることだろうな、フリン警部」

それだけ言うと、彼はオフィスを出ていった。名ばかりの王のように、ドアを叩きつけるように閉めずにはいられなかった。

フリンはすでに人事課との会合を手配していた。ポーが少しでも早く正式に復帰すれば、それだけ早くカンブリア州に戻れる。人事課の幹部はいまSCASの建物に向かっている途中だ。ふたりは小さな会議用テーブルについて待った。

ポーはフリンによって改装されたかつての自分のオフィスをじっくりとながめた。なかに入るより先に、フリンの名を記したぴかぴかの真鍮（しんちゅう）のプレートが目に入った。ポーのときは、ホワイトボード用のペンで役職名を書いたA4用紙を貼っていただけだった。記憶が正しければ、ペンの色は青だ。

ポーがつくりあげた混沌状態は、整理の行き届いた落ち着いた雰囲気に取って代わられていた。ブラックストンの警察マニュアル本が棚にずらりと並んでいる。そのいちばん端には、使いこまれた感じの『捜査主任マニュアル』が置いてあった。ポーもポケット版で同じものを持っていた――刑事なら誰もが持っている――が、一度読んだだけで捨ててしまった。参考にはなるが、これならではというものがない。主任刑事に論理的で周到な捜査とはなにかを教える内容だ。問題なのは、誰もが同じ手法で事件を捜査するようになってしまうという点で、ポーも定石のようなものがあることには同意するが、あのハンドブックは、まともでない殺人犯を捕まえようというときには、なんの役にもたってくれない。

オフィスのほかの部分にも目をやった。ひじょうに無味乾燥な印象だ。私物はひとつも置いていない。

ポーがSCASに勤めていたときは、机の上にものを積むなという決まりは、自分以外の連中が守るためのものだった。フリンのデスクは思ったとおりきれいに整頓されていた。PCが一台と、いちばん上がまっさらなはぎ取り式メモがひとつ。NCAのロゴが入ったカップにはペンと鉛筆がぎっしり差してあった。

フリンの電話が鳴った。彼女はスピーカーモードのボタンを押して電話に出た。ダイアンの声がした。「人事課のアシュリー・バレットが来てます」

「ありがとう」フリンは言った。「通してあげて」

きちんとした身なりで茶色い革のブリーフケースを持ったバレットが、にこやかに入ってきた。長身でやせぎすの男だ。彼は会議用テーブルについた。

「ぶしつけで悪いけど、アッシュ」フリンは切りだした。「手短にお願いできる？　カンブリアまで戻らなくちゃいけなくて」

バレットはうなずくと、ポーをちらりと見やり、ブリーフケースから書類を何枚か出した。それをポーの前のテーブルに置いた。小さく咳払いをし、入念に準備した説明を始めた。まるで自動でしゃべっているかのようだった。「きみも知ってのとおり、ポー部長刑事、停職は宙ぶらりんの処分で、停職に正当性があるかどうかは組織の判断しだいだ。きのう、情報部のエドワード・ヴァン・ジル部長が、IPCCの件はいま現在も検討中ではあるが、内部調査が終了した以上、きみの停職処分を解くべきであると判断した」バレットは持ってきた書類をひっくり返した。一枚の書類をポーに渡しながら彼は言った。「これは確認のための書類だ。いちばん下に署名してほしい」

ポーは従った。仕事用の署名――小切手を切るときには絶対に使わないぞんざいな殴り書き――をするのはずいぶんとひさしぶりだ。妙な感じがしたが、同時にほっとした。テーブルの上を滑らせるようにして、書類を返した。

デスクの固定電話が鳴り、フリンが立ちあがって出た。彼女が小声で話すあいだ、バレットのほうはカウンセリング、あるいはIT関連の再研修といった職員支援が必要かとポーに尋ねた。ポーはどれも不要だと答えたが、両者ともそういう答えになるのはわかっていた。

分厚い人事規則にまたひとつチェックを入れ、バレットは最後のお楽しみに取りかかった。ブリーフケースから仕事に必要な道具とおぼしきものをいくつか取り出した。彼は仕事用携帯電話をポーに渡した。暗号化されたブラックベリーだ。あらかじめ必要な連絡先をいくつか登録してあり、オンライン・カレンダーの同期もすませてあると説明した。つまり、ポーのオンライン・ダイアリーにアクセスする権限のある者なら誰でも、予定を入力できるということだ。方法がわかりしだいすぐにその機能を無効にすること、とポーは心のなかにメモをした。渡されたブラックベリーはインターネット接続が可能だった。ウェブを閲覧し、安全な電子メールとテキストメッセージが受信できる。電話もかけられる。

「このブラックベリーには安全対策のアプリがインストールしてあり、その機能が有効になっている」バレットは説明した。

ポーはきょとんとした顔で相手を見た。

「どこにあるかがウェブサイトでたどれるという意味だ」

「おれの行動をスパイするってことか？」

「申し訳ないが、ハンソン副部長がどうしてもと言って聞かなくてね」

ポーはブラックベリーをポケットにおさめた。その機能もあとで無効にしよう。

バレットはポーの身分証とNCAの職員証が入った小さな黒革のカード入れを渡した。

ポーは無造作にひらき、自分のものであるのを確認してから内ポケットに入れた。本来の自分に戻れた気がした。

これで仕事に復帰できる。

フリンを見やった。顔をしかめ、電話の主の話に耳を傾けている。

「きみが去ったあと、フリン部長刑事がSCASの一時的な警部に昇進してね」バレットが言った。「ヴァン・ジル部長はその人事を据え置くと明言した。職に戻る際には実質的に部長刑事の地位に降格するのがきみの停職を解く条件だ。要するに、きみにはフリン警部の下についてもらう」

「異存はない」ポーは言った。

フリンは受話器を置き、ポーに向き直った。顔が青ざめていた。「あらたな犠牲者が出た」

9

「場所は？」

「山歩きをしていた人がコッカーマスという町の近くで発見したそうよ。その場所は知ってる？」

ポーはうなずいた。カンブリア西部にある小さな市場町だ。イモレーション・マンがもう手口を変えたことが意外だった。「たしかなんだね？」

フリンはたしかだと答え、なぜかと尋ねた。

「コッカーマスにストーンサークルはひとつもない。少なくともおれの知るかぎりでは」

フリンはメモ帳を確認した。「コッカーマス。捜査主任はそう言ってる」

ポーは立ちあがった。「だったらさっそく出かけよう」深刻な事態になりつつある。本当に四人めの被害者が見つかったのなら、次は自分の番だ。

バレットが言った。「本当なら、出かける前に再研修として施設内をひとまわりしてもらうんだが……」フリンとポーのふたりに見つめられ、彼はたじたじとなった。「……こういう状況なので、あとにしよう」

「ありがたい」ポーは言った。「分析官をひとり同行させたい。ひととおりなんでもできる者がいい。なにから手をつけるべきか、おれなりに考えがあるんだが、膨大な量のデータマイニングをしてもらう必要がある。うちでいちばん優秀なのは誰だ？」

フリンは口ごもって、顔を赤らめた。「ジョナサン・ピアス」

「そいつがもっとも優秀なんだね？」

「うーん、本当のことを言えばティリー・ブラッドショーがもっとも優秀よ。ここの誰にも負けないレベルのスキルを身につけている。例の検死のデータからあなたの名前を見つけたのは彼女だし」

ポーはその名に聞き覚えがあった。「だったらなにが問題なんだ？」

「ちょっと変わった子なの。オフィスの外に行くのを拒んでる」

ポーはにやりとした。「フリン警部、そこは部長刑事にまかせてくれ」

10

ポーは間仕切りのないオフィスに大股で入っていき、大声でティリー・ブラッドショーの名を呼んだ。やせた小柄な女性が立ちあがった。いかにもパーティションで仕切られた小部屋で仕事をしていそうな、内気で融通のきかないタイプに見える。彼女は誰に呼ばれたかわかると、口をとがらせて着席した。

ポーはバレットを振り返った。「ちょっとここで待っていてくれるか、アッシュ？　協力してもらうことになるかもしれない」

ポーは部長刑事だった時代のほうが楽しかった。いまになって思えば、一時的にせよ、警部という役職を受けてはいけなかったのだ。管理責任がぐっと増え、気持ちの休まるときがなかった。一部長刑事という立場のほうがうまくやれていたし、しかも見たところ、SCASはここしばらく、その立場の人間がいないらしい……

「ミス・ブラッドショー、いますぐおれのオフィスに来てくれ」

ブラッドショーはめんどうくさそうに部長刑事のオフィスまでついてきた。最近までフリンが使っていたので、オフィス内はおぞましいほどこぎれいだ。ポーはデスクについた。ブラッドショーはなかに入ったもののドアを閉めなかったが、それはかまわない。課の連中にあらたな仕事のやり方を見てもらうチャンスだ。ポーがデスクの前の椅子を手振りで示すと、ブラッドショーはへりにちょこんと腰をおろした。

ポーは彼女をじっくり観察した。部長刑事の仕事の九割は部下の管理だ。彼女は化粧をしておらず、金色のハリー・ポッター風眼鏡の奥に視力の弱い灰色の目がのぞいている。顔が魚の腹のように生白い。あざやかな色合いのTシャツには、主役の三人を女性に代えたリブート版『ゴーストバスターズ』のロゴが躍っている。キャンバス地のズボンはカーキ色で両脇に大きなポケットがついている。たしか、カーゴパンツというんだったな。指はすらりと長い。どの爪も嚙んだあとがあり、下の皮膚が見えるほどだ。さきほどのふてくされた態度とは裏腹に、怯えた表情をしていた。

「おれのことは知っているかい?」

ブラッドショーはうなずいた。「名前はワシントン・ポー。三十八歳で、カンブリア州ケンダルの生まれ。カンブリア警察管区からSCASに異動。あなたのミスが引き金となって容疑者が拷問され、のちに死亡したと言われている。現在、IPCCがそれについて調査中。あなたは停職処分を受けている」

ポーは相手をじっと見つめた。冗談のセンサーは作動していないようだ。つまり、彼女はふざけているわけではない。こういう話し方をする人間なのだ。「はずれだ。なぜかと言うと……」ポーは腕時計に目を落とした。「五分前にワシントン・ポー部長刑事になったからだ。今後、きみにはおれの指示に従ってもらう。わかったか？」

「ステファニー・フリン警部には、彼女の指示だけに従えと言われてます」

「ほう、そうか」

「そうです、ワシントン・ポー部長刑事」

「ポーでけっこう」

「そうです、ポー」

「そうではなくて、ポー部長刑事と……まあ、いい……好きなように呼んでくれ」呼称について無意味な議論をする気力など持ち合わせていなかった。「ところで、どうしてフリン警部はそんなことを言ったのかな？」

「ときどきみんながからかうからです。してはいけないことをしろと言う人がいて」ブラッドショーは答えると、眼鏡を押しあげ、乱れた細い茶色の髪を耳にかけた。

ポーにもじわじわとわかりはじめた。「そうか。だが、おれがここの新しい部長刑事だから、おれが指示したことをやってもらわなくてはいけない」

ブラッドショーはぽかんとした顔でポーを見つめた。

ポーはしばらくしてようやく言った。「ちょっと待ってろ」

フリンのオフィスに入った。彼女はバレットと話していた。「ずいぶん早かったわね」

あきらかに、彼女は笑いを嚙み殺していた。

「おれのオフィスに来て、おれの指示にも従うよう、ミス・ブラッドショーに言ってくれないか？」

「いいわよ」フリンはポーのあとから彼のオフィスに入った。「ティリー、この人はワシントン・ポーといって、この課の新しい部長刑事よ」

「ポーと呼んでほしいそうです」ブラッドショーは答えた。

フリンがポーを見やると、彼はどうしろというんだというように肩をすくめた。

「それはともかく、これからは彼の指示にも従ってちょうだい。わかった？」

ブラッドショーはうなずいた。

「でも、それ以外の人の指示には従わなくていいから、ティリー」フリンはふたりを残して出ていく前につけくわえた。

「さて、これで話はついたな、ティリー。これから自宅に戻って荷造りをし、一時間後にここでおれとフリン警部と落ち合うように」ポーは言った。「数日ほど、車で出かける」

「できません」彼女は即座に言った。

ポーはため息をついた。「ちょっと待ってろ」

一分後、彼はNCAの一般的な雇用契約書を手に戻ってきた。それをデスクの反対側に滑らせた。「いまのがどこに書いてあるか教えてもらえないか。おれには〝勤務時間外にオフィス外で働くことを求められる場合がある〟という一節しか見つけられないが」

ブラッドショーは契約書に目をやらなかった。

ポーはつづけた。「ティリー・ブラッドショーがそれを免除されているとは、どこにも書いてない」

ブラッドショーは目を閉じて口をひらいた。「第三条第二項第七号に、裁量による恩恵——あたしの場合はオフィス外で仕事をしないことですけど——は、一定期間にわたって確立されていれば、拘束力のある雇用条件になるとさだめてます。法律で〝慣例〟と定義されているものです」彼女は目をあけ、ポーを見つめた。

長期間にわたっておこなってきたことは、雇用契約と完全に矛盾していても、職務の一部と見なされるという人事課の規則については、ポーもなんとなく知っている。ばかげた話に聞こえるが、その規則にもとづいて、労働裁判所が賠償金の支払いを裁定したケースも多々ある。

ポーはブラッドショーをあっけに取られたように見つめた。「雇用の手引きを暗記しているのか？」

ブラッドショーは顔をしかめた。「署名したときに読みました」

「いつのことだ？」

「十一カ月と十四日前」

ポーはまたも立ちあがった。「ちょっと待っていてくれ」

席をまわりこんでフリンのオフィスに向かった。

「ジョナサン・ピアスなら、数日くらいオフィスを留守にしてもかまわないと言うと思うけど」彼女は言った。

そう簡単にあきらめるつもりはなかった。「彼女はまともなのか？」

「なんの問題もないわよ」フリンは言った。「温室育ちなものだから、つけこまれることがたまにあるけど。融通がきかなくて、言われたことを鵜呑みにする傾向はあるわね。わたしもできるかぎり目を離さないようにする。御し方さえつかめば、最高に有能な戦力になる」

「だが、現場に出るにはまだ早い？」

「ＩＱは二百近くあるけど、おそらく卵ひとつゆでられないと——」

「アッシュ、おれが彼女を連れていけない法的な理由はあるかな？」ポーは訊いた。

「本人が慣例であると主張しても、われわれが抗弁すれば、彼女の負けだろうね」

ポーはバレットをにらみすえた。待っているのは、イエスかノーかの答えだ。

「ない」バレットは言った。「雇用法には、なんらかの形で彼女の盾になるようなものはなにも書かれていない」

「だったら決まりだ」ポーは言った。「だいいち、去年のいまごろは、おれだって卵ひとつゆでられなかった」

ポーはオフィスに戻り、デスクについた。指を尖塔の形に組み、身を乗り出すようにしてブラッドショーと向き合った。きのうフリンが彼に対してやったのと同じ作戦をためしてみるつもりで、ブラッドショーがはったりをかける気分でないことを願った。「きみには選択肢がふたつある。自宅に戻ってカンブリアの春を満喫しに出かける荷造りをするか、いまここで辞表を提出するか」

ブラッドショーはますます落ち着きのない表情になった。

なにか変だ、とポーは思った。「どうした、ティリー？　なぜ、オフィスを離れられない？」

　やがて彼女は、目を潤ませながら立ちあがった。うしろを振り返ることなく足音も荒く、ポーのオフィスを出ていった。

　ポーがうかがうと、彼女は自分の席に向かっていた。デスクに戻り、どすんと椅子に腰を落とした。ヘッドホンを装着し、キーボードを叩きはじめた。

　ポーはあとを追って彼女のデスクに向かった。おそらく、緊急事態なのをわかっていないのだろう。

「ミス・ブラッドショー、フリン警部からはきみがここでもっとも優秀な人材だと聞いている。だから、カンブリアまで一緒に行ってほしい。ここのデスクにいても、おれの役にはたってもらえないんだ」

「そんなのわかってる」彼女は言った。「あたしがなにをしてると思ってんの？」

　ふてぶてしい容貌の若い男がばか笑いした。ポーは、アザミもしおれさせるほどのまなざしでそいつをにらんだ。それからブラッドショーがグーグルの検索窓に入力した検索ワードを読んだ――カンブリアの春を満喫するのに持っていくものは？

「まさか、からかってるんじゃないよな？」彼は言った。

　ブラッドショーは顔をあげた。そうでないのは火を見るよりもあきらかだった。

　彼女のデスクまわりには私物がひとつもなかった。ポーが去ったあと、フリンがオフィス全体をきれいに片づけはしたものの、ほかの連中はみな、デスクまわりを自分流にアレンジしている。〝世界でいちばんのパパ〟の文字が入ったマグカップ、安っぽいフレームにおさめた配偶者や子どもの写真、いかがわしいたぐいのカレンダー。ブラッドショーのデスクまわりはなにもなかった。

「このデスクに移ったばかりなのか、ティリー？」

彼女はきょとんとした。「ううん。十二カ月近くいる」

「だったら、きみのものはどこにあるんだ？」

「あたしのもの？」

「だから、マグカップとか、かわいいおもちゃとか、販促用のペンとか」ポーは答えた。

「要するに、どうでもいいようなもののことだ」

「ああ」彼女は言った。「いろいろ持ってきたけど、みんながふざけて持っていっちゃって。そのまま返してもらってない」

ポーの心がざわついた。「いいか、何日か出かけるときと同じようなものを荷造りすればいいんだ。着替えとか洗面用具とか、そういうものだ。それと、連続殺人犯を捕まえるのに必要な道具もすべて持っていくように」彼は言った。「急げよ。第四の殺人事件が発生した」

「あたしがどれだけ困ってるか、ちっとも理解してくれないんだから」ブラッドショーはぽつりとつぶやいた。

一時間後、ポーは理解した。

ブラッドショーが荷造りしに帰宅したのち――彼女は車を持っておらず、ふだんは母親が職場まで送り迎えしているので、タクシーの使用を許可しなくてはならなかった――受付係のダイアンがやってきた。にんまり笑っているのを見て、ポーはまずいことになりそうなのを即座に察した。

「あなたに電話」ダイアンは言った。「オフィスにつなぎます」

「ポー部長刑事です」受話器を取りあげて言った。名前のうしろに階級をつけて名乗るのは、なんだか落ち着かない。「どういったご用件でしょうか？」

「はじめまして、ポー部長刑事。マチルダの母です」

しばしの間があき、ポーはそれを埋めるように言った。「申し訳ないが、番号をまちがえていませんか？　マチルダという人に心当たりはありません」

「ティリーといえばおわかりになるでしょう。ティリー・ブラッドショーです」電話の女性は言った。「さきほど娘から電話があり、家に帰って荷造りをしなくてはいけないけれど、テントが見つからないと言うんです。だから、仕事を抜けて買ってきてくれないかと。缶詰と缶切りもいると申しておりました。それを全部オフィスに届けてほしいそうです。なんだかやけにあたふたしていましたよ、ポー部長刑事」

「テント……缶詰……申し訳ないが、ミセス・ブラッドショー、どういうことかさっぱりわかりません。お嬢さんはチームのほかのメンバーと同じホテルに泊まるんです。そんなことは言わなくてもわかっているとばかり」

「ああ、そういうことでしたか。ですが、そもそもなぜ、娘はカンブリアくんだりまで行くんでしょう？　あちらはぞっとするような場所ではありませんか」

「おれはそのカンブリアの出です」ポーは反発した。

「あら、ごめんなさい。でも、ひどく陰気な感じがしますでしょう？」

ポーは〝実際、そのとおりだからだよ〟と言い返そうとしたが、やめておいた。そしてこう言うにとどめた。「カンブリアですよ。バグダッドに行くわけじゃありません、ミセス・ブラッドショー。殺人事件の捜査を支援してもらうんです」

「危ないことはないんでしょうね？」

「イモレーション・マンが宿泊先のホテルを燃やそうと思わなければ」

「その可能性はあるんですの？」

「ありません。単なるジョークです」少なくとも、ブラッドショーがどこで社交術を身につけたかはわかった。「お嬢さんの身に危険がおよぶことはありません。分析面の支援で同行してもらうのであり、ホテルから外に出ることもないでしょう」

それで相手は気が休まったようだ。

「わかりました、許可いたします」ミセス・ブラッドショーは言った。「ですが、ひとつ条件があります」

ポーは皮肉のひとつも言ってやりたくなるのをこらえた。ブラッドショーは母親から行っていいと許可が出ないのではないかと心配していたのだ。わざとおどおどしていたわけではなかったのだ。「うかがいましょう」

「毎晩、自宅に電話させてください」

事情がわかったいま、それはさほど常軌を逸しているとは思えなかった。「わかりました」ポーは言った。

「ところで、マチルダについていくつか知っておいてほしいことがあります、ポー部長刑事」

「お話しください」

「ええと、まず最初に申しあげておきますが、マチルダはすばらしい子で、ずば抜けた才能を持つ娘です。この世で最高の存在です」

「でも……」

「でも、極端なほどの温室育ちなんです。外で遊んでいておかしくない年齢を大学で過ごしました。オックスフォード大学で最初の学位を受けたときは十六歳でした」

ポーは口笛を吹いた。

「さらにそのまま大学に残り、修士号ひとつと博士号ふたつを得ています。ひとつはコンピュータで、もうひとつは数学かなにかでした。わたしにはなにがなにやらですけど。とにかく、この先もあちこちから研究助成金をもらいながら、オックスフォードで過ごすものとばかり思っておりました。なにしろ、いろいろな人がお金を注ぎこんでくれていましたから」

「では、いったいどういういきさつで――?」

「いったいどういういきさつで国家犯罪対策庁で働くことになったのか、お知りになりたいんでしょう？　おそらくあなたもわたしと同じように疑問に思っていらっしゃるでしょうけど、ポー部長刑事、あの子の父親から受け継いだ気まぐれな性格のせいではないかと考えております。ある晩、大学から戻ってきたかと思うと、求人に応募したと言ったんです。わたしたちにとめられるとわかっていたんでしょう、どんな仕事かは言おうとしませんでした」

「なぜとめようとするんです？」

「もうあの子にはお会いになったんでしょうに、ポー部長刑事。マチルダは非凡な頭脳の持ち主です。あの子が十三歳のときにわたしたちに会いにきた教授によれば、一世代にひとり出るかどうかの頭脳だそうです。裏を返せば、それまで本当の意味では世間というものを知らずに生きてきたわけですから、あなたやわたしが当たり前に身につけている生活能力というものがそなわっておりません。あの子にとってそういうものは優先順位が低かったんでしょう。人と交わることがはなはだ不得意で、過去にはそれが原因でいろいろトラブルもありました」

だんだんあきらかになってきた。おそらくフリンの言うとおりなのだろう。ブラッドショーはこの仕事には適任ではないのだろう。心配いらない、娘さんはお茶を飲みに帰宅するだけですからとミセス・ブラッドショーに言おうとしたとき、ブラッドショー本人が戻ってきた。あいかわらずおどおどした様子だが、それだけではない。緊張と興奮をみなぎらせていた。出かけられるとわかったいま、早く出発したくてうずうずしているようだ。

彼女は自分のデスクまで来ると、機材の荷造りをはじめた。

「娘さんのことはおれが引き受けますよ、ミセス・ブラッドショー。約束します」ポーはそう言って電話を切った。

ポーが手伝おうと歩み寄ると、さっきばか笑いした男が、まわりの同僚相手に笑いをとろうとしていた。うしろにいるポーには気づいていない様子だ。男は立ちあがって言った。

「みんな見ろよ、ぼんくらちゃんがお出かけするってさ」

何人かが忍び笑いを漏らした。大半はポーに気づき、まずいことになりそうだと察した。ブラッドショーの目に浮かんでいた高揚感が一瞬にしてしぼんだ。頬を赤らめ、目を床に落とした。彼女の殺風景なデスクまわりにもう一度目をやったところで、ポーはようやくぴんときた。

彼女はいじめを受けているのだ。

誰かがなにか言うより早く、ポーは三歩進んでばか笑い男を椅子から引きずり出した。上着の背中をつかんで、オフィスの奥まで連れていき、頭を壁に叩きつけた。

「名前！」ポーは怒鳴った。

無言。

「名前！」

「ジョ、ジョ、ジョナサン」男は恐怖に顔をひきつらせ、へどもどと答えた。

「アシュリー・バレット！　フリン警部！　ちょっと来てくれ！」

フリンが駆けてきた。うしろから人事課長もついてくる。

「さっきの言葉をもう一度言って、フリン警部に聞かせてやってくれないか」

ジョナサンの目が逃げ道を求め、スロットマシンのようにせわしなく動いた。喉にかかったポーの手が万力のように締めつけている。ポーはその手を離すことなく振り返り、オフィスにいる全員に呼びかけた。「はじめて会う者がほとんどだろう。おれはワシントン・ポー部長刑事だ。いじめは絶対に容赦しないからよく覚えておけ」

うそではなかった。絶対に容赦しない。めったにない名前で、母はおらず、しかも父親はとんでもない変人という三要素がそろっていたおかげで、彼は学校で常にいじめの対象だった。それを逃れる唯一の方法は、いやがらせをしてきたやつには目にものを見せてやればいいと悟るまで、さほど時間はかからなかった。いじめっ子連中はポーが反撃してくることを、そしてけっして引きさがらず、戦いつづけることを思い知らされた。ポーに喧嘩を売ったら最後、誰かが意識を失うまで終わらない。ほどなく、誰もが彼には近づかなくなった。

「さて、きみたちの友だちのジョナサンをよく見ておけ」ポーは話をつづけた。「というのも、彼はこれを最後に、このオフィスに足を踏み入れることはないからだ」

オフィスにいる全員が、口をぽかんとあけて目をみはった。

「おれがやりすぎていると思う者は？」

いないらしい。というか、そう思ったとしても、口に出すようなばかはいない。

「ジョナサンが同僚のひとりをなんと言ったか、みんな聞いていたか？」

全員が聞いていた、ように見える。

ポーはひとりを指さした。「そこのきみ、なんという名前だ？」

「ジェン」

「ジョナサンはなんと言った、ジェン？」

「ティリーをぼんくらちゃんと呼びました、サー」

「おれは食うために働く身だ、ジェン。〝サー〟はつけなくてけっこう」ポーはフリンとバレットのほうを向いた。

フリンがバレットのほうを向いた。「わたしは充分だと思う。アッシュはどう？」

バレットは少し間をおいた。「ポー部長刑事が暴力をふるってさえいなければ――」

「こいつはペンを握っていた」ポーはさえぎった。「武器にするんじゃないかと思ったんだよ」

「ならけっこうだ」バレットは言った。「ジョナサン・ピアス、いじめおよび暴言という、はなはだしく不適切な行為で停職を言い渡す。身分証を預かると同時に、懲戒委員会の手配をする。委員会ではまずまちがいなく、NCAを解雇されることだろう」

「でも、でも、でも、みんなそう呼んでいますよ」ジョナサンは言い返した。オフィスにいる全員がひっと息をのんだ。ジョナサンは保身のために同僚を裏切るという大罪をおかした。

ポーは言った。「ほかに、同様の不適切な行為をおこなった者はいるか？」

誰も動かなかった。何人かがやましそうな顔をしたが、誰ひとり、みずから罪を認める者はいないらしい。

「いないのか？　どうやら、きみだけらしいな、ジョナサン」ポーは顔を近づけ、小声で言った。「おれの友だちのティリーが仕返しされるようなことがあれば、おまえを追いつめ、指の骨を一本一本折ってやるからそのつもりでいろ。わかったか？　わかったならうなずけ」

ジョナサンはうなずいた。

「けっこう」ポーは言った。「さっさと失せろ」解放してやると、ジョナサンはへなへなと床にくずおれた。

ポーはブラッドショーに向き直った。「テントは持っていかなくて大丈夫だ、ティリー。フリン警部とホテルに泊まるんだから。ほかのものはすべて荷造りできたか？」

ブラッドショーはどうにかこうにかうなずいた。

「だったらなにをぐずぐずしている？　さあ、連続殺人犯を捕まえに出かけるぞ」

11

ポーは三人で運転を交代しながら行くつもりでいた。ブラッドショーが「トイレに行きたい」と言ったのでチェシャーのサービスエリアに寄ったが、ポーが彼女に車のキーを投げて、残りは運転してくれと言ったところ、運転免許証を持っていないと告げられた。

ポーはしばらく考えてから言った。「だったら、なぜずっと助手席に乗っていた？　運転しない者はうしろの席に乗るものだぞ」

ブラッドショーは腕を組んだ。「あたしは必ず助手席に乗る。統計上、そこがいちばん安全だから」

言い合いが始まる前にフリンが後部座席に乗りこみ、一件落着とした。「どっちにしたって、わたしはうしろの席のほうがいいわ、ポー」

車の安全に関するブラッドショーの講義を聞きながら、ポーは車を本線に向けた。進入路を過ぎるころには話を聞くのをやめていた。

彼女のような人間ははじめてだ。社会常識というものをまったく理解していないように思える。脳と口のあいだにフィルターがいっさいなく、考えたことがそのまま口から出てしまうのだ。非言語によるコミュニケーションは理解できない。アイコンタクトをとるのも、目をそらすのも拒む。彼女に名前を呼ばれて無視すれば、返事をするまでえんえんと呼ばれつづける。

やがて三人は黙りこんだ。

ポーはバックミラーに目をやった。フリンは眠っていた。「ちょっと頼まれてくれないか、ティリー？」そう言って上着のポケットに手を入れ、自分のブラックベリーを出した。「そのなかにオンライン・ダイアリーと、追跡アプリが入ってる。そのふたつを無効にできるかな？」

「できるよ、ポー」

ブラッドショーは受け取るそぶりを見せなかった。

「そのふたつを無効にしてくれないか？」

ブラッドショーはためらった。「あたしがやっていいの？」

「もちろん」ポーはうそをついた。

ブラッドショーはうなずくと、ポーの携帯電話を操作しはじめた。

「だが、フリン警部に訊かれても、内緒にしておいてくれよ」ポーはつけくわえた。

「重大犯罪分析課で働くのは楽しいか、ティリー？」ブラックベリーを返してもらった五分後、ポーは訊いた。

「うん、とっても」ブラッドショーは顔を輝かせて答えた。「もう最高。理論数理学を現実の世界に適用できる場所なんかそうはないもの」

「そのとおりだ」ポーはにこりともせずに言った。彼女がまともに笑うのはこれがはじめてだ。笑うと、まったく別人の顔になる。

SCASでのブラッドショーの仕事についてひとしきり話したあと、話題はオックスフォード大学在学中のことに移った。完全な一方通行の会話だった。彼女がなんの話をしているのかポーにはちんぷんかんぷんだった。彼にとって数学は数字のかわりに文字が使われるようになったところで終わっていた。だが、フリンの言うとおりだ。ブラッドショーはすぐれた戦力になる。彼女はプロファイリングのための情報収集全般をしっかり理解しているが、本当の強みは必要なときに必要に応じた解決方法を工夫する能力だ。被害者につけられた傷からポーの名を読み取ったのは彼女が作成したプログラムだと、フリンから聞いている。ポーはブラッドショーに礼を言った。彼女のおかげで命拾いしたようなものだ。

ブラッドショーは顔を赤らめた。

「なんでワシントンと呼ばれてるの、ポー？」数分後、ブラッドショーが訊いた。自分の質問にはっとなって、言い直した。「ポー、どうしてあなたのファーストネームはワシントンなの？」

「さあ。訊くならべつの質問にしてくれ」ポーは答えた。

「みんなから好かれてないのはどうして？」

ポーは彼女をちらりと見やった。意地悪で言っているわけではないようだ。雑談という概念がないのだろう。人になにか質問するのは、本当に答えが知りたいだけなのだ。「おいおい、ずいぶん正面切って訊くんだな」

「ごめんなさい、ポー」ブラッドショーはもごもごと謝った。「ステファニー・フリン警部から、人との接し方を学ばなくてはいけないと言われてるんだけど」

「気にしなくていいよ、ティリー。だいいち、気持ちのいいくらいにまっすぐな質問だった」ポーは前方の道路から目を離すことなくタンクローリーを一台追い抜いた。「それに、おれがそこまで嫌われてるとは知らなかった」

「嫌われてるのは本当よ。ジャスティン・ハンソン情報部副部長とステファニー・フリン警部があなたの話をしてた」

「ハンソン副部長は、昇格できなかったのはおれのせいだと思ってるんだ」ポーは言った。

「それはどうして、ポー？」

「おれがペイトン・ウィリアムズを捜査するのを望まない連中が大勢いてね。ウィリアムズは国会議員の側近だったから、ハンソン副部長も幹部の一部もスキャンダルになるのを恐れた。最初からおれの言うとおりにしていたら、ペイトン・ウィリアムズも死なずにすんだのに」

「ふうん」ブラッドショーは言った。「あたしはジャスティン・ハンソン副部長なんかぜんぜん好きじゃない。だって意地悪だもの」

「同感だ」ポーは言った。「だがいずれにせよ、立ち聞きしたのはきょうのことじゃないよな。おれにはふたりの会話はまったく聞こえなかったが、おれのほうがきみよりもフリン警部のオフィスに近かったんだから」

「きょうのことじゃないよ」ブラッドショーは言った。「B会議室でジャスティン・ハンソン副部長とステファニー・フリン警部とエドワード・ヴァン・ジル部長の三人にMSCTのデータを報告したときのこと。しばらくすると、三人はあたしがいるのを忘れたみたい」

ポーはなにも言わなかった。バックミラーにあらためて目をやると、フリンはもう目を覚ましていた。目が赤くてしょぼしょぼしている。車のなかで寝たところで寝床で横になるほどの満足感は得られない。

ブラッドショーはシートにすわったまま体の向きを変えた。「あなたもポーが好きじゃないんでしょ、ステファニー・フリン警部？」

「なんてことを言いだすの、ティリー！」フリンが大声をあげた。しかし、とまどったような顔をしていた。「ポー部長刑事のことは好きに決まってるじゃないの」

「え、でも」ブラッドショーは言った。「エドワード・ヴァン・ジル部長が、〝連続殺人犯について幅広い知識〟を持っているポーは重大犯罪分析課に必要だと発言したとき、こう言いましたよね。〝ばかをやらないようにする能力には欠けていますけどね、〟って。ポーが嫌いだからああ言ったんでしょう？」

ポーは大笑いして、熱いコーヒーを鼻から噴いてしまった。

「ティリー！」フリンはいまいましそうに言った。

「え？」

「内々の議論をばらしちゃだめなの」

「ふうん」

「失礼なことなのよ。わたしにとってもポー部長刑事にとっても」

ブラッドショーの下唇が震えはじめたのを見て、ポーは割って入った。「いいから気にするな、ティリー。好かれてるなんて過大評価もいいところだ」

ブラッドショーは顔をほころばせた。「よかった。あたしもみんなに好かれてないから」

いまのは冗談かと顔をのぞきこんだ。本人はいたってまじめだった。

ブラッドショーは横を向き、ウィンドウの外に目をやった。雑談は終わりだ。

ポーはミラーに映るフリンをちらりと見た。恥ずかしさのあまり顔が真っ赤になっている。べつに気を悪くしてなどいないというようにウィンクした。ポーはマチルダ・ブラッドショーに好感を抱きはじめていた。


その後の旅は何事もなく、夜の七時ちょっとすぎに〈シャップ・ウェルズ・ホテル〉に到着した。

フリンとブラッドショーがチェックインの手続きをしているのを横目に、ポーは自分あての郵便物を受け取った。本来の住所ではないが、郵便配達人にハードウィック・クロフトまで荒涼とした丘陵地帯を歩かせるのは気が引けていたところ、ホテル側が郵便をフロントあてに送ってもらってかまわないと言ってくれたのだ。

郵便はほとんど来ていなかった。ひっそり暮らすメリットのひとつだ。ジャンクメールがほとんど来ない。

フリンがフロントで待っていた。

「話はついたのか？」

「まあね」フリンはため息をついた。「ティリーが非常口に近いほうの部屋がいいと言うものだから、部屋を交換しなくちゃならなかったけど、おかげで本人は満足しているようよ。なにか食べて、今夜は早く寝なさいと言っておいた」

「ならば、第四の被害者を見にいくとするか」

第三の殺人事件の現場となったロング・メグ・アンド・ハー・ドーターズと最初の事件現場であるキャッスルリッグは、この国の先史時代の遺跡のなかでも視覚的なインパクトがひじょうに強く、世界的にもよく知られているストーンサークルだ。また、カンブリア州には新石器時代のストーンサークルも無数に存在し、そのなかには小さすぎて上空からでなければわからないものも含まれる。

コッカーマス近辺のストーンサークルにはまったく心当たりがなかった。警察あるいはイモレーション・マンが、ありもしないサークルを見たと思いこんだだけではないだろうか。カンブリア州の丘陵地帯の大半は自然の作用で岩が露出したり、石が並んだりしており、その真ん中に立てば、何千年も昔の石器時代の人間が意図的に置いたように見えるが、それをこじつけにすぎるとまでは言えないだろう。

しかし、ポーはまちがっていた。

コッカーマス近辺にもストーンサークルはあったのだ。

進めば進むほど道幅はどんどん狭くなっていった。バセンスウェイト湖のほとりにあるダブワスという小さな集落で右折した五分後、点滅する青色灯に導かれるようにして目的地にたどり着いた。

ポーはずらりと並ぶ警察車両の最後尾に車をとめた。制服警官がひとり、クリップボードを手に入り口のところに立っていた。

警官はふたりに身分証を提示するよう言い、ポーの名前を記録する際、怪訝な表情を浮かべた。

「この先にストーンサークルがあるのか？」ポーは訊いた。

制服警官はうなずいた。「エルヴァ・プレインですね。新石器時代に斧の取引がおこなわれていたことを示すものだと言われています」人里離れた場所で立ち入り規制の任務についていれば、携帯電話でいろいろ検索する以外、やることはほとんどない。

「ここは外側警戒線だね？」ポーは確認した。

「はい」制服警官は答えた。「内側警戒線はこの先です」彼は傾斜のきつい吹きさらしの丘のほうを示した。人の姿はまったく見えないが、声は聞こえてくる。

斜面をのぼっていくと、べつの制服警官がおりてくるのとすれちがい、あと少しだと教えられた。さらにのぼりつづけると、ようやく見えてきた。

サークルがあるのは、エルヴァ・ヒルの南斜面にある平坦な高台だった。人工の光を浴びて、明るく照らし出されている。十五個の灰色の石が直径四十ヤードほどの円を描いている。高いものでも地表から一ヤードほどしかなく、なかにはほとんど埋もれているものもあった。

そこで人々があわただしく働いていた。

頭のてっぺんからつま先まで白い防護服に覆われた科学捜査班（CSI）の職員たちが、混沌としているようでいて統制のとれた動きを見せている。かがみこむようにして地面を調べている者もいれば、サークルの中央に設置された証拠品用テントのなかや周囲に集まっている者もいる。

内側警戒線はサークル周辺すべてが青と白の立ち入り禁止テープの内側になるよう設定されていた。ポーとフリンはさっきとはべつのクリップボードを手にした警官に名乗った。「上司がまもなくまいります」制服姿の巡査は言った。「上司の許可なしに入ってもらうわけにはいきませんので」

ポーはうなずいた。犯行現場が秩序正しく管理されているのは、捜査主任が有能である証拠だ。イアン・ギャンブルは難事件を解決する直感力にはめぐまれていないにしても、能力は存分に発揮している。当然だ。殺人事件の九十九パーセントは着実で徹底した捜査で解決するのだから。

フリンがポーを振り返った。「なかに入るメリットってある？　どうせあとで写真を見せてもらえるんでしょ？」

「差し支えなければ、おれはざっと見てくる。犯人の感触をつかみたい」

フリンはうなずいた。

白い防護服姿のひとりが顔をあげ、ポーとフリンに気がついた。会話を中断してふたりに歩み寄った。警戒線の外に出るなりフェイスマスクをはずした。捜査主任のイアン・ギャンブルだった。彼は手を差し出し、ポーの手を握った。

「再会できてうれしいよ、ポー」ギャンブルは言った。「このあいだの被害者の胸にきみの名前が刻まれていた理由になにか思い当たることはないか？」

ポーは首を横に振った。気配りも世間話もなし。素っ気ないことこのうえない。

「いや、いい。その話はあとにしよう」ギャンブルは言った。「見ておくか？」

「第一印象をつかんでおきたいので」

「そうだな」ギャンブルは言うと、道具箱のそばに立っている男を振り向いた。「ボイル！」と大声で呼んだ。「ポー部長刑事に防護服を持ってきてくれ」

ポーの名前を聞いて、防護服姿のべつの男がマスクをはずした。

キリアン・リードだった。

丘全体に聞こえるような大声でリードは言った。「同僚には誤解され、幹部連中には無視され、その他大勢からはあきれられている人物――さあ、みなさん、偉大なるワシントン・ポーの登場です」

ポーの顔が赤くなった。

友人は飛ぶようにしてやってくると、警戒線を飛び越えてギャンブルに顔をしかめさせ、ポーが差し出した手を痛いほど握りしめた。

「そうか、そういうことか」リードはにやにやしながら言った。「よほどの緊急事態でなきゃ、きみの顔を見ることはないもんな。そうだろ、ポー？」

ポーは肩をすくめた。「やあ、キリアン」旧交を温めるのはあとでいい。リードはフリンのほうを向いた。「で、ろくに友だちのいない変人とはどういう知り合いで？」

ポーはふたりを引き合わせた。「フリン警部、こいつはおれの友だちでキリアン・リード。重大犯罪班の部長刑事だった」

「あいかわらず、重大犯罪班の部長刑事をやってるよ」リードは言った。「ふたりとも〈シャップ・ウェルズ〉に泊まるんだろう？　ぼくもそのうちひと晩、部屋を取るから、そしたら一緒に一杯やろうじゃないか」

「最高の夜になりそう」フリンはとってつけたように言った。

再会を喜ぶのはあとでいい。「で、現場はどんな様子なんでしょう？」ポーはギャンブルに問いかけた。リードは地元警察で唯一の友人であるが、それでもこの現場を仕切っているのはギャンブルだ。

「熱傷における九の法則は知っているね？」

ポーはうなずいた。熱傷面積を医学的に算定するのにもちいる法則だ。頭部と腕はそれぞれ九％、脚と胴体の前とうしろはそれぞれ十八パーセントとさだめられている。これらをすべて足すと九十九パーセント。残りの一パーセントは性器だ。

ギャンブルは言った。「犯人は腕をあげている。最初の被害者はひどく痛めつけられているものの、熱傷は両脚と背中だけにかぎられていた。腹と両腕はなんともなかった。ふたりめの被害者は熱傷の程度がひどくなり、三人めともなると、被害者はおよそ九十パーセントの熱傷を負っていた」

「で、今度の被害者は？」

「自分の目でたしかめてくれ」

ポーがボイルが持ってきた防護服に着替えるあいだ、ギャンブルは二次汚染を防ぐため、防護服を新しいものに替えた。フリンは着替えず――第三の犠牲者を現場で見ていた――リードとともに残った。ポーは署名をして警戒線内に入ると、重要証拠が踏まれないようCSIが敷いた踏み板の上を歩き、ギャンブルのあとを追った。

なによりもまず、においが鼻を衝いた。鑑識テントの五ヤード手前からでも、耐えがたいにおいがはっきりわかる。

人間を燃やすと豚肉のようなにおいがするという話はポーも聞いたことがある。だが、実際はちがう。肉だけならそうかもしれないが、焼死した人間は食肉加工を施されていない。血抜きはされず、内臓も取りのぞかれていない。しかも、未消化の食べ物や糞便が詰まった消化管が体内に残っている。

ものが燃えると、どれも特有の悪臭を放つ。

血液には鉄分が多く含まれているので、金くさいにおいがかすかにした。そのくらいはまだがまんできた。筋肉は体脂肪と燃え方が異なり、臓器は血液とちがう燃え方をするが、はらわたが燃えるにおいはほかのどれともまったく異なる。それらが合わさったにおいは濃厚で甘ったるく、げんなりさせられた。それに輪をかけて強烈なのが、まぎれもないガソリンのにおいだ。

そのにおいがポーの鼻腔と喉の奥にべったりと貼りついた。これから何日にもわたって、このにおいと味にまとわりつかれることだろう。不快感がこみあげ、あやうく吐きそうになったが、どうにかこらえた。

ギャンブルがテントのフラップを持ちあげ、ポーをうながした。なかに足を踏み入れた。検死医がまだ遺体を検分していた。

遺体はポーがいる側を向くように寝かされ、不自然な恰好にねじれていた。破裂した眼球は干からび、叫びながら死んだのだろうか、口があいている。熱は遺体に奇妙な作用をおよぼし、口は死後でも簡単にあく。手の指はどれも付け根近くまで焼け、のちほど確認されるはずだが、被害者の〝一パーセント〟がなくなっているのがはっきりわかる。遺体は色といい堅さといい、なめしていない黒い皮にそっくりだった。溶岩にくぐらせたのち、かまどで乾燥させたように見える。ただし、足の裏はべつだ。そこだけは驚くほどピンク色だった。

検死医が顔をあげ、ぼそぼそとあいさつした。

ポーは尋ねた。「同じ燃焼促進剤が使われたんでしょうか？」

「それは確実だろう」検死医はポーよりも年上でやせていた。防護服が熱気球のようにふくらんでいる。検死医は被害者の大腿部を指さした。「あそこが裂けているのがわかるだろう？　ウェスト・フロリダ大学は数年前からこの現象について研究しているが、表皮はいちばん先に焼け、はがれ落ちてしまうとのことだ。それよりも厚い真皮層は五分かかって縮んだのちにはがれる。未精製のガソリンの燃焼時間はせいぜい一分かそこらだから、付加燃料が使われたにちがいない」

ウェスト・フロリダ大学がなぜそのような研究をおこなったのか、ポーは理由を知りたいとは思わなかった。研究がどのようにしておこなわれていたかは、なおさら知りたくない。あちらの国では多くの死刑囚が処刑されていると聞いているが……。

「それとここを見てもらえればわかるが」検死医は大腿部、臀部、腰を示しながら言った。「脂肪がすべて溶けてしまっている。人間の脂肪はすぐれた燃料であるが、燃えるものが必要だ。被害者は裸だったので、着衣がその役割を果たしたわけではない。解剖すればもっとわかるだろうが、犯人は下火になるたびに燃焼促進剤をくわえていたのではないかと思う」

「時間にしてどのくらいでしょう？」

「被害者が死ぬのにかかった時間か？」

ポーは首を横に振った。「遺体がこの状態になるまでにかかる時間です」

「五時間から七時間といったところだろう。筋肉が縮んで、このような独特の恰好になるにはそのくらいの時間がかかる」

「足の裏の色は変わっていませんね」

「最初から最後まで立っていたんだろう。地面に接していたから、炎の影響を受けなかった」検死医は仕事のつづきに戻った。

ギャンブルが口をはさんだ。「ここからだとわからないが、体の下に小さな穴があいている。被害者は直立した恰好になるよう杭につながれていた。被害者を杭につなぐのは、最初から一貫している手口だ」

「杭は金属製でしょうね」ポーは言った。「木では十五分もすれば壊れてしまう」

ギャンブルはなにも言わなかったが、同じ結論に達していたのだろうとポーは思った。

「だが、今度の被害者がこれまで以上に黒焦げである理由はわかった気がします」ポーは言った。「みなさんは朝からここにつめているんですよね？」

ギャンブルはうなずいた。「午前十時から」

「だとしたら、道路からはこの現場がまったく見えないことには気づいていないんじゃないですか。現場の照明すらぼんやり見える程度です。サークル自体、間近に来ないかぎり視界には入らないし、この道路を利用するのはゴルフ場に出入りする者がほとんどで、しかもクラブハウスから出ていく場合は、ほとんどがサークルから遠ざかって、コッカーマスに向かいます」

「つまり、犯人にはたっぷり時間があったわけか」ギャンブルは言った。

ポーはうなずいた。「しかも、クラブハウスのラストオーダー後まで待てば、目撃される恐れはないにひとしい」

「それはありがたい情報だ」

ポーはどこがどうありがたいのかわからなかった。イモレーション・マンが用心深いことは、すでにわかっている。

「ぱっと見ての感想はどうだ？」ギャンブルが訊いた。

「ウェスト・フロリダ大学にバーベキューに誘われても絶対に行かないということくらいですかね」

ギャンブルはうなずいただけで、笑わなかった。

ふたりはテントを出て内側警戒線をあとにし、フリンとリードのもとに戻った。ポーは体を締めつけてくる防護服を脱げてほっとした。

「いまのところ、ポー部長刑事と事件との関連について、マスコミにはいっさい漏らしていない、フリン警部」ギャンブルは言った。「自分が犯人だと電話してくる連中を選別する追加のふるいとして使えるということで、副本部長と合意した。この情報は最高機密だから、いかなる書類にも書かないでもらいたい」

「当然ですね」フリンはうなずいた。「それに、わたしたちは公式の捜査とは距離をおくべきでしょう。とくにポーはいっさいかかわらせないでください。わたしたちは当面、ホテルで仕事します」

ギャンブルはうなずいた。フリンのほうからそう申し出たことで、ほっとしたような印象をポーは受けた。

「リード部長刑事はポー部長刑事と親しいようなので、そちらとの連絡役をまかせよう。とりあえず、彼をそちらにつける。必要なものがあれば彼に手配させる」ギャンブルは言った。「分析面での支援と同時に、名前の線もSCASのほうで調べてもらえるだろうか？　ポーがなぜ関係してくるのか突きとめてほしい。これから毎日、たとえ報告することが皆無であっても、一日の終わりに情報交換をしたい。どうだろう？」

「異存はありません」フリンは言った。

またそれぞれ握手をし、ポーとフリンは車に戻りはじめた。

ギャンブルに聞かれないところまで来ると、フリンはポーに向き直った。「さっきのあれはどういうこと？」

「連絡役の件か？」

「ええ。それ」フリンは不機嫌そうな声で言った。「あの人たち、わたしを信用してないの？」

ポーは肩をすくめた。「きみを信用してないんじゃないよ、ステフ。おれを信用してないんだ」

12

〈シャップ・ウェルズ〉はいわくのあるホテルだ。ハードウィック・クロフト同様、人里離れた場所に建っているため、ひじょうに細い道を一マイルも走らないとたどり着けない。第二次世界大戦中はへんぴな場所にあるがゆえに、連合国に利用された。ロンズデール伯爵から接収し、第十五捕虜収容所として転用されたのだ。収容された捕虜の数はドイツ軍将校を中心に二百人にも達し、ジョージ五世の王妃と血縁関係にあるドイツの王子がそのまとめ役だった時期もある。

東西を結ぶ主要鉄道路が近くを走っており、厳重な警備が敷かれてはいたものの、列車が通っていることで捕虜はやすやすと脱走した。有刺鉄線を張ったフェンスがホテルを囲むように設置され、塔から照らすサーチライトによって全方向の監視が可能だった。監視塔のコンクリート製の土台は、場所さえ知っていればいまもちゃんと見ることができる。ポーはその場所を知っていた。このホテルのことは熟知している。車をいつも置かせてもらっているうえ、インターネットにつなぐ必要があるときはホテルの無料wi‐fiを利用し、週に二度はホテルのレストランで食事をする。

翌朝、ポーはホテルに向かう前にエドガーをトマス・ヒュームに預けた。昨年、いま住んでいる農場と周辺の土地を売ってくれた農家だ。それをきっかけに親しくなり、頼んだり頼まれたりの関係をつづけている。ポーは自分の土地にヒュームが羊を放牧するのに目をつぶり、石積み作業を手伝う――ポーのほうがうまいからというよりも腕っぷしの強さを見込まれてのことだが――一方、ポーが留守にするときはエドガーを預かってもらっている。

普段はホテルまでの二マイルの距離を歩いていくが、この朝は四輪バイクを使った。いつもにこやかに応対してくれるフロント係のニュージーランドの若い娘から郵便物を回収したのち、フリンとブラッドショーを探しにいった。

ふたりは朝食を食べ終えたところで、ポーはセルフサービスのコーヒーを注いだ。フリンはきのうとはちがうパンツスーツ姿で、色は黒だった。ブラッドショーのカーゴパンツとスニーカーはきのうと同じものだが、Tシャツはべつのものを着ていた。色あせたインクレディブル・ハルクのイラストに〝ぼくを怒らせるな〟の科白が入っている。そんな恰好をしてもフリンが目をつぶっているのが驚きだった。だが、よくよく考えれば、意外でもなんでもない——部下の管理とは要するに、無意味ないさかいを避けることにつきるのだから。

五分後、キリアン・リードもくわわった。フリンは少々むっとしたように顔をしかめながらも握手した。リードは四人めの被害者に関する最新情報を報告した。いまも身元はわかっていないが、遺体はすでに回収され、検死の準備が進められている。SCASは今回の遺体もマルチスライスコンピュータ断層撮影法で解析するのか、ギャンブルが知りたがっているとのことだった。フリンはそのつもりだと答えた。

捜査に協力するあいだの対策として、フリンがホテルの小さな会議室を利用できるよう手配していた。ポーとしても、地元警察の捜査本部と距離をおいた場所で仕事ができるのは歓迎だった。カンブリア州での彼の評価はかんばしいものではない。上層部に対しずけずけとものを言えるのは黙認されているというだけであるし、彼がNCAから停職処分を受けたことをかつての所属先がいい気味だと思っているのは知っている。ポー自身は気にしないが、いまもはびこる反感が捜査の邪魔になる事態は避けたいところだ。

三人がいまいるのは一階のガーデンルームという部屋だ。古くて威厳にあふれたホテルだが、部屋は現代的で設備も整っている。フリンが選んだやや大きめの部屋は区切って使うことができた。最初の三十分間はブラッドショーの機器の設営と、会議エリアと自由に動けるスペースを作るためのテーブル移動に費やした。壁にピンや粘着テープでなにかを貼ることはできないため、フリンはホワイトボードとフリップチャートを追加で要求した。

捜査本部は重大犯罪捜査の心臓部であり、ポーはひさしぶりに胸が高鳴るのを感じた。あらたに本部を立ちあげるのは、どこか心躍るものがある。そのうち、ここにはたくさんの手がかりや疑問、つかんだ事実や知りたい事実でいっぱいになることだろう。

今回は、過去にポーがかかわった捜査とは異なったものになる。カンブリア州警察の捜査本部には、ギャンブルが集めた大勢のスタッフがつめていることだろう。内勤の責任者、現場の責任者、資料担当、索引作成者、証拠物件の責任者、聞き込みの責任者、それにファイル準備の担当者。

ここ〈シャップ・ウェルズ〉につめているのはポーを含めて四人だけ。気が楽だ。

ブラッドショーがPCをつなぎ終えたところで仕事を開始した。

フリンが口火を切った。「まずは、ポーの名前がマイケル・ジェイムズの胸部に刻まれていた件からかかろうと思うの。反対の人は？」

ポーはほかの者がなにか言うのを待った。誰も口をひらかなかった。

彼は手をあげた。「ちょっと思ったんだが」

全員の目が彼に向けられた。

「当面は、あれは注意をよそにそらすための作戦（レッド・ヘリング）と考えるべきじゃないかな。おれはどの被害者とも面識がないし、おれが過去に刑務所にぶちこんだやつのなかに連続殺人犯のプロファイルに合致するやつがいるかどうかは、ギャンブル主任警視が調べるはずだ。それで充分じゃないか？」

フリンが言った。「あなたにはべつの捜査方針があるようね」

ポーはうなずいた。「はるかに重要だが、まだ答えの出ていない疑問がひとつある」

「というと？」リードが訊いた。

「第一と第二の犯行の間隔がかなりあいているのに、それ以降の間隔がやけに短いのはどうしてだと思う？」

フリンがいまいましそうな顔をしたが、ポーにはその理由がわかった。経験からいって――統計によっても裏打ちされているが――連続殺人は最初はゆっくりしたペースだが、その後スピードがあがるのが普通だ。

見下した態度で教えられるより先に、ポーはつづけた。「連続殺人とはどういうものか、最初の殺人をおかしたあと、犯人はどのようにして殺害衝動を満たすのかについて講義してくれるつもりだろうが、とにかく事件の間隔が縮まっているのはたしかだ。そうだろう？」

　フリンはうなずいた。

「それに、被害者同士はまったく面識がないんだったね？」

　これにはリードが答えた。「捜査の結果、被害者のあいだにつながりはいっさいなかった。もちろん、第四の被害者についてはなんとも言えないが。まだ身元もわかっていないわけだし」

「なにが言いたいの、ポー？」フリンが訊いた。

「なにが言いたいかというとだな、ステフ、きみの考え方はカンブリアを知らない人間の考え方だ。たしかにイングランドで三番めに大きな州ではあるが、人口はさほど多くない」

「つまり……？」

「被害者の男たちがまったく面識がないというのは、統計学的に考えにくい」

　フリンとリードはポーを見つめた。ブラッドショー――彼女にとって〝統計学〟という単語は号砲にひとしい――が猛然とキーを叩きはじめた。

「おれはここの出身だし、キリアンもそうだから、ここでは誰もが知り合いだと知っている」

「それじゃ根拠としてちょっと弱いわ」フリンは言った。

「たしかに」ポーはうなずいた。「だが、被害者全員が同年代で、しかも同じ社会経済グループに属していることを考えると、彼らが知り合いでない可能性はぐんと低くなる。ここはロンドンのナイツブリッジ地区じゃない。カンブリア州のなかには、チェコ共和国よりもGDPが低い地域がいくつもある。この地域に金持ちが何人いると思ってるんだ？」

ブラッドショーがキーボードを叩く音だけが室内に響いた。

「でも、被害者同士に面識がないのはたしかなのよ」フリンは食いさがった。「それとも、なにか見落としてるとでも言いたいの？」

ポーは肩をすくめた。「かもな。で、そこでおれがさっき指摘した点に戻る。第一の被害者と第二の被害者の間隔があんなにあいているのはなぜか？」

ポーは待った。

「被害者同士は面識がありながら、それをひたすら隠そうとしていたのだとしたらどうだろう？　そして自分たちが、ねらわれていることを知っていたのだとしたら？　本人たちしかわからないパターンがあるのかもしれない。グラハム・ラッセルが殺され、どうなったか？　彼はこの郡全体の殺人および児童性愛の被害者の電話の盗聴を監督していた――彼に危害をくわえようと望んでいた者は、それこそ膨大な数にのぼるだろう。それにファイルになにが書いてあろうと、それはギャンブルが最初に取った捜査方針に沿ったものでしかない。おれの読みが正しければ、州警察の連中はラッセルは単に運が悪かったで片づけた可能性が高い。しかし、第二の被害者が同じ手口で殺されると、とりわけ楽天的なやつでもどういうことか察したはずだ。そうなると、イモレーション・マンにはゆっくりやる理由がなくなる。むしろ、リストに従って片づけていくなら、急ぐのももっともだ」

フリンは顔をしかめた。「でも、標的にされているのがわかっていたのなら、なぜ警察に駆けこまなかったの？」

「できなかったんだ」リードが言った。「ポーの考えているとおりだとしたら、被害者はおおやけにできないなにかで結びついていたのかもしれない」

「しかも、全員が裕福であることを考えると、ほぼ確実に、違法なことだろうな」ポーが言い添えた。

「だけど、被害者たちがいつ拉致されたかははっきりしていないのよ」フリンは言った。

「殺害が始まった時点で、もう全員が捕まっていたとも考えられる」

完璧な仮説はない、とポーは心のなかでつぶやいた。

「三・六パーセント」ブラッドショーがPCから顔をあげて言った。

全員の目が彼女に向いた。

「いま書いたプログラムを使ったら、人口密度が一平方キロメートルあたり七十三・四人の州で、同じ社会グループに属する三人の男性がたがいに面識がない確率は三・六パーセントという答えが出た。変数によって、最低二パーセントから最高三・九パーセントまで変化するけど、計算自体は信頼できる」

リードが口をあんぐりあけてブラッドショーを見つめた。「プログラムを書いたって？」そこで腕時計に目をやった。「わずか五分で？」

ブラッドショーはうなずいた。「べつにむずかしいことじゃないもの、リード部長刑事。もともとあったツールを利用しただけ」

ポーは立ちあがった。「これで決まりだな。ティリーの計算に文句はつけないってことで」

ブラッドショーは、はにかみながらも、うれしそうな顔でポーをちらりと見た。

「じゃあ、仕事にかかりましょう」フリンが言った。

十二時間後、雰囲気は最悪となっていた。

被害者たちが知り合いだったことを示す証拠はほんの少しも見つからなかった。同じゴルフクラブの会員でもなく、同じ慈善グループにも属しておらず、同じレストランで食事をしたことはあっても、時間帯がばらばらだった。ブラッドショーが被害者名義のスーパーマーケットのポイントカードの情報を苦労して手に入れてくれたが、同じ店舗で買い物をしたことはなかった。リードがギャンブルに電話し、近隣住民と友人からあらためて事情を聞く約束を取りつけてくれたが、ポーの仮説は説得力を失いつつあった。

捜査の行き詰まりにくわえ、部屋が機能的でなかった。頻繁に邪魔が入るため、機密扱いのものや図などをボードに貼るわけにはいかなかった。お茶とコーヒーのサービスがあり、イベントマネージャーが入り用なものはないかと様子を見にくるし、宿泊客がダイニングルームとまちがえて入ってきたことも三回あった。そのうちのひとりなどは、ぼんやりしていたのか二度も入ってきた。

しかも、セキュリティーが保証されていないため、一日の仕事が終わると、全部片づけなくてはならない。

すべてをひろげて作業したのはこの日がはじめてだったにもかかわらず、すでにげんなりした気分が蔓延していた。

ドアをノックする音がして、イベントマネージャーが顔をのぞかせた。「お邪魔なのは重々承知しておりますが、夕食のメニューをお持ちしたほうがいいからうかがおうと思いまして。そろそろレストランを閉めるものですから」

「おれからひとつ提案してもいいか？」イベントマネージャーがいなくなるとポーが言った。「明日はおれの家で作業したらどうかな。一階は間仕切りなしで、ここと同じくらいの広さがある。壁にピンどめするのもかまわないし、ここよりはセキュリティーを確保できる。それに、どっちにしろ、おれはそこで大半の時間を過ごすわけだし」

「それはどうかしら、ポー」フリンが言った。「あなたは次の犠牲者と目されているのよ。それを忘れないで」

「ならば、毎日、ホテルと自宅を往復せずにすむんだから、なおさらいいじゃないか。拉致されるとしたら、おれがひとりで荒れ地を歩いているときなんだろうから」

しばしの沈黙が流れ、フリンはポーの意見を頭のなかで検討した。「ティリー？」と声をかける。「向こうでも電波は拾える？」

「だめなら、携帯電話のテザリング機能でアクセスする」

「移動はどうするの？」フリンはポーに訊いた。「一度くらいなら歩いていってもいいけど、毎日やる気にはなれないわ」

「きみとティリーはおれの四輪バギーを使ってくれ。荷物はトレーラーに積めばいい」

「ぼくはどうすれば？」リードが訊いた。

「おまえか？　おまえは歩け」ポーは言った。

リードは苦笑した。

全員がフリンを見つめ、決断を待った。

「そうね、やってみてもいいでしょう。きょうはさんざんな一日だったことだし」

13

ポーはエドガーを引き取り、四輪バギーをホテルまで移動させた。徒歩で丘陵地帯を突っ切り、ハードウィック・クロフトに戻るのは気持ちがよかった。沈む夕陽がすべてを濃い深紅色に変えていた。エドガーはウサギを追ってどこかに行ってしまったが、すぐに元気よく帰ってきた。ウサギを追いつめたところで、どうすればいいのかわからなかったにちがいない。

ポーは簡単な夕食をこしらえた。チーズとピクルスをはさんだサンドイッチ、ポテトチップスひと袋、濃い紅茶を一杯。きょうはうまくいったとは言いがたいが、ポーは自分がまちがっていないと確信していた。イモレーション・マンは裕福な高齢者というだけで被害者を選んでいるわけではない。頭のなかを整理しなおした。自分の考えがまちがっていないと思いたい。そうでないと、被害者の性器を切り落とし、火あぶりにする方法を好む、計画的で科学捜査を知りつくし、熟練の腕を持つ連続殺人犯がいることになってしまう。

しかも、次の標的はポーだ。

夜にこの小屋に近づく者があれば、エドガーがオオカミのようなうなり声をあげるのはわかっているが、ここに住むようになってはじめて、ポーはドアに錠をおろし、窓の鎧戸を閉めた。意外にも、ぐっすりと眠れた。悪夢はまったく見なかった。

目を覚ますとすぐに、きょうも快晴の春の一日になるのがわかった。ポーは卵をひとつゆで、エドガーを散歩させ、仲間の到着を待った。道路伝いに歩いてきたリードが最初に到着した。それから少しして、フリンとブラッドショーが四輪バギーでやってきた。

ブラッドショーはエドガーを見るなり、歓喜の声をあげた。

「犬を飼ってるなんて教えてくれなかったじゃない、ポー！」ブラッドショーは小躍りせんばかりに言った。その後の十分間、仕事はそっちのけとなり、ブラッドショーとエドガーは大の親友同士になった。もともと注目中毒（アテンション・ジャンキー）のこのスパニエル犬は、一目散にブラッドショーに駆け寄り、彼女を唾液と犬の毛まみれにした。ブラッドショーは甲高い笑い声をあげ、逃げるのではと心配なのか、犬の首に腕をしっかり巻きつけた。ポーがエドガーのおやつをティリーに渡すと、両者の友情はいっそう強固なものになった。

「いいかい、ティリー、そいつが自分の口紅を出して見せても、絶対にさわっちゃだめだよ」リードは言うと、ポーにウィンクした。

ブラッドショーはスパニエル犬の首に顔をうずめた。「きみは口紅なんか一本も持ってないよねえ、エドガー。リード部長刑事ってば、なにばかなことを言ってるのかしら。ペニスのことを言ってるんだね、きっと」

驚きのあまり口をぽかんとさせたリードの顔に全員でひとしきり笑ったのち、フリンが呼びかけた。「エドガーと遊ぶのはあとにして、ティリー。いいかげん、仕事を進めましょう」

ポーは全部の窓をあけ、部屋に春の陽射しを入れた。ハードウィック・クロフトの一階は長方形で、こじゃれた半個室のようなスペースはいっさいない。正面側に窓がふたつ、裏には窓はなく、ドアがひとつあるだけだ。昔、寒さの厳しい冬期は羊飼いは二階で暮らし、いま自分たちがいる一階には羊が入れられていたのだとポーは説明した。そうすれば、羊たちは寒さをしのげるし、建物も暖まる。壁は内側も外側と同じ、無加工の切石が使われている。天井の梁は古く頑丈なもので、一世紀にもわたって煙でいぶされたために黒ずんでいる。薪ストーブがひときわ目立つ。すでに薪は入れてあるが火はつけていない。きょうは暖かいが、そのうち火をつける。湯を沸かすためだ。

ポーがコーヒーのポットをテーブルの中央に置き、全員で仕事に取りかかった。疑問を呈したのがポーだったので、フリンは最初の進行を彼にまかせた。

「基本に立ち返るんだ、みんな。被害者はどこかの時点で面識があったと仮定してほしい。本人たちはその事実を隠していたのかもしれないが、われわれ刑事（ディテクティブ）の仕事は物事を見抜く（ディテクト）ことだ」

ブラッドショーが手をまっすぐにあげた。

ポーは待ったが、彼女はなにも言わなかった。わけがわからずじっと見つめるうち、ほんの一年前まで、彼女の全人生は教室と講堂にしかなかったのだと思い出した。「ティリー、いちいち手をあげなくてもいい。なんだい？」

「あたしは刑事じゃない。国家犯罪対策庁の一員だけど、あなたやリード部長刑事やステファニー・フリン警部とはちがって、逮捕権限がない」

「そうだな……指摘してくれて礼を言うよ、ティリー。たしかにそうだ」

ブラッドショーはうなずいた。

それから四時間かけて、グラハム・ラッセル、ジョー・ローウェルおよびマイケル・ジェイムズの人生――と死――を徹底的に調べあげた。正午近く、リードが電話を受けた。

「四人めの被害者の名前がわかった。クレメント・オーウェンズ。年齢は六十七。引退した事務弁護士だ。個人でオフィスをかまえ、銀行業界の法律事務を請け負っていた。裕福である点をのぞけば、ほかの三人との明確なつながりはなし。もう少ししたら、もっとくわしいことがわかると思う」

フリンが休憩にしようと告げた。四人とも空腹を覚えはじめていたところで、彼女はサンドイッチを持ってきていた。ポーの提案で、外で食べることになった。

カンブリア州の冬の荒々しい美しさもいいが、シャップで一年以上暮らしたいまは、春がもっとも好きな季節だと断言できる。気候に関係なく姿を見せる羊をべつにすれば、冬になるとこの高原一帯には生命というものがまったくなくなってしまう。見渡すかぎり、色のない過酷な風景がひろがるばかりだ。春はいわば復活の季節。日が長くなるにつれ、休眠していた植物がぬくもった大地から緑の芽を出し、ヘザーの花が咲く。地衣植物や苔など外来植物が一斉に息を吹き返す。凍てつくような強風が、豊潤な香りを含む心地よいそよ風に変わる。鳥は巣作りをし、動物はつがい、明るい雰囲気がふたたびただよってくる。一年のなかでもこの時期は、カンブリアでの田舎暮らしの美しさとのんびりしたペースがしみじみありがたく思える。

フリンが電話をかけるために席をはずし、ブラッドショーがエドガーを追いかけて周囲を駆けまわりはじめると、ポーはリードに向き直った。「再会できてうれしいよ、キリアン。何年ぶりかな？」

「五年だ」リードはハムエッグサンドを口いっぱいにほおばりながら、もごもごと言った。

「五年？　まさか。最後に会ったのがたしか——」

「ぼくの母の葬式のとき」リードはとがめるような口調で言った。

ポーの頬に血がのぼった。リードの母親は運動ニューロン疾患で長年闘病した末に亡くなった。そうだ、たしかにその葬儀がリードと会った最後だった。

「すまん、キリアン」ポーは言ったが、リードは謝罪にはおよばないというように手を振った。「親父さんはどうしてる？」ポーは訊いた。

「親父のことはきみもよく知っているだろ、ポー。いいかげん引退するよう母さんに言われて仕事をやめただけだ。あいかわらずランカシャーの厩舎で仕事をしているよ。給料なんかもらってないだろうけど、どうせ暇つぶしだからね。仕事をしてないときは、暖炉の前で居眠りするか、競馬の本を読んでいる」

リードの父は競走馬を専門とする名高い獣医だった。子ども時代のポーはジョージ・リードの動物病院をよく訪ねていた。いつもなにかしら動物がいて、かまって遊んだものだ。

「きみの親父さんはどうしてるんだ？」リードが笑顔で訊いた。「あいかわらずの放浪生活かい？」

ポーは苦笑した。その指摘はあながち的はずれでもなかった。父親の人生は旅の連続で、イギリスにはめったに戻ってこない。いくらかなりともひとところに落ち着いたのは、ポーを育てていた時期だけだ。母親はありきたりな生活に耐えきれず、ポーがよちよち歩きのころにふたりのもとを去っていた。父親はしばらく放浪生活をあきらめ、男手ひとつで息子を育てた。ポーがスコットランド歩兵連隊、通称ブラック・ウォッチに入隊すると、ほどなく放浪生活に戻った。メールで連絡を取り合っているものの、三年近く顔を合わせていない。たしか父はいま、ブラジルのどこかにいるはずだ。なにをしているのかは、まったくわからない。熱帯雨林の奥深くに分け入っているのかもしれないし、政界に打って出ようとしているのかもしれない。父には深い愛情を感じているが、父がいわゆる〝ごく普通の〟親だったことは一度もない。

母はポーが停職処分を受けた数週間後に死んだ。ひき逃げ事故だった。それを知ったのは母が火葬された五週間後、父からメールが来たときだ。ほかの人の死を悲しむ程度には母の死を悲しみはしたが、いつまでも引きずることはなかった。母はとっくの昔に、息子よりも自分の欲望を優先する道を選んでいた。

「つき合ってる女はいるのか？」リードが訊いた。

ポーは首を横に振った。昔から人間関係を築くのが苦手だった。ハンプシャーで勤務していたときには何人かとつき合いもしたが、数週間以上つづいたためしがなかった。捨てられることに対して根深い恐怖を抱いているからだ、とセラピストなら診断するところだろうが、それはちがうと言い返してやりたい。捨てられるのは怖くない。そんなことには慣れっこで……。

「おまえはどうなんだ？」ポーは訊いた。

「なかなか長続きする相手がいなくてね」

「つまりおれたちふたりは、恋愛下手コンビってわけか」ポーは苦笑した。

電話をかけていたフリンが戻ってきた。「ヴァン・ジルと話した。必要なだけこっちに滞在していいって。あらたな捜査方針を報告したら、追ってみる価値があると同意してくれた」

フリンは腰をおろし、コーヒーを注いでサンドイッチをひとつつまんだ。疲れた顔をしている。捜査がこたえているのだろう。まったくわけのわからない事件だが——とくにポーがどうつながっているのか——ＳＣＡＳはその疑問を提示するのではなく、答えを出さなくてはいけないのだ。

太陽が燦々と射し、いつもながら見事な景色がひろがっている。どの方向に目をやっても、起伏に富んだ大地、木のない丘、ごつごつした岩が何マイルにもわたって見渡せる。

エドガーがフリンにパンくずをねだったが、昼食をほぼまるごとあたえてくれたブラッドショーとはちがい、悲しげな目をした子犬の作戦にはなんの反応も示さなかった。おやつはもらえないと悟ったエドガーはどこへともなくいなくなったが、ほどなく甲高い鳴き声があがった。一羽のダイシャクシギが泡を食ったように飛びたった。エドガーが得意満面で姿を現わした。

「鳥にかまうんじゃない、エドガー！」ポーは地上の巣を見つけようとする愛犬の機先を制して怒鳴った。口いっぱいにヒナをくわえたエドガーがブラッドショーのもとに駆け寄るのだけは願い下げだ。エドガーはしぶしぶ戻ってきた。

フリンがジャケットに落ちたパンくずを払い落とした。きょうははじめてここを訪れたときに着ていた、ピンストライプのスーツを着ている。ブラッドショーはいつもと同じ、カーゴパンツとTシャツ姿だ。リードは一分の隙もない恰好をしていた。彼は昔からおしゃれで、カジュアルな服装をしたことがない。ふたりで遊びに行くときでも、リードはスーツを着るのが普通で、身なりにかまわないポーはみっともないやつと思われている気がしたものだ。ポーはきのうと同じ恰好だったが、それでふと思い出した――ホテルで受け取った郵便物を未開封のままポケットに入れっぱなしだった。

郵便物の束を出し、一通一通見ていった。ボンベの配達日が変更になったというガス業者からの通知、保証期間が切れたというボアホール・ポンプの納入業者からの通知。更新を希望するなら、月に六ポンドかかるとのこと。ポーは希望しないことにした。

最後の一通はなんの変哲もない茶封筒だった。おもてにポーの名前がタイプで打たれ、地元の消印が押されている。封筒の口にペーパーナイフを差し入れて開封した。中身を振って出す。

入っていたのは絵はがき一枚。ごくありふれた、コーヒーの入ったカップの写真だ。てっぺんの泡に、暇を持てあました誰かが手のこんだ意匠をこらしていた。たしか、ラテアートとかいうんじゃなかったか。ロンドンではそういうことをしているようだが、ここカンブリアではお目にかからない。

裏返した。はっと息をのんだらしい。フリン、リード、ブラッドショーの目が一斉に向けられた。

「なんなの、ポー?」フリンが訊いた。

ポーは裏に書かれていたものが全員に見えるよう、絵はがきの向きを変えた。

?

Washington Poe

14

「どういうこと？」フリンがぽつりと言い、ポーに目を向けた。「なんなの、これ？」

ポーは絵はがきから目が離せなかった。「さっぱりわからん」

ほかの者もわかっていないのはあきらかだった。エドガーが、見つけた骨をかじる音だけが響いている。どこから持ってきたのかは知りたくもない。

「それに、逆向きの疑問符はいったいどういうこと？」フリンは封筒と絵はがきを透明な証拠品袋に入れ、リードはギャンブルに電話で報告した。ギャンブルは誰かを取りにいかせて鑑識にまわすと言ったが、なにもわかるまいと誰もが思っていた。イモレーション・マンは無秩序状態の犯罪現場ですらミスをおかしていないのだ――あわてる必要のないときにそれをやらかすとは思えない。

ブラッドショーは証拠品袋ごしに両面をスキャンして電子コピーを取った。それから十分近くもタブレットをにらみ、ときおり画面に触れたり、ピンチアウトして拡大したりした。表情がしだいにくもり、ぶつぶつひとりごとを言いはじめた。

「どうかした、ティリー?」フリンが尋ねた。

「家のなかに戻る」ブラッドショーはそれだけ言って立ちあがった。ほかの三人が追いついたときには、すでにノートPCをひらいていた。なにかを探しているようだ。彼女はポーを振り返った。「壁にかけたいんだけど、白いシーツはある、ポー?」

幸いにも、きれいな白いシーツが一枚あった。リードに手伝ってもらいながらそれを壁にかけ、ブラッドショーは持参したプロジェクターを設営した。

シーツをかけ終え、ブラッドショーのほうの準備も終わった。彼女は光をシーツに向けた。グーグルのホームページに移動し、〝パーコンテーション・ポイント〟と打ちこむ。なにも変わらず、ブラッドショーはインターネット回線が遅くてと言い訳した。

画像が表示された。絵はがきに書かれていたのと同じ記号、逆向きの疑問符だ。〝⸮〟

その下に説明があった。


パーコンテーション・ポイントは、スナークあるいはアイロニー・マークとも呼ばれることがあり、修辞的、諧謔（かいぎゃく）的、あるいは皮肉がこめられていることを示すのに使われる、あまり知られていない記号である。また、文のなかにべつの意味が隠れていることを示すのにも使われる。

「ティリー」フリンが言った。「なにを言おうとしているの？」

「いいから彼女の話を聞こうじゃないか、ボス」ポーは言った。「おれはわかった気がする」

ブラッドショーは安堵した様子でポーを見つめた。「ありがとう、ポー。要するに、ステファニー・フリン警部、こうしたら――」ブラッドショーはピンボケになるようプロジェクターを操作した。「――パーコンテーション・ポイントはどう見えるかってこと」

ポーはすでに答えがわかっていたが、それでも目をこらした。フリンにもわかるかどうか、様子をうかがった。

「数字の5に見える」フリンが言った。

ブラッドショーは興奮のおももちでうなずいた。「犯人がマイケル・ジェイムズの胸部に刻んだのは数字の5だと解釈してきたけど、単なるアポフェニアだとしたら？　アポフェニアっていうのは――」

「アポフェニアの意味くらい、みんな知ってるわよ、ティリー」フリンは言った。

「――パターンなんかないのにパターンを見い出しちゃうって意味」ブラッドショーはか

まわずつづけた。「数字を見つけるように仕向けられたせいで数字の5が見えたんだとしたら？　あたしがつくったプログラムは確率で動いてるから、パーコンテーション・ポイントを認識しなくて、それで、いちばん似てるものを出してきただけなんじゃないかな」

「それが数字の5というわけか」ポーは言った。

「そういうこと、ポー」ブラッドショーは言った。「数字の5はプログラムが持ってるデータのなかでいちばん似てたんだと思う。次に近似してるのはSの文字じゃないかな」

「もとの傷の確認はできるか？」ポーは訊いた。

「できるよ、ポー。あたしのノートPCにまだデータが残ってる」

ブラッドショーがノートPCのボタンをいくつか押すと、壁に彼の名の3D画像が現われた。彼の名がもっともくっきり浮かびあがっている画像だ。文字はそれぞれべつべつのスライドのものが使われている。

「記号だけを表示できるか？」ポーは訊いた。心のなかではすでに数字の5という仮説は捨てていた。

ブラッドショーはいくつかキーを操作した。問題の記号を写した画像は全部で五十あり、どれもわずかに異なる深さで撮影されている。ブラッドショーはいちばん浅いところの画像から、スライドショー表示させていった。火傷による損傷のせいで、最初の数枚は数字の5に見えた。撮影された場所が深くなるにつれ、傷はしだいにはっきりした。最後の数枚はなんだかさっぱりわからず、胸骨にいくつか傷がついているようにしか見えなかった。ブラッドショーは何枚か画像を逆戻りさせた。

「とめて」リードが言った。「その画像がいい」

ブラッドショーはスライドショー表示を停止させた。

全員が画面に見入った。ずっと数字の5の下の部分と思っていたものが、実際にはより小さいながらも、べつべつの傷だった。イモレーション・マンはパーコンテーション・ポイントの湾曲した部分の下にもうひとつ刺し傷をくわえ、点のかわりにしていた。傷が深くなってくっきりするよう、刺してからナイフをひねったのだろう。炎によって肉が裂け、下のほうの傷がパーコンテーションポイントの底部とひとつにつながってしまったのだ。上のほうのMSCT画像は数字の5に見えるものの、下のほうはどう見てもちがう。完璧な説明にはならないかもしれないが、身をよじりながら悲鳴をあげる被害者の胸部に、エレガントで一般に知られていない記号を刻もうとしたイモレーション・マンとしても、これが精一杯だったのではないか。

そして誰にも気づかれなかったため、絵はがきで念を押した。

これが正しいなら――ポーは正しいと確信していた――自分は第五の標的ではない。それはいい知らせと言える。だが、イモレーション・マンに住所を知られているのは悪い知らせだ。

「さてと、ボスの考えはどうかわからないが、おれとしては、こいつは数字の5ではなく、パーフォンレーション・ポイントであるほうに金を賭けるね」

「パーコンテーション・ポイント」ブラッドショーが訂正した。

「同感」フリンは言った。「そうじゃないとしたら偶然にもほどがある」

興奮でぞくぞくしてきた。さっきのブラッドショーの説明によれば、パーコンテーション・ポイントが使われるのは、文あるいは文章にべつの層や意味があるのを示すためとのことだ。彼は証拠品袋を手に取った。「これが送られてきたのは、われわれが最初のメッセージを理解しなかったからということでいいかな？」

フリンが少ししてから答えた。「それ以外に考えようがないと思う」

「最初のふたりの被害者に、このようなものが刻まれていないのはたしかなのか？」ポーは訊いた。

「たしかだ」リードが答えた。「あとからちゃんと確認している」

「そしてSCASに要請があったのはふたりめの被害者が出たあとだが、検死後だったんだな？」

フリンがうなずいた。

「つまり、SCASあてのメッセージが刻まれていたことを考えると、第一の被害者よりも第三の被害者の遺体で議論を進めるのは理にかなっている」

「論理的に判断して、それに異論はないわ」フリンは言った。「次はどうする？」

「マイケル・ジェイムズの胸部をあらためて調べる必要があるな」ポーは言った。「目を引くやつだけじゃなく、スライド全部だ。だが、今回は水平思考ズボンを穿いてくれ」

ブラッドショーの手がさっとあがった。

「たとえとしての水平思考ズボンだ」ポーはすかさず言い足した。ブラッドショーは手をおろした。

ブラッドショーがポーの名前の3D画像を表示し、全員が目をこらした。リードが尋ねた。「これ一枚しかないのか、ティリー？」

さきほどと同様、ブラッドショーはスライドショー表示にして見せた。最後の一枚はより深い場所の画像で、ワシントン・ポーとつづるのに使われた傷のひとつひとつがはっきりわかる。どれも深く切りこまれ、肋骨にまで達している。それ以外の傷はそこまで深くない。他の画像からは新事実はひとつも得られず、ブラッドショーは最初の一枚をふたたび表示した。

その後五分間、誰もひとこともしゃべらず、壁に映しだされた画像の意味を考えていた。ティリーはシーツにおさまるかぎりのウィンドウをひらき、異なる画像で埋めつくした。

「誰か意見はある？」フリンが問いかけた。

一心不乱に見つめるうち、ポーの目がかすんできた。パーコンテーション・ポイントの場合と同じで、上のほうの画像は炎によってかなりゆがんでいる。傷のへりの部分は、体の奥のほうで撮影されたものにくらべ輪郭がはっきりしない。

ブラッドショーがさらにいくつか表示させた。新しく出した画像は、これまで見てきたものとはちがっていた。火はさほど深くまでは達しなかったため、シーツに映し出された傷は鮮明だった。細くてくっきりしていた。

ポーは顔を近づけ、画像のひとつをのぞきこんだ。「文字がちぐはぐして見えるのはおれだけかな？」

ブラッドショーが真っ先に反応した。「そうなのよ、ポー！ 文字の傾き具合はばらばらだし、間隔のあけ方もそう」彼女はどこからともなくレーザーポインターを出し、シーツに向けた。「犯罪捜査の筆跡鑑定を学んだことがあるけど、ワシントン（Washington）の二番め、三番め、四番めの文字と、ポー（Poe）の最初の文字は左手で書いたんだと思う。間隔のあけ方がちがってるのも、右手で書いた文字をあとから入れたことを示している」

ポーは言った。「ステフ？　きみの捜査だ。どう思う？」

フリンは立ちあがり、急ごしらえのスクリーンに歩み寄った。四つの文字を指でなぞる。

彼女は振り返った。「ふたりの言うとおりだわ。この四文字はちぐはぐな感じで、そこになにか意味があるような気がする。残念ながら、なんの手がかりにもならないけど」

15

ポーは拍子抜けした。フリンが説明するのを待った。

「アナグラムよ」彼女は言った。

ポーは言葉のパズルが昔から苦手だ。考え方が分析的ではなく水平的だからだ。リードはもっとだめだが、あれほど語彙（ごい）が豊富なくせに、なんとも意外だ。ブラッドショーなら小むずかしい方程式を解く片手間にアナグラムも解いてしまうだろう。

しかし、ポーでも四文字を並べ替えるくらいならどうにかなりそうだ。

フリンは考えるいとまもあたえずにつづけた。「答えはシャップ（Shap）。だから文字がぎくしゃくして見えたの。ここにいるワシントン・ポーに確実にたどり着かせるためだったのよ」

ポーは即座にひらめいた。フリンにはない知識が彼にはある。彼はリードと顔を見合わせた。「エゴサーチをしたことはあるかい、ステフ？」

彼女はわずかに顔を赤らめながら、ないと答えた。

いや、絶対にあるね、とポーは心のなかでつぶやいた。したことがないやつなんているもんか。

ポー自身は〝他人にどう思われようと知ったことじゃない〟性格だが、それでもグーグルで自分の名を検索したことがある。ペイトン・ウィリアムズが死に、誰か――ほぼまちがいなくハンソン副部長だろう――がポーの名をマスコミに漏らした際は、私的制裁を厳しく非難されたことで、インターネットとは距離を置いた。実際、なんのことはなかった。そのころには停職処分を受け、ハードウィック・クロフトに引っこんでいたから、暇つぶしにネットサーフィンをするのは不可能だった。しかし、好奇心とはおかしなものだ。ある晩、〈シャップ・ウェルズ〉のバーで飲んでいて、ｗｉ‐ｆｉが無料なのにかこつけ、グーグルの検索窓に自分の名前を打ちこんだ。そんなことをしたのははじめてだった。

結果には度肝を抜かれた。彼に向けられた罵詈雑言(ばりぞうごん)は膨大な数におよんでいた。ペイトン・ウィリアムズはふたりの女性を拉致して殺害し、もうひとりも殺す寸前だったが、それでも、世間はポーを悪人と見なしていた。昔は、なんの知識もない問題について誤った意見を持つのは望ましくないとされていたのに。いまは事実などどうでもいいらしい。ポピュリズムとフェイクニュースによって、世間の半分が愚かな怪物に変わってしまったようだ。

しかし……グーグル検索でもうひとつわかったのは、自分と同じ姓名を持つのはひとりしかいないことだった。アメリカのジョージア州の政治家で、一八七六年に死んでいる。ほかにも同じ名前の人間はいるに決まっているが、名前に地名までくわえなくても、ギャンブルはイモレーション・マンの言うワシントン・ポーが誰か、すぐ割り出せたはずだ。カンブリア州の刑事たち──そのなかには長年、一緒に働いた者もいる──がこう言うのが目に浮かぶようだ。「ああ、あのワシントン・ポーだろ。シャップという地名までつけくわえてあるなら、一目瞭然じゃないか」

彼はほかにワシントン・ポーはいないのだと説明したが、フリンが納得した様子はなかった。

「偶然にしてはできすぎだわ」彼女は言った。「それに、ネット上にあなた以外にいないなんて、イモレーション・マンが知っていたとはかぎらないわけだし」

ポーは肩をすくめた。「その線を追ってみてもいいんじゃないかな。イモレーション・マンがメッセージにシャップの文字をひそませたのは、確実におれにたどり着くようにするためだったのなら、それはそれでけっこうだが、確認したって損はない」ポーはフリンが正しい決断をくだすのを待った。期待は裏切られなかった。

彼女はうなずいてリードに向き直った。「これは連絡担当のあなたにやってもらうのがよさそうね。カンブリア州のデータベースにアクセスできる？　ここ最近で異様な事件が起こってないか調べてほしいの」

「というと？」

「JDLRだ」ポーが口をはさんだ。「見ればわかる」

「まともじゃない事件か（ジャスト・ダズント・ルック・ライト）」リードは言った。「よしきた、署まで行って〈スルース〉で調べてくるよ」

〈スルース〉はカンブリア州警察のデータベースだ。犯罪行為かどうかにかかわらず、あらゆるデータがそこに蓄積される。リードはギャンブルにも電話をしてここまでの進捗状況も報告しておくと言った。

リードがいなくなると、ポーはブラッドショーに言った。「やつが出かけているあいだに、なにかわかるか調べてもらえないか、ティリー？」

「ホテルに戻ってもいい、ポー？　あっちのほうがwi-fiが強いから」

「だったら車で送ろう……なんだったら四輪バギーの操縦を教えようか？」

ブラッドショーは興奮の表情でフリンを見た。「いいでしょ、ステファニー・フリン警部？　お願い。お願い！」

「いいの?」フリンはポーに訊いた。

「そのほうが合理的だろ」彼は答えた。「こっちにどれだけけいることになるかわからないし、それぞれが自分で動けたほうがいい」

「やってごらんなさい、ティリー」フリンは言った。彼女はポーのほうを向いてから、つけくわえた。「お母さんには内緒にするのよ」

それから二十分間、ポーは四輪バギーの操縦を実演してみせた。コンピュータ・ゲームをべつにすれば、ブラッドショーには運転の経験がまったくなかったが、四輪バギーの操縦は簡単で、すぐにコツをつかんだ。ポーはエンジンのかけ方ととめ方、ブレーキの解除、走らせ方を教えた。スロットルは右のグリップについていて、あとは立ち往生しないようにするだけだ、と説明した。ブラッドショーはずっと笑いっぱなしだった。

ポーを乗せて五分も操縦すると、ひとりでも出かけられるほど上達した。

ポーとフリンは、娘が大学進学で家を離れるかのようにブラッドショーを見送った。

「道路には気をつけろよ!」ポーは大声で怒鳴った。A六号線を渡るときが、唯一、道路を走るときだ。厳密なことを言えば、渡るだけでも運転免許証が必要だ。ポーはフリンを見やり、彼女がそれに気づいていないことを祈った。

ブラッドショーはうしろを振り返らずに手を振った。

チームの半分が任務でいなくなり、彼らが戻ってくるまでやることがなくなったフリンとポーは、エドガーを散歩に連れ出した。天気は前日と変わらないが、それでもなぜかいくらかうららかに感じられる。気持ちによって感じ方がこうもちがうのか。

フリンがハードウィック・クロフトのことや、なぜここに住むようになったのかを尋ねた。

「本当のところ、運がよかっただけだ」彼は説明した。「フラットを売ってすぐ、物件の購入を考えたが、くびになると思っていたからできるだけ安いものにしたかった。住宅購入にあたってなんらかの支援が受けられないかと、ケンダルの地域事務所の列に並んでいたときのことだ、たまたまおれの前がこの農家の親父さんでね。親父さんは受付にいた女性をすごい剣幕で怒鳴りつけてたんだ。そこでおれは彼をなだめ、一杯やろうと連れ出した。彼はシャップ丘陵地——ってのはいまおれたちがいるこの一帯のことだが——に広大な敷地を所有していて、地方税事務所の会計士だかなんだかが、ハードウィック・クロフトはかつて、と言っても二百年以上も昔のことだが、羊飼いの住居だったから、地方税の対象になると決定したんだそうだ。しかも、前もってなんの話もなく、いきなり通知が郵便で届いた」

フリンは振り返り、遠くに見える小屋を見やった。「でも、かなり小さい建物よね。そのくらい払ってもいいんじゃない？」

「小さいかもしれないが、ケンダルが近いため評価額が高い。第二級指定建造物だから取り壊すわけにもいかない」

「それで、買うと申し出たの？」

「その日のうちに契約した。建物と土地の金は現金で払った。二十エーカーの殺風景な荒れ地。数千ポンドで信頼のおける発電機を買い、業者を雇って井戸を掘らせ、ポンプをつけた。それとはべつの場所に浄化槽を設置した。二年ごとに汚泥を引き抜く必要がありそうだがな。月々のかかりは発電機の燃料代、ガス代、それに車にかかる費用くらい。二百ポンド弱というところだ」

「そしてようやく、現実の世界に戻ってきた」

「たしかに、現実の世界に戻ってきた。ＩＰＣＣの調査は現在も進行中だから、この世界にいられるのもそう長いことではないかもしれないが」

フリンはなにも言わなかった。気休めのようなことは言えなかったし、ポーはポーで彼女が希望的観測を言わなかったのでほっとした。

一週間前なら、解雇されてもしょうがないと思っていた。そうなれば、職業人としての人生には終止符が打たれただろうが、いまこうしてポケットにふたたび警察の身分証を帯びていると、警官を辞めてもいいとは思えなくなってきていた。〝警官モード〟に戻るのは情けないほど簡単だった。それでもひとつはっきり言えることがある。ハードウィック・クロフトはわが家だ。ここから動くつもりはない。この土地に愛着があるだけでなく、ひとりでいることがこのうえなく好きだからだ。この先どうなろうと、ぽつんと建つ羊飼いの住まいはこれからも彼の人生の一部でありつづける。

フリンの電話が鳴った。彼女は話を聞いてから言った。「ティリーから。なにも見つからないって」

ちくしょう。

ブラッドショーが見つけられないのなら、リードがなにか見つけるとは思えない。

ポーとフリンはハードウィック・クロフトに引き返した。ふたりが着くと同時にブラッドショーが帰ってきた。彼女は四輪バギーを急停止させ、顔をくしゃくしゃにして笑いながらバギーを飛び降りた。興奮で息を切らした様子を見て、ポーはなにかわかったのかと一瞬思ったが、すぐに運転を楽しんだからだと気がついた。ブラッドショーは五歳児かと思うほどあどけなく、はずむような足取りでエドガーに駆け寄ると、ホテルの厨房でわけてもらったとおぼしき切り落とし肉をこっそりあたえた。それからなにくわぬ顔でポーに目をやった。

一時間後、リードも戻ってきた。四輪バギーをもう一台、手に入れなければいけないな、とポーは心のなかでつぶやいた。この日リードは何マイルも歩いていた。

「なにかわかった？」フリンが訊いた。

「これと言ったものはなにも。ここ何年も不審な死はなく、データベース上にもイモレーション・マンにつながるようなおぞましい事件はなかった」

ポーは、〝しかし〟とつづけるつもりだなと察した。

「しかし」とリードは言った。「話すほどのことではないかもしれないが、オフィスをあとにするとき、最後にもう一度、なにかないかとみんなに訊いてみたんだ」

「それで？」ポーは訊いた。

「そしたら、シャップに住んでいるやつが、この地域でトーロン人が発見された話を持ち出した」

ポーは当惑した。過去の記憶はさだかでないとはいえ、二千五百年前のミイラ化したトーロン人の死体が発見されたのはデンマークであって、カンブリア州ではないはずだ。学生時代からずっと覚えている不気味な歴史的事実のひとつだ。それと、ジェニー紡績機が産業革命で大きな役割を果たしたという話も。

「もちろん、本物のトーロン人の話じゃない」リードは説明した。「一年前、この地域の塩貯蔵庫で身元不明の死体が見つかった。塩に埋もれていたせいで干からびていたものの、保存状態はひじょうによかった。捜査にあたった警官がトーロン人と名づけ、その名が定着した。最初から最後まで笑い話みたいな事件でね。ショベルカーを操縦してたやつがバケットで死体をすくいあげたんだが、そこから手が突き出てるのを同僚が発見するとあわてちまってね。バケットの中身を全部、同僚にぶちまけた。同僚は心臓発作で死亡した」

その話は初耳だったが、よくよく考えれば、知らなくて当然だ。ポーはこの一年半、ほとんど世捨て人のようにして暮らしていたのだ。

「死体の身元はわからなかった。これといった外傷はなく、検死医の見立ても、おそらく自然死だろうということだった。死んだ男は車に常備する塩を盗もうとして倒れこみ——行政が塩と砂利を外に保管している時期はそういうことがよくあるんだ——即死あるいは凍死したんだろうという考えが優勢だ。雪に埋もれていたため、トラックに積んだときには気づかなかったんだろう」

「だが、砂散布車が詰まったはずだが」

「そうともかぎらない。死体が見つかったのはハーデンデール塩貯蔵庫のなかだった。ほら、M六号線の三十九番ジャンクションに、おかしな恰好をした建物があるだろ」

その建物ならよく知っている——ハードウィック・クロフトとはほんの数マイルしか離れていない。ドーム形をしているものだから、建ったときには防空施設のたぐいかと思ったほどだ。それよりもずっとありきたりなものだとわかったときは、がっかりしたのを覚えている。

リードの説明はつづいた。「とにかく、高速道路管理局は貯蔵庫を常に満タンにしておく契約を地元と結んでいる。この地方で規模の小さないくつかの貯蔵庫を閉鎖した際、塩のほとんどがハーデンデールに移送された。トーロン人はおそらく、小規模の屋外貯蔵庫から塩を盗もうとして死亡し、トラックに乗せられてハーデンデールまで運ばれたんだろう。あの年、冬があそこまで厳しくならなければ、死体が見つかるほど塩の量が減ることもなかったろうね」

「自然死というのはたしか？」フリンは訊いた。

「検死医の見解ではそういうことになっている」

「発見場所で死んだのね？」

「おそらくは、ごくありきたりな心臓発作と思われる。トラックを運転していた間抜けはくびになるまえに辞職したが、いずれにしてもなんらかの犯罪がおこなわれた形跡はない」

「身元が確認されていないのはどうして？　探してる人はいるでしょうに」

「身元を確認できるものをまったく身につけていなかったし、塩に埋もれていたせいで、死後どのくらいたっているか断定できなかったんだ」リードは答えた。彼は内ポケットから手帳を出した。「公式の報告書によれば、死亡当時は四十代前半となっているが、それから何年もたっている」

「しかも当時は、失踪人に関してはろくに捜査をしていなかった」ポーが言った。

「そういうこと」

ブラッドショーはさっきから自分のノートPCに没頭していた。トーロン人の線は無関係に思われるが、それでも愛してやまないインターネットに落胆させられたという事実を重く受けとめているのだ。

ブラッドショーが設置したプリンターがうなりをあげて動きだした。彼女はプリントアウトした資料を全員に一枚ずつ配った。《ウェストモーランド・ガゼット》紙の記事で、タイトルは「ハーデンデール塩貯蔵庫で身元不明の死体が発見され、男性が死亡」マスコミに流された情報をまとめたものだった。さきほどのリードの説明よりも情報量は少なく、憶測が大半を占めている。

四人は無言で読んだ。

ポーは検死医の報告を読みはじめた。それによれば、身元不明死体の干からび具合からして、少なくとも三年は塩に埋まっていたとのことで、着衣から判断すると三十年以上ということはないという。男が着ていたジャケットは、一九八〇年代なかば以降の製品だった。

しかし、ポーはそんな曖昧な死亡時期では満足できなかった。現在の状況を考えればとくに。もうひとつの要素を考慮すればなおさらだ。

「やつの仕業だ」ポーは言った。「イモレーション・マンはその事件にわれわれの目を向けさせようとしている」

その発言に対し、全員が黙りこんだ。

「説明して」フリンが言った。

「男が着ていたジャケットだ」ポーは説明した。「高価なものじゃない。何年も大切に着るようなたぐいのものじゃない」

フリンはうなずいた。

「ということは、男が死んだのは三年前よりも三十年前に近いと言える」

ここでもフリンはうなずいた。「そうかもね。でも、だったらどうなの?」

「そうだよ、ポー。わかったんなら、クラスのみんなにも教えてくれなきゃ」リードが言った。

「それがなぜ大事なのか、いまから説明するよ、ボス」ポーは言った。「この、いわゆるトーロン人がいまも生きているとしたら、イモレーション・マンの被害者と同年代だ」

16

「うーん、それはちがうんじゃないかな、ポー」リードが言った。「単なる偶然だろう」

彼は同意を求めて一同を見まわした。「そうとしか考えられない」

「わたしもリード部長刑事と同意見」フリンは言った。「これが関係あるとはどうしても思えないわ、ポー。死亡時期については、当てずっぽうだらけのあなたの説が正しいにしても、この男性は自然死しているのを忘れないで」

どれだけ機嫌のいいときでも偶然というものを疑ってかかるたちのポーは、そう簡単に却下するつもりはなかった。なにしろここは人口千二百人のシャップだ。いままでシャップではなにも起こっていなかった。パーコンテーション・ポイントはトーロン人をほのめかしているとしか思えない。少なくとも、もっと掘りさげて調べる価値があるのはたしかだ。未解決の問題と納得のいかない点が必要以上に気になってしかたなかった。

「そうだな」ポーは譲歩した。「だが、ほかに追うべき手がかりがないのだから、しばらくはこの線をたどってみてもいいんじゃないか。なにがわかるかやってみようじゃないか。どうだ？」

フリンはうなずきはしたものの、まだ納得がいっていないのはあきらかだ。「調べてもいいけど、ほかの線にも目を向けないわけにはいかないわ」

「ぼくはなにを担当したらいいかな」リードが立ちあがり、のびをしながら訊いた。「ファイルを片っ端から調べようか。データベースにあるはずだ」

「車まで戻るなら、うちの四輪バギーを使ってくれ、キリアン」ポーは言った。

リードがまた出ていくと、ブラッドショーはノートPCをひらいたものの、なんの操作もしようとしなかった。「MPBのデータベースを調べてもかまわない、ポー？」

「そうか、そんなものがあるのをすっかり忘れてたよ、ティリー。ぜひやってくれ」

二〇一三年に国家犯罪対策庁が設立されたとき、そこに組みこまれた組織のひとつに行方不明捜査局（ミッシング・パーソンズ・ビューロー）がある。行方不明者および身元不明死体の捜査全般の窓口となる部署だ。トーロン人はそこのデータベースに登録されているはずだ。

「どのくらいかかるかな、ティリー？」毎月、十五体もの身元不明死体が記録され、データベース上には常に千以上がリストされていることを考えれば、トーロン人が見つかるまでにはいくらか時間がかかるだろう。死体ごとにＩＤが割り振られ、身元確認の一助となる基本的な特徴などは一般に公開されている。

「もう見つけたよ、ポー」ブラッドショーは答えた。「件名番号一六‐〇〇四五二八。ハードコピーをプリントアウトするね」プリンターが二ページの書類を吐き出した。ブラッドショーはそれをポーに渡した。

写真はなかった。データベース化されている身元不明死体の大半には画像がついていない。鉄道自殺の場合は、かなりの割合で身元確認がされない。遺体の判別がむずかしいからだが、砂浜に打ちあげられた遺体は長きにわたって水に浸かっていたため、いっそうむずかしくなる。ときには、生前のイメージを画家に描いてもらうこともあるが、トーロン人の場合は乾燥だか、ミイラ化だか、石化だか知らないが、とにかく、長年にわたって塩貯蔵庫に埋もれていた人間の現場写真をのせる、あるいは体からすべての水分が失われる前のイメージを想像しようとすることに意味があるとは思えない。

書かれていることの大半は、さっき読んだ新聞記事と同じだった。データベースには普通、おおよその年齢、身長、体格、および死亡したおおよその時期が列挙されている。ポーがいま手にしているものには、項目の隣に〝不明〟の文字が並んでいた。髪の色は茶色とあった。衣服は記載されていたが、これといった特徴はない。どう見ても、ぱっと見て飛びあがり、こう叫ぶような内容ではない――〝友だちのジムだ！　トップハットに緑色のケープをよく着てた〟。

所持品はひとつも記載されていなかった。

ブラッドショーがデータベースにログインし、一般公開されていない情報を出してくれたが、たいして役にはたたなかった。国家犯罪対策庁関係者のみ閲覧可能なページに写真が一枚掲載されていたが、人間というよりはホラー映画の小道具にしか見えなかった。これで身元がわかるとは思えない。

「いずれ、死体を見ないといけないだろうな」ポーは言った。

フリンが目を向けてきた。

ポーは肩をすくめた。「そうするほかないかもしれない。こいつもつながってるなら、事故じゃないことになる。例の装置で調べる必要が出てくるだろう。実際になにがあったのかを突きとめるためには」

「MSCTのこと？」

「それだ」

「あの分析法にどれほどのお金がかかるか、知ってる？」フリンは訊いた。

知っているべきなのはわかっている。彼がこのチームを率いていたのは、そう遠い昔ではないのだから。彼は首を横に振った。

「病院と時間の調整をしないといけないの。それに、死体の測定のために生きている患者をあとまわしにすることは法律で禁じられている。立ち会いの医師、放射線技師、その他の医療スタッフは超過勤務になる。夜にね」

ポーは経費については気にしていなかった。必要なら、自腹を切ってもいい。

「二万ポンドくらいかかるし……」フリンは言った。

そんなにかからないかもしれない……

「それに、わたしとしては、単なる思いつきのために分析の予算を全部、使うつもりはない」

「思いつきなんかじゃない」ポーはもごもごとつぶやいた。「絶対に関係がある」フリンの名誉のために言えば、たしかに自分でもむきになっているとは思う。

「以前は、事実と意見と推測をきっちり分けろとうるさいほど言っていたくせに」フリンはぴしゃりと言い返した。「あなたの言ってることは単なる推測にすぎないの、ポー。わたしとしてはそんなもののためにお金をどぶに捨てるようなまねはできない」

思わず「そんなことはわかってる」と言い返したくなったが、口には出さなかった。血気にはやる部下の手綱を締めるのも、警部の仕事だとわかっているが、トーロン人がイモレーション・マンの被害者と同年代だという推測は簡単には頭から振り払えない。

「われわれがやるべきなのは正しいことであって、楽なことではない」ポーは言った。

「いま、なんて言った？」フリンは険のある声を出した。

撤退するほうが得策な場合もあるのは、ポーもわかっている。と同時に、場合によっては口を閉ざしたほうがずっといいことも。

ふたりがにらみ合っているところへリードが戻ってきた。彼は即座に不穏な雰囲気を察した。「どうかした？」

「なんでもない！」フリンが怒鳴った。

「ちょっと意見が食い違っただけだ」ポーは言った。

面の皮の厚いリードは気まずそうにもしなかった。リュックからファイルを出してテーブルに置いた。「時間がなくて、目は通してない」

フリンは手に取ろうとしなかった。

ポーは手に取り、要約を読んだ。死体の現場写真が何枚かあるが、これはあとでじっくり見よう。最後の数ページには、取った対応が時系列に記載されていた。ケンダルの警視が署名し、捜査は終了していた。最後の記載は一カ月ほど前の日付になっている。

「うそだろ」

フリンが思わず訊いた。「なにが？」

ポーはそれには答えず、リードに質問をぶつけた。「カンブリア州の規則では、身元不明の死体は一年保管ののちに処分するはずだったと思うが」

「以前はそうだった。変更になったんだよ。火葬する場合は十八カ月保管し、そのまま埋葬する場合は九カ月保管する」

ポーはフリンを見やった。

「冗談言わないで！」彼女は声を荒らげた。

「確認するにはそれしかない」ポーは言い返した。

「なにを確認するっていうの。ばかなことを言わないでよ。わたしがキャリアを台なしにしてもいいと思ったところで、検死医は自然死だと断言しているし、死体の発掘許可を出すのはその検死官事務所なのよ。なんなのよ、もう。まさか、ひょっこり訪ねていって、トーロン人はいまも生きていたら高齢だから、おたくの判断はまちがっているなんて言えると思うの？　向こうは事実を相手にしているのよ、ポー。いかれた陰謀説なんかじゃなく」

「どうしても必要なことなんだ」ポーは食いさがった。

「必要なことなんかじゃない！」フリンは大声を出した。「それに、発掘許可の申請なんかする気はないから、いますぐそんな考えは捨てることね。通るはずもないし必要ともしていない発掘許可なんか申請して、担当部署を困らせるつもりはありません。これが最終判断よ」

ポーは黙りこんで不満の意を伝えた。フリンの言うとおりだ。ギャンブル主任警視がふたつの事件につながりがあると判断し、みずから申請を出さないかぎり――彼がそんな考えを受け入れるような捜査をするはずがない――許可が出ることはない。検死のための死体発掘命令が出ることはまれだ――警察も検死医も最初の段階で適切な仕事をするよう求められているのだから。

それでもつながりはあると確信している。ポーの名がマイケル・ジェイムズの胸部に刻まれたのはたまたまではない。相手が情報を小出しにしてきている以上、最新のヒントを無視する気にはなれない。とりあえずいまは譲歩するが、捜査が行き詰まったときには、あらためて提案しよう。いずれはフリンもわかってくれる。

ファイルに目を戻し、もう一度要約を読んだ。父親のコネで仕事にありついた若者は、ショベルカーのバケットに死体があるのに気づくとうろたえ、地面におろせばいいものを中身をすべて同僚のデレク・ベイリフ氏に頭からぶちまけてしまった。ベイリフ氏はストレス性の心臓発作を起こし、即死した。

「ならば、目撃者から話を聞きたいので許可してほしい」ポーはフリンに告げた。

「目撃者って？」

「フランシス・シャープルズ。死体を発見した際に同僚を死なせてしまった人物だ。死体を検分できないなら、せめて、実際に目にした者から話を聞くくらいはさせてほしい。当時は関係ないように思われたことでも、いま聞けばそうじゃないことも出てくるかもしれないじゃないか」ポーはたたみかけた。「頼むよ、ステフ、ボスの仕事には譲歩するべきタイミングを察知することも含まれるんだぞ」

「わかった」フリンは根負けして言った。「でも、わたしも同行する」

17

ブラッドショーがこのままハードウィック・クロフトで作業をつづけたいと言うので、ポーはエドガーを隣家に預けずにすんだ。ブラッドショーはおやつをあたえすぎないよう気をつけると約束した。ポーはひとすくいだけ取り分けて、残りは見えないところに隠した。エドガーのおねだりのわざは芸術の域にまで達しているし、ブラッドショーはちょろい相手であるのをすでに露呈してしまっているからだ。

シャープルズの住所はリードからテキストメッセージで送ってもらっていた。ハーデンデール塩貯蔵庫での一件のあと、シャープルズは実家を出てカーライルのフラットに引っ越していた。なにで生計をたてているのかは不明だ。

ポーは行き先の地図が頭に入っていたが、フリンはそうではないため、ふたりはポーの車に乗りこんだ。ほどなくA六号線を飛ぶように走っていた。数マイルでM六号線との分岐点に到達したが、北行きの車線には入らず、高架橋を渡って錬鉄の門のわきでとまった。

ポーはエンジンを切った。「そこに見えるのがハーデンデール塩貯蔵庫。例のトーロン人が見つかった場所だ」

ふたりは車を降り、倉庫に近づいた。高速道路のすぐ近くだ。ドーム形の建物は、一見したところ、プラネタリウムかモダンなコンサート会場のように見える。何万という運転手が日々、わきを通りながら、いったいこれはなんだろうと首をひねっているにちがいない。錬鉄の門には錠がおりていた。気温の高い時期にあいていることはほとんどないのだろうが、寄り道した甲斐はあった。わずか十分弱まわり道しただけだったが、やはりポー自身と死体にはなんらかの関係があると確信した。あくまでポーの考えにすぎないが。

「そしてあっちに」彼は来たほうを指さした。「おれの住まいがある。直線距離では八マイルもない」

フリンはそうは見なかった。「特別の意味なんかないと思うわ、ポー。リード部長刑事が言ったでしょ。トーロン人がこの倉庫で死んだわけじゃないのはほぼ確実だって」

ポーはなにも言わなかった。

四十分後、ポーはフランシス・シャープルズが住むフラットの前で車をとめた。デリや警備員のいないパブが建ち並ぶ裕福なスタンウィクスにある、改築されたタウンハウスの一軒だった。

「川の北側か」ポーは言った。「そうとうリッチってことだな」

「そうなの？」フリンが訊いた。

「カーライルの場合はそうだ。エデン・ヴァレーや国立公園にある町や村ほどの財力はないが、おおむね、そう悪くはない」

フリンはまびさしをつくり、首をのばすようにして目当ての家をながめた。「シャープルズはなんの仕事をしてるのかしら」

「さあ。哲学科出だから、失業手当を受けているのかもな」

フリンは苦笑し、〝シャープルズ〟と印字されたインターホンのボタンを押した。ポーはそこにボールペンで〝哲学士〟とつけくわえてあるのに気がついた。

耳障りな高い声が応答した。「はい？」

ふたりは顔を見合わせた。フリンは目をぐるりとまわした。

彼女は身を乗り出し、歯切れのいい声で言った。「ＮＣＡの者です、シャープルズさん。少々お話をうかがいたいのですが」

かなりの間があった。名乗るといつもこうなる。アメリカの似たような組織であるＦＢＩほどの地位はないかもしれないが、ＮＣＡの名を耳にすると市民はやはり驚く。ようやくドアがかちりという音とともにあいた。

シャープルズの住まいは最上階にあり、彼はドアのそばで待っていた。ひょろりとやせた男だった。身分証を見せろとは言ってこなかったが、それでもふたりはしっかりと提示した。シャープルズはポーたちをちらりとも見ずに踵を返した。ふたりはあとを追うようになかに入った。

タウンハウスそのものはジョージア王朝様式らしいが、なかは完全に二十一世紀のインテリアだった。大きなリビングルームの床は、ぴかぴかに磨きあげられたオークが使われていた。漆喰塗りの壁には現代絵画がかかっている。一面が窓になった壁は、アップル社のノートPCがのった大きなデスクが占めていた。書棚に並んでいるのは高尚な本ばかりだ。トルストイの『戦争と平和』、ドストエフスキーの『罪と罰』、古英語版の『ベオウルフ』など、いずれも背割れしておらず、インテリアとして置かれているだけだと、ポーは即座に察した。

シャープルズが握手の手を差し出した。「友だちにはフランキーと呼ばれてる」

今度はポーが目をぐるりとまわした。シャープルズにもしっかりと意図が伝わるように。

部屋をあらため終えたところでポーは尋ねた。「われわれがノックしたとき、なにをなさっていたかうかがってても?」

「仕事をしていた」シャープルズは答えた。

ポーはうそだと思った。ノートPCはスリープモードになっているし、ブルーレイ・プレーヤーの電源が入っている。映画『トランスフォーマー』のブルーレイのケースがあいていて、大型テレビの前のテーブルにはコーヒーのカップが置いてある。ポーは勧められるのを待たなかった。栗色の革のソファに腰をおろした。

シャープルズは険のある目でにらもうとした。奇妙な風体の男だった。縮れたひげが顎を覆い、口ひげはまつげを思わせる。喉ぼとけが異様に大きく、トライアングルをのみこんだように見える。薄くなりかけた髪をうしろでひとつにまとめてポニーテールに結っていた。身につけているのは半ズボンにTシャツ、革のサンダル。耳のうしろの骨のところに、黒いタトゥーがのぞいている。

こんなとんでもなくいかれた男が、どういういきさつで道路整備部で働いていたんだろう？　いまのところ、肉体労働の経験があると思わせるところはひとつもない。

フリンが訪問の理由を説明すると、シャープルズは身をこわばらせた。記憶がまざまざとよみがえってきたのだろう。役にたつような情報はないかとフリンが尋ねると、彼は手を自分の耳のところにやった。よくよく見ると、タトゥーをなぞっている。ハーデンデール塩貯蔵庫での一件の一部始終を語るあいだ、彼はずっとタトゥーをさわりつづけていた。

彼はパワーショベルのバケットをおろさずに、中身をあけてしまったのは事実だと認めた。死んだデレク・ベイリフは友人であり、職場の先輩でもあった。その彼を死なせてしまい、大きなショックを受けたという。けれども、死体に関しては、すでに警察に話した以上のことは覚えていなかった。ほとんど見ていないも同然だった。最初は片手が突き出ているのが見えただけで、うっかりバケットの中身をベイリフにぶちまけてしまったときも、死体の大半は塩に埋まったままだった。死体が搬出されたときにはその場にいなかった。解雇されるより先に退職した。

彼がこの話を何度となく語ったのはあきらかだった。詳細を思い出すために、少し間をおくこともなかった。予行練習したようにしか聞こえず、ポーはなにか話していないことがあるような印象を受けた。目撃者がそうすることは頻繁にある。自分をできるだけよく見せようとするのが普通で、シャープルズのような見栄っ張りはとくにその傾向がある。

いいかげん、長広舌を切りあげさせなくては。「それはなんのタトゥーですか、シャープルズさん?」フランキーなどと呼ぶくらいなら、ガソリンスタンドのスシを食べるほうがよっぽどましだ。

シャープルズはふたりに見えるよう、うしろを向いた。フリンが顔を近づけた。「円のように見えますね」

「ウロボロス。自分の尻尾をくわえたヘビだ。生の循環の象徴で、その意味するところは――」

「意味するところは知っています」ポーは話の腰を折った。

「あの一件のあと入れたんだ。生がいかにはかないものかを覚えておこうと思って」

「おれも自分の哲学を覚えておければいいんだがな」ポーは小声でつぶやいた。この男をフランシス・シャープルズの鑑賞会から連れ出さなくては。いらだたせ、無意識にしゃべるよう仕向けなくては。「いまのはひとりごとです。あなたの場合、耳のうしろに彫ってあるわけですから、よく訊かれるんじゃないですかね。あの出来事を語るのが楽しくて楽しくてたまらないんじゃないですか。自分の身に起こった、最高にわくわくする出来事だったんでしょうから」

「ちがう！」

落ち着かせるな。ぴりぴりさせておけ。

「なにをなさっているんですか、シャープルズさん」

「さっき言っただろう。仕事をしていた」

「そうではなく、なにで生計をたてているんです？　仕事はなにを？」

「作家だ。縮みゆく世界で大きくなりつつある哲学というテーマで書いている」

「出版されているのですか？」

「まだだ。だが、持ちこんだところ、何社かから色よい返事をもらった」

「拝見できますか？」

「なにを？」

「出版社とエージェントからの手紙です」

「出版業界のやり方をまったくわかっていないようだね、ポー部長刑事。最近では、そういうのはすべて口頭でおこなわれている」

「なるほど。すべてでたらめということですね」シャープルズが抗議する、あるいはフリンが横から口を出すより先にポーは先をつづけた。「なにを隠しているんですか？」

シャープルズは顔色を変え、フリンを見やった。彼女は見つめ返した。

「な、な、なんにも」彼はへどもどと答えた。

「ここにはいつからお住まいですか？」

「三カ月くらい前から」

「その前は？」

「実家で暮らしていた」

「で、なにを隠しているんです？　どうせわかることですよ」

シャープルズはかたくなだった。リスクと報酬を天秤にかけているのかもしれない。攻撃材料もなく、目の前にぶらさがるニンジンもないなら、話す理由などないということだろう。こいつは頭でっかちのいかれ野郎だが、シャープルズのほうも同じように考えた。それでも、三十分もあればしゃべらせることは可能だ。あいにく、シャープルズのほうも同じように考えた。彼は立ちあがると言った。「申し訳ないが、力にはなれそうにないので、これで終わりにしてほしい」

ポーは立ちあがろうとしなかったが、フリンは礼を言い、彼が腰をあげるのを待った。

「あのままいけば落とせた」階段をおりながら、ポーは言った。

「そうかもね。だけど、彼は容疑者じゃない。いくら相手がむかつく似非インテリでも、なにか隠してるってことにはならない」

ポーは反論できなかった。フリンの言うとおりだ。彼はシャープルズにむかついただけだ。

「さあ、帰るわよ」フリンは声をかけた。「きょうはここまで」

カーライルでインド料理でも一緒に食べようと誘ってもよかったが、とにかく家に帰りたかった。考えたいことがいくつかあった。捜査は思うように進んでいない。イモレーション・マンは抜け目がないうえに用意周到で、かたくなにマニュアルどおりの捜査をしていては捕まえられないだろう。だが、ギャンブルもフリンも、マニュアルどおりの意外性に欠ける捜査しかできない。

なんとかしてそれを変えなくては。

18

ポーがハードウィック・クロフトに帰り着くと、ブラッドショーはＰＣ作業に没頭していた。その足もとではエドガーが丸くなって、太った男のようないびきをかいていた。これまでのところ、トーロン人に関するあらたな情報は見つかっていなかった。ブラッドショーはまだ仕事をつづけたそうだったが、ポーはどうしてもホテルまで送ると言って譲らなかった。話し相手がいるのもいいが、いまはひとりで考えたい。

自宅に戻ると、口笛を吹いてエドガーを呼び、長い散歩に出た——それが頭のなかをすっきりさせるいちばんの方法だ。

少し汗ばむくらいまで懸命に歩いたのち、スピードをゆるめ、何時間でも歩いていられるくらいのペースまで落とした。陽が沈むまでにあと二時間はあると計算する。ごつごつした岩ばかりの場所にひらたい岩がひとつだけあり、そこに腰をおろした。ポケットからポークパイを出し、それを平等にふたつに分けた。片方を自分の腹におさめ、もう片方はエドガーに投げてやった。一秒とたたぬうちになくなった。

いまいるのはよく知っている場所だ。〝思索の場〟とポーは呼んでいる。丘陵地帯の一部で、ふたつの境界壁が合流している。それぞれべつの職人が手がけたもので、つくり方の違いが歴然としていることからもそれはわかるが、どちらも同じように見事で美しい。目の前の壁に目をこらし、全神経を集中させる。ドライストーンの壁――接着剤のたぐいをいっさい使わずにつくられている――は要するに、大がかりな三次元のジグソーパズルのようなものだ。石と石の隙間をより小さな石で埋めたふたつの壁。複雑な殺人事件を解くのに二種類のアプローチがあるのとよく似ている。

ひとつの面は、ギャンブルとフリンのように、石をひとつひとつ積みあげるがごとく捜査をきちょうめんに進める方法。慎重で思慮深い方法。片面にはポーやリードのような警官がいる。どちらかと言うと直感で動くタイプで、隙間に石を突っこみ、ぴったりおさまるまでねじこむやり方を好む。フリンとギャンブルが積みあげた壁がなければ自分の側は崩れてしまうと承知しているが、それと同時に、自分のようなやり方がなければ解決できない事件があるのも事実だ。

たとえ話をひろげすぎかもしれないが、類似点はもうひとつあって、それが〝通し石〟だ。壁の表から裏に達する石で、しっかりと固定する役割を持つ。ポーが求めているのはその通し石だ。捜査の両側面をつなぐ証拠。

塩貯蔵庫で見つかった死体が、そんな通し石のひとつなのはまちがいない。なんとかして自分の目で確認する方法を探すか、あるいはシャープルズにしかるべき圧力をかける許可をもらうしかない。

それができなければ、シャップの線は手詰まりとなる。打つ手がなくなってしまう。

もっとも……

その考えが最初に浮かんだのは、フリンとともにカーライルから戻る車中だった。うそつきの証人とおよび腰の上司にいらだっていたときは、そうするのが当然に思えた。ひんやりした夕暮れのなかであらためて考えてみると、当然とはとても言えそうになかった。

彼は証拠を追いかけてどこまでも突き進む男だと評価されているが、それは、いわゆる道徳的に正しい立場を堅持していると思われているからだ。ほかの、能力的に劣る警官では持ち得ない、より純粋な真実に対するあくなき欲求があると。実際はもっと単純だ——彼は自分が正しいと思うと、自己破壊的な面が強く出るだけだ。そうなると、肩に乗った悪魔が守護天使を黙らせてしまうことがしばしばある。そしていまも、守護天使は横から口を出せない状態だ。

ポーの顔つきがけわしくなった。自分がやらなければ、誰がやる。誰かが足を踏み出さなくてはならないときがある。ほかの者がやらずにすむよう、意に染まないことでもやるしかない。

ポーはポケットに手を入れ、携帯電話の電波が来ているのをたしかめてから番号を押した。三回めの呼び出し音でリードが出た。

「キリアン、ちょっと頼まれてほしい。ほかの者には絶対に言うなよ」

19

ポーはハードウィック・クロフトに戻った。パイをもうひとつ出して、今度もエドガーと分け合い、腰をおろして待った。さして時間はかからなかった。半時間後、リードから電話がかかってきた。必要としているものを手に入れてくれたというので、ポーはリードにそれが必要な理由を説明した。メモを取り、礼を言ってから電話を切った。

ブラックベリーの電源は切らず、スクロールしていってヴァン・ジルの番号を探した。いくつかのシナリオを検討したものの、けっきょく正直に話すことで落ち着いた。

最初の呼び出し音で出たヴァン・ジルに、ポーは自分の考えを伝えた。部長はへたな芝居をして時間を無駄にはしなかった――海千山千のこの上司はいまも有能な警官だ。彼は鋭い質問をいくつかしてきたが、ポーはそのひとつひとつにできるかぎり誠実に答えた。

質問が終わると、ヴァン・ジルは黙りこんだ。しばらくののち、部長は言った。「自信はあるのか、ポー？」

「ありません」

ヴァン・ジルは小さくうなった。「だが、おまえなりに自信はあるんだろう？」

どの程度自信があるか？　経験に裏づけられた推測か、それとも選択肢がなくなった男がひねり出した窮余の策か。ポーは心のなかでこれまでつかんだ事実を再確認した。

「ポー……」ヴァン・ジルが不機嫌な声でうながした。

「部長」彼はようやく口をひらいた。「絶対の自信があります」

「そして、ほかに方法はないんだな？」

「そう思います」

「けっこう」部長はため息をついた。「書類を提出しろ」

「十二ページあります」ポーは言った。「必要事項を書きこんで、メールで送ります」

「いまは自宅にいるんだろう？」

「そうです」

「Ｗｉ－Ｆｉを使うために例のホテルまで行っていたら、それだけで三十分が無駄になる」ヴァン・ジルは言った。「すぐにでも手をつけたいのだと思うが？」

電話で話しているのも忘れ、ポーはうなずいた。「そうです」

「だったら、記入はわたしのほうでやろう。どうせわたしが署名しなくてはならんのだ。

急いでほしいのなら、それなりの人間をたたき起こすのに、あと三十分必要だ」

「おれにできることはありますか？」

「少し寝ておけ、ポー。追加の情報が必要になれば電話する。それがなければ、あとはホテルにファクスが届くのを待て」

電話を切ってはじめて、ヴァン・ジルがひとこともフリンに触れなかったことに気がついた。

ポーは安堵した。うそをつかずにすんだ。

面倒なことになるだろうが、彼の思いどおりにすべて運べば、誰にも気づかれずにすむかもしれない。


二時間たっても、連絡は来なかった。ポーはホテルに行って待つことにした。神経が高ぶるあまり、小説を読んでも文章がさっぱり頭に入ってこない。睡眠など論外だった。

ファクスがそんな早く届くとは思っていなかったが、ブラッドショーがまだ起きているかたしかめるのもいい。もし起きていれば、シャープルズの汚点を見つける気になってくれるかもしれない。あいつのことはまだあれで終わりにするつもりはない。

コートをはおり、エドガーに声をかけた。「ティリーに会いにいくか？」

スパニエル犬は尾を振りはじめた。会いにいきたいと言っている。

ポーはフロントの女性にファクスが届くのを待っているのだと告げた。それからブラッドショーの部屋を内線で呼び出してもらった。彼女は出なかった。フロントの掛け時計を確認した。十時ということは、受話器をはずして眠りこけているのかもしれない。自分が不眠症だからといって、誰もがそうとはかぎらない。

コーヒーを一杯もらえないかと言おうとしたとき、このホテルのバーテンダーをしているダレンがフロントに駆け寄ってきた。

「ナイトマネージャーはどこだ？」ダレンは訊いた。

「バス・ハウスのお客さまの対応に出てるけど」フロント係は答えた。「どうして？」

〈オールド・バス・ハウス〉はその名のとおり、かつては浴場（バスハウス）だった。ホテルの敷地正面にある独立した建物で、いまは人目を避けたい客のための施設になっている。

ダレンはいらだった表情を見せた。

「なにがあったの？」フロント係は訊いた。

「バーでちょっとひと悶着（もんちゃく）あって」

ポーはもう地元警察の人間ではないが、それでも根っからの警察官だ。

「おれが行こう」その口調に誰も反論しなかった。バーテンダーのあとについて、ひろいバーエリアに入った。古くさく、少しくたびれた感じのバーで、労働者階級が通う店に似たところがあり、客層が見事なまでにばらばらだった。ポーがこのホテルで一杯やるときは、フロントの左にある、もっと小さいバーを使うことが多い。ここを利用するのは、無料のｗｉ－ｆｉを使うときだけだ。

「あの女性にはかまわないようお願いしたんですが」ダレンは言った。「〝失せろ〟と言われました」

ポーはバーテンダーが示すほうに目をやった。呼吸が速くなった。内なる野獣が頭をもたげた。せっかくブラッドショーが打ち解けてきてくれたところなのに……

彼女は窓の近くの席にすわり、ノートＰＣでゲームをしようとしていた。ほかのプレイヤーと会話するのに使うヘッドホンをしている。彼女を囲むように男が三人立っていた。全員が名札をつけている。ポーは会議の出席者というものに反感を持っている。ああいう連中は自宅を離れたとたん、社会のルールなど適用されないと考えがちであるし、そこにいる三人の道化はあきらかに朝からずっと飲んでいる。見ていると、そのうちのひとりがブラッドショーのヘッドホンをはずし、耳に何事かささやいた。

「やめて！」ブラッドショーはヘッドホンを奪い返した。目を大きくひらき、ノートＰＣ

をじっと見つめている。いまさっきヘッドホンをはずした男が、また同じことをした。ブラッドショーはまた奪い返した。男たち全員がばか笑いした。

　べつの男がブラッドショーの口にラガービールの瓶を押しつけ、無理に飲ませようとした。彼女が首を振ったので、中身がTシャツにこぼれた。男たちはまた笑った。

「警察を呼びましょうか、ミスタ・ポー？」

「おれにまかせてくれ、ダレン」

　ポーは歩み寄った。ひとりがそれに気づいた。彼がほかのふたりに小声でなにか言い、三人そろって振り向いた。全員が母親の下着を穿いているところを見つかったみたいな表情を浮かべている。ブラッドショーは見た目こそ小柄で弱々しく見えるが……鋼鉄の心の持ち主だ。泣いてもいないし、大声で助けを呼んでもいない。男三人に敢然と立ち向かっていた。

「きみたち、どうかしたのか？」ポーは尋ねた。落ち着きはらった声ながら、その意図はまちがえようがなかった。ポーに気づいたときのブラッドショーが浮かべた安堵の表情を、彼は一生忘れないだろう。

　ブラッドショーのヘッドホンをはずそうとしていた男が言った。「このミセス・マウスとちょっとばかり楽しんでるだけだって」南部のなまりがあり、呂律がまわっていなかった。

ポーは相手にしなかった。「大丈夫か、ティリー？」

ブラッドショーはうなずいた。ふだんより顔色が悪いが、それでもがんばって耐えている。まったく、肚のすわった娘だ。この時点でたじたじとなってもおかしくない警官もいるというのに。

「ティリー？　このひょろっとした野郎がきみの名前を知ってるのに、どうしてカールおじさんには教えてくれないのかな？」酔っ払いが訊いた。「まるでぼくのことが嫌いみたいじゃないか。嫌われると、おじさん、傷ついちゃうなあ」

このくそ野郎……

「カウンターのところで待っていてくれないか、ティリー。おれもすぐ行くから」ポーは言った。

ブラッドショーは立ちあがろうとしたが、カールと名乗った男がその肩に手を置いて押し戻した。「どこにも行かせないよ、ダーリン」

ポーの内なる野獣が立ちあがった。関節をぽきぽき鳴らし、肩をまわし……国家犯罪対策庁の身分証を出せば、事態の悪化は避けられる。だが、そうするつもりはなかった。痛い目に遭わないと学ばないやつもいる。「なんの問題もないよ、ティリー」彼は言った。

「こちらの三人は引きあげるところだそうだ」

「そうか？」カールが言った。彼は背が高くてガタイがいいのを見せつけるように立ちあがった。ポーが探るように見ているのに気づき、男はにやりと笑った。

「いいかげん、消えたらどうだ、にいさん」男は言った。「こちとら、不感症のくそ女にしゃぶっていかせてもらうまでは帰るつもりはないんでね」男は空になったビール瓶を首のところでつかんだ。あきらかな脅しだ。

ポーは男に向き直ったが、三人全員に向かって言った。「持っている飲み物を置け。いますぐ店を出ろ。二度と戻ってくるな」

あまり酔っていなさそうな男――名札に〝チームリーダー〟と書かれているのが見えた――がほかのふたりに声をかけた。「なあ、引きあげよう」この男はやっかいなことになりそうなのを察知したようだが、酔っ払っているふたりの同僚はそうではなかった。

「すわってろ！」カールがすごんだ。「誰が出ていくものか。そこの北部の田舎ザルに目にものを見せてやる」

ポーは愛想笑いを浮かべた。

「おい、きさま、うざいんだよ。とっとと失せろ」

ポーはひたすら黙って立っていた。にやにや笑いを浮かべて。

カールの額にうっすら汗がにじんだ。

「これが最後のチャンスだぞ」カールは言った。「黙って立ち去れ」

最後のチャンス？　そもそも最初のチャンスなどあったのか？

「五つ数える」ポーは言った。「そのあいだにいなくなれ」

「カール！」仲間のひとりが言った。「帰ろう」

カールはあと戻りできない状態に達していた。「五まで数え終わったらどうしようっていうんだ？」

「一」ポーは数えはじめた。

「怖くてちびりそうだ」カールはばかにしたように笑った。

「そうだろうとも」ポーは言った。「二」

カールのような輩はめったに作戦を切り替えたりしない。

ポーは数えつづけた。「三……四……」

カールは眉間にしわを寄せた。完全に追いつめられていた。あとは実力行使に出るしかない。

それでいい。

身長でも体重でもポーは負けているかもしれないが、十年近く、ここカンブリアで警官をやっていたのだ。格闘術などお手の物だし、ビール瓶で殴ると脅されたときの対処法も心得ている。考えるよりも先に筋肉が反応し、ポールはカールの手をつかんだ。カールはビール瓶を握る手にいっそうの力をこめた。

とんでもない間違いだ。

武器から手を離させるのが目的ではない。ポールとしてはそのまま持っていてほしかったのだ。カールの手を持ちあげ、テーブルに叩きつけた。

瓶が粉々に割れた。

ガラスの破片がテーブルの上を滑っていく。ブラッドショーがノートPCをどけたのをのぞけば、誰も動かなかった。バーに残っていた数人の客が目を向けてきた。ポールがじろりとにらむと、全員が自分の飲み物に視線を戻した。

ポールはカールの手を押さえつづけた。カールの体が震えはじめた。表情がビールのいきおいを借りた怒りから、身もだえするほどの痛みへと変わっていく。顔から血の気が引いている。情けない声が出はじめた。

瓶を割って武器にしようとしても映画のようなわけにはいかない。テーブルに叩きつけると、首の部分がちょうど握れる大きさになったり、見るからにおそろしい破片で相手を刺したりなど、現実には起こりえない。いまではカールも思い知っただろうが、ガラスは予測のつかない割れ方をする。割れてしまえば、どのくらいまで割れるか制御しようがないのだ。カールとしては危険な武器を持っていたつもりだろうが、蓋をあけてみれば、鋭い破片をてのひらいっぱいにつかんでいた。指の合間から血が流れはじめた。

ポーはつかんだ手を強く握った。

カールが悲鳴をあげた。

一生残る傷を負わせるリスクはあったが、そんなことは気にしていなかった。カールのような輩を相手に殴り合いなどしてはだめだ。それに、報復しようものなら、この先の人生が変わるほどの、割に合わない仕打ちに遭うとわからせる必要がある。

ポーは相手の手を下へと引っ張った。カールは銃で撃たれたみたいに両膝をついた。また悲鳴をあげた。ポーはあいているほうの手で身分証を出してひらいた。

「やあ、諸君」彼は言った。「おれはポー部長刑事で、きみらがいやがらせをした女性はおれの友人だ。ふたりとも国家犯罪対策庁に勤務している。さて、きみら三人がいまやばいことになっているのはわかるな？」

比較的酔っていない男がうなずいた。

ポーは顔を近づけ、男の名札を呼んだ。「ＭＷＣコンピュータ・エンジニアリング？聞いたことのない会社――」

「わが社は――」

「よけいな説明はしなくていい、ばかたれ」ポーは言った。「だが、そこにいるカールが手をまた使えるようにしたいというなら、いますぐ病院に行くべきだ。きみら全員の酔いが覚めた明日では遅い」

沈黙が流れるなか、カールのすすり泣く声だけがその場を支配していた。

「では、とっととホテルから出ていってもらおう」

ポーは痛めつけたカールの手を引き、男たちを引き連れてバーを抜け、フロントに出た。あまり酔っていない男が階段に向かいかけた。「どこに行く？」ポーは訊いた。

「荷物を取ってこないと」

「だめだ」ポーは言った。「とっとと失せろと言ったのは、いますぐという意味であって、そっちの都合のいいときにじゃない」

「しかし、荷物を取ってこないと。パソコンがあるし……」男はポーににらまれ、最後まで言えなかった。

ポーはフロント係に声をかけた。「ゾーイ、こちらのお客にタクシーを呼んでもらえないか？　運転手にはホテルの玄関まで乗りつけなくていいと言ってくれ。三人の愚か者はA六号線まで歩いて出るそうだから。新鮮な空気を吸いたいらしい」

それから三人に向き直った。「タクシーで病院に行け。おれだったらいますぐ出るけどな。幹線道路まで少なくとも一マイルはある」

ポーがカールの手を離すと、三人は足をもつれさせながら駐車場に出た。「その前にひとつ訊くが、いまいくら持ってる?」

「金をふんだくるつもりですか?」あまり酔っていない男が訊いた。

ポーは言った。「バーのカーペットにカールの血がついた。ホテルが払うべきではないと思うが。どうだ?」

ブラッドショーはまだバーにいた。体は震えていたが、ポーが戻ってきたのを見たとたん、笑顔になった。騒動のあいだじゅう、おとなしくしていたエドガーをなでてやっていた。ポーは飲み物を注文した。バーテンダーは代金を受け取らなかった。

「大丈夫か、ティリー?」彼は訊いた。「あんなものを見せてしまってすまない」

「なんでいつも助けてくれるの、ポー? もうこれで二回め」

ポーは笑った。ブラッドショーは笑わなかった。大まじめだった。

「助けるなんてほどのことじゃない」ポーは答えた。「それにそもそも、おれは人をいじめるやつにがまんがならないんだ」

「そう」ブラッドショーは少し拍子抜けしたような顔になった。

「それに、ティリー、出会いはさんざんだったが、きみはおれの友だちだ。それはわかっているよな?」

ブラッドショーが答えないので、ポーは一瞬、まずいことを言ったかと思った。彼女の顔をひと粒の涙がこぼれ落ちた。

「ティリー――」

「あたし、いままで友だちなんかひとりもいなかった」彼女は言った。

ポーはかける言葉を思いつかず、けっきょくこう言うにとどめた。「でも、いまはいる」

「ありがとう、ポー」

「とにかく」ポーは言った。「次はきみがおれを助けてくれよ」

「そうする」彼女は顔をくもらせた。「しゃぶっていかせてもらうって、なんのこと? あの男の人は、いったいなにを言ってたの?」

フロント係が現われたおかげで、助かった。紙の束を手に、バーに入ってきたのだった。

ポーが眉をあげると、フロント係はうなずいた。

待っていたファクスが届いたのだ。送付状に目を通した。

なんらかの事情で、五時十八分開始となっているが、準備作業が数時間後には始まるはずだ。立ち会う必要はないが、ポーとしてはその場にいたかった。

「出かけないといけなくなった」ポーはフランシス・シャープルズについて徹底的に調べてもらうつもりでいたことなど、すっかり忘れ、立ちあがった。「きみのほうは大丈夫か？」

「うん」

ポーは少し間をおいた。「さっきの、がらの悪い連中のことはもう忘れろ。あいつらはべつにきみじゃなくても、誰でもよかったんだから。こう考えてごらん。きみは国家犯罪対策庁の一員だ。そうでないやつにとって、それがどんな意味を持つか想像してみろ。コップに水が半分しか入っていないと考えるか、半分も入っていると考えるかの問題としてとらえるんだ」

ブラッドショーは眼鏡をはずし、いつもバッグに入れている専用のクロスで拭いた。眼鏡をかけ直し、髪を耳にかけた。「コップに水は半分入ってるわけじゃない。空でもない」

「だったら、どういう状態なんだ？」

ブラッドショーはにっこり笑った。「コップそのものが、もとの二倍の大きさになったの」

もう彼女は大丈夫だ。

20

パークサイド墓地は行政がケンダル地域で運営するふたつの墓地のうちのひとつだ。ポーはそこでおこなわれた葬儀に参列したことがあり、道順を教わる必要はなかった。パークサイド・ロードの両側にひろがる大きな墓地は、宗教や宗派ごとに分けられている。

ポーが目指しているのはK区画だった。礼拝堂と駐車場からいちばん遠い場所にあるが、それも当然だろう。訪れる人などいないのだから。

目当ての墓を見つけるのは想像していたよりもずっとむずかしかった。雲に覆われているせいで——気温は暖かいままだったが——墓地は一面の闇に完全に包まれていた。五感が失われ、まともに使える懐中電灯を持ってくるという先見の明のなかった自分をのろった。車のなかにはあるのだが、切れた電池の入った筒でしかない。ブラックベリーの懐中電灯機能では、闇に太刀(たち)打ちできなかった。

半時間ほど、よろけたり、露出した木の根につまずいたり、蜘蛛(くも)の巣に突っこんだりした末、ようやくK区画が見つかった。明るい林のなかにある区画もあるが、K区画はわりとひらけた場所のひとつにあった。

墓石に刻まれた文字を読んでいく。墓地のなかでも古い区画で、素朴なつくりの墓が大半で、石は古び、刻まれた文字も読みにくい。名前、日付、それに短い愛の言葉。軍の階級が記されたものもちらほら見受けられる。きれいに掃除してあるものもあれば、緑色に染まっているものもある。苔に完全に覆われたものも五、六基あった。とくに古いもののなかには、旧友のように寄り添っているものもある。ポーは思わず身震いした。こんなにたくさん墓があるのに、同時にがらんと感じられるのはなぜだろう?

目的の墓がようやく見つかった。K区画のいちばんはずれにある小さなエリアで、最初は大きな霊廟（れいびょう）が邪魔をして見えなかった。さっき見落としたのは、そのあたりの墓はどれも墓石がないからだった。

そのエリアはカエデの木でいくらか隠れていた。下に目をやると木の銘板が七つ見えた。ここが探していた場所だ。

理屈――K区画のこのあたりではたしかに理屈がひと役買った――からいうと、いちばん端の列から見ていくのが妥当だろう。掘り起こしたばかりの土のにおいがしたので、右端の墓を照らしたところ、求めていたものが見つかった。

銘板には〝氏名不詳の男性〟とのみ記されていた。埋葬した日にちが小さめの文字で付記され、そのわきに八桁の整理番号がついている。番号はリードから教えられたのと一致した。そしてそれと同じ番号が、ヴァン・ジルから送られてきたファクスにも書かれていた。

ポーは一歩さがって、周囲をざっと見まわした。自分でもなにを探しているのかわかっておらず、不審な点はひとつもない。それが、自治体の一団が到着する前に来たかった理由のひとつだ。踏み荒らされる前に見ておきたかった。台なしにされていないか確認したかったのだ。見たところ、その心配はなさそうだった。トーロン人の墓は新しかったが、真新しいというほどではない。

なにか見つかるとすれば、土のなかからだ。

ポーは腰をおろして待った。腕時計に目をやる。そう長く待つことはないだろう。

環境衛生監視官はフレイア・アクリーという名前だった。癖の強い赤毛で、言葉にはニューカッスルのなまりがあった。自分を待っている人間がいるのを見てほっとした顔になった。「ポー部長刑事ですか？」

ポーは身分証を見せた。「作業開始の前にやっておくことがあるんだね？」

彼女はうなずいた。「確認作業には普通、五日を要します。二時間前、サウス・レイクランド地区評議会の環境衛生局長の電話で起こされ、法務省から急ぎの仕事を命じられたと言われたんです」

不満を言っているのではなかった。緊張しているのだ。遺体の発掘を取り仕切るのはこれがはじめてなのだろう。彼女はリュックから大きなファイルを出し、手順書をひらいた。

「まずは、発掘する墓を見つけなくてはなりません」彼女は言った。

「あそこにある」ポーは指さした。「いちばん端の新しい墓だ」

アクリーはファイルの内ポケットから書類を一枚出した。ポーが持っているのと同じものだ。彼女は墓に歩み寄り、懐中電灯で木の銘板を照らした。三回確認したのち、ポーを呼び寄せた。

「これが発掘命令書に記されている墓であると確認します」

「異議なし」ポーは言った。

「発掘理由を確認してもらえますか？」

ポーは手にしていたファクスを読みあげた。「進行中の重大な捜査に役立てるため」

「緊急におこなう理由は？」

理由は同じだ。ポーは同じ答えを繰り返した。アクリーがまじまじと見返してきたが、ポーはくわしく説明しなかった。

アクリーは手順書に戻った。「遺体は身元不明ゆえ許可を求める親族は存在せず、墓地のこの区画が聖域ではなく戦没者墓地として登録されていないことを、ここに確認する。また、遺体の発掘にあたって他の遺体を荒らす恐れはなく、墓地を管理する責任者からの異議がないことも確認する」

「では、取りかかれるんだね？」

「ええ、ポー部長刑事。まもなくうちの者が到着します。五時十八分に開始となります」

ポーはいぶかるような顔をアクリーに向けた。最初に発掘命令書に目を通したときにも、中途半端な時間だなと思っていた。

「きょうの日の出時刻なんです。昼間の作業ならば専用の照明を使わずにすみます。つまり、安全衛生庁に発電機、照明器具、およびケーブルの認証をもらう必要がありません。書類仕事が減りますし、ここに来なくてはいけない人間の数も少なくてすみます」

地区評議会の職員のくせに煩雑(はんざつ)な手続きを厭うとは。ポーはフレイア・アクリーに好感を持った。

21

四時半、墓掘り人が到着した。全部で三人。これからおこなう仕事への覚悟はできているようだった。三人は近くの墓にそなえられた花を移動させ、第三者から見られぬようブルーシートをめぐらせた。準備を終えるとどこかにいなくなり、全員分の防護服を持って戻ってきた。関係者はこれだけだ。すでに徹底的な検死が済んでいるので、ポーとしては科学捜査の人間は必要なく、来てほしいとも思っていない。これからおこなうことは自分の好奇心を満足させるためだけのものだ。不審な点が見つかった場合は、その場で作業を中断させ、フリンを呼ぶつもりでいる。

発掘命令が許可しているのは、墓のわきで遺体を検分することだけなので、墓掘り人のうちふたりがトーロン人の新しい棺――〝シェル〟と呼ばれる大きな箱を取りにいった。木製の棺は内側がタールで塗られていた。亜鉛で内張りされ、漏れ防止の樹脂の膜で覆われている。トーロン人の亡骸(なきがら)、棺、その他、墓のなかから見つかったものはすべてこの

〝シェル〟におさめられ、もとの墓にふたたび埋葬することになっている。
〝シェル〟はアクリーの承認を受ける必要がある──本来なら五日かけてきちんとおこなう作業だ。彼女は蓋についた新しい番号を調べ、墓に記された番号とも発掘命令書の番号とも一致するのをたしかめた。ポーも確認を頼まれた。一致していた。

これで準備は整った。あとは夜が明けるのを待つだけだ。アクリーがその時間を利用して必要な事前説明をおこなった。環境衛生担当の職員として、死者への敬意を失わないようにするのも仕事のひとつだ。さらに、発掘作業のあいだ、公衆衛生を守るための措置を講じるのも大事な仕事だ。彼女はポーと墓掘り人たちに、遺体および墓地周辺の土壌から感染するリスクがあることを伝えた。クロイツフェルト・ヤコブ病、破傷風、さらには天然痘などの伝染病は埋葬後も感染力を有している。アクリーがあらかじめ作成してきたメモを読みあげるのを、ポーは飛行前の機内安全ビデオと同程度の関心を持って聞いていた。トーロン人は何十年ものあいだ塩に埋まっており、検査と司法解剖がおこなわれている──だから危険はない。地中に埋まっていた期間もさして長くなく、まだ腐敗も始まっていないのではないだろうか。

ポーは腕時計に目をやった。正式に朝になっていた。五時十八分だった。目を閉じ、気持ちを落ち着けようとする。明日の新聞の一面に〝元警官が墓泥棒に身をやつす〟との見出しが躍るところなど想像するまいとした。

そのとき、誰かが顔を近づけてきて耳もとで一喝した。「いったいどういうつもり、ポー?」

ポーは目をぱっとあけた。フリンが怖い顔でにらんでいた。こんなに怒った彼女を見るのははじめてだ。

なにか言おうとしたものの、さえぎられた。

「なに考えてるのよ!」

「ステフ、説明させてくれ――」

「聞きたくないわ、ポー」フリンはぴしゃりと言った。「その口を閉じてて」

ポーはかまわず説明した。「昨夜、ヴァン・ジルと話をした。許可を出し、関係者を総動員して超特急で実施にまでこぎ着けてくれた。申し訳ないが、とにかくこういうことになった」

「わたしの頭ごしに交渉したわけ?」フリンは声をひそめた。

ポーは肩をすくめた。「そういうわけじゃない」

「だったらどういうわけなの?」

それに対する答えは持ち合わせていないし、陳腐な言い訳でお茶を濁すつもりもない。立場が逆ならばポーも怒り心頭に発したと思うが、イモレーション・マンが被害者の胸に刻んだのはフリンの名前ではない。いまの彼に、手続きを厳格に守るなどという贅沢をしている余裕はないのだ。「犯人が挑発しようとしているのはおれなんだ、ステフ。きみではないし、ギャンブルでもない。それにおれのことはきみだってよく知っているだろう。そもそもヴァン・ジルがおれを必要とした理由も。おれはあくまで証拠第一主義だ。その結果、ここにたどり着いた」

「ばか言わないで、ポー」フリンは不機嫌な声を出した。「そういう二元的思考はあなたらしくない。そんな単純なものじゃないのよ。なにかをするにはいい方法とまちがった方法があるけど、これはどう考えてもまちがった方法よ。国家犯罪対策庁がなんの断りもなしに遺体を発掘したと知ったら、ギャンブル主任警視はなんて言うと思う？　烈火のごとく怒るわよ、きっと」

「責任はおれに押しつけてくれ」ポーは答えた。

「責任はおれにって……ほかに誰がいるっていうの？」

鋭い指摘だ。ペイトン・ウィリアムズ事件とまったく同じだ。ポーが正しかろうとまちがっていようと関係ない。ファクスで送られてきた発掘命令書をフリンに差し出した。

「しかもヴァン・ジルはわたしの捜査からわたしを締め出すのに異論がないわけね」フリンはいくらか態度を軟化させたようだ。彼女がどう思おうと、遺体の発掘はおこなわれると気づいたのだろう。警官としての好奇心が勝ち、怒りがやわらいだのだ。

「正直に言うと、ステフ、ヴァン・ジルは気づいていなかったんだと思う。おれがきみの指示で動いていると思いこんでいたはずだ」それは口からでまかせにすぎない。ヴァン・ジルは頭の切れる現実的な男だ――フリンについて触れなかったのは、触れたくなかったからにすぎない。ポーのうそを聞きたくなかったのだ。ほぼまちがいなくポーが自分勝手な行動を取るものと思っていたから、みずから墓を掘り返すような行動には出ないと知ってほっとしたにちがいない。しかし、指揮命令系統を無視しすぎることにも抵抗があった。いずれしっぺ返しがあるからだ。遺体がふたたび埋葬されたら、フリンの側につかなくてはならない。「ヴァン・ジルから電話があったようだね」

彼女はうなずいた。「朝いちばんに。発掘命令書がフロントに届いているはずだと言われた。わたしがどれだけ驚いたか、想像できるでしょ」

想像できる。思わずにやりとしそうになったが、どうにか抑えこんだ。まだ和解すべきでない。フリンにはもう少し、ポーに腹をたてていてもらわないと。

彼女は言った。「ねえ、ポー。この事件が片づいたら、あなたは責任ある立場に戻ることになるかもしれない。そうなったらなったでかまわない。わたしは喜んであなたの部下になる。でも、それまでは、お願いだから、わたしに敬意というものを払ってほしい」

フリンは本気でそんなことを思っているのか？　敬意を持っていないから、彼女をすっ飛ばしたと？　かつての部下に仕えることに抵抗を持っているからだと？　そんなことはないと思いたい。そんなのは真実とはかけ離れている。たしかにフリンは部長刑事として出来がいいとは言いがたかったが、地道に努力を重ね、すばらしい警部に成長した。彼女は、ポーがこれまで仕えたなかでも最高の上司になる可能性を秘めている。だから、彼女が怒るのはしごく当然だ。

ポーはそう説明し、フリンが顔を赤らめたのを見て安堵した。「この責任はすべておれが負う。ギャンブルに知れたら、両手をあげ、きみは無関係だと説明する」

「ばか言うんじゃないの、ポー」フリンはため息をついた。「肥だめにどっぷり浸かってるのはわたしも一緒」彼女は腕時計に目をやった。「さあ、始めましょう。時間よ」

地面がやわらかく、しっとりしているせいか、墓掘り人たちは苦もなく掘っているように見えた。三人はやけに長い鋤（すき）を使い、無駄のないすばやい動きで土を掘り返していった。

墓の深さは普通どのくらいなのか、ポーには見当がつかなかった。〝シックス・フィート

・アンダー〟という言いまわしが頭に浮かんだが、六フィートが棺の上までなのか、下までなのかもわからないし、現代の墓の規則とは関係のない表現かどうかもわからなかった。掘りはじめて十分ほどたつと、墓掘り人は鋤をおろし、ひとりがなかに入って残りの泥を手でかき出した。やがて木製の棺が現われた。棺をおろすときに使った帯ひもは濡れて汚れていたが、状態はよく——埋められてからそう長くたっていなかった——下におりた墓掘り人がそれを仲間に渡した。手もとにあるものが問題なく使えるのに、新しいのを取りつける意味などない。

「持ちあげてシェルにそのまま入れます、ポー部長刑事」アクリーが言った。「その状態で蓋をはずしてなかを確認してください。検分が終わったら、墓穴を少しひろげて埋め戻します」

棺の上の泥をどけて帯ひもを見つけた作業員が、同僚の手をつかんで墓穴から出た。その際、帯ひもの一部が脚に引っかかった。作業員は足を滑らせ、棺の側面にぶつかった。

蓋がずれた。

おかしい。棺の蓋は〈プリングルズ〉の筒状の容器の蓋と同じで、そう簡単にはずれたりしないものだ。釘でとめてあるはずではないのか。

「蓋を見ろ。釘でとまってない」ポーは言った。

全員が墓穴をのぞきこんだ。

胸の悪くなるような腐敗臭がたちのぼった。

フリンが不快そうに鼻にしわを寄せた。「なんなの、このにおい?」ポケットからハンカチを出し、口と鼻を覆った。

このにおいはどこか変だ。

「さあ。だが、三十年ほど塩漬けになっていた遺体が発しているとは思えない」ポーは答えた。あまりに……生々しい。

墓穴におりている男が棺の蓋をあけようと手をのばした。

「よせ!」ポーは叫んだ。手をのばし、墓掘り人の手をつかんだ。彼を引っ張りあげる。三人の墓掘り人と向かい合った。「鋤を下に置き、防護服を脱いでくれ」それから環境衛生担当の職員に向き直った。「きみもだ、フレイア。ここは発掘現場ではなくなった。犯行現場だ」

22

棺のなかの遺体は、予想していたような干からびた身元不明の男性ではなかった――イモレーション・マンのもうひとりの犠牲者だった。においから判断すると、新しくはない。ポーがコッカーマスのストーンサークルで目にした遺体と同程度に黒焦げになっていたが、あの遺体のにおいは不快ながらも新鮮だったが、こちらは不快で腐敗したにおいだった。

「五番めの被害者だ」ポーは言った。「いや、五番めに発見された被害者と言うべきか」

フリンは墓のなかの黒焦げの遺体から目をそむけることができないようだった。

「どうやら、ふたつの事件は関連しているというおれの意見に賛成してもらえたようだな」

「いったいどうなってるの、ポー？　トーロン人はどこに行ったの？」

ポーにも見当がつかなかった。

しかし、フリンの発言は的を射ていた。あらたな被害者が発見されたのはたまたまであり、ポーたちにとってはどうでもいいことだ。この捜査はギャンブルにまかせておけばいい。イモレーション・マンが遺体をすり替えたのは、単なるいたずらのはずがない。ポーがトーロン人の正体を突きとめるのを阻止するのがねらいだ。

ならば、なぜイモレーション・マンはおれをここへと導いたのか……？

もっとも……もっとも、こんな迅速に棺の検分ができるとは思っていなかったのだろう。通常の役所の窓口を使わずヴァン・ジルを経由したことで、数週間もかかるところを数時間で発掘命令が出た。フリンをないがしろにしたことで、本来なら享受できない恩恵にもあずかれた。

つまり、真相に通じる橋の候補を見つけたということだ。あとはどう渡るかを突きとめればいい。

一時間後、カンブリア州警察のチームが大挙して墓地にやってきた。真っ先に到着したのは、きちんとした身なりのギャンブルとリードだった。鑑識と科学捜査班をうしろに従えている。殺人事件の捜査集団によってK区画の静寂が破られるのもまもなくだ。

ほどなく、墓は鑑識のテントで覆われた。いくつかの墓石の周囲に内側警戒線が張られ、外側警戒線がK区画の周囲に張られた。

なにがあったかを知ったギャンブルは怒りで顔を真っ赤にした。フリンが対応した。発掘命令書を見せた。それでもギャンブルの怒りはおさまらなかった。命令書をひったくり、ポーに詰め寄った。「いったいこれはなんだ?」

ポーは表紙に目をやった。法務省の検死官とサウス・レイクランド地区評議会の墓地事務所長が署名している。遺体発掘の理由には〝棺内を至急検分する必要があるため〟と記されている。ほかにもいろいろ書かれているが、要するに、連続殺人犯をとらえるのに欠かせない証拠が棺のなかに入っていると国家犯罪対策庁が考える根拠があるということだ。〝エドワード・ヴァン・ジル情報部長〟と署名されていた。

「発掘命令書です」

「そんなことはわかっている!」ギャンブルは怒鳴った。「なぜフリン警部の名前がない? なぜきみの名が申請者の欄に書かれている?」

フリンが歩み寄った。

「それについてはわたしからご説明します」彼女は言った。「さきほども申しあげたように、きのうポーに届いた絵はがきから、この墓のなかにそちらの捜査に欠かせない証拠があると結論するにいたりました。電話でお知らせしようとしたものの、電波が弱くて。そちらとしても、できるだけすみやかに進めたいだろうと思ったものですから、わたしどもの上司を通じて許可を出してもらいました。幸いにも、ヴァン・ジル部長がいくつかのハードルをうまく突破してくれ、無駄に数日を費やす手間が省けたというわけです」

フリンがうそをついているのはギャンブルもわかっていたが、それと同時に自分が包囲されたこともわかっていた。「あんたたちときたら……」しばらくは一歩も引かないかまえを見せていたが、けっきょくこう言った。「正午までに詳細な報告書をHOLMESにあげてもらいたい、フリン警部」それからポーに向き直った。「それから、この男をわたしの捜査からはずしてもらう」

主任警視が声の届かないところまで行ったのを確認すると、フリンはポーに向かって言った。「悪いわね、ポー」

「どういうことだ？」ポーは思わず大声になった。「あいつにそんな権限は――」

「部長命令なの。いましがたヴァン・ジルと話した。あなたはわたしにもギャンブルにも内緒でことを進めた。部長としてもカンブリア州警察の連中と揉めている余裕はないから、今後もあなたを捜査の一員としてほしいとは言えないのよ」

ポーの電話が鳴った。ヴァン・ジル部長からだ。

指揮命令系統を無視したことで形ばかりの叱責を受けると思ったが、そうではなかった。

「きのう人事部と話したのだがね、ポー部長刑事」ヴァン・ジルはいきなり本題に入った。

「きみは停職期間のあいだ、誰とも接触していなかったらしく——それよりなにより、誰もきみに接触していなかったことから、十二カ月以上の休暇がたまっているそうだ。きみさえよければ、こちらとしてはそれをあたえるのにやぶさかでなく、いま口頭で申請しても異論をとなえるつもりはない。フリン警部もとなえないと思う」

ポーはこういうのが精一杯だった。「ええと……どういうことでしょう？」

「休暇を取るつもりはあるのか？」ヴァン・ジルはひとことひとことゆっくりと言った。「さもなければ、きょうじゅうにハンプシャーまで戻ってもらうことになるが」

「ええと……取ります」

「よろしい。これで決まりだ。それではいまから、きみに一カ月の休暇をあたえる」

「どうしてですか？」ポーは訊いた。

しかし、電話は切れていた。

ポーは手のなかの電話をじっと見つめた。フリンが近づいてきた。ギャンブルを従えている。

「なぜまだこいつがここにいる？」ギャンブルが不機嫌な声を出した。

「ポー部長刑事はいましがた配置換えになりました」フリンは言った。「ですが、先に少し休暇を取るようです。そうよね、ポー？」

ポーはうなずいた。ギャンブルは満足の声を漏らし、大股で歩き去った。フリンと部長とでギャンブルの顔を立てつつ、ポーをカンブリアに残すための次善の策を練ってあったのだ。ふたりはポーが引きつづき捜査にあたることを望んでいるが、いまからは非公式なものとなる。

ポーとしては願ったりかなったりだ。

やるべきことはわかっている。携帯電話の連絡先をスクロールし、いちばん新しく登録した番号を押した。まだ早すぎるかと思ったが、相手はすぐに出た。出た相手の声は、眠気など微塵（みじん）も感じさせなかった。

「現場捜査の応用編にチャレンジする気はあるか、ティリー？」

23

ポーはエドガーを預けたのち、ホテルの正面玄関でブラッドショーを乗せた。車のエンジンを切る手間はかけなかった。ブラッドショー——大物の卵——はポーが夜間勤務から引きあげてくるのをわかっていたから、どういう手を使ったかは不明だが、エッグロールを用意し、携帯ポットにコーヒーを詰めていてくれた。ポーはエッグロールを食べ、熱々のコーヒーは一気飲みできる温度になるのを待ってから口に運んだ。

M六号線を行く旅は三十分とかからなかった。午前八時になるころにはスタンウィクスに着いていた。車をとめ、ふたりはタウンハウスの階段をのぼった。ポーはフランシス・シャープルズの名のうしろに書かれた〝BPhil〟の文字を指して訊いた。「どういう意味か知ってるか、ティリー？」

「哲学士でしょ、ポー」

ポーは首を横に振った。「間抜け野郎って意味だ」彼はインターコムのボタンを押し、眠たげな声が応答するまで押しつづけた。

「はい？」

「ほらな？」ポーは言った。シャープルズに名乗り、市民の自由を侵すものだという抗議を無視しつづけた結果、なかに入ることができた。

このあいだと同じく、シャープルズは自宅のフラットの入り口で待っていた。下着で寝ていたのか、あるいはふたりが階段をあがってくるあいだになんとか身につけたのがそれだったのか。この前は、他人を見下すような薄笑いを浮かべていたが、きょうは不安の笑みが浮かびそうになるのを必死でこらえていた。

今度はもう、下手に出る必要などない。シャープルズからすべて聞き出すまで、引きあげるつもりはなかった。

「おたくが隠している情報が、殺人事件の捜査で必要になった」

「ぼくはなにも隠してなど――」

「うそをつくな」ポーは語気鋭く言い返した。「おれはこの仕事を十五年もやってるが、おたくほどへたなうそつきは見たことがない」

「なにを言う！」

「いくらでもほざけ」シャープルズは唖然となったが、ポーの口調が変わったせいなのか、それとも自分の言うことを信じてもらえなかったせいなのかはわからない。「いくらでも憤慨したふりをしているがいい、フランキー。犯人幇助と公務執行妨害で逮捕したっていいんだぞ」シャープルズが反論する隙もあたえず、ポーはつづけた。「現時点では、事件の関係者のうち、うそをついているとわかってる人物はおたくしかいない。となれば、おたくが五件の殺人事件の容疑者であると見なすしかない。最低でも、共犯で有罪になるだろう」

でたらめもいいところだが、シャープルズはさして法にくわしくないだろうと踏んでのことだ。「服を着て、同行願おうか」

シャープルズはがたがた震えはじめた。目に涙を浮かべている。ポーは室内を見まわした。昨夜は執筆に励んでいたようだ。少なくとも、執筆に励んでいたように思われたらしい。ノートＰＣの隣に、きちんとそろえた紙の山が置いてある。手書き原稿で――ここを訪れた者ならすぐにそれとわかるようになっている――およそ七十枚ほどありそうだ。ポーはタイトルが書かれたページを手に取った。『より小さな世界において増大する哲学の意義』。

「いいパソコンね、シャープルズさん」ブラッドショーがアッププル社のノートＰＣを見ながら言った。「最高級モデルでしょ」

ふたりがPCの話をするあいだ、ポーは高級住宅街にある高級フラット内の高級インテリアに見入った。前回訪れたとき、本を出していない元哲学専攻の学生が、なぜこんなところに住めるのか尋ねたかった。

「ここの支払いはどのようにしたんだ、シャープルズさん？」

シャープルズは目を伏せた。

「数時間以内に法廷会計士を呼ぶこともできるんだがね、シャープルズさん。そうなったらなにもかも調べられる。本当になにもかも。いま答えてもらったほうが格段にましだと思うが」

シャープルズはぼそぼそとつぶやいたが、声が小さすぎてポーには聞こえなかった。しかし、ブラッドショーには聞こえたようだ。「遺体からなにか盗ったんだって」

ポーはうなずいた。「そのなにかとは、なんだ？」

「腕時計」シャープルズは声をうわずらせながら答えた。

ポーはファッションリーダーではないが、そんな彼ですら、腕時計のなかには目玉が飛び出るほど高価なものがあるのは知っている。「メーカーと型式は？」

「一九六二年製造のブライトリング七六五。バンド部分は、死体をデレクの上に落っことしてしまったときに壊れたらしい。なにも考えずに、自分のポケットに入れた。なくさないようにと思って」

「なくさないようにと思って」

「そう」

「で、ポケットに入れたのを忘れてしまったと」

「そうだ。あとで思い出したけど、警察に盗んだと思われるのが怖くて」

「それはわかる」ポーは言った。「で、いまはどこに？」

シャープルズから答えは返ってこなかった。ポーは売り払ったのではないかという気がした。シャープルズはまだ顔をあげようとしない。

「もう一度訊くが――」

「もう、ぼくの手もとにはない！」

「製造番号と写真を」ポーは言ってから、ブラッドショーのほうを向いた。インターネットで調べてほしいことがあるときの合図だ。彼女はすでにスマートホンで検索を始めていた。

「どのくらいの価値がある？」ポーは訊いた。

「一九六二年製造のブライトリングは一万ポンドほどの値がついてる」彼女は答えた。はじめての現場捜査で張り切っている様子だ。いずれ、これは公式の任務ではないと説明しなくてはならないだろう。この先もつづけるかどうか、本人に決めさせなくてはいけない。しかし、それはいまではない。

ポーはシャープルズに向き直って尋ねた。「売った相手は？」

「取引したい」

ポーはせせら笑った。ブラッドショーまで吹き出した。

「くだらないテレビ番組の見すぎだな、シャープルズさん」ポーは言った。「ここはアメリカじゃない。取引なんてものはない。せいぜい、減刑程度だ。それだって、おたくに悪い面だけじゃなく、よい面もあると判事が判断した場合にかぎる。減刑の可能性は、腕時計のありかがわかるかどうかにかかっている。さあ、誰に売ったのか答えろ」

「教えられないんだ」シャープルズは蚊の鳴くような声で答えた。「ブランドものの時計を売買するサイトで、アメリカに住む匿名の収集家に売ったから」

「ティリー？」

「ちょっとどいてもらえますか、シャープルズさん」彼女はシャープルズを押しのけ、彼のマックブックの電源を入れた。「パスワードは？」

彼は教えた。

ブラッドショーがＰＣで検索をするあいだにポーは尋ねた。「売っていくらになった？」

「一万ポンドなんてとんでもない！」シャープルズは買い叩かれたのを知って悔しそうな顔をした。「受け取ったのは五千ドルで、ポンドに換算すると三千ちょい」彼は不安そうな顔でブラッドショーを見やった。「彼女はなにをしているんだ？」

ポーは言った。「たいていの人は知らないようだが、シャープルズさん、パソコンの中身はなんでもかんでも消せるわけじゃなく、復元が可能だ。これからティリーが、おたくがブライトリングの時計について書いたことをすべて見つけ出す。どのくらいかかるかな、ティリー？」

「見つかった」彼女は言った。「プリンターはありますか、シャープルズさん？」

シャープルズは戸棚をあけ、ボタンを押した。緑色のランプが点灯し、プリンターが起動音を発し、準備を整えた。「ワイヤレスか」

ブラッドショーは目をぐるりとまわした。「当然」

ブラッドショーは文書をいくつかプリントアウトした。中身には目もくれずにポーに渡した。

ポーはざっと目を通した。プリントアウトはカラーで、最初の何枚かは期待どおりだった――これだけあればシャープルズの有罪はまちがいない――が、最後の二枚で金脈を掘り当てた。

買い手が商品を確認したいと希望したのに対し、シャープルズが嬉々として応じていたのだ。六つのフルカラー画像が一ページに三枚ずつ。五枚めの画像を見てポーはにやりとした。

腕時計の裏面が写っていた。

固有の製造番号がはっきり読み取れた。

24

ふたりはシャープルズの自宅を辞したが、外出しないようにと申し渡した。もうじき制服警官が尋ねてくることになる。それはたしかだが、いますぐではないし、ポーが腕時計のもとの持ち主を突きとめてからのことだ。

ポーはブラッドショーに、自分はいまは休暇中なので、きみはシャップに戻ったほうがいいと説明したが、彼女はブライトリングの腕時計の線がどうなるのか、最後まで見届けたいと言い張った。その熱意にポーは折れた。とりあえず〈セインズベリーズ〉のカフェで朝食をとることにした。ポーはフルのイングリッシュブレックファスト、ブラッドショーはそのベジタリアン版にした。お茶はポット一杯分を分け合った。

ベーコンが舌の上で崩れ、塩味が爆弾のように口のなかにひろがるのを味わいながら、ふたりで腕時計の所有者を突きとめる最善の方法について話し合った。ブラッドショーはむずかしく考えず、ブライトリング社に乗りこむのがいいという意見だった――どこかでデータベースを一括管理しているはずだからだ――が、ポーは気乗りがしなかった。なにしろ、相手は大会社で、世界中に愛用者がいるうえ、その一部はとんでもない金持ちだ。ブライトリング社が国家犯罪対策庁の一刑事に要求されたくらいで、守秘義務の方針を曲げるとは思えない。だからポーはその手は使わず、州内の高級品を扱う業者を訪ね、知りたいことを聞き出せるまで脅すつもりでいた。業者の数はさして多くないし、トーロン人がカンブリア州の人間ならば、腕時計も地元で買った可能性が高い。

ポーがちぎったフライドブレッドで卵の黄身をすくっていると、ブラッドショーがなぜいま休暇を取ることになったのかと質問した。

「ちょっとゆっくりしたくなったんだ、ティリー」

「あたしのせいじゃないよね、ポー？」

「はあ？　まさか、そんなわけないじゃないか。どうして自分のせいだと思うんだ？」

「みんな、あたしに嫌気が差すから」

「そうか。そうだとしたら、そいつらはばかだ」ポーは言った。「いや、本当の理由は、早朝、ギャンブル主任警視に捜査をおりろと言われたからだ」

「ステファニー・フリン警部があたしに電話してきて、あなたに協力するよう言ったのはそういうわけだったの？」

「それは知らなかったな」

「あなたには言っちゃだめだって言われた」

「友だち同士はお互いにうそをついちゃだめでしょ」

「で？」

ポーはなるほどというようにうなずいた。「さあ、そのおがくずみたいな代物をさっさと食べろ。もうすぐ店があく時間だ」

話し合いをするかたわら、ブラッドショーは店の無料ｗｉ－ｆｉを利用していた。古くからつづいている宝石店をリストアップすることで捜索の手間をはぶこうという考えだった。リストを作成し終えると、ニュースチャンネルに切り替えた。時刻は九時で、いくつもの見出しが表示された。ブラッドショーは口をあんぐりさせ、画面を見つめた。「うそ……うそでしょ……そんなのよくない」彼女はうめいた。

「なにがよくないって？」憎たらしいベイクドビーンズをナイフで追いまわしていたポーは、上の空で言った。

「これを見て、ポー！」ブラッドショーはふたりで見られるよう、タブレットの向きを変えた。ボリュームをあげ、プレイボタンを押した。

カメラと巨大なマイクが揉み合うなかに、ケンダルの墓地で三時間も過ごしてなどいなかったかのように汚れひとつないスーツ姿でギャンブルが立っていた。ニュースキャスターがインタビューの前置きを述べた。「警察の発表によれば、早朝、ケンダルの墓地で見つかった遺体は、イモレーション・マンとして知られる連続殺人犯のあらたな被害者であるとのことです。このあとカンブリア州に中継をつなぎ、イアン・ギャンブル主任警視による短い声明をお聞きいただきます」

ゴーサインが出るのを待っていたギャンブルは、ニュースキャスターの前置きが終わるとすぐに話しはじめた。「カンブリア州の刑事たちによる卓越した捜査の結果、捜査チームはケンダルにあるパークサイド墓地の墓に対する発掘命令を申請しました。昨年、ハーデンデール塩貯蔵庫で見つかった身元不明死体が入っているはずの棺が、最近、荒らされたと思うにいたったからです。われわれのにらんだとおり、棺に入っていたはずの遺体がなくなっていました。そのかわりに、イモレーション・マンの被害者と思われる、現時点では身元不明の男性の遺体が入っておりました」

ギャンブルの声明は簡潔でよくまとまっており、うそはひとつもなく、どうでもいいことばかりだった。国家犯罪対策庁としては文句を言おうにも言うわけにはいかない。両組織の溝を露呈するような危険はおかせない。それは最初からわかっていたことだ。

「ばかばかしい」ポーは言った。「さあ、出かけるぞ」

腕時計を買った店はどこであってもおかしくないのは承知のうえで、ポーはいまいるカーライルから聞き込みを始めることにした。運に恵まれれば、オンラインショッピングが一般的になり、高級品を個人で購入するようになる前に買われたものかもしれない。安い商品を扱う店ははずし、小規模な高級チェーン店と家族経営の店にエネルギーを振り向けるのに異存はなかった。腕時計を販売する小規模店舗は数えるほどしかない――慎重を期して、腕時計を売っていない店でも過去には扱っていた場合もあり、確認を要する――が、それでも苦労の連続だった。

一軒をのぞくすべての店でブラッドショーは記録を閲覧させてもらい、閲覧がかなわなかった店でも、新品であれ中古であれ、過去にブライトリングの腕時計を売ったことは一度もないのを確認した。

調べたコンピュータのどのデータベースにもBR‐05068という製造番号はのっておらず、紙の記録を電子化している店はほんのわずかだったため、昔の帳簿を調べるのは時間も労力もかかった。

ある貴金属商などは、にっこりほほえみながらデスクに十冊もの帳簿をどさりと置いた。どれも、電話帳より分厚かった。ポーは頭を抱えたが、ブラッドショーはひるんだ様子を見せなかった。彼女は分析的な頭脳ともいうべきものをそなえていて、リストの照合といった作業を楽しめるらしい。

とはいえ、労力を注ぎこんだからといって結果がついてくるわけではない。数年前、最後にブライトリングの腕時計を売ったときの取引が記録された七冊めの帳簿をブラッドショーが調べ終えると、ポーは休憩しようと提案した。昼食の時間で、なにもせずに突っ立っているだけだったのに、それでもポーは腹がすいてきていた。

車まで戻り、もう一枚、駐車券を購入してから、ポーが最近、カーライルで見つけたあまり知られていない昔風のコーヒーショップに向かった。その店、〈コーヒー・ジーニアス〉は中世から残る西の城壁の近く、セイント・カスバート・レーン沿いにあった。高さのあるカウンター、高価そうなクロームのコーヒーマシン、種類豊富な自家製のケーキやスコーン。コーヒー豆の焙煎も店でやっており、コーヒーにうるさい人間にとってのパラダイスのような場所だ。淹れたてのコーヒーのえも言われぬ香り、エスプレッソの刺激的な香り、甘くほっとするキャラメルやチョコレート、鼻をくすぐるシナモン……。店内に足を踏み入れたとたん、よだれが出そうになった。

ランチ客が大勢いたが、窓の近くに席があいていた。ポーはドリップで淹れたペルーのコーヒーと本日のクラブサンドイッチ——プルドポークと飴色に炒めたタマネギ——を注文した。ブラッドショーはココアを注文したのち、スープとサンドイッチのセットメニューを頼んでもいいかとポーに尋ねた。

「好きなものを食べていいよ、ティリー。おれがおごる」

彼女はうれしそうにうなずき、注文した。枝から枝へと飛びまわる鳥のように、彼女は目をあちこちにさまよわせ、あらたな経験のひとつひとつを吸収しようとした。SCASに入る前は世間知らずで育ったと母親から聞いているが、どの程度まで世間知らずだったのか、ポーにはわかりようがない。料理と飲み物を待つあいだ、ブラッドショーが午前中の捜査をどう思ったかポーに尋ねた。

「まったくの無駄足だった」ポーは言った。いまやっていることに疑問を抱きはじめていた。午前中を無駄にしたとしか思えない。

「そんなことないよ、ポー」ブラッドショーは言った。「こういうことは時間がかかる。あるんだったら、あたしが必ず見つける」そう言うと、バリスタにwi-fiのパスワードを尋ね、タブレットを出した。数秒後には熱心に調べ物に取り組んでいた。料理が運ばれてくるまでは、もうひとこともしゃべらないだろう。

バリスタは飲み物を持ってくると、小さな三連型のタイマーをテーブルに置いた。右に置かれたその砂時計は濃いコーヒー用のもので、ポーは砂がゆっくり落ちていくのをぼんやりとながめた。癒やし効果があるのか、心の緊張がほどけていくような感じがする。自宅用にひとつ手に入れよう。砂が全部落ち、彼はコーヒーを注いだ。

十分後、サンドイッチが運ばれてくると、ブラッドショーは自分の分を写真に撮り、画像を母親に送った。「あたしがなにをやってるか知りたがるの」と言い訳して。

ブラッドショーが変わっているのに慣れてきていたポーは、とくにコメントしなかった。彼女はナプキンを好みの位置に置き直し、サンドイッチをひとくち食べた。「こういうの楽しいね、ポー。あたし、いつもはひとりでランチを食べるから」

食事を終えると、ふたりとも飲み物のおかわりを注文した。

ポーが〈コーヒー・ジーニアス〉を気に入っている点のひとつは、スタッフが気軽に足をとめて雑談してくれるところだ。ブラッドショーが調べ物に没頭しているあいだ、ポーとバリスタは、自分好みの豆を買って自宅で挽く楽しみについて話し合った。

「なにをなさっているんですか？」バリスタが訊いた。

ポーは具体的なことをぼかして答えた。「きょうは、古い腕時計の持ち主を探している」

バリスタが腰をおろしたので、ポーは殺人事件については触れずに説明した。

「干し草の山から針を一本見つけるようなものですね」バリスタは言った。

「まったくだ」

バリスタは笑った。

「しかも、もう閉めてしまった店はリストに含まれていない。そういう店をインターネットで探す方法がないからね」

バリスタはポーのほうに身を乗り出した。「週に二度ほどおいでになるご夫婦のお客さまがいらっしゃいます。ご主人のほうはもう引退されてますが、貴金属業界のお仕事だったようです。なぜそう思うかと言うと、ぼくは最近婚約しまして、ふっかけるようなことをしない宝石商はどこか、アドバイスをいただいたんです」

「名前はわかるかな?」

「チャールズです。奥様のほうはジャッキーとおっしゃってたと思います」バリスタは顔をうしろに向けた。「あそこにいる店長なら知ってるかもしれません。ちょっと訊いてきますね」

二分後、バリスタは紙を一枚手に戻ってきた。「チャールズ・ノーランさんでした。店長が言うには、土曜日と水曜日に来店されることが多いそうです。〈マークス&スペンサー〉で買い物をするついでじゃないでしょうかね。お名前と電話番号を預けていただければ、ぼくのほうでメッセージをお渡ししますけど」

ポーは断った。待っている時間がもったいない。彼は失礼すると言って、電話をかけるため、外に出た。

キリアン・リードは即座に応答した。

「おやおや！　死体泥棒のバークとヘアじゃないか！」リードは開口一番、そう言った。

「ははは、笑える」ポーは応じた。「約束どおり、きみを巻きこまなかったろ？　そう言えば、けさ、ギャンブルがテレビで得意満面にしゃべってるのを見たぞ。本人もおれのおかげだとわかってるみたいだな」

「大げさだな。ギャンブルはまだそうとうお冠だぞ」

「もうひとつ頼まれてほしい」ポーは言った。

「いいけど……。いまは休暇中じゃないのか？」リードは警戒している様子だった。発掘命令に必要な情報をポーに渡したのがリードだとギャンブルにばれたら、彼は仕事を失うかもしれないのだ。

「そうなんだ。いまちょっとたどっている手がかりがあってね。なに、眉をひそめられるようなことじゃない」

「もっとくわしく教えてもらわないと」

ポーとしては説明したくなかった。リードは友人だが、同時にとても優秀な警官でもある。その彼が、捜査チームのほうが能力が上だと思うのなら、ポーとは手を切ってくれてかまわない。

「知らないほうがきみのためだ、キリアン」

「ばか野郎。〝もうひとつ頼まれてほしい〟だけじゃわからないと言ってるんだ。頼まれてほしいことの内容を教えろ」

25

一時間もたたぬうちに、リードからカンブリア州の住民税台帳に登録されている、すべてのC・ノーラン、チャーリー・ノーラン、チャールズ・ノーランのリストがメールで送られてきた。全部で十四人。ポーがリストをブラッドショーに渡すと、彼女はどうやって絞りこむのかと尋ねた。

それは造作もない。

高速道路のサービスエリアにある店舗をのぞけば、カンブリア州にある〈マークス&スペンサー〉の店舗は全部で四軒しかない。ポーはブラッドショーに西カンブリア地区あるいはエデン地区の住人は全員、除外していいと告げた。そのあたりの住人なら、ワーキントンかペンリスの店舗でふだんの買い物をするだろうというのがその理由だ。同じ理由で、M六号線の三十九番ジャンクションより南に住む者は除外していいことにした。郡の南半分は、ケンダル店の顧客だ。

つまり残るはカーライル地区のみで、リストの人数は四人にまで絞りこめた。そのうちひとりは町の中心部在住で、ポーはそれも除外した――引退した貴金属商はカンブリア州全体に点在する無数の美しい田舎に住むもので、ごみごみした町の中心部には住まない。ひとりはブランプトン在住で、残りのふたりは田園地帯――ひとりはワーウィック・ブリッジ、もうひとりはカムウィントン――に住んでいる。目指す相手は三人のうち誰でもおかしくないことから、ポーはいちばん近くのノーランを訪ね、遠いほうへと移動することに決めた。まずはカーライルから少し離れた美しい田園地帯に住む、ワーウィック・ブリッジのC・ノーランだ。そのあと、カムウィントンのC・ノーラン、それからブランプトンのチャールズ・ノーランの自宅に向かう。

一発めで運に恵まれた――もっとも、ポーがブラッドショーに言ったように、訪ねる相手を四人にまで絞りこめた時点で、充分、運に恵まれていたと言える。

応対に出たのは品のいい、物腰のやわらかい男性だった。六十代前半だろう。擦り切れたカーディガンをはおり、分厚いレンズの眼鏡をかけ、にこやかにほほえんでいる。彼らが〈コーヒー・ジーニアス〉に週に二度訪れているノーラン夫妻だと確認できると、妻はやかんを火にかけ、ケーキを食べていきなさいとポーたちに勧めた。

「ワシントンというのだね、え？　そんなものがあるかどうか知らんが、大使のような名前ではないか。重要な外交的局面で引き合いに出されるところが容易に想像できるよ。布告された戦争をとめる力のある名前だ。きっと、なにか胸躍るようないわれがあるのだろうね」

誰もかれもが、彼の名前に意味を見出したがる……

「わからないんでしょ、ポー？」ブラッドショーのひとことは、はからずも彼を助けることになった。

ポーはブラッドショーにほほえんで見せ、首を横に振った。「そうなんだよ、ティリー。わからないんだ」

「そうか」ノーランは言った。「で、ご用件はなにかな？」

「腕時計の足跡をたどっておりまして」ポーは言った。

「では、重要な外交関係の話ではないのだね？」

「まったくちがいます。外交はわたしの得意とするところでないのは、上司がくどいほど説明することと思います」ポーは言い、極上のケーキをひとくち食べた。それからノーランに事情を打ち明けた。

「話の感じからすると、問題の時計は盗まれたようだね」

「国家犯罪対策庁は盗難事件も捜査するわけだ」ノーランは瞳を輝かせながら尋ねた。

「ええ、まあ」

ポーは答えなかった。

「いや、申し訳ない。もちろん、できるかぎり協力させてもらうよ。わたしは店を三軒やっていてね、それもなかなかの店だったと自負している」

「なにかあったのですか？」

ノーランは手を曲げのばしした。「残念ながら関節炎にかかってしまった。貴金属商の職業病みたいなものでね。それにくわえ、ものが見えづらくなり、一ペニー硬貨よりも小さなものを持つことも見ることもできなくなってしまった。それで店を売ったのだ。いまでは三軒ともなくなった。そのうちのひとつが、いまの〈コーヒー・ジーニアス〉で、そんなわけで夫婦で訪れているんだよ。さてと、訊きたいことがあるという腕時計についてくわしく話してくれないか」

ブラッドショーがブライトリングの製造番号が写っている写真を差し出した。

「これがわれわれが追っているものです」ポーは言った。「型式と製造年も必要ですか？」

「わかっているならば」ノーランは言った。「もっとも、ブライトリング社ではすべての腕時計に固有の製造番号が振られている。言い換えれば、同じ番号を持つ異なる型式は存在しないということだ。型式を言ってもらったほうが、記憶を呼び覚ましやすい」

ポーは息を吐いた。ものをちゃんとわかっている相手と話ができてほっとした。

ノーランは言った。「いくつか電話をかけてみよう。なにかわかるかもしれん。かつての同業者の何人かとはいまも連絡を取り合っているから、力になれる者を紹介できるかもしれない」

「助かります」ポーは言った。製造番号を書きとめたのと同じ紙に自分の名前と電話番号を書くと、立ちあがってノーランと握手した。

「こちらから連絡するよ、ポー部長刑事」ノーランは言った。

妻が玄関まで案内した。「これで主人も、午後はやることができました。店をたたんでからは、魂が抜けたようだったんですよ」

「これからどうするの？」車に戻ると、ブラッドショーが訊いた。

「ひたすら待つ」ポーは答えた。

長く待つ必要はなかった。二時間後には、ノーランから電話がかかってきた。

「きみにとって朗報だ、ポー部長刑事」ノーランはまず、同じような店を経営していた仲間に電話をかけた。貴金属をあきなう小規模のチェーン店だ。ほとんどは高級腕時計を扱っていなかった。売れないかもしれない商品を在庫として抱えるのは、かなりの金がかかるし、そもそも彼らが売っているのはそのほとんどがオーダーメイドだ。一からアクセサリーをつくるだけで、それ以外のことにはほとんど関心がなかった。

「それもいまや、すたれつつあるがね」彼は不満の声を漏らした。「最近じゃ、どれもコンピュータでデザインし、プログラムしたレーザーでカットしている。疵ひとつなくできるし、進歩だとも思う。だが、わたしに言わせれば、そうやってできた製品には魂というものがこもっていない」

ポーは先を急がせたかったが、さすがによけいな口をはさむまねはしなかった。

「とにかく、友人のひとりがあちこちの店舗をまわってはお客用のパンフレットやらなにやらを置いていく、新品とアンティークの腕時計を扱う業者がいるのを思い出したんだよ。その男は大手の時計メーカーすべてから仕事を請け負っているそうだ。店は販売のための便宜をはかり、利益の一部をもらう。そうすることで、在庫を抱えずに正規販売店を名乗れるというわけだ」

なるほど、とポーは心のなかでつぶやいた。その方法なら、三万ドルの腕時計を店に置かずにすむし、ショーウィンドウ破りに遭う心配もない。

「業者の名前はアラステア・ファーガソンといって、いまは引退しているそうだ」

「で？」

「で、いましがたその男と話したのだがね。いまこちらに向かっている。だが、エディンバラからやってくるので、あと二時間ほどはかかるだろう。きみとミス・ブラッドショーさえよければ、わが家で一緒に茶でも飲みながら待つのはどうだね？」

「その人はなにか情報をお持ちなんですね？」

「うん、製造番号についての記録は持っていないが、問題の腕時計についてはなにか知っているらしい」

「そう思う根拠は？」

「わたしがブライトリングの腕時計の話を持ち出したとたん、こう言ったんだよ。この電話を二十六年間待っていたと……」

26

アラステア・ファーガソンの話し方には、強いスコットランドなまりがあった。小柄で、人と会うときにはきちんとした服装をしなくてはいけないと考える世代なのだろう、三つ揃いのスーツで一分の隙もなく決めていた。彼はノーランからウィスキーを受け取り、知っていることを話しはじめた。

かつて商売していた店で、ポーたちが追っているとおぼしき腕時計を売ったという。店を二軒所有しており、どちらもケズィックにあった。片方は旅行者相手に安価なアクセサリーを売る店で、もう片方はより高級志向の店だった。

所有者は、買い主からブライトリングの出所をあきらかにするよう言われ、しかも予算はたっぷりあるという。アラステア・ファーガソンは金庫を持って会いに出かけた。そのなかには腕時計が多数入っており、また、多額の仲介料がもらえるかもしれないという気持ちもあったようだ。

「その買い主が誰か記憶していますか？」ポーは訊いた。

ファーガソンはうなずいた。「カーライル教区の主教だ」

しばらく、全員が黙りこんだ。こいつは〝政治案件〟になりそうだ、とポーは心のなかでつぶやいた。

ファーガソンはつけくわえた。「しかし、自分用ではなく、なんらしろ暗い点はない。支払いは教会の小切手で、署名した領収書を出してほしいと念を押された」

「誰に贈るつもりだったかはご存じですか？」ポーは訊いた。

ファーガソンはポケットから新聞の切り抜きを一枚出した。長い歳月で黄ばんでいたが、それをべつにすればいい状態だった。彼はそれをポーに渡した。《ニューズ＆スター》紙から切り抜いたもので、いわば埋め草だった。八面に掲載された一段だけの記事。関係者以外、興味がないと思われる。最上段に記載された日付は、二十六年前のものだった。

ポーは一読したのち携帯電話で写真を撮った。ブラッドショーにまわす。彼女はタブレットをなにやら操作し、記事をスキャンした。ポーは彼女が画面に表示させた画像に目をやった。はっきりと読み取れた。

〈ローズ・キャッスル〉にて開催された式典において、カーライル教区の主教は、慈善事業における尽力を顕彰し、ダーウェントシャーの主席司祭であるクエンティン・カーマイケル師に腕時計を贈呈した。

クエンティン・カーマイケル——ケズィックの近くにあるダーウェントウォーター湖で慈善クルーズを開催したことで知られている——当時は四十五歳で、英国国教会での輝かしい未来が約束されていたようだ。

ポーはこの男の年齢が持つ重要性に気づいただろうかと思いつつ、ブラッドショーを見やった。彼女はポーが目を合わせてくるのを待っていた。気づいているのはあきらかだ。二十六年前、クエンティン・カーマイケルは当時四十五歳だった。ということは、イモレーション・マンが標的とする年齢に合致する。

ポーの疑念は裏づけられた。

カーマイケルも事件に巻きこまれているなら、ポーの推理は正しいことになる。イモレーション・マンは無差別に殺害しているわけではない。ちゃんと選んでいるのだ。その理由を突きとめれば、犯人を見つける一助になる。

ポーはファーガソンに向き直った。「さきほどチャールズから聞きましたが、このような連絡があるのをずっと待っていたとおっしゃったそうですね」

ファーガソンはうなずいた。彼はポケットからまた一枚、新聞の切り抜きを出した。ポーはそれを読んだ。

それもまた、カーマイケルに関する記事だった。今度のはさきほどのとはちがい、褒めたたえる内容ではなかった。


汚辱にまみれた教会幹部、クエンティン・カーマイケルが国外へ逃亡。横領の疑い。


記事は、〝伝えられるところによれば〟だの〝情報筋の話では〟だのといった、ニュース報道の常套句がちりばめられているものの、要点は明快だった。カーマイケルは横領が明るみに出そうになったため、国外へ逃亡した。彼が司直の手を逃れたことを裏づけるささやかな証拠もあった。パスポートと小切手帳がなくなっていた。記事にはそれ以上、重要なことは書かれておらず、ポーはあとで警察のファイルを入手することと、心のなかにメモをした。

「では、ミスタ・カーマイケルに横領の容疑がかけられたため、警察が訪ねてくると思っていたのですね？」ポーは訊いた。

「そういうわけでもない」

ポーはつづきを待った。

「そのふたつの切り抜きを取っておいたのは、その男になんとなくしっくりこないものを感じたからだ。腕時計を贈呈されてほどなく、わたしに会いたいと言ってきてね。そういう場合、普通はわたしに礼を言うか、あるいは蒐集熱に火がついて、コレクションを増やそうとしてのことなんだ」

「しかし、カーマイケルはそのどちらでもなかった、と？」

「そのとおり。クエンティン・カーマイケルは、腕時計がいくらするものなのかを知りたがっただけだった。その質問には答えられないと言うと、たいそう腹をたててね。主教が払った三分の二の金額で買い戻せとまで言いだす始末だった。いまこうして手もとにないことからおわかりのように、それもお断りした。仲介でしたら喜んでいたしますと申しあげたら、怒って出ていってしまった」

「ということは、横領の件もさもありなんと思われた？」

「そりゃあ、もちろん。とにかく金のことしか頭にない人だったからね」

金目当てという線が出てきた。あとは、それをそろそろと引き寄せるだけだ。「ちょっと失礼します」ポーは立ちあがり、ひろびろとした居間の静かな一隅まで移動した。ミセス・ノーランがお茶のポットとさっきとはちがうケーキを持って入ってきた。

ポーはリードに電話をかけた。

「今度はなにを追ってるんだ、相棒？」

ポーはこれまでにわかったことを説明し、ちょっと力を貸してほしいと頼んだ。

「カーマイケルの横領事件の捜査に関する情報をすべて知りたい。二十五、六年前の話だ」ポーは小声で告げた。公式のルートで情報を請求できないことを、ノーランとファーガソンに知られたくなかった。

「教会？　すでにもう充分すぎるほど問題を抱えているのに？」

「頼むよ、キリアン」

「誰にも気づかれずにやるのはむずかしいと思うぜ、ポー。うちのシステムは、どれを使っても履歴が残るようになっているのはわかってるだろ」

「だったらギャンブルに話をつけてくれ。いずれにしろ、フリン警部には話すつもりだ」

「本当か？」

「もちろん」ポーはうそをついた。

「なら、あとでかけ直す」リードは言って電話を切った。

ポーは席に戻り、自分のお茶を飲んだ。ファーガソンにさらにいくつか質問をしたが、時計屋の元主人が知っていることをすべて話したのはあきらかだった。ミセス・ノーランにもてなしの礼を言い、失礼しますと言って辞去した。

車に戻るまでの短い時間を利用してフリンに電話したところ、留守番電話が応答し、ポーは安堵した。手短にこれまでの報告をし、電話の電源を切った。ここからは強引なやり方でいくので、邪魔されたくない。

ワーウィック・ブリッジを出るより先にブラッドショーの電話が鳴った。彼女はすぐに出たが、顔をしかめた。「あなたによ、ポー」

ポーはバス停のところで車をとめ、ブラッドショーから電話を受け取った。

「ポーだ」

「ポー、こちらはギャンブル主任警視だ。いったいどういうつもりだ？　休暇中のはずだろう」

すべて否定するのが最善の策であることが往々にしてある。いまがそのときだ。「なんの話かわかりませんが」

ギャンブルは不機嫌な声を漏らした。「リード部長刑事の話によると、きみはトーロン人の身元を突きとめたと思っているそうだな」

「クエンティン・カーマイケルです。二十六年前に行方不明になっています」

「それがイモレーション・マンとつながっていると思うのだな？」

「そうです」

「どうつながっている？」

ポーは見当もつかず、そう答えた。ギャンブルはそれ以上答えを引き出せないと知り、むっとしたらしい。「ところで、その男の名前をどうやって突きとめた？」

「フリンに詳細な報告をメールで送りました。彼女から聞いてもらったほうがよろしいかと」

ギャンブルは体よく追い払われたのに気づかなかったか、あるいは気にしていないのだろう。「これだけははっきり言っておく――けっして英国国教会の幹部に接触しようとするな。わかったな、ポー。わたしのチームがしかるべきつてを使って調べ、必要とあれば適切な事情聴取をおこなう」

ポーは黙っていた。

「聞こえているのか、ポー？　教会には絶対に近づくんじゃないぞ！」

「申し訳ありません、そちらの声がよく聞き取れなくて」彼は通話終了のボタンを押し、電話をブラッドショーに返した。彼女は返された電話をあれこれ調べはじめた。

「そいつにはなんの問題もないよ、ティリー。通話を終えなきゃならなかっただけだ。ときには、ああ言ったほうが簡単な場合もある」

「ふうん」彼女は言った。「それで、向こうはなんて言ってたの、ポー？」

「なにも」

「じゃあ、これからどうするの？」

ポーは顔をしかめた。そういうことはするなと言われるときは、自分の行動が正しい場合が多いとは前々から思っていた……が、ブラッドショーをこれ以上引っ張りこみたくはない。ほほえましいくらいに不器用な娘だが、この先、大いなる未来が待ち受けているのだ。このあとはしばらくひとりで調べるとポーは伝えた。

ブラッドショーは承知しなかった。

ポーはブラッドショーを見つめ、本気で協力したいと思っているのか、それとも、見当違いの忠誠心ゆえに盲目的についてこようとしているのか見極めようとした。見えたのは決意だけだった。ポーはため息をつき、心のなかでつぶやいた。いいじゃないか、と。自分は休暇中なのだから、新しい友人を湖水地方めぐりに連れ出してなにが悪い？　そうこうするうち、たまたまカーライルの主教の住まいに近いケズィックにたどり着いたとしても、そのときはそのとき……

27

一二三〇年から二〇〇九年のあいだ、カーライル教区の主教の公邸は、ダルストンの村の近くに建つローズ・キャッスルだった。広大で、文化的に重要な地域に建ち、国教会が所有する財産のなかでも至宝のひとつと、長いあいだ目されてきた。しかしながら、一代前の主教が、みずからの教会区司祭を含むほかの者たちが貧しい生活をしているなかで、このような贅沢な場所に住むのは不適切だと感じ、立ち退く(の)ことを決めた。

マスコミに大きく取りあげられたこともあり、ポーもわざわざ調べなくとも知っていた。ブラッドショーが手早くインターネットで検索した結果、いまの住所が判明した。ケズィックにある、その名も〝主教の家(ビショップス・ハウス)〟に移っていた。そんなものがあるのは知らなかったが、通り自体は知っていた。

きのうから寝ていないにもかかわらず、ポーのいきおいはとまらなかった。そもそも、事件が大きく動けば、まともな警官なら寝てなどいられない。移動を始めて二十分たったころ、ブラッドショーの電話が鳴った。今度はフリンが教会には接触するなと警告してきた。

「おれはいま運転中で、ハンズフリーにする道具がないと伝えてくれ」フリンがポーと話したいと言ってきたので、ブラッドショーにそう告げた。「電波が見つかるようなら折り返すが、いまアイスクリームを食べに国立公園に向かっていて、山のなかだから受信できる可能性は低い」

小さなスピーカーからフリンの悪態の言葉が聞こえてきた。そんなことを言っても、しょうがないじゃないか。そもそも、電話してくるほうがおかしい。ポーは休暇中なのだ。だが、それでも問題は残る。ブラッドショーがいまも協力していることだ。ポーが無謀な行動に出るのはいい——それで処分を受けるのはかまわない——が、大きな犬同士が喧嘩をすると、被害をこうむるのは小さな犬たちだ。とはいえ、ここには公共交通機関がないから、ひとりで帰らせるわけにはいかないし、二時間もよけいに時間を費やしてシャップまで往復する気にもなれない。しかたなく、妥協点を見出した。彼女をケズィックまで連れていくが、そこで適当なパブに預け、ポーがなけなしのキャリアを台なしにし終えるまで待っていてもらうのだ。

ポーはそう説明した。

ブラッドショーはいやだと言って腕を組み、ポーが折れるまで口をきかない作戦に出た。彼は考えうる結果を説明しようとしたが、彼女は一歩も引かなかった。

しかたない。

ブラッドショーは世界でもっとも世慣れした人間ではないけれど、れっきとした大人であり、ほかのみんなと同様、取り返しのつかない決断をくだす権利はある。それに奇妙なことだが、ふたりの相性は悪くなかった。はみ出し者同士がうまくいくことは往々にしてあるものだ。

彼女の電話が鳴った。

「また、ステファニー・フリン警部から」彼女は発信者のＩＤを見て言った。

「出ろ。面倒なことになりたくないだろ」

ブラッドショーはサイレントモードに切り替え、ポケットに戻した。「電波が届かないみたい」

ポーは顔をしかめた。おれはとんでもないことを……。

ローズ・キャッスルをあとにしたとき、主教としてはレベルをさげたつもりだったろうが、質素な住まいになったとはとても言いがたい。想像力のかけらもない名前のビショップス・ハウスはケズィックの町の中心を走るアンブルサイド・ロード沿いに建っていた。盛土で高くした堂々たる三面ファサードと粘板岩仕上げの、湖水地方独特の建物だった。正面にひろがる広大な庭は、すべて植物で埋めつくすにはあと数年かかりそうだ。私道も、見るからに駐車スペースとわかる場所も見当たらず、ポーはケズィックで路上駐車できる場所を探すという賭けに出た。

さんざん探した末に、ブレンカスラ・ストリート近くに、あいたばかりのスペースを見つけた。パーキング・ディスクをダッシュボードに置き、その隣に〝警察用務〟と走り書きした紙片を添えた。交通警察官が新人ならば、それで違反を逃れられることもある。

ポーとブラッドショーはアンブルサイド・ロードまで戻り、ひろい砂利道を歩いてビショップス・ハウスに向かった。呼び鈴と大きな黒いドアノッカーがあった。ポーは呼び鈴を押した。

あらかじめ電話で連絡しなかったので、在宅かどうかはわからない。英国国教会の序列についてはくわしくないが、主教がひじょうに高い地位であることくらいは知っている。執務にそうとう長い時間を費やしているにちがいない。

ポーの家のドアがノックされて、十秒で彼が応対しなければ、外出しているか死んでいるかのどちらかだが、この家の場合は、引き返すまで三分は待つつもりだった。一分後、巨大なドアノッカーのほうがうまくいくような気がした。ノッカーを持ちあげプレートにいきおいよく叩きつけた。

ポーとブラッドショーは驚きのあまり顔を見合わせた。死者をも目覚めさせるほどの音がした。数秒後、大きなドアがあいた。

丸太りした男性が顔を出し、傾いた午後の陽射しに目をしばたたいた。六十代で、みすぼらしいカーディガンをはおっていた。老眼鏡を革のストラップで首からさげている。男性はふたりに向かってもの問いたげにほほえんだ。来る途中、ブラッドショーが主教の最近の写真を見つけてくれたおかげで、目の前にいるのがニコラス・オールドウォーター師本人であるのがわかった。

「ポー部長刑事だね」男性は言った。「きみが訪ねてくると、あらかじめ知らされていたよ」そこで彼は顔をしかめた。「来るのはきみひとりだと聞いていたが」

ポーが静止する間もなく、ブラッドショーは前に進み出て自己紹介をした。「マチルダ・ブラッドショーです、牧師さま」

ポーは思わず顔をゆがめたが、オールドウォーターは大笑いしながら言った。「ニコラスでけっこうだ、マチルダ。さあ、入りなさい。どんな用件か知らんが、なんだかおもしろそうだし、警察に接する機会などこれまであまりなかったのでね。地元警察の本部長から二度、電話がかかってきたし、NCAのステファニー・フィンという人からも、ほんの十五分前に電話をもらったばかりだ」

「ステファニー・フリン警部よ、ニコラス。SCASであたしたちの直属の上司なの。SCASというのは重大犯罪分析課のこと」ブラッドショーは言った。「国家犯罪対策庁のなかの一部なの。そうよね、ポー？」

ポーはうなずいた。「そのとおりだ、ティリー」

「とにかく、両者ともわたしたちが話をするのをなんとかしてとめようとしているようだった」オールドウォーターは言った。「いったい、なんの話なのだね？」

彼はふたりを連れてふたつの部屋と長い廊下を抜け、書斎に入った。仕事をしているところを中断させてしまったらしい。デスクランプがついていて、本が何冊かひらいてあった。

彼はデスクにつき、室内に点在している椅子を示した。「ミセス・オールドウォーターはロンドンに出かけているし、家政婦はきょうは不在だ。喉が渇いているようなら、コーヒーを淹れるくらいはできると思うが？」

いつものポーなら断るところだが、非公式な訪問という線を崩したくない。「よろしければ、コーヒーをいただきます。ティリー、きみはどうする？」

「フルーツティーはあるかしら、ニコラス？」

「たしか、ミセス・オールドウォーターがときどきリコリスのお茶を飲んでいたはずだ。それでいいかね？」

ブラッドショーは首を振った。「だったら、いらない。リコリスのお茶を飲むとおなかが緩くなるから」

おいおい……

主教は苦笑した。「たしかにそうだな、お嬢さん。もっとも、わたしくらいの歳になると、そういう問題とは無縁になる」

「わかるわ、ニコラス。お年寄りは、便秘で悩むのが普通だもの」

ポーはぎょっとして彼女をにらんだ。

「どうかした？」ブラッドショーはポーの表情に気づいて言った。「本当なんだから。高齢者の三十パーセントは週に三回以下しかお通じがないんだって」

ポーは頭を抱えた。主教のほうを向いて言った。「ときどき、ティリーがなにを考えてるのかわからなくなるんですよ、ニコラス」

幸いにも、オールドウォーターはおもしろいと思ってくれたらしく、腹を抱えて笑いだした。「そうか、そうか。ならば、きみには白湯(さゆ)を持ってきてあげようか」

ティリーは言った。「ええ、お願い、ニコラス」

オールドウォーターはふたりの飲み物を用意しにいなくなった。廊下を歩いていくあいだもずっと笑っているのがポーの耳に届いた。彼はブラッドショーのほうを向き、いいぞというように親指を立て、よくやったとうなずいた。「でかした」

「なにがでかしたの、ポー？」

「いいんだ、気にしないでくれ」

五分後、主教が戻ってきた。トレイにいろいろのせていた。コーヒー、白湯、ビスケットがのった皿。ポーはビスケットを一枚取った。ほう……リッチティー・ビスケットか。ビスケットが食べたいのに、甘いのがいいか塩気が効いたほうがいいのか決めかねるときの一枚だ。彼はそれを受け皿のへりにのせ、極上のコーヒーを味わった。

周囲を見まわした。そこらじゅうに貴重と思われる本や原稿が置かれている。この部屋で一杯分のコーヒーをこぼしたら、取り返しのつかないことになりそうだ。実際にコーヒーのカップを手にしていたポーは、考えただけで背筋が寒くなった。オールドウォーターはポーが見ているものに気がついた。

「難民危機に対し英国国教会はどのような役割を果たすべきかについて、貴族院で手短に講演することになっていてね。先例について必死に調べているところだったんだよ。政府が心を入れ替え、一般受けするがまちがっていることではなく、一般受けはしないが正しいことをするような話ができるといいのだが」

「でしたら、できるかぎり手短にすませますよ、ニコラス」ポーは言った。「お邪魔したのはクエンティン・カーマイケルについてうかがうためです」

「どのようなことをつかんでいるのだね?」

主教の言い方に身がまえた感じがないことから、追いつめるようなやり方は戦術としてまずいだろう。うまくやれば、味方に引きこめる。伝える情報は制限するつもりだが、直感に従うほうがうまくいく場合も……

「これから、行方不明の腕時計についてお話しします。できれば、最後まで口をはさまずに聞いてください」

オールドウォーターはほほえんだ。「今夜はつまらない夜になると思っていたが、どうやらそうではなさそうだ」

ポーが話し終えると――技術的な話のときにはブラッドショーが割って入った――オールドウォーターは身を乗り出し、指を尖塔の形に組んだ。いくつか的を射た質問をしてきたことから、ポーは主教が話を完全に理解し、聞いた内容から長らく答えが見つからなかった疑問が晴れたようだという印象を受けた。

「カーマイケルにその腕時計をあたえたのは、わたしの前任者のさらに前任者だったのはわかっているね？　カーマイケルが取り組んでいたいくつかの慈善事業がそれに値すると見なされたのだ。英国国教会はそのような品に金を出さない」

ポーはうなずいた。

「また、きみも知ってのとおり、警察の捜査と教会の調査の結果、彼が横領していたという証拠はひとつも見つからなかった」

ポーの仮説は、国教会がたくみに隠蔽したため、警察はなにも見つけられなかったというものだった。カトリック教会が児童虐待を隠蔽（いんぺい）できるのなら、英国国教会もちょっとした窃盗くらいなら隠蔽できるはずだ。

「おや」オールドウォーターは言った。「われわれが世間体を守ろうとしたのではないかと思っているようだな」

「たしかに、頭をちらりとよぎりました」

オールドウォーターはファイルキャビネットから薄いファイルを取り出した。それをひらき、ポーに見せた。「国教会の資産だよ、ポー部長刑事」

光沢紙に印刷された財務管理表だった。最下段の数字に目がくらみそうになった。何百万ではなく、何十億の単位だ。国教会がこんなにも裕福とは思ってもいなかった。

「なぜこれを見せたか、不思議に思っているのではないかな?」

ポーは主教が所属する組織がいかに力があるか誇示するためではないかと言いそうになったが、言えなかった。オールドウォーターは怒っているようには見えない。そういうことではないのだろう。

「われわれがいかに力があるかを誇示するためではない。そう考えているかもしれないが」

たまげたな。人の心が読めるのか……?

「そんなことは考えもしませんでした」

「じつは、われわれがいかに有能であるかをわかってもらうためだ。国教会にはわが国でも最高の会計士が何人かいる。牧師の給料は高くなく、ときに、道を踏み外したくなる者がいるのはたしかだ。わたしが言いたいのは、そういうおこないは必ず露見するということだ。だから、調査したと言えば本当に調査したのであり、隠蔽したわけではないというわたしの言葉は、事実と受け取っていい。国教会はみずからの投資を徹底的に守っている」

ポーはもう一度、財務管理表をながめた。たしかにそうだ、と思う。本当の金持ちはすべての資産のありかを把握しているのだろう。ポーのような人間よりもはるかにしっかりと。「でしたら、ご存じのことをお話しください。なぜマスコミは、カーマイケルが教会の金を着服したと考えたのでしょう」

オールドウォーターは頭のなかで考えを整理しているようだった。

「きみは本当に警察官なのかね、ポー部長刑事？」

「そうです。なぜそんなことを？」

「警察のファイルを読んでいないように思えるからだ」

「われわれは国家犯罪対策庁の人間なんです、ニコラス。ほかの組織との連携は必ずしもうまくいっていません。いま現在、われわれは……意思疎通に関して若干の問題を抱えています」

オールドウォーターはうなずいた。この海千山千の主教は、なにか裏があると察しているらしいが、それでも力になろうという気持ちはあるようだ。

「ポー部長刑事、ミスタ・カーマイケルが行方不明になったとき、彼の銀行口座には五十万ポンドもの金があり、しかもそれは教会から横領したものではなかった。現在にいたるまで、その金の出所がどこなのか、わかっていないのだ」

ポーは身を乗り出した。「くわしく聞かせてください」

28

「クエンティン・カーマイケルは国教会の高潔なる一員だった」オールドウォーターは言った。「野心家ではあったが、それは必ずしも悪いことではない」主教はべつの部屋から大きなマニラ紙のフォルダーを取ってきた。幹部の名簿だろう。彼はそれに目を通して記憶をあらたにし、あらましを話しはじめた。

「大執事だったんでしたね？」ポーは訊いた。

オールドウォーターはうなずいた。「ダーウェントシャーの大執事の地位になった。アラーデイル地区の大半を受け持っていた。この州でもひじょうに裕福な地域だ」

「で、腕時計をあたえられることになった慈善事業というのは？」

「公明正大におこなわれたと確認されている。調査の結果、集まった金が、どの時点においても彼が管理する銀行口座を経由した形跡はなかった。本人は特定の信条に賛同し、人寄せパンダとなったが、こまごましたことはほかの者にまかせていたのではないかと思う」

ポーは少し間をおいてから尋ねた。「慈善団体から賄賂を受け取っていた可能性はありませんか？〝いくらか分け前をよこすなら、十倍の額を集めてやるぞ〟というような？」

「警察はその線も追った。いずれもまともな団体で、金の動きには一点の曇りもなかった。彼らは無関係だ」

「金の動きは偽装できます」ポーは言った。

「たしかにそうだ。しかし、警官が厳しい目で調べたのだ。二十以上もの慈善団体がすべて、何人もの法廷会計士たちの目をごまかしたとでも言うつもりかね？」

「たしかに現実的ではないですね」

「しかし、彼が著名人であり、失踪直後に大金が見つかったことから、マスコミは二と二と足して、お決まりの結論を導いた」

「その金はどうなったんでしょう？」ポーは訊いた。金が目的ならば、その行方を追えば犯人か、少なくともカーマイケルと他の被害者とのつながりにたどり着けるかもしれない。

「さきほど説明した、彼の子どもたちの見解を覚えているかね？」オールドウォーターは訊いた。

「アフリカでの布教活動に従事するのが自分の天職と気がついたという説ですか?」

「そう」

「あなたはその説に納得しましたか?」ポーは訊いた。

「当時もしなかったし、いまもしていない」オールドウォーターは答えた。

「たしか、お子さんたちは、父親がマラリアかなにかで死んだと言っていましたね」

「デング熱だ。しかし、証拠はまったくない」

「それでも、裁判所によって財産の凍結が解除されています」

「そのとおりだ」オールドウォーターはため息をついた。「いいかね、これは子どもたちの視点から見なくてはいけない。父親の行方がわからなくなり、銀行には多額の金がある。警察の捜査はその金が不正に得られたものとは証明できず、無遺言死亡に関する法律が適用される。妻はすでに他界しているゆえ、金はカーマイケルの死が宣告されるとすぐに、子どもたちのものになる」

「では、子どもたちがいかさまを働いたとか?」

「なんとも言えんね。記録によると、マスコミがカーマイケルの失踪を報道するようになると、子どもたちは学校でいじめを受けたらしい。だから、父親の失踪を説明する話をでっちあげたことは意外でもなんでもない。だが、父親の金を手に入れることまで視野に入れていたかどうかはわからんな」

「子どもたちが父親のパスポートと小切手帳を隠したとは考えられませんか？」

「それはありうるだろう。一度うそをついてしまうと、あとはその主張を繰り返す以外にないのだから」

警察から事情を聞かれて三人が三人ともうそを通すというのはなかなかない。ひとりがうそをつき、ほかのふたりもだますというほうがありうる話だ。

「子どもたちの供述をすべて読んだのだがね」オールドウォーターは話をつづけた。「三人とも父親は国を出たとは言わないよう、そうとう気を使っていた。父親は国を出たと思うと言うようにしていた」

「自分の考えを警察に話すことは罪じゃないですからね」ポーは締めくくった。「しかし、デング熱のほうはどうなんでしょう？　その線から確認できるのではないですか？」

「多くの宣教師がアフリカに渡っているが、帰国しない者も多い。戦争、犯罪、疫病がその三大要因だ」オールドウォーターは説明した。「だが、デング熱で死亡という話を子どもたちがでっちあげたのだとしたら、かなり賢いことになる」

「それはまたいったいどうして？」

「デング熱がどういう病気かご存じかな、ポー部長刑事？」

ポーは首を横に振った。

「ふむ、知っておくべきなのは二点だけだ。おそろしい最期を迎えることと、ひじょうに感染力が強いことだ。当時のアフリカでは、そのような病で息を引き取った者は、即座に火葬された」

「つまり――」

「つまり、似たような年齢の身元不明の白人男性が死んだという記録さえあれば、父親の死亡宣告を出すよう働きかけることは可能だった。アフリカの、それも戦争地帯の記録などは、無きにひとしい」

ポーは黙っていた。

「それと、忘れてはいけないのが、その時点ではもう、行方がわからなくなって何年もたっていたということだ。裁判所に申請を出し、状況証拠を示した結果、二〇〇七年に死亡証明書が出された。そして資産は子どもたちが好きに処分できるようになった」

「で、散財して食い潰してしまったんですか？」

「いや、そういうことではない」

「だったら、どういうことなんでしょう？」

オールドウォーターはなんらかの決断をくだそうとしているように見えた。「どうやらきみは物事をあっさりあきらめるタイプではないようだね、ポー部長刑事」

「たしかにそういうのは得意ではありません、ニコラス」ポーは認めた。

「それはけっこう」オールドウォーターは言った。

「というと？」

「きみは運がいい」主教はにっこりとほほえんだ。「スーツは持っているかね？」

29

ブラッドショーを〈シャップ・ウェルズ〉で降ろしたときには、カンブリアが本来の姿を現わしはじめていた。天気が変わり、東の風が暴風に変わる気配を見せていた。エドガーは暗くなった空に向かってうなり声をあげていたが、しばらく歩くうち、尾を振りはじめた。

刺すような風が薄手のコートのなかに入りこむようになると、ポーは引き返したほうがいいと判断した。悪天候などというものは存在しない。誤った服の選択があるだけだ。引き返しかけたとき、携帯電話が鳴ってテキストメッセージの着信を知らせた。フリンからだった。**あなたの家に向かってる途中。話がある。**

フリンの用件がなにかは考えなくてもわかる。彼女を近づかせないため、ハードウィック・クロフトのまわりに濠(ほり)をめぐらす時間はあるだろうかと、意味のないことを考えた。

見えてきた自宅はすでに明かりがついていた。自分の家にもかかわらず、ポーはなかに入るまえにノックした。

フリンはものすごい剣幕だった。「いままでいったいどこに行ってたの？」

ポーは彼女の前を通りすぎ、ガスボンベのバルブをあけた。コンロに火をつけ、水をわかしはじめると、彼女に向き直った。「どういうことだ？　まさか、休暇中にやっていいことといけないことを説明しに来たんじゃないだろうな」

思っていたとおり、彼女はたじろいだりしなかった。「そういう芝居はわたしには通用しないから。なんの権限もないのに、証人に話を聞きにいったわね」

「どの証人だ？」ポーは反射的に訊いてしまった。

幸いにもフリンは、彼が怒らせようとしているだけだと思ったらしい。

「誰のことか、よくわかってるはず。フランシス・シャープルズがカーライル署に電話してきて、いつ逮捕しにくるのかと問い合わせてきた」

いかん……シャープルズのことはすっかり忘れていた。顔がにやけそうになるのをどうにかこらえた。

「笑いごとじゃないのよ、ポー！　これじゃまるで、所轄がばかみたいじゃないの」

「実際、ばかなんだからしょうがない」

「いいえ、ポー、それはちがう。みんな困難な仕事を抱え、世界中のマスコミがその行動のひとつひとつに対して批判を繰りひろげている。ギャンブルとしては、好き勝手に証人から話を聞かれては困るのよ」

「だが、ヴァン・ジルが――」

「ヴァン・ジルは、あなたがここで戦略を練るのに力を貸してくれればという程度の気持ちだったの。ほかの人には思いつかないことを思いつくかもしれないでしょ」フリンは言い返した。「一匹狼を気取って動きまわってほしいなんて思ってない。さっき部長は、カンブリア州警察の本部長と一時間も電話で話してた」

「悪かった」ポーは言った。「きみの言うとおりだ。弁解の余地はない。話を通すべきだった」

そのひとことでフリンの態度が軟化した。「わかったことを話して。留守電に入っていた腕時計の話は漠然としていたから」

ポーはこの日一日にわかったことをフリンに話したが、そのあと主教に会いに出かけたことに触れるのは失念した。直接の命令に従わなかったとなれば水に流してくれるはずはない。彼女の頭ごしに遺体発掘命令を申請した直後とあってはよけいに。あとでブラッドショーがしゃべるかもしれない――他言するなとは指示しなかった――が、しゃべらないでくれることを祈るしかない。いずれにせよ、彼はいま休暇中であり、ビショップス・ハウスは観光ルートにある。フリンは怒りをくすぶらせながらも、感心したような顔つきになった。

やかんの笛が鳴り、話を中断した。コーヒーが飲みごろになるのを待つあいだに、ポーはすべての鎧戸の留め金をかけ、外にあるものが固定してあるかどうか確認した。建物そのものは心配していない。もう何世紀にもわたって建っているのだし――昔の大工はどうすれば適切につくれるか、ちゃんと理解していたようだ――ポーが手を入れた箇所は家のなか、それと地面の下だけだ。顔をあげると、ハードウィックのあちこちで見かける羊が一頭、見えた。丘陵地帯に生える草を平然とした顔で食むその姿からは、暴風を気にしている様子はほんの少しもうかがえない。それも当然だろう。この品種は強靭な体をそなえている。雪に埋もれながらも、自分の毛を食べて何週間も生きのびられることで知られているのだから、風が少し強いくらいではびくともしない。

エドガーが何事かと出てきたが、耳が吹き飛ばされそうになったのか、すぐに引っこんでしまった。ポーは最後に予備のガスボンベを固定し、ようやくすべての作業を終えた。家のなかに戻り、ドアを閉めた。

フリンは自分のコーヒーを飲みながら、壁のボードをながめていた。前回、彼女がここに来たとき以来、あらたにくわえた情報はひとつもない。

「外は少し風が強くなってきた」ポーは言いながらコートを脱いだ。

フリンはコーヒーを飲みほし、マグを小さな流しに置いた。「で、このあとはどうするつもり？」

「本気で知りたいのか？」

「いいえ。それでも話してもらわないと」

「ティリーとふたり、カーライル教区の主教の連れとして慈善パーティに出かける」

フリンは両手で頭を抱えてうめいた。

30

ポーはフリンを〈シャップ・ウェルズ〉まで車で送り届けたのち、昔の仕事用スーツを着てみた。擦り切れ、脂でてかり、しかも大きすぎた。カンブリアに戻ってから、こんなに体重が減ったとは知らなかったが、かつてはきつすぎて体に線が残るほどだったスーツが、コートハンガーからつるしたようになっていた。魔法のやせ薬の使用前・使用後の広告のようで、ハードウィック・クロフトを使える状態にするため、去年一年、肉体労働に励んだ結果なのはまちがいない。

やはりスーツを新調しなくては。幸いにも、慈善パーティは明日の夜だ。丸一日あるから、買い物に行く時間はある。ブラッドショーに電話をかけ、それなりの服を持ってきているか確認した。

彼女は、ないと答えた。

「ケンダルまで行けば、なにか買える」ポーは言った。「十時に迎えに行くのでいいかな？」

「いいわ、ポー。また一緒に外でランチを食べられる？」

「えっと……もちろん」

「うれしい」

「フリン警部とは話をしたかい？」ポーは訊いた。

「まだ。あとでお茶することになってるけど」

「そうか。なにか訊かれたら、うそはつくなよ」

「つかない」


外の天気は、いつの間にか〝少し風が吹いている〟状態から〝いくらか風が強い〟状態に変わっていたが、ポーはひと晩じゅう、ぐっすり眠った。目が覚めたときには、風が吹き荒れていたのは想像の産物としか思えなくなっていた。

窓の鎧戸をあけ、空気を入れる。すでに太陽が顔を出し、さわやかな青空がひろがっていた。空気が焼きたてのパンのように暖かかった。

古着を身につけ、なにか壊れていないか外を調べた。満足そうにうなずいた。自宅は完全に無事だった。昨夜の羊はあいかわらずいた。草を食むのに夢中で、顔もろくにあげなかった。

集めたファイルを手に取り、あらたな目で見ればなにかひらめくかもしれないと、昨夜のメモを読み直した。なにもひらめかず、ボリュームたっぷりの朝食をつくることにした。ふだんはエドガーを連れて〈シャップ・ウェルズ〉まで歩き、そこで食事をするが、フリンと鉢合わせしたくなかった。せっかく昨夜、友好的に別れられたのだから、それを変えたくなかったのだ。

けっきょく、肉屋で買った上等なブラックソーセージと新鮮なアヒルの卵二個、それにバターを塗ったトーストで朝食にした。

一時間後、ポーは〈シャップ・ウェルズ〉の外でブラッドショーを待っていた。

べつべつに買い物をしてから、一緒に昼食をとることにした。ポーは最初に訪れた店でスーツを買った。華やかな場にふさわしいものを買おうかとも考えたが、このところ、質素な暮らしを徹底していたせいか、実用的で、洗濯機で洗えるスーツを選んだ。

ブラッドショーと合流するまで一時間もつぶさねばならず、ポーはリードに会っていこうとケンダル署に顔を出した。

彼は署にはおらず、内勤の巡査からは、ふらりとやってきて昔の同僚と世間話をされるのは迷惑だとはっきり言われた。「とっとと失せろ、ポー」という言葉は、誤解の余地がまったくない。そこで町をぶらぶら歩いてまわった。いい天気で、そもそも彼は休暇中だ。

昼食をとりながら、ブラッドショーが買ったものを見せてくれた。赤と金色と緑色の派手な服だった。目を近づけてよく見ると、コミック本の表紙がモザイク模様になっている。きっとよく似合うだろう。

「とてもいいね、ティリー。色あざやかだ」ポーは自分の買い物袋に手を入れ、ブラッドショーにTシャツを投げた。「やるよ。きみにと思って買ったんだ」

ひろげると〝おたく（ナード）パワー〟の文字が見え、彼女はうれしそうに笑った。ほどなく、笑い声がやみ、ポーはなにかとんでもないことをしでかしたかと心配になった。

「悪かった」彼はやさしく声をかけた。「気に入ってもらえると思ったんだ」

「とっても気に入ったわ、ポー！」彼女は上機嫌で言った。Tシャツをたたみ、大事そうにバッグの底にしまった。スーパーヒーローの柄のドレスを上にのせる。スパイダーマンがポーを見つめてきた。

今夜はおもしろいことになりそうだ……

31

〈シアター・バイ・ザ・レイク〉を訪れるのははじめてだった。湖水地方の石を使った当世風の建物は、一見したところ地元の公共機関の事務所のように見えるが、それなりの魅力もある。周囲の環境が、建物のおもしろみのなさを充分に補っているからだ。ケズィックのはずれ、ダーウェントウォーター湖のほとりに建ち、ウェスタン・フェルという小さな山のふもとに位置している。ケズィック周辺の丘陵地帯、たとえばグラスミアやアンブルサイドなどはいささか完璧にすぎ、フォトショップで加工されたような景色だとポーは常々思っている。彼としてはもっと西、あるいはもっと南にある、開発の手が入っていない丘陵地帯のほうが好みだ。シャップ周辺の丘陵地帯で見かける旅行者は、完全に道に迷ったか、完全に心を奪われているかのどちらかだ。

とにかく、まわりの風景は美しい。

カンブリア州の善男善女――少なくともそう自負している連中――が、群れをなして会場に押し寄せていた。男の半分はブラックタイ着用の正装で、残り半分は最新流行の、目も覚めるようなスーツのオンパレードだった。青、緑、なかには紫のスーツも見える。トルコ帽をかぶっている者もひとりいた。

ファッションリーダーのつもりか、とポーは心のなかでつぶやいた。人とちがう恰好をしようとしているが、けっきょくみんな同じに見える。

さまざまな服装の招待客がいるなかで、ポーとブラッドショーは逆光を浴びているように目立った。ポーは自分の服装が質素にすぎることに気がついた。着ているスーツが安っぽく見えるのは、本当に安物だからだ。招待状を確認する係の男ですら、もっと仕立てのいいものを着ている。

だからどうした。自分は連続殺人犯を追っているのであって、友だちをつくりに来たわけじゃない。

ブラッドショーのほうがいくらかましだった。コミックブック柄のドレスは、彼女を人と変わったセンスの持ち主に見せていた。さらに、ヘアスタイルに力を入れ——ひっつめたポニーテールではなく、肩に垂らしている——いつもかけているハリー・ポッター風の眼鏡をはずしてコンタクトレンズを入れているせいか、何人かの男たちから賞賛のまなざしを向けられていた。本人はまったく気にしていなかった。

ポーは遠くにいる人物に目をこらした。「ごらん」彼はブラッドショーに言った。「主教がいる」

ニコラス・オールドウォーターが運がいいとポーに言ったのは、かつてのウェストモーランド州に住むめぐまれない子どもたちのための寄付をつのるディナー・パーティを指してのことだった。主催者はクエンティン・カーマイケルの子どもたち。

これが遺産の使い道に関する質問への答えだった。彼らはカーマイケル財団を設立していた。

「二〇〇七年、子どもたちはそれぞれ十万ポンドずつを受け取り、残りを非営利財団におさめた」主教は説明した。

「気前がいいですね」ポーは言った。

「というわけでもない。二〇〇七年には、三十万ポンド以上の資産は相続税として四十パーセントを納めなくてはならなかった。ひとり十万ずつ受け取り、残りを財団の金とすることで、彼らはいっさいの税金の支払いを逃れた」

「推察するに、全員が財団の関係者なんじゃないですか？　それにおそらくは理事もつとめている」

「おまけに、けっこうな額の給与を受け取っている」オールドウォーターは締めくくった。「だが、それは責められまい。父親のことで、いろいろつらい思いもしたんだ。彼らは自分たちのものを必死に守ったにすぎない。それに財団そのものはりっぱな事業をおこなっている」

今夜のカーライル教区の主教は非番で、教会用の服装ではなかった。古めかしいスーツ姿だったが、ポーの二十倍も粋に見える。

オールドウォーターはふたりに気づくとウィンクをよこし、ふたりの着ているものを見て落胆したかもしれないが、表情には出さなかった。彼は近づいてきて言った。「さすがは元ブラック・ウォッチ連隊だね。時間に正確だ」

興味深い。主教はしっかりポーのことを調べあげている。それでも、こうして現われた。ポーは主教に協力者がいるのか気になった。

内ポケットから金の縁取りのある招待状を出し、オールドウォーターは言った。「では、入ろう」

今夜のパーティは財団の十周年祝賀会だった。カナッペとシャンパンがずらりと並ぶこの光景をウェストモーランドのめぐまれない子どもたちが見たらどう思うかはわからないが、ポーは居心地が悪くてしかたなかった。

「悪趣味であろう？」オールドウォーターが言った。

ポーはうなずいた。

「見た目ほどひどいものではないんだよ。ここに集まった連中は――」主教は腕を振って示した。「――手厚くもてなされなければ金を出そうとしなくてね。昔ながらのチャリティーのコツだ。組織は金をたっぷり持っているから、そうとう多額の寄付をしないと目立たないと思わせる作戦なんだよ。ボローバンやキャビアに金を使えば使うほど、入ってくるものも大きくなるというわけだ」

そういう仕組みもあるのだろう。ポーの人生において、チャリティーはさほど大きな割合を占めていない。ロイヤル・ブリティッシュ・リジョンに自動振替で寄付をし、地元の〈オックスファム〉に服を寄付しているが、このような場に出席したことは一度もない。

オールドウォーターが言った。「このあとわたしは、何人かと握手をしてまわり、スピーチをしなくてはならない。その後、バーで落ち合い、ウィスキーでも一杯やるということでどうだね？　引き合わせてほしい人物がいるなら、そのときに紹介しよう。それまでは、一時間ほど、カーマイケル家のもてなしを堪能するといい」

32

ポーにとって、ビュッフェの食事は食べられたものではなかった。テーブルに並べられたのは、なんだかわからない料理と好みでないものばかりだった。ポーに言わせれば、牡蠣を食べるのはしょっぱい痰を食べるのとどっこいどっこいだし、ロブスターは巨大な海老でしかない。ベジタリアン用のメニューも同じく奇をてらったものばかりで、ポーとブラッドショーは無料のバーを利用することにした。ポーはカンバーランド・エールを、ブラッドショーは炭酸水をもらった。

ふたりは飲み物を手に、会場内を足の向くまま歩きまわった。だいたいどこも自由に出入りできるようになっていた。ホールのステージ上に演壇がもうけられていた。左右の壁沿いにはリネンをかけたテーブルが並んでいる。左のテーブルには寄付を受けつけるスタッフがつめ、ひたすら業務をこなしている。右のテーブルには陳列ケースが置かれ、クエンティン・カーマイケルと彼の名を冠した財団の功績が展示されていた。

ポーは左のテーブルに歩み寄り、寄付金を入れる封筒を一枚取った。郵便番号を書く欄があった。記入すれば、なかに入れた金額に応じて税金が減額される仕組みなのだろう。たしか、寄付金控除制度とかいうものだ。ポーは記入せずにおいた。郵便番号はないし、必要とも思っていない。なかに二十ポンド紙幣を一枚入れて封をした。名前も書かなかった。タキシード姿の男がそれに気づき、ポーを上から下までじろじろと見た。

「なにか問題でも?」ポーがにらみつけると、相手は顔を赤くして引きさがった。

いやな野郎だ。

ホールの反対側から誰かの視線を感じた。

さっきと同じようにしてやろうとする寸前、視線の主の正体に気づいた。

「くそ」

「どうかした、ポー?」ブラッドショーが訊いた。

「カンブリア州警察の本部長が来てる」

「ふうん。それで?」

「やつはおれを嫌っている」

「そう、それがどうかした?」

おいおい……ずいぶんと図太い娘だな。ブラッドショーが人をばかにするような言い方をしたのはこれがはじめてだ。ポーはべつになんとも思っていないというように、にやりと笑った。「悪意の塊のような男でね。おれがカンブリア州警察から出るのをよく思わず、NCAに入るのを阻止しようとしたんだ」彼はそこで言葉を切った。「ちくしょう、こっちにやってくる」

本部長は早く下剤を飲みたいと思っているかのような歩き方をしていた。礼装の制服姿で――メダルまでつけているが、授与されたものではないはずだ――制帽を小脇に抱えていた。薄くなった髪を無理になでつけている。いかにも酒飲みらしく鼻が赤く、しゃくれた顎は道化のブーツそっくりだ。レナード・タッピングという名のその男は、東ドイツの国境警備兵と愛想のよさではどっこいどっこいだった。

「ポー」タッピングが声をかけてきた。

「レナード」ポーは応じた。

相手の鼻の穴がひろがった。「そこは本部長と言うべきところだろう」

もう上司でもなんでもないと言い返してもよかったが、やり合わないことにした。ブラッドショーの影響で、大人の対応というものを身につけたからだ。

「このようなイベントでいったいなにをしている?」タッピングは訊いた。ポーに答える余裕をあたえず、彼はつけくわえた。「カーマイケル家が誰彼かまわず呼んだとは思えないが」

「ところがそうでもないようですよ」ポーは言い、手にしていたエールを口に運んだ。

「ティリーとおれが客として来てるんですから」

ブラッドショーが握手しようと手を差し出したが、タッピングは無視した。

「どこのばかものがおまえを招待したんだ、ポー？　わたしからひとこと言ってやる」

「ご勝手に」ポーは言い、ブラッドショーのほうを向いた。「ティリー、カーライル教区の主教の手があいているか、見てきてくれないか？」

タッピングの顔から血の気が引いた。

ブラッドショーはうなずいた。「なんの用事か言ったほうがいい、ポー？」

「もちろんだとも。カンブリア州警察の本部長が、話があるそうだと伝えてくれ」

タッピングの顔がますます青くなった。ブラッドショーを見やり、それからポーに視線を戻す。「そんなことは許さんぞ！　だいいちきみは、主教に近づくなと釘を刺されているはずではないか！」

「ほう、ギャンブル主任警視からそう聞かされたのですか。それは偽情報ですよ」

ブラッドショーが主教に向かって歩きだした。

「カーライルの主教は大主教と通じていると聞いています。ばかもの呼ばわりされたと知ったら、どう思うでしょうね」

タッピングは口をきゅっと引き結んだ。

「そして大主教は、空席のあるロンドン警視庁副総監の諮問委員会のメンバーではありませんか？」

タッピングの野心は誰もが知っている。カンブリアにとどまることは、それに含まれていない。

「よせ！」彼は大声を出した。周囲の目が一斉に向けられた。

ブラッドショーは指示をあおぐようにポーを見つめた。彼はなにも言わなかった。

「頼む」タッピングは哀れをもよおす声で訴えた。

「ティリー」ポーは言った。

「はい？」

「こっちに来るよう主教に伝えたら、バーに行って、カンバーランド・エールをもう一杯持ってきてもらえるかな？」

「いいわよ、ポー」彼女は向きを変え、ちょうどひとりで立っている主教のほうへ一目散に向かっていった。

ポーとタッピングは彼女がニコラス・オールドウォーターに近づいていくのを、無言で見ていた。彼女が腕を軽く叩くと、主教は振り返った。彼は腰をかがめて彼女の説明を聞き、それからふたりしてポーとタッピングを見た。ポーは手を振った。タッピングは振らなかった。ブラッドショーとオールドウォーターが歩きだした。のろのろとした歩みだった。誰もが主教と話をしたがるからだ。

「卑劣な野郎め」タッピングは小声でつぶやいた。「とんでもなく卑劣な野郎め」

「あと三十秒です」ポーは言った。

「なんだ、三十秒とは？」タッピングは焦りの色を隠そうともしなかった。

「おれを説得する時間ですよ」

「なにを説得するというんだ？」タッピングは近づいてくる主教から目を離せずにいる。

「あの方が招待した客を侮辱し、本人をばかもの呼ばわりしたことをばらさないでくれ、と」

「どうすればいい？」

「おれをイモレーション・マンの捜査に戻してください」

あと二秒。主教がぐんぐん近づいている。

「よかろう！」

「今夜じゅうにです」ポーは言った。「カンブリア州警察が考え直したと、直属の上司から電話がかかってくるよう手配してください。前回と同様に」

タッピングは歯噛みした。「そうしよう」

「おれなら、ここは笑顔を見せますけどね、レナード。主教はとても影響力のある人物ですから……」

「いや、おもしろかったな」ポーはブラッドショーに言った。主教はスピーチをするため、すでにいなくなり、タッピングは電話をかけている。

「さてと」ポーは言った。「カーマイケル家についてなにがわかるか見てみよう。このイベントが終わるまでに、子どもたち三人と話をしておきたい」

口で言うほど簡単なことではなかった。カーライル教区の主教が参加しているとはいえ、カーマイケル家はこのパーティの花形的存在だ。ひとりの追従屋の話が終わったとたんに、次の追従屋があとを引き継ぐの繰り返しだった。お近づきになるチャンスを待つあいだ、ふたりはホールの右側をぶらぶらした。陳列ケースがある側だ。

ステージからもっとも遠い端から順に見ていった。展示は時系列に並んでおり、ポーは逆から見はじめたことに気がついた。いちばん手前に展示されていたのは、今晩のイベントの招待状だった。それにつづくいくつかのケースには、何人もの高位聖職者やそこそこの著名人とカーマイケル家の人間がおさまった写真が並んでいる。いずれも、特大の小切手やシャンパンのグラスを手にしていた。

最近十年間の足跡を見終える直前、肘を遠慮ぎみに引っ張られた。主教だった。

「ポー部長刑事、ジェーン・カーマイケルを紹介しても?」

四十代とおぼしき長身の女性だった。ブロンドの髪をビーハイブ風に高く結いあげ、おとなしめのドレスはハードウィック・クロフトよりも高そうだ。

ジェーン・カーマイケルは穏やかにほほえみ、手を差し出したが、普通の人のように手を垂直に立てるのではなく、王族であるかのようにてのひらを下にしていた。ポーはお辞儀をしたくなるのを必死でこらえた。相手の指を軽く握って握手した。ブラッドショーは完全に無視されたが、本人はそんな失礼なあしらいなど気にもせず、その場を離れた。

「お会いできて光栄だわ」ジェーンは言った。「わたしどものパーティにおいでになった理由はなにかしら、ポー部長刑事?」

ポーは答えなかった。ブラッドショーの様子に気を取られていた。

ジェーンは咳払いした。無視されたことをよく思っていないのはあきらかだが、それにも慣れてもらわないといけない。ブラッドショーは陳列ケースにおさめられたなにかをじっと見つめているが、顔から血の気が引いていた。振り返り、ポーと視線を合わせる。

なにか見つけたのだ。

「どうしたのだ、ワシントン?」オールドウォーターが訊いた。

「失礼します」ポーは言うと、ブラッドショーのもとに急いだ。主教もあとをついてきた。

「なにがあった、ティリー?」彼女の前まで行くなり、ポーは尋ねた。彼の電話が鳴った。発信者番号に目をやる。フリンからだ。本部長はポーとの約束を守ってくれたらしい。彼はブラックベリーをサイレントモードにした。

ブラッドショーの目はケースにおさめられた一枚の写真に釘づけになっていた。写っているのは船で、見た感じ、観光客に人気の湖を行き来する蒸気船のようだ。ポーは顔を近づけ、じっくりとながめた。顔がけわしくなった。ブラッドショーがなぜそんなに動揺しているのか、さっぱりわからない。

主教ものぞきこんできた。

「この写真がどうしたんだ、ティリー?」ポーは訊いた。「なにが気になるのか教えてくれ」

「見て、ポー」彼女は指さしたが、示したのは写真ではなかった。その下にある招待状だった。それもチャリティー・イベントのもので、アルズウォーター湖をめぐるクルーズだった。財団が設立される前の事業で、故クエンティン・カーマイケルが手配したもののひとつだろう。

　ポーはもう一度顔を近づけて、文字を読んだ。印刷でないことをのぞけば、きょうの招待状とほぼ同じだ。日付を確認する——二十六年前。チャリティー・オークションの招待だった。チャリティーの対象となっているのは地元の児童養護施設で、イベント名は〝あなたは幸せ？〟とある。この国のいたるところで開催されている、慈善のためのイベントだ。持ち寄り式のパーティで、業界が寄付したものを、金持ちがオークションで競り落とす。たとえば、何週間も先の週末に、高級レストランでのふたり分のディナーにご招待とか、そういうたぐいだ。ポーの心が浮き立つようなものではない。

　カードにはこう書かれていた——ご招待者さまにかぎります。

「それがどうかしたのかな、お嬢さん？」オールドウォーターが訊いた。

　そのとき、雲が晴れて陽が射すように、ポーはぱっとひらめいた。ブラッドショーがなにを見ているのかわかったのだ。

〝あなたは幸せ？〟というタイトルだ。最初は気づかずに読んでいた。

「うそだろ」ポーはつぶやいた。今夜の催しで見聞きするのは、大仰な会話と俗物根性だけだと思っていた。しかし、それとはまったくちがうものを発見した。

「それがどうかしたのか、ワシントン？　なにに気づいたのだ？」ニコラス・オールドウオーターが訊いた。

「すべてですよ、ニコラス」ポーは声をひそめて答えた。「すべてわかったんです」

〝あなたは幸せ？〟の最後は、疑問符ではなかった。

最後はパーコンテーション・ポイントだった。

33

ポーは、クエンティン・カーマイケルの棺に入っていた被害者の身元を特定すれば真相に近づけると予想していた。その予想ははずれた。いろいろと障害はあったものの、ポーはイモレーション・マンによってケンダル墓地に導かれたと信じていた。むこうもこんな短時間でたどり着けるとは思っていなかったろうが、たどり着けると見込んでいたはずだ。

この夜までは、自分たちが見つけたものはすべて仕組まれたものだと信じて疑わなかったが、イモレーション・マンがいかに頭が切れるかはどうでもよかった。二十六年前の招待状にパーコンテーション・ポイントが使われていたのをブラッドショーが見つけることは、イモレーション・マンの計画にはないからだ。つまり、捜査を開始してからはじめて、イモレーション・マンが制御できない要素が登場したことになる。これがイモレーション・マンのミスかどうかはいまのところ判然としないが、ミスでないなら、彼がそうとう近くまで迫ってきていることになる。

すべての陳列ケースにおさめられたすべての書類が証拠となったため、ポーは権限を行使してここを犯行現場とするよう本部長に要請した。タッピングがうろたえてなにもしないでいると、ジェーン・カーマイケルが弟のダンカンを呼び寄せ、ポーが自分たちのパーティを台なしにしようとしていると訴えた。

ダンカンは小太りで、顔もぽっちゃりしていた。

「わたしが誰かご存じか？」彼は言った。

ポーはむっとした。まずいと思いながらも、ブラッドショーのほうを向いた。「ティリー、精神衛生チームに連絡してもらえるか？　自分が誰かわかっていない者が、ここにいるようだ」

「わかった」横目でうかがうと、彼女がタブレットを出し、スイッチを入れるのが見えた。

「ティリー」

「なあに、ポー？」

「タブレットをしまえ」

「わかった、ポー」

カーマイケルの三人の子ども――このときにはパトリシアも合流していた――が、大事なパーティを邪魔するなとポーに抗議した。ポーは引きさがらなかった。

「いいかげんにしてくれよ、もう！　まったく迷惑なやつだな」ダンカン・カーマイケルは言った。

今夜はもっとひどいことを言われるだろう。ポーはフリンに電話をかけた。自分の携帯電話を指した。「お静かに」

「もうこの不愉快な男にはうんざり！」パトリシア・カーマイケルが不機嫌な顔で言った。「ニコラスに言って、この茶番をやめさせてもらうわ」

「おれは、そのニコラスの招待で来てるんですがね」ポーは言った。フリンにかけた電話はまだつながらない。

それでもかまわず、きょうだいは主教に詰め寄った。オールドウォーターは三人をなだめようと最大限の努力をしたが、それでも彼がポーの味方なのは疑いようもなかった。

主教はポーの判断を信頼しているらしい。

最終的に本部長も同様の判断をくだした。他人から敬遠される出世至上主義者ではあるが、愚かではない。イモレーション・マンの正体が陳列ケースのなかに隠されているかもしれず、カーマイケル家の三人と一緒にいるところを見られるのは政治的に都合がよくないとポーから告げられると、彼は職務を果たし、電話で応援の制服警官を呼んだ。カーマイケル家の三人がなおもがたがた言いつのると、逮捕するぞと脅しもした。

本部長はポーににじり寄り、小声で言った。「きみの説が正しいといいがね、ポー」
ブラッドショーがガラスごしに、なかの品物の写真を撮りはじめた。こうしておけば、自分たちの記録になるから、なにもかもギャンブル経由で見せてもらわずにすむ。だが、それはどうでもよかった。けっきょく大事なのは、不鮮明な約物（やくもの）だとわかっているからだ。

とくになんということもなく、内容がチャリティー・オークションへの招待という点を考えれば、ぴったり合っているとも言える。しかし……前回はパーコンテーション・ポイントを追った結果、暗い闇にたどり着いた。今度のも同じだとポーにはわかっていた。二十六年前のチャリティー・イベントに関する情報を解明するのにどの程度手間がかかるかはわからないが、ネット上にあるものならブラッドショーが見つけてくれる。カーマイケル家の三人はたいして役にたたないだろう。多くを失いかねないからだ。そもそも、当時、三人はまだ子どもだった。

不機嫌な声が聞こえ、ポーは振り返った。ギャンブル主任警視の到着だった。リードも同行している。いずれフリンもやってくるだろう。ギャンブルはポーの存在を無視し、大股で本部長に歩み寄った。ふたりの会話は聞こえなかったものの、派手な身振りからすると、ギャンブルの要求は通らないようだ。彼はポーに詰め寄った。

「どんな手を使ったかは知らんが、ポー、おまえにも充分な情報を提供しろと言われた」

ギャンブルは唇をぎゅっと引き結んだ。

ふたりはしばらくにらみ合った。しかし、ギャンブルが怒っているのはそこではないとポーにはわかっていた。たしかに腹をたててはいるが、大半は八つ当たりにすぎない。直属の上司がこんなおよび腰では困ると憤慨しているのだ。目の前の男と衝突するのは避けたかったので、和解を申し出るのが妥当だった。

「これは主任警視の捜査です」ポーは言った。「おれとしては形はどうあれ、協力するのにやぶさかではありませんが、SCASを本来の形で利用するよう強くお勧めします。解析的な支援と助言を求めるべきです」

「いいだろう」ギャンブルはリードを手招きした。「リード部長刑事、きみに再度、SCASとの連絡係を命じるが、今度は適切な形でやるように」

「承知しました」リードは無表情に答えた。ポーが墓を掘り返し、パーティに押しかけたのは彼の落ち度でもなんでもないが、異議をとなえるようなばかなまねはしなかった。

ブラッドショーが会話を断ち切った。「全部スキャンしたよ、ポー」

彼はうなずいた。「では、行こう」

「どこに？」リードが訊いた。

「パブだよ」ポーは答えた。「一杯やりたい」

ケズィックの〈オッドフェローズ・アームズ〉は、まだ食事提供時間だった——それも、さっきとはちがい、まともな食事だ——ので、三人は町の駐車場のひとつを見おろす敷石張りのビアガーデンに静かな席を見つけた。ポーは自分とリードにはラム・シチューをたっぷり盛った大きなヨークシャー・プディングを、ブラッドショーには野菜のラザーニャを注文した。

「次はなにを調べるべきかな？」ポーは訊いた。

リードは言った。「どこまでつかんだのか、ぼくは知らないんだが」

「そうだったな」つづく三十分間、ポーとブラッドショーはこれまでにわかったことを要約した。説明が終わるころ、料理が届き、ポーの発案で、肉汁を飛ばし合うことになるから、食べるあいだは話を中断しようということになった。

飲み物のおかわりをしたのち、席についてからずっとタブレットを操作していたブラッドショーが口をひらいた。「二十六年前にアルズウォーター湖のクルーズ事業をおこなってた会社はふたつある。そのうち一社は数年前に会社をたたんでる。父親が死んで——訊かれる前に言っておくけど不審死じゃない——子どもは継続を望まなかったからたたんだみたい。もう一社はいまも安定した経営をしてて、百五十年もつづいてる」

ポーは言った。「そうか。クルーズ船が重要だとすると、どちらの会社も調べる必要があるな」

「それはぼくがやろう」リードが言った。「イーデン地区評議会の許認可担当にコネがあるから、調べてみるよ。追跡調査が必要になったら、刑事をふたりばかりあたらせる」

ポーはうなずいた。その役目はリードにやってほしいと思っていた。カンブリア州警察の人間がやったほうがスムーズだからだ。

「そのクルーズ船でなにかあったと考えているんだね？　たとえば事故とか？」リードが言った。「金持ち連中はばかなことをするときは、徹底的にばかになるからな。そうなると、とにかくなかったことにしようとする」

ポーは首を横に振った。「いや、なにかあったのなら、招待状のパーコンテーション・ポイントはそれが計画的なものだったことを意味する。少なくともひとりは、事前に知っていたってことだ」

「クエンティン・カーマイケル？」リードは訊いた。

「たぶん。絶対とは言い切れないが」

「で、きみの考えは？」

「ほとんどの殺人は金かセックスに端を発しているし、現時点では、それ以上の原因を探る根拠が見当たらない。クエンティン・カーマイケルは銀行に五十万ポンド近くの金を残して死んだ。しかも、どういう金か説明がつかなかった」

「つまり……？」

「つまり、その児童養護施設の関係者から話を聞く必要があると思う。このオークションでなにか得たのか確認したい」

34

翌日の朝になった。ブラッドショー、リード、そしてフリンは八時にポーのいるハードウィック・クロフトに集まった。フリンはこのあと、ハンプシャーに戻ることになっている。クエンティン・カーマイケルをめぐっては、政界を巻きこんでの嵐が吹き荒れていた。意外でもなんでもないが、彼の娘と息子たちが騒ぎたて、捜査の手が父親の死におよぶのを阻止しようと動いていた。三人は国会議員にコネがあり——そのなかには、自分にも累がおよぶのを防ぐため、善良なるカーマイケル氏の名を汚すまいと必死な者もいた——何人かの副大臣がＮＣＡの長官を呼び出した。そして、長官がフリンにも同席を求めたというわけだ。

フリンはブラッドショーも連れてＳＣＡＳに戻るつもりだったが、ブラッドショー本人はうんと言わなかった。「ホテル代を支出する根拠がないのよ、ティリー」フリンは言い聞かせようとした。「ＳＣＡＳに戻っても仕事はできるでしょ」

「あたしはポーとエドガーと一緒にいる。いいでしょ、ポー?」ブラッドショーは言い返した。

フリンが天を仰いで折れたおかげで、ポーのほうは、世間知らずの若い娘が気むずかしい中年男の家に泊まるのがいい考えではない理由をブラッドショーに説明せずにすんだ。

「わかった。あと何日かだけよ」と同時に、彼女は引きつづき捜査をおこなうのはいいが、会う人を片っ端から怒らせないよう言い渡した。

ポーは苦笑いし、そういう約束はできないと言った。

ブラッドショーが夜中までインターネットで調べ、出発点を見つけてくれていた。招待状に受益者として書かれていた児童養護施設は〈セブン・パインズ〉という名前だったが、いまはもうなくなっていた。すべての児童養護施設と同じく、カンブリア州の宗教慈善団体が所有し、地元当局が監督していた。

施設がなくなっていると知って、ポーはあやしんだが、カーライル市の児童相談所の当直のソーシャルワーカーに話を聞いたところ、相手はこう説明した。「カンブリア州には現在、養護施設というものがないんです、ポー部長刑事。保護の必要な子どもたちは里親のもとに預けられています。そのほうが効果がありますし、子どもたちにとっても格段にいい環境になるからです。カンブリア州の子どもに里親が見つからない場合は、州外に行くことになります。もっとも、かなりのお金がかかります」

「そうですか」ポーは言った。だんだんわかってきた。「〈セブン・パインズ〉および、施設の運営資金を集めるためのチャリティー・イベントについて話をうかがうとしたら、どなたが適任でしょう？」

「わたしが勤めはじめる前のことですからね」相手は言った。けれども彼女は、できないとしか言わないでくの坊ではなく、自分よりも前からいる者に訊いてみると約束してくれた。ポーの電話番号を尋ね、折り返し電話すると言った。

待つあいだ、ポーは濃いコーヒーを入れたポットをテーブルに置き、ブラッドショーも含め、全員で飲んだ。リードがドーナツと、ここ数日でごちそうになったからと、挽きたてのコーヒーをひと袋持ってきてくれた。ポーは香りを吸いこみ、ため息をついた。いい豆だ。ポーが利用している店で焙煎したグアテマラの豆だった。リードに礼を言ったが、どうしても必要というわけではなかった。これまでコーヒーを切らしたことはない。備蓄は充分にある。それでも、好意はありがたかった。もらったコーヒーを備蓄のいちばん手前に置いた。次はこれをあけるとしよう。

コーヒーとドーナツのほか、リードはクエンティン・カーマイケルに関するファイルの写しも持参し、全員で三十分かけてその内容を精査した。とくにこれといった記述はなく、ポーは当時の捜査が一目瞭然のものを見逃したわけではないと知ってほっとした。ブラッドショーは紙のファイルを持ち歩かなくてすむよう、全ファイルをタブレットに取りこんだ。

リードの電話が鳴った。彼は画面を見ると、唇の前に指を立て、小声で言った。「ギャンブルからだ」と言ってから電話に出た。「リード部長刑事です」

ポーは話の内容に聞き耳をたてようとしたが、自分の電話が鳴った。01228で始まる番号。カーライルの市外局番だ。電話機の絵がついた緑色のボタンに触れ、電話を受けた。

「ポー部長刑事でいらっしゃいますか？」

「そうです」

「児童相談所の副所長をしているオードリー・ジャクソンと申します。さきほど、当所の当番のソーシャルワーカーとお話しになったそうですね。〈セブン・パインズ児童養護施設〉のことでご質問されたとか」

ポーはそうだと答えた。

「どういうことかご説明いただけますか？」

「殺人事件の捜査の過程で浮かんできまして」

「そうですか」そんな答えが返ってくると思っていなかったのはあきらかだった。「カンブリア州警察の方ではないようですが」

国家犯罪対策庁所属だが、いまはカンブリア州の殺人事件の捜査に参加しているとポーが説明すると、彼女は言った。「こちらにおいでになれますか？　昼にカーライルの市民センターまでおいでくだされば、お会いできます。それまでに保管庫から施設の記録を出しておきましょう」

「財務記録もありますか？」ポーは訊いた。あるなら、紙の記録を追えるかもしれない。

「わたし自身は見たことがないので。けれども、この電話を終えたら、財務関係の部署に連絡を取って、記録を持ってきてもらいます。いつごろのものをご希望……」

「二十六年前です」ポーは答えた。

オードリー・ジャクソンとの通話が終わったときには、リードの電話も終わっていた。

「上司からだ」彼は言った。「カーマイケルの棺に入っていた死体は、セバスチャン・ドイル、年齢六十八歳と判明した。オーストラリアにいる家族のもとに移住したと思われていたため、捜索願が出されなかったらしい」

「プロフィールは合致しているのか？」ポーは訊いた。

「いまのところ入っている情報はそれだけだ。このあとも新情報があったら連絡をくれるとギャンブルは言っている」

ポーはそれに対し、なにも言わなかった。あらたな犠牲者もやはり年配男性で、現時点ではやはり、すべての道はクエンティン・カーマイケルが主催したチャリティー・クルーズに通じている。「行くぞ。正午の約束に間に合わせるためには、もう出ないと」

35

懸垂下降のチャリティー・イベントを何度となく主催してはいても、カーライルの市民センターはカンブリア州でもっとも味のない建物だ。ポーは平凡な環境は平凡な思考につながるし、カンブリア州の幹部が仕事をする十二階建てのビルと凡庸さではどっこいどっこいだと信じている。ウィリアム・ワーズワースとベアトリス・ポッターの創作意欲をかき立てた地方であるにもかかわらず、市の歴史ある一角を見おろす位置に、これほどまでに目ざわりな建物の建築許可がおりたことがポーには信じがたかった。取り壊して、よそに移転する計画が早急に求められるが、そういう話はいっこうに出てこない。

ポーたちが案内されたC会議室は、腹のたつようなものがひとつもない、なんの特徴もない部屋だった。長方形のテーブルがひとつに、プラスチックの椅子と地元の理念を促進するアクリルガラスで覆われたポスターがあるだけだ。天井の照明は薄暗く、しかもちかちかまたたいていた。リードが三個入りのチョコレートボンボンの箱をあけ、全員でひとつずつ食べた。

正午になってほどなく、オードリー・ジャクソンが入ってきた。眼鏡をかけた男が一緒だった。ポーは自己紹介し、ほかの者も同様にした。腰をおろす際、ジャクソンがテーブルをはさんだ反対側の席にすわるのにポーは気がついた。男は彼女の隣にすわった。

もうひとつ気づいたのは、両人とも記録らしきものをまったく持っていないことだった。

同行の男が口をひらいた。「わたしはニール・エヴァンズといって、地区評議会の法律顧問をしている者です、ポー部長刑事。まずは〈セブン・パインズ児童養護施設〉がなぜ殺人事件の捜査の過程で浮上したのか、そこをご説明願いたい」

「それはミセス・ジャクソンに電話で話しました」ポーは答えた。

「では、今度はわたしに説明していただかなくてはなりません」エヴァンズは言った。

「われわれの施設でないものの、カンブリア州の地区評議会は〈セブン・パインズ〉に収容されていたすべての子どもに対し義務を負っていますし、子どもたちはすでに全員が二十一歳以上になっているとはいえ、一定の行政サービスを受ける資格は残っています。そのひとつが守秘義務なのです」

「殺人事件の捜査に関連しているんですよ」ポーは言った。

「そうかもしれませんが」ジャクソンが割って入った。「施設を出た子どもたちには、いまでも偏見がつきまとっているんですよ、ポー部長刑事。以前にもあったんです。警察がちゃんとした証拠を捜すのではなく、われわれが保護している子どもたちをひとくくりにして、どの子が容疑者の特徴に合致しているか見極めようとしたことが」

ポーは反論しなかった。そういうことがあってもおかしくない。

「そういうわけで、単に探りを入れに来た場合にそなえ、わたしどもが根負けして子どもたちの名前を教えることのないよう、ミスタ・エヴァンズが立ち会ってくださるのです」

ポーはこれまでにわかったこと、児童相談所の副所長と市民センターで会うまでのいきさつを手短に説明した。そしてこう締めくくった。「〈セブン・パインズ〉に収容されていた子どもたちに興味はありません、ミセス・ジャクソン。現時点で関心があるのはクルーズ船だけで、それに乗っていたとはっきりわかっている唯一の人物はすでに死んでいます。クエンティン・カーマイケルですが、名前を聞いたことは？」

ふたりが一瞬、顔を見合わせたのを見て、聞いたことがあるのがわかった。どちらも否定しようとはしなかった。

エヴァンズが言った。「申し訳ないが、ポー部長刑事、それでは合理的な説明とは言えません。あなたに地区評議会の記録を閲覧させるという危険をおかすわけにはいきません。率直に話してくださったことには感謝しますし、あなたがいかなる時点においても、かつて養護施設に収容されていた子どもたちに関するものを見せろと要求しなかったことは記録に残しておきますが、記録をごらんになりたいのでしたら、令状を取っていただかなくてはなりません」

いつもならポーはここで壁を殴るところだが、エヴァンズの言うことはもっともだ。

「令状を取れば、それだけの価値があると？」

エヴァンズはポーをじっと見つめた。ほとんどそれとわからぬ程度にうなずいた。

ポーはリードのほうを向いた。「きみのところで令状を取るとしたら、どのくらいかかる？」

「自分の目で現場を見たろ。ギャンブルは有能な捜査主任だが、かなりの慎重派だ。決断の早いほうじゃない」

そういう答えが返ってくると思っていた。いまは時間もなく、ギャンブルが確認作業をするのを待つ気にもなれない。ポーは会議室を出て、フリンに電話をかけた。

彼女は即座に応答した。運転中のようだった。

ポーは法律上の障害に突き当たったことを伝え、記録のなかに見ておくべきものがあると考えていると説明した。

「ステフ、捜索令状が必要だが、ギャンブルを待ってるわけにはいかないんだ。ヴァン・

ジルの力で出してもらえるよう頼んでもらえないか？　カーライルの市民センターにファクスしてくれれば、即座にリード部長刑事を治安裁判所に向かわせる。裁判所は道の向かいにあるから、署名をもらうのは二分ですむ」

「相手は、令状がなければ開示しないとはっきり言ってるのね？」

「そうだ。法的な影響があるのを恐れている」

「影響って？」

「おれもそれを知りたいよ」ポーは言った。

「なんとかする」彼女は言った。

ポーは狭い会議室に戻り、いまの状況を説明した。エヴァンズは、ならば待つと言った。

「カンブリアの警官が出向いたほうが受け入れてもらいやすいと思うんだ、キリアン。悪いが、下に行って、ファクスが届くのを待っててくれないか？」

「ギャンブルに話しておこうか？」

ポーは首を横に振った。ファイルの中身がなんにせよ、まず最初に自分が見たかった。

「なにか見つかったら話そう」

「そうとう怒ると思うぞ」リードは行った。「……しかも、二度めだ」

「そうだな」ポーはうなずいた。べつにかまうことはない。

どうやらリードも同じ気持ちのようだ。彼は、フロントにあるファクスのそばで待機するため、会議室をあとにした。五分もすれば、フロント係は彼のいいなりになるだろう。先を争うように、飲み物やらケーキやらを勧めるはずだ。ファクスが届くころには、リードはフロント係のすべてを知ることになる。夫の妙な癖、子どもの将来の夢、よかったら仕事のあと一緒にワインでも一杯どうかという誘い。

ポーは施設についてありきたりな質問をいくつかした。

「運営していたのが慈善団体なのに、なぜこちらに記録があるんですか？」

「法律でそう決まっているのです」エヴァンズはこれは得意分野だと思いながら答えた。「われわれは民間が経営する施設から寝場所を買い取るようなことはしません。運営団体と提携を結ぶという形を取ります。それゆえ、すべての財政的支援は局長レベルでの契約となるのです」

「身よりのない子どもたちに対する地区評議会の責任を明確にするためです」ジャクソンが横からつけくわえた。「サービスの提供だけ受けて、あとは忘れてしまうことのないようにしなくてはなりませんから。われわれは常にしっかりと向き合っていかなくてはいけないのです」

それにはうなずける。

「二十六年前の責任者はどなただったんでしょうか？」ポーは訊いた。

ジャクソンがエヴァンズに視線を投げた。彼はうなずいた。

「提携していた相手はヒラリー・スウィフトという女性でした。当時、児童福祉施設の責任者になるにはソーシャルワーカーの資格が必要だったんです」

「その方はいまもこちらに？」

「辞めました」

ポーはつづきがあるものと思い、待った。その女性の仕事ぶりを評価する声にしろ、不手際をあげつらうにしろ。かつて一緒に働いた仲間の名を出しておきながら、途中で話をやめるのはめったにないことだ。まだ話していないことがありそうだ。

とはいえ、ジャクソンは他人の噂を吹聴してまわることで、管理職にのぼりつめたわけではない。彼女は腕を組み、くわしい話をするのを拒んだ。

エヴァンズが助け船を出した。「職員も元職員も、われわれは分け隔てなく守っておりますので」

ドアがあき、リードが入ってきた。彼に渡された書類をポーは確認した。〈セブン・パインズ児童養護施設〉に関する三十年前までの全記録を押収するという内容の令状だった。エヴァンズに渡すと、彼は眼鏡をはずし、かわりに拡大鏡を出した。内容を精査したのち、口をひらいた。「けっこうです。こういうことになると予想して、オフィスにすべて用意してあります。ここに運びこむ手伝いをお願いしたいのですが……」

「キリアン?」ポーは言った。

「了解」リードは立ちあがった。「案内してください、エヴァンズさん」

会議室を出る前、エヴァンズはジャクソンのほうに目を向けた。「オードリー、ポー部長刑事に話したいことがあるなら、わたしのほうはかまわないよ」

ポーはジャクソンに目を向けた。彼女は組んでいた腕をほどいた。

「お話ししておきたいことがあります、ポー部長刑事」

36

「ヒラリー・スウィフトはみずから辞めました」オードリー・ジャクソンは言った。「それも〝長年にわたって献身的につくしたのち〟の辞任ではありません。〝辞任しないなら、くびにする〟と迫られたうえでのことでした。発端となったのが、そのチャリティー・イベントなのです」

ポーの心臓の鼓動が少し速くなった。彼は身を乗り出した。「アルズウォーター湖のクルーズですね？」

ブラッドショーがタブレットに表示させた画像を次々にめくっていき、パーティ会場で見つけた招待状のもっとも鮮明な一枚を見つけ出した。

それを差し出した。

ジャクソンはろくに目を向けなかった。「それです」

「たしかですか？」

「ええ。なぜ知っているかと言えば、その出来事のあと、ソーシャルワーカーによる調査がおこなわれたのですが、わたしもその調査にくわわっていたからです」

ポーは面食らったように相手を見つめた。「なぜソーシャルワーカーが調査をおこなったんでしょう？　資金の着服が疑われたのなら、地区評議会の財務または法務の人間が割り振られるはずですが」

ジャクソンは額にしわを寄せた。「財務関係のことは存じません、ポー部長刑事。わたし自身はファイルを見ていませんが、不正行為が疑われるようなことはいっさいないと、ミスタ・エヴァンズから言われました。〈セブン・パインズ〉はその点についてはきちんとやっていたとわたしは理解しています」

ポーは顔をしかめた。仮説に穴があいた。

しかし、これがだめでも……

「そうではなく、わたしが調査したのは、イベントのあとに起こった出来事についてです」

「くわしく聞かせてください」ポーは言った。

「招待状に明記されていないので、部長刑事さんがご存じないのも当然ですが、あれは〈セブン・パインズ〉のためのイベントであると同時に、〈セブン・パインズ〉が主催したイベントでもあったのです」

ブラッドショーは展示品の画像をめくっていった。ポーと目を合わせ、首を横に振った。ジャクソンの話はつづいた。「要するに、ヒラリー・スウィフトは準備段階から深くかかわっていたのです。自分たちでもてなす形のイベントでしたので――船はひと晩借りあげましたが、あとはすべて自分たちでやっています――施設の少年が四人、経費削減のためにウェイターとして駆り出されました。客の飲み物を取り替え、カナッペを盛りつけた皿を運ぶといったようなことをするために」

「児童虐待のように聞こえますね」ポーは言った。

「そうとも言い切れません。施設では年に数回、そのようなことをおこなっていましたし、子どもたちにもいいお小遣い稼ぎになっていたんです」

「それはなぜですか、オードリー？」ブラッドショーが質問した。

「見てくれがよくて、同情を誘うような外見であればあるほど、チップをたくさんもらえると本人たちも知っていたからです。施設の子どもたちはしたたかで、同情を引くすべにたけています。のちにヒラリー・スウィフトに確認したところ、四人の少年たちはひとり五百ポンド以上を稼いだのではないかということでした」

「チップだけで？」ポーは思わず叫んだ。二十六年前の五百ポンドといったら、子どもにとってはとんでもない金額だ。

「チップだけで」ジャクソンはあっさり言った。「よく考えてみれば、さほどありえない話ではありません。招待客はみな、施設の支援のために集まっているのです。少年たちに直接お金をあげてもおかしくありません」

「いくつかの理由が考えられますね」ポーは言った。「その少年たちは何歳でしたか？」

「十歳と十一歳です」

「なるほど」彼はブラッドショーのほうを向いた。「二十六年前の五百ポンドはいまならどのくらいの価値になるかな、ティリー？」

彼女は検索して答えた。「イングランド銀行のインフレ計算アプリによれば、約二千ポンドよ、ポー」

ポーはジャクソンに向き直った。「二千ポンド近くもの金を突然手にしたら、いったいどのくらいの子ども、それも貧しい生い立ちの子どもがまともに対応できると思います？」

「あなたのご指摘のとおりです」

「なにがあったんですか？」

「部長刑事さんの考えは？」

ドラッグ、酒。まともなことにはならない。ポーはじっくり考えた。当初、動機は金だと思っていたが、だからといって、それ以外の可能性を排除していたわけではない。捜査が一直線に進むことなどめったにない。最初の思惑と異なる方向に進んだのなら、それに従うまでだ。

「その四人から話を聞く必要があります、ミセス・ジャクソン」ポーは言った。「あの晩、なにがあったのか、いくらかなりとも光明をもたらしてくれるかもしれません。四人の名前はファイルを見ればわかるんですね？」

「それはご自分で思っているよりも少々むずかしいと思いますよ、部長刑事」

「なぜでしょう？」

「その翌日、四人全員がロンドン行きの列車の切符を買い、ヒラリーに絵はがきを送った以外、音信不通になってしまったからです」

37

ポーが考えをまとめようとしているところに、リードとエヴァンズが戻ってきた。ふたりともファイルの束を抱えていた。

リードはポーの表情に気づいて尋ねた。「どうした?」

ポーは口をひらかなかった。他人がいるところであらたな仮説を披露する危険はおかせない。リードの質問は無視し、ジャクソンに向かって尋ねた。「なにがあったんですか? 調査がおこなわれたのはそれが理由だと推察しますが」

「それだけではないんです。イベントに参加した何人かの男性から、少年たちがお酒を飲んでいたという報告がありました。バーから運ぶ途中で、片っ端から口をつけていたとか。ゲームみたいなものだったんでしょう。誰がいちばん酔っ払えるか競争していたんじゃないでしょうか」

少年時代、引っ込み思案とほど遠かったポーは、子どもを無料の酒から遠ざけようとするのは勝ち目のない戦いだと知っている。「それは禁じられていた、ということですね？」

「当然です」ジャクソンは言った。「そこが国が育てる場合と家庭で育てる場合の大きな違いなんです。国には裁量というものがいっさいありません。法的に飲酒が許される年齢が十八と決まっている以上、大目に見たり助長したり見て見ぬふりをしたりするのは許されないのです」

もっともだ。国家としては、悪質な養護施設に好き勝手なことをさせるわけにはいかないのだ。飲酒に目をつぶれば、麻薬あるいは性交承諾年齢にも目をつぶることになりかねない。

「あの人は現場にいなかったのです。いるべきだったにもかかわらず。規則にはっきりとうたわれています。監督者不在で活動してはならないと」

「だとすると……」

「なぜ現場にいなかったのか？　われわれが調査をおこなった理由のひとつがそれだったのです、ポー部長刑事。娘さんが急に熱を出してしまったのだけれど、その夜は男の子の半分がクルーズに出かけたため、施設につめていた職員の数がいつもより少なく、代役を頼めなかったという説明でした。数え切れないほど多くの事情聴取のなかで、彼女はこうも言っていました。クルーズに参加した男性たちはみな地域社会の中心人物であり、少年たちが危険な目に遭う可能性はなかったと」

リードが言った。「たわごとにしか聞こえませんね」

「わたしたちにもそう聞こえました、リード部長刑事」ジャクソンは言った。「この件と飲酒問題の責任は、けっきょくヒラリー・スウィフトに押しつけられました。施設や制度を逃れようとする子どもはたしかにいますし、場合によっては成年に達するまで役所の手からうまいこと逃れる子どももいますが、そういうことが起こるリスクを最小限に抑えるために規則があるのです」

「あなたが通報したんですか？」ポーは訊いた。

「当然、わたしではありませんが、ええ、通報はされました」ジャクソンは答えた。「警察による捜査がおこなわれましたが、当時のわたしたちにとって、白人の少女が失踪したわけではなかったので。両親のそろった中産階級の子どもが行方不明になれば、誰もが大さわぎしますけどね。施設の子どもの場合、〝しょうがないじゃないか。そういう連中なんだから〟という程度の反応しか返ってきません」

ポーもそういうことがあるのは知っている。警察は養護施設からいなくなった子どもたちに目を光らせているものの、その網をすり抜けた人数を考えると慄然とする。さらに慄然とするのは、〈セブン・パインズ〉から逃げた少年たちのような子どもを手ぐすね引いて待っている獣が、世の中には大勢いることだ。どうか無事でいてくれと、祈るような気持ちになった。十六歳という年齢で男娼にさせられた少年が、大人になりすぎて客を引けなくなるまでにポン引きに二十万ポンド以上も稼がせたという話を最近読んだ。ロンドンでは、フェラチオでは二十ポンドにしかならないことを考えれば、若さがなくなって捨てられるまでに、そうとうな数の変態連中を相手にしたことになる。

リードが言った。「そう言えば、その四人の話なら読んだ記憶があるな。捜査の担当者は重要視しなかったわけじゃない。四人が買った切符は、クルーズの翌日、カーライルを出る一番列車のものだった。カンブリア州警察はロンドン警視庁に連絡し、四人を捜してくれるよう頼んでいる」

「わたしどもも、ロンドンにある三十四の地区評議会に連絡を取りました」ジャクソンはつけくわえた。「少年四人が行方不明になっているので、助けを求めてきたら、すぐに連絡をもらう手はずになっていました。四人がいなくなって数カ月がたったころ、ヒラリーのもとに彼らから絵はがきが届いたんです。ロンドンを楽しんでいると書いてありました。だからと言って捜索を中止したわけではありませんが、緊急性がいくらか薄れたことはいなめません」

「それで終わり?」ブラッドショーが聞いた。「そんなのありえないよ、ポー。そうでしょ?」

「養護施設の子どもは必ずしも正しい判断をするわけじゃないんだよ、ティリー」ポーは説明した。「みずから危険に身をさらしてしまうことも、よくあることだ。ミズ・ジャクソンのような人にできることはかぎられている」

ジャクソンはうなずいた。「いずれひょっこり顔を出すこともあるかと思っていましたが、そうはなりませんでした。ひと山あてたのか、それとも……」

「だめだったのか」ポーはかわりに締めくくった。

ブラッドショーがまだポーをにらみつけている。目が濡れていた。憤慨しているのはわかるが、ポーには彼女が望んでいる気休めはあたえてやれない。子どもが行方不明になれば必ずアラームが鳴るようにすればいいと世の中の人は思うだろうが、問題は、そんなアラームなど存在しない。存在したとしても、なかには、とんでもなく悲惨な状況から逃げる子どももいる。そういう子を無理に引き戻すのは、必ずしも正しいとはかぎらない。過去に何度となく疑問に思ったことだが、ソーシャルワーカーたちはいったいどうやって正気を保っているのだろう。感謝されることのほとんどない仕事のひとつであるのはまちがいなく、その度合いは警官以上であるかもしれない。いい日など一日たりともない。すべてが、〝悪い〟から〝最悪〟のあいだを行ったり来たりしているにちがいない。子どもを家族から引き離せば中傷され、そうしなければ吊しあげをくう。

やってられないよな……

ジャクソンもブラッドショーの疑問に答える気にはなれなかったようだ。「わたしどもの調査の結果、ヒラリー・スウィフトは子どもたちの脱走を防ぐためにもうけられたいくつかのルールに違反していたことがわかりました。少年たちの飲酒を黙認し――しかもロンドン行きの列車に乗ったときも、彼らはまだ酔っていたと思われます――多額のお金を得る機会をあたえたのです」

「それで？」ポーは訊いた。

「要するに、あの人はああいう施設を運営するのにふさわしい人ではなかったということです。社交的な面にばかり目が行っているようで。ええ、もちろん、責任者ですからおもてに出ないといけませんし、施設は地区評議会からの財政支援と同じくらい寄付にも依存していましたが、調査の結果、あの人は寄付金に取り憑かれていたことがわかりました。お金があって影響力の大きな人物が、子どもを酔っ払わせるのがおもしろいと思ったら、たとえその場にいたとしても、あの人はそういう行為をとめようとしなかったのでは、という印象を受けました」

ポーは次に進むことにした。ロンドンに逃げた少年の話が重要かどうか、現時点ではわからないが、テーブルに置かれたファイルを見るのは重要なことだ。彼はエヴァンズのほうを向いた。「そのファイルの中身はご存じなんでしょう?」

「持っていかれるものはすべて目を通すことにしています。令状のあるなしにかかわらず」

「でしたら、こちらで目を通したほうがいいものを教えてください」ポーは言った。

いちばん上に薄いファイルがのっていた。エヴァンズはそれをポーのほうへと滑らせた。

「最初にごらんになったほうがいいと思われる書類をいくつかコピーしておきました」彼は腕時計に目をやった。「裁判所はまだあいています。いちばん上の紙をごらんになれば、駆けこんで、もうひとつ令状を取ることになると思いますよ」

ポーはファイルをひらき、A4の紙を抜き取った。〈セブン・パインズ〉の二十六年前の銀行取引証明書だった。月々の支払いは、誰のリストにもあるようなごく普通のものばかりだった。食費、テレビの受信料、公共料金。その金額はすべてページの右側に記入されていた。左側にはべつの数字が並んでいた。項目は少ないが、額はずっと多い。収入が列挙されているのだ。その月は三つの異なる入金が記載されていた。〈セブン・パインズ〉を所有している慈善団体から自動振替で入金されたとおぼしき補助金、自治体からの支払いは、使われているベッド数によって毎月異なっているようだ。

ポーは三番めの入金に目を奪われた。小切手による支払いだった。

これもまたエヴァンズが用意してくれた、勘定元帳の対応するページを確認した。小切手を振り出したのはクエンティン・カーマイケルだ。〝あなたは幸せ？〟イベントで得た寄付金と書いてある。金額は九千ポンド。

カーマイケルの口座番号も記されていた。

いったいこれは……？

ポーの呼吸が速くなった。

「なんなの、ポー？」ブラッドショーが訊いた。彼の表情を読むのがだんだんうまくなっている。

ポーは見ていたページをテーブルの反対側に滑らせた。ブラッドショーは目を見ひらくばかりで、すぐには目を向けなかった。

「カーマイケルの銀行口座にあった金を調べたときの画像はまだあるだろう、ティリー？」

彼女はうなずいた。

「そいつをこの小切手を振り出した口座とくらべてみてくれ」べつに、そんなことをしてもらうまでもなかった。めぼしい情報は記憶に焼きつけているからだ。

ブラッドショーはタブレットのスイッチを入れて探しはじめた。いつもにくらべてのろのろしている。ようやく、わけがわからないという表情で顔をあげた。「見つからない」

「そのとおり」ポーは言った、「クエンティン・カーマイケルはこの支払いを、誰にも知られていない銀行口座からおこなっている」

38

営業マネージャーというのはポーが思っていた役職とはちがっていたが、追加の令状は本物であると本社からの確認が支店長のもとに届くと、マネージャーはポーたち三人をミス・ジェファーソンに引き継いだ。おそらくそれは、関心がないのではなく――あからさまに興味を示していた――自分のところのシステムを使いこなせていないからだろうと、ポーは勘ぐった。

ローナと呼んでほしいというミス・ジェファーソンは、自分のPCに未確認の口座があるのを発見した。彼女は顔をしかめた。「変ですね」

何枚かプリントアウトし、ホチキスでとめ、写しをポーたちに渡した。「ごらんのとおり、ミスタ・カーマイケルはその年の五月に口座をひらき、一カ月後に解約しています」彼女は自分のプリントアウトの向きを変え、その場所を示した。

ポーはじっくり検分した。どうやら、クルーズの前に二万五千ポンドもの入金がたてつづけに六回なされ、クルーズの翌日にも三回の入金があったようだ。後者の内訳はそれぞれ、十万ポンド、二十五万ポンド、三十万ポンド。全部合わせると、きっかり八十万ポンドにものぼる。

「引き出しの記録はありますか？」ポーは訊いた。

「二枚めに」ローナは答えた。

ポーはページをめくり、つづきに目を通した。引き出しは二回おこなわれていた。九千ポンドの小切手が〈セブン・パインズ児童養護施設〉に振り出され、七十九万一千ポンドの現金がクエンティン・カーマイケルによって引き出されている。残高がゼロになり、口座は閉じられた。

いったいどういうことだ？

「口座への入金はすべて小切手か銀行振替によるもののようですね、ローナ」ポーは言った。「リストは出せますか？」

彼女は不安そうな顔になった。「令状がそこまでカバーしているか確認しなくては」

「そうしてください」ポーは言った。

優秀なる銀行員である彼女は部屋をあとにする前にＰＣをロックした。ポーは苦笑いした。まるで、出ていったとたんに彼がモニターの向きを変えることくらい、お見通しだといわんばかりだ。

だが、それはどうでもよかった。支店長が本店に問い合わせた結果、令状に記載されている口座に入金がされているなら、入金者の名前を警察に伝えていいという回答だったからだ。その結果、リストされた人物の口座を調べる必要が生じた場合は、あらたに令状が必要となる。

ローナが文書をもう一枚、プリントアウトした。

今度のは名前が記載されている。

室内の空気が、はっきりわかるほど冷たくなった。ポーは最初の五つの名前をじっと見つめた。それぞれの名前のあとに、頭のなかで場所をつけくわえた。

グラハム・ラッセル　－　キャッスルリッグ・ストーンサークル、ケズィック

ジョー・ローウェル　－　スウィンサイド・ストーンサークル、ブロートン＝イン＝ファーネス

マイケル・ジェイムズ　－　ロング・メグ・アンド・ハー・ドーターズ、ペンリス

クレメント・オーウェンズ　－　エルヴァ・プレイン、コッカーマス

セバスチャン・ドイル　－　クエンティン・カーマイケルの棺内

以上五人。

五人の被害者。

ポーはそこにつながりを見出した。

五人全員がクルーズに先立って、カーマイケルの口座に二万五千ポンドを振り込み、そのうち三人はイベント後にもかなりの額を追加で寄付している。クエンティン・カーマイケルの棺から見つかったセバスチャン・ドイルの振込額がもっとも多く――三十万ポンド――マイケル・ジェイムズはもっとも額が少なく、わずか十万ポンドしか払っていない。クレメント・オーウェンズはその中間で二十五万を払っていた。

リストの六番めの人物はモンタギュー・プライスという名前だった。ローウェルやグラハム・ラッセルと同様、この男もクルーズの前に二万五千ポンドを振り込んでいるが、後日の支払いはしていない。

フリンに頼み、カンブリア州警察が運用しているHOLMES2データベースで調べてもらわないといけないが、プライスがこれまで捜査対象になっていないのはわかっている。それを言えば、ほかの五人にしても、焼き殺されるまでは、なんの捜査の対象にもなっていなかった。

ポーとブラッドショーはすっかり面食らって言葉も出ず、顔を見合わせた。リードはまだリストを食い入るように見つめている。被害者たちは無差別に選ばれたわけではないと、ポーは最初から思っていたが、それでも、ここまでたしかな証拠を見つけるとは夢にも思っていなかった。

いま自分の手のなかにあるのは、死んでもらいたい人間のリストだ。

リードはリストから目が離せずにいた。表情がこわばっている。「信じられない」彼は言った。「ようやく見つけたな」

ブラッドショーは興奮と恐怖が入り混じった顔をしていた。重大事件が解決すると、そういう気持ちに襲われることがある。

「これはどういうことだと思う、ポー？」彼女は訊いた。

ポーはもう一度、リストの名前に目を通した。あの晩、この六人は船に乗った。そしていま、そのうちの五人が死んだ。

「考えられるのはふたつだ、ティリー」ポーは答えた。「モンタギュー・プライスが次の被害者であるか、または……」

「または？」

「または、彼がイモレーション・マンか」

39

ポーはギャンブルにあとを引き継ぐことに異論はなかった。犯人が特定できてしまえば、それを追うのはメスではなく大ハンマーの仕事だ。やるべきなのは突きとめることではなく、追跡することだ。すぐさまギャンブルに電話をかけ、被害者間のつながりがわかったと伝えた。ギャンブルはさすがに、大げさに騒いだりはしなかった。

カンブリアに戻ってきたフリンが、報告を求めた。〈シャップ・ウェルズ〉のバーで落ち合ったが、彼女は自分がいないあいだの仕事ぶりにいたく満足した様子だった。SCASはやりとげた。最終的には、万事うまくいった。局長および大臣との会合についてはあとで話すとポーに告げた。

ブラッドショーが財務情報について詳細に解析し、フリンはそれをメモを取りながら聞いた。SCASとしての公式の報告書を書くのは自分だからだ。このあとの訴追手続きで使われることになるので、細かい点まできちんと書いておかなくてはならない。リードがバーにふらりと入ってきたが、情報交換が終わるまで、手前で待っていた。

「なにかわかった、部長刑事？」フリンは責任者は自分だとはっきりわからせる口調で訊いた。そうでなくてはいけない。ショーを取り仕切るのは警部の仕事で、演じるのが部長刑事だ。

「行方がわからない」リードは言った。

「モンタギュー・プライスの？」ポーは訊いた。

「ああ。手入れに同行した。自宅はもぬけの殻だったが、あわてて出ていったようだ」

「で？」リードの話には必ずつづきがある。生まれついてのショーマンなのだ。

彼は顔をほころばせた。「で……やつが犯人だ。科学捜査班が何着かの服に血がついているのを見つけた。いま、超特急でDNAを調べているところだ。使用した燃焼促進剤が入っていたとおぼしき空の瓶があったし、なんだかわからない液体の入った小瓶も見つかった。見たところ、薬品のようだ。すでにラボに送った」

彼は手を差し出し、フリンの手を握った。「署を代表してお礼を言わせてほしい。ギャンブル主任警視はいま手が離せないが、本当はひとことくらいお礼を言いたいと思っているんじゃないかな。SCASなしには、ここまでこられなかったのは充分承知しているはずなので」

彼はポーに向き直った。「きみもだ、ポー。主任警視から言づかってきたんだよ。いまでもきみのことはばかものだと思っているが、それでも――」

「ばか者。主任警視は本当にそう言ったのか？　ばかものと？」

「言い換えたんだ。正確には〝あそこがでかいだけの役立たず〟と言ったけど、女性の前ではちょっとね」

ブラッドショーがくすくす笑った。フリンも苦笑した。

これまでにも経験がある。事件が終了した直後のばか騒ぎ。いわゆるナチュラル・ハイの状態だ。とにかく愉快でしょうがない。プライスはまだ見つかっていないが、いずれ見つかるだろう。ギャンブルは駆使できるものはすべて駆使するにちがいない。彼はきょうのうちにニュース番組に出演するだろうし、すでにモンタギュー・プライスの顔写真をマスコミに配ったはずだ。ポーだって同じ立場ならそうする。包囲網をせばめ、いたるところに目と耳があるとプライスに思わせるために。モンタギュー・プライスは狂気に取り憑かれた人間としては頭がいいほうかもしれないが、これからこの国いちばんの有名人になるとは夢にも思っていないだろう。

ポーはバーのほうに歩いていった。一杯飲むくらい、いいだろう。バーテンダーが注文を待つのを横目に、ポーは仲間を振り返った。みんな、楽しそうに笑い、冗談を言い合っている。仕事が終わった喜びを嚙みしめている。

なのになぜおれは同じ気持ちになれない？

理由はわかっている。マットレスの下にエンドウ豆がひと粒あるのと同じで、カーマイケルの金が引っかかっているのだ。

秘密の口座から引き出された金額と、仕事用の口座にあった金額にずれがある。クルーズに参加した男六人はカーマイケルに八十万ポンドを支払った。見つかったのはそのうちの五十万だけだ。〈セブン・パインズ〉に寄付された九千ポンドをのぞいても、三十万近くの金の所在がわかっていない。

それに、ポーの名前が被害者の胸に彫られた理由も不明のままだ。

未解決のものがあるのは気に入らない。見栄えが悪い。そしてときに混乱を招く。

ほかの連中がお祝い気分で浮かれている横で、ポーはひとり考えこんだ。

40

ポーとリードは遅くまで起きていた。フリンはSCASに出す報告書に手をつけるため、早めに引きあげた。ブラッドショーは午前一時までいたが、やらなきゃいけないことがあると言って、ついにはいなくなった。

彼女が立ち去ると、リードは怪訝な顔をした。「こんな夜遅く、なにをやることがあるんだろう?」

「コンピュータゲームだろう」ポーは答えた。

リードはひと晩泊まっていくことにした。部屋を取り、そのあと早朝までふたりでウィスキーを飲んで、葉巻を吸った。ギャンブルがモンタギュー・プライスの捜索をどのようにおこなうのか論じ合った。それより前、ふたりは十時のニュースで、ギャンブルが登場し、これから何度となくおこなうであろう自己PRの第一回を観ていた。個人的にはSCASに恩義を感じているのかもしれないが、公共の電波で礼を言うのは忘れたようだ。彼の言葉を信じるなら、突破口がひらけたのは、ひとえに彼の強固で揺るぎない指導力および、部下の並外れた能力の賜物（たまもの）ということらしい。

まあ、いい。おれは栄光を浴びたいがためにやったわけじゃない。

夜ふかしとウィスキーの飲みすぎのせいで、さわやかな朝を迎えることはかなわなかった。八時にエドガーに起こされた。その顔はこう言っていた。「トイレ、朝ごはん、散歩をお願いします」

うめき声をあげながらベッドを出て、玄関のドアを大きくあけた。まぶしい朝陽が射しこんでくるものとばかり思っていたが、そうではなかった。濃い霧が渦を巻きながら家のなかに入ってきた。ポーは古いスニーカーを履いて、霧がどのくらい深いかたしかめようと、のそのそと外に出た。シャップの霧は有名で、一年のどの時期でも丘陵全体がすっぽり包みこまれることがよくある。きょうの霧は美しかった。雲のなかを飛行するボーイング七四七型機の窓から外をながめたような風景がひろがっていた。走りだしたエドガーが、一面の白さにのみこまれた。数ヤードほどしか視界がきかない。霧が巨大な消しゴムのように視界からあらゆるものを消し去っていた。自分の手すらまともに見えないほどだ。

ポーは霧が晴れるまで家を出なかった。危険すぎるからだ。ベーコンを何枚か焼き、パンをトーストした。エドガーはにおいにつられて戻ってくるだろう。

電話が鳴った。フリンからだった。

「おはよう、ボス」

「彼の身柄を確保した」

胃がひっくり返るような感覚に襲われたが、二日酔いのせいではない。「プライスの？」

「そう」

「場所は？」

「捕まえたわけじゃない。四十五分前、本人が事務弁護士とともにカーライル警察署に出頭してきた」

イモレーション・マンがみずから出頭するというありえない展開に驚き、言葉がほとんど出てこなかった。「たまげたな」

「同感」フリンは言った。

「で、本人の主張は？」

「いまのところはなにも。事務弁護士と一緒に取調室に閉じこめられている。あなたも供述の場に立ち会う気があるか、ギャンブルが知りたいそうよ」

立ち会う気はなく、しかもうまい具合に、完璧な言い訳があった。カンブリア人ならばシャップの霧がどんなものか知っている。ギャンブルもしかたないと思ってくれるだろう。

「たしかにけさの霧はずいぶん濃いものね」ポーがやんわり断ると、フリンも同意した。

「わたしが代表で行ってくる。ここからなら道もわかると思うし」

「まかせるよ、ボス。なにかわかったら知らせてくれるね？」

「そうする」


朝食後、ポーは外でコーヒーを飲みながら、エドガーが走りまわるのを見ていた。午前十時になると、太陽が霧のなかから姿を現わし、リードが起きてきたか様子を見るため、ホテルまで歩いていっても大丈夫そうだと判断した。

半分まで来たとき、電話が鳴った。０２０で始まるロンドンの番号だ。出ると、情報部長のエドワード・ヴァン・ジルがおはようと言った。

「いま、誰と話しているんだ、ポー？」ヴァン・ジルは訊いた。

ポーは足をとめ、わけがわからず自分の携帯電話を見つめてから答えた。「ええと……あなたとです。ヴァン・ジル情報部長」

ヴァン・ジルは答えた。「勘違いをしているようだな、ポー。われわれが最後に話したのは、きみが休暇を取る直前だ」

「はい……」

「プライスの身柄が拘束されたのは聞いているな?」

「聞いています」

「きみはどう考える?」

ポーは気持ちを落ち着けてから答えた。「金の計算が合わないのが気になります。三十万ポンドの大半が消えてなくなっているのです」

少し間をおいてからヴァン・ジルはふたたび口をひらいた。「きみはプライスが犯人だと思うか、ポー?」

ポーは少し考えてから答えた。「その可能性はあります」

「可能性があるだけか?」

「物的証拠はあるかもしれませんが、動機がわかりません。金をめぐるトラブルとも考えられますが、そうだとしたら、なぜいまになるまで待ったのか。プライスの事情聴取まで待つしかないでしょう」

「なるほど……たしかにそれもひとつの手だな、ポー。わたしとフリン警部とで大臣のオフィスを訪ねた件は聞いているか?」

「まだです」

「なら、聞かないほうがいい。きみが銀行から入手した例のリストのせいで、いわば、鳩のなかに猫を放った状態になってしまってね。こちらにはきみがほかになにを暴くのか、戦々恐々としている有力者たちがいるんだよ。彼らはこの件を迅速かつひっそりと終わらせてほしいと願っている」

ポーは自分が脅されているのか、そそのかされているのか見当がつかなかった。

ヴァン・ジルは説明をつづけた。「クエンティン・カーマイケルは何度かパーティを開催したが、それに参加した何人かが現在、政治の世界に身を置いている。彼らはいかなるごたごたにも巻きこまれることを望んでいない。何人かのひじょうに有能な官僚が事件の書類を吟味したが、その結果、モンタギュー・プライスの身柄が拘束されたのなら、彼が確実に有罪になるよう全精力を傾けるべきだそうだ。連中はきっと、そのとおりにするよう検察に圧力をかけるだろうし、邪魔をするものは誰であろうとつぶされる。公式見解は、クエンティン・カーマイケルがプライスの初期の被害者だったという線で落ち着くだろう」

「それが連中の考えなんですね?」

「そうだ、ポー。われわれは若干の懸念を抱いているが、モンタギュー・プライスは連中が求めている男だ。すべてに終止符を打つための、都合のいい存在というわけだ」

部長はなかなかつづきを言わなかった。そしてようやく口をひらいた。「しかし、それはわれわれのやり方とはちがう。そうじゃないか、ポー？」

「ええ、そのとおりです」

「事件が解決したので、ＳＣＡＳはもう手を引くことになる。そんなわけで、きみはまた休暇に戻りたいと思うが」

「そうですね。ありがとうございます」

「なぜ、わたしに礼を言うのだ、ポー？　われわれはしばらく話をしていないんだぞ。それを忘れるな……」


ブラッドショーは起きていて、ヘッドホンを装着してタブレットを食い入るように見つめていた。彼女はポーに気づき、手を振った。リードの姿はどこにもない。ポーはボーイからリードの部屋番号を聞き出し、ドアをノックした。

「うるさい」

ポーはもう一度ノックした。

ドアがあき、わずかな隙間からリードの充血した目がのぞいた。見た目よりも元気だといいのだが。

「おりてこい」ポーは言った。「朝食をおごる」

「起きたくない」リードの息は饐(す)えたウィスキーのにおいがした。

「モンタギュー・プライスの身柄が拘束された。けさ、みずから出頭したそうだ」

リードは真っ赤な目を大きくあけた。「十分だけ待ってくれ」

「十五分やる」ポーは言った。「それと、ちゃんと歯を磨け」


二十分後、シャワーを浴びたてのリードがレストランにおりてきた。ブラッドショーはあいかわらずタブレットとにらめっこをしている。戦っている相手が犯罪なのかゴブリンなのか、ポーには判断がつきかねた。どちらにしろ、彼女の集中力はすさまじい。ポーはあたたかい飲み物を全員分注ぎ、リードに向かって鎮痛剤のパラセタモールをひと箱投げた。

リードはコーヒーが冷めるのを待ちながら錠剤をふたつ、水なしでのみこんだ。それからしばらく、宙をじっと見つめた。むっつりと黙りこんでいる。唯一の容疑者が逮捕されたばかりのわりには、やけにおとなしい。彼はポーに向き直った。「きみはこれで納得しているのか?」

リードは優秀な警官で、しかもひじょうに目端がきく。ふたりそろってプライスにしっくりこないものを感じている以上、ギャンブルの思ったとおりに物事が運ばなかった場合のことも考えておくべきだろう。ヴァン・ジルからは、しばらく休暇中ということにしておけと言われた。それは時期尚早ではないかという気もする。ギャンブルが追加の捜査を承認するかもしれない。いずれにせよ、それはやる必要があるし、ポーはまだ動きつづけていたかった。

「ぼくが思うに、可能性はふたつある」リードは言った。「プライスは真犯人にはめられたか――」

「あるいは彼が真犯人で、うまいこと逃げおおせられると思っていたか」ポーがあとを引き取った。「逃げおおせられると思っていたのなら、そういう前提で考えないといけない。いずれにせよ、まだ終わりじゃないのはたしかだ」

「ならば、これからどうする？」

「きのうやるべきだったことをやる」ポーは答えた。「ヒラリー・スウィフトを訪ねる」

リードは不安そうな顔をした。「それはどうかな、ポー。検察側の重要証人となる可能性がある人物から話を聞くのはまずい。少なくとも、プライスの事情聴取が終わるまで待つべきだ」

ポーは無言で相手を見つめた。

リードはため息をついた。「ギャンブルに電話するよ。けっきょくのところ、主任警視の捜査なんだから」

もちろん、リードは正しい。これは捜査主任の任務であって、ポーのではない。「おれが電話する」ポーは歩み寄った。

「かけてみろ。どうせ、引っこんでろと言われるに決まっている」

ポーは受信状態が少しでもよくなるよう、窓のそばまで移動してからギャンブルに電話をかけた。きっと携帯電話を肌身離さず持っていたのだろう、彼はすぐに出た。「あの、主任警視、SCASがもう関与しなくていいのはわかってますが、リード部長刑事とおれとでヒラリー・スウィフトから話を聞きにいきたいのですが」

「それはいったいどうしてかね？」

「背景情報の収集です。いくつか不明な点をはっきりさせたくて。ヒラリー・スウィフトは問題の晩、現場にはいなかったかもしれませんが、プライスが乗船することは知っていたのではないかと思うのです」

「われわれがプライスを事情聴取するまで待て、ポー。やつはいま事務弁護士と一緒に、どう取引するか検討しているところだ」

「取引?」

「そうなんだよ、信じられるか?」ギャンブルは言った。「だが、やつにだってそういう権利はあるんだろう。とにかく、やつの言い分を聞いたら、あとは検察が、刑務所から一生、出られなくしてくれるさ」

「だといいですが」ポーは言った。

「納得していないようだな」

「主任警視がおっしゃったように、とにかくやつの言い分を聞くしかないでしょう」

「いろいろ食い違いはあったが、ポー、きみがいなければ、やつを捕まえることはできなかった」ギャンブルは言った。

おだててもらいたいわけじゃなかった。捜査をつづける許可がほしかった。しかし、駆け引きをするしかない。

「そう言っていただけるのはありがたいですが、おれはただ、あらたな視点で見ただけです。主任警視も最終的にはゴールにたどり着けたはずです」

「なら、彼女に会ってこい。だが、リードを同行させ、細心の注意を払うことを忘れるな。背景的な質問だけにとどめろ。プライスに不利な証言が出てきたら、ただちにわたしに知らせるように」

ポーは礼を言い、リードとブラッドショーを振り返った。「出かけよう」

リードが目を向けた。「ギャンブルがＯＫを出したって？　本当かどうか確認したら気を悪くするかい？」

「気を悪くするが、好きにしろ」

リードは手を振ってさえぎった。「きみの言葉を信じるよ、ポー」彼は腕時計に目をやった。

「出かける前にコーヒーをもう一杯飲んだほうがいい。きみもぼくもまだ、運転できる状態じゃないからね」

41

リードが運転した。体調のすぐれない状態で助手席にすわっているのは無理というのがその理由だ。ポーは反論しなかった。

児童養護施設は何年も前に売却されていたが、選挙人名簿をざっと確認したところ、ヒラリー・スウィフトはいまも〈セブン・パインズ〉に住んでいるとわかった。見つかったことにポーは驚いた。まだ三マイルも手前で、車のナビゲーションシステムが到着を告げた――カンブリア州に住んでいて楽しめることのひとつだ――が、リードがアンブルサイド署に電話をかけ、道順を教わった。

〈セブン・パインズ〉はアンブルサイドとグラスミアの中間に位置する、堂々たる建物だった。周囲から隔絶し、個性豊かで大きさはちょっとしたホテルほどもある。外壁の木の部分が黄色く塗られていた――湖水地方に建つ伝統的な住宅はどれも、なぜか木の部分をあざやかな色に塗っている。細い路地沿いにひっそりと建つその施設からは、ライダル湖が見渡せた。

ポーのアンテナが反応しはじめた。リードに目をやると、彼も同じように不安を感じているらしい。このあたりで家を持つのにどれだけかかるか、ふたりともよくわかっている。ロンドンといい勝負だ。

ポーは車を降りる前にブラッドショーにテキストメッセージを送信した。彼女からの返信を待ち、届いたときにはポーは満足の声を漏らした。

話をどう切りだすか、これで決まった。

事前に電話で連絡を入れておいたので、ヒラリー・スウィフトはふたりを待っていた。しかし、用件については伝えていなかった。ポーとリードは完璧に手入れされた粘板岩の通路を歩き、ドアをノックした。すぐさまあいた。ふたりがそれぞれ身分証を提示すると、彼女は一枚ずつたんねんに調べた。

ヒラリー・スウィフトは耳障りなしゃべり方をした。何年もかけて身につけたのだろう、わざとらしい上流階級ふうのゆったりした口調。この女のことなら、本人に訊かなくてもわかるような気がする。おそらく生まれも育ちもメリーポートだが、人に訊かれたときには過去を修正して、より高級なコッカーマスの出だと答えてきたにちがいない。

自分をよく見せようとすることはべつにかまわない――人類はそうやって進歩してきたのだ――が、俗物根性はいただけない。

彼女は膝丈のスカートと、それに合わせたジャケットという恰好で、髪はマーガレット・サッチャーがしていたスタイルを完璧にまねていた。六十代なのはわかっているが、薄暗いなかでは五十歳と言っても通りそうだ。

彼女は目が笑っていない笑みを浮かべてふたりを招じ入れ、先頭に立って居間に向かった。そこは人に見せつけるための部屋だった。張り出し窓からの眺めはすばらしいのひとことだった。木々のトンネルに目をこらすと、遠くに湖があるのが見えた。しかしインテリアのほうは、その景色にそぐわないものだった。外は国立公園の規則に縛られているが、インテリアはというと、いい趣味は金で買えるものではないという典型的な例だった。制酸薬のペプト・ビスモル一本にラメを混ぜ、そこらじゅうにスプレーしたようなありさまだった。しかも、ぞっとするほどの色の趣味はべつにしても、整理整頓、必要最小限のものしか置かないのはインテリアとは言えないと思っているらしい。これほどまでに家具の多い部屋は見たことがない。おびただしい数のテーブルには、電気スタンドやボウル、置き時計などがところ狭しと置かれている。壁は書棚とスチール棚に占領され、そこに高価そうな小物がびっしりと並んでいた。きらきらするものならなんでもいいという信条のようだ。

ポーはなにか倒してしまわないかと不安で、おそるおそる腰をおろした。

ソーシャルワーカーの給料では、ここにあるものの半分も払えまい。

「申し訳ありませんが、あまり長くは割けませんの」彼女は言った。「オーストラリアにいる孫たちが泊まりにきておりまして、二週間後には娘も来る予定になっています。家族水入らずで過ごすんです。孫はいま二階でおとなしく遊んでいますが、いつまでそうしていられることか。お茶をお持ちしますね」

「お手伝いします、ミセス・スウィフト」リードが申し出た。

リードが彼女と部屋をあとにしたのは、ポーがひとりで見てまわれるよう配慮してのことだろう。窓のところに行き、松（パイン）の木の数を数えた。五本。残りの二本はどこかと探していると、リードとスウィフトがいろいろのせたトレイを手に戻ってきた。彼女はポーがなにを見ているのかに気がついた。

「暴風雨ヘンリーのせいです」彼女は説明した。「二〇一六年の二月に、二本が倒れてしまいました」

ポーは以前から、暴風を甘く見ないようにさせるには、ヘンリーだのデズモンドではなく、〝屋根破壊屋〟あるいは〝鬼畜〟と名づけるべきという考えだ。そうすれば市民は必ずあわてふためくだろう。

「こちらにお住まいになるいきさつをうかがってもよろしいですか、ミセス・スウィフト？」ポーは尋ねた。

「いまの質問はこう言い換えられますね、ポー部長刑事」スウィフトはほほえんだ。「本当はこうお尋ねになりたいのでしょうから。〝どうやってこの家を手に入れたのか？〟と。合ってます？」

「ええ」

「慈善団体が施設を閉めたとき、地所の売却について優先交渉権をあたえられたのです」

「お尋ねしたのはそういうことでは――」

「どうやって代金を払ったのか、でしょう？」

「ええ」ポーは言った。ブラッドショーがよこしたテキストメッセージによれば、とくに目立つローンは組んでいないとのことだ。スウィフトは即金で〈セブン・パインズ〉を購入していた。

一瞬、気性の荒さが目に現われた。「亡くなった主人のおかげです。あの人はいつどこに投資すべきかを心得ていましたから」

夫については資料を読んで知っていた――ペンリスにある会計事務所に勤めていたとあ

った——が、いまの答えでは漠然としている。会計士の給料はいいが、ものすごく稼いでいるわけではない。とりあえず、この話題は放っておくことにした。二階が騒がしくなったかと思うと、子どものはしゃぐ声が聞こえてきた。スウィフトは立ちあがってドアのところまで行った。大声で呼びかけた。「アナベル！ ジェレミー！ おばあちゃまはいまお客さまなの。少し静かにしてちょうだい」

「ごめんなさい、おばあちゃま」子どもの声が返ってきた。

声を張りあげたときに、もとのなまりが出て、メリーポート育ちらしさがあらわになったのにポーは気がついた。「われわれがなぜこうしてお邪魔したか、おわかりですか、ミセス・スウィフト？」席に戻った彼女に尋ねた。

「あえて言うなら、以前施設にいた手のつけられない子どもの件で、お訊きになりたいこともあるのかと。そういうことはよくありますので。もう、ずいぶん前に引退しましたが、当時、面倒を見ていた子どもたちの何人かとはいまも連絡を取り合っていますし」

「クエンティン・カーマイケルという男のことはご記憶ですか？」ポーは尋ねた。

スウィフトは目を細くした。「なるほど、それでいらしたのね。アルズウォーター湖の一件のことで。でも、なぜいまごろになって？ かれこれ二十五年以上前のことでしょうに」

「あらたな展開がありまして」ポーは答えた。

「いなくなった少年のことかしら？　それともクルーズそのもののこと？」

ポーは答えなかった。どこに話を持っていくつもりか、相手に勘ぐらせておくのが得策な場合がある。

スウィフトは顔をこわばらせ、遠くを凝視した。「まったくあの悪ガキどもときたら！」

ポーは彼女がもっとなにか言わないかと待った。

「ここの責任者を長年勤めましたが、ポー部長刑事、面倒を見た子どもは百人をくだりませんでしたし、自画自賛するわけではありませんが、あの子たちの人生に少なからぬ影響をあたえたと自負しております。子どもたちはわたしが運営したこの施設にも、わたしがさだめたルールにも、自分たちの人生に必要なきっかけにも感謝していました」

「お話からは、あなたがこの地域の中心人物だった様子がうかがえますね」ポーは言った。

「けれども、あの四人は……なかには手を差しのべられたくない子どももいます。わたしがせっかく、ひじょうに有力な方々と会うすばらしい機会をあたえてやったというのに。わたしが言ったとおりにしていれば、施設を卒業する際にはその経験がものをいったはずなんです。参加した男性たちはすばらしいコネを持ち、進んで力になろうとしていました。

わたしはあの子たちに行儀よくしなさいと言っただけです。で、どうなったと思います？　お目付役がいないとわかるや、四人が四人ともお酒を飲んだのです。そこらにいる不良少年みたいに。あの子たちの頭のなかには、施設のことも、わたしの評判も、これっぽちもなかったんです」

「いささか恩知らずなふるまいですね」ポーは言った。

「でしょう？　ですから、帰ってきたあの子たちをこっぴどく叱りましたよ。ほかの子どもたちがみんな目を覚ましてしまったくらいです」

「そうなんですか？」何度となく事情聴取をしてきたポーは、相手がうそをついているとぴんとくる。スウィフトの怒りは見せかけに思えた。

「ええ」彼女は答えた。

「それで四人は逃げ出したと？」

「そうです。身のまわりのものを――チップで稼いだお金も――持って、カーライル駅までヒッチハイクしたのです」

「なぜカーライル駅だったんでしょう？」ポーは訊いた。「ペンリス駅のほうが近いのに」

スウィフトはわからないと答えた。警察から聞いた話をしているだけだと。

なにか訊きたいことはないか確認しようと、横目でリードを見た。彼はお茶の手伝いを申し出た以外、まだひとことも口をきいていない。信じられないことに、リードはうとうとしはじめていた。ゆうべはいったいどれだけ飲んだんだ?

しかし、ポーも頭がぼんやりしはじめていた。部屋は暖かいし、昨夜は遅くまで起きていた。それにしても……事情聴取の相手の前で居眠りをするなど、もってのほかだ。サイレントモードにしてあった携帯電話が、ポケットのなかで振動した。スウィフトに電話に出ると断ったが、彼女が返事をする間もあたえず通話ボタンを押した。フリンからだった。

「どうした?」彼は訊いた。

「いまどこなの?」

スウィフトにちらりと目をやると、にこにこほほえんでいるのが見えた。まぶたが重くなってきた。気を張っていないと、すぐにでもリードと同じことになってしまいそうだ。

「ミセス・スウィフトの家に来ている。四十分ほど前にリード部長刑事とふたりで到着した。なぜだ?」

「ポー、よく聞いて。これからある話をするけど、反応を顔や態度に出さないで。わかった?」

ポーはわかったと答えた。言葉が不明瞭で、いつになく呂律がまわらないのが自分でもわかる。リードのほうに目を向けると、彼は完全に寝入っていた。よだれが垂れている。

どういうことだ、これは……？

「モンタギュー・プライスから供述を取った。自分はイモレーション・マンではないと、断言してる」フリンは言った。

「いや、やつがイモレーション・マンだ」ポーは言ったが、頭のなかが混沌としはじめていた。

「舌がもつれてるわよ、ポー。酔ってるの？」フリンが大声で訊いた。

ポーは答えなかった。ゆうべはたしかに酔っていた。いまはちがう。

ポーが考えをまとめる間もなく、フリンの声が飛んだ。「それはどうでもいい。そんな話をしてる余裕はないから。とにかくよく聞いて。プライスはクルーズ船に乗ったことは認めたけれど、オークションに出されたのは週末の休暇なんかじゃなかったと言ってる」

「じゃあ、なんだったんだ？」フリンの話がろくに頭に入ってこない。

「子どもたちよ、ポー」彼女は言った。「子どもたちが売られていたの！」

その情報はちゃんと伝わった。なんてことだ……

スウィフトのほうに目をやると、不審な顔でこっちを見ている。

「それからポー、ヒラリー・スウィフトも船に同乗していた」

おいおい、うそだろ。

「彼女とカーマイケルとですべてお膳立てしたの」

ポーは正面にいる女性に目をこらそうとした。視界がぼやけはじめてようやく、これは二日酔いとも遅くまで起きていたための疲労とも無関係だと気がついた。

そういうのとはちがう。

「いま、その近くにいる者がいないの。あなたとリード部長刑事で彼女の身を確保してほしい。やってもらえる、ポー？」

ポーは自分はいま、薬物による鎮静効果の初期段階にあると判断した。なんとかあらがおうとするものの、うまくいく見込みはまったくない。「ステフ」舌をもつれさせながら言った。「彼女に薬を盛られた」

立っていようと踏ん張ったが、けっきょくうしろのソファに腰をおろした。電話が手から落ちた。ブラックベリーのマイクからフリンがなにやら叫んでいるが、ぼんやりとしていてよくわからない。

「ポー！　ポー！　大丈夫？」

声はじょじょに小さくなり、ポーは白目をむいた。十秒後、なにも見えなくなった。

42

ポーは少しずつ意識を取り戻した。何度か目を覚まそうとしたのち、ようやく完全に覚醒した。どれだけ気を失っていたのかわからない。何日間かもしれないし、数分かもしれない。目をあけ、周囲をうろうろしている人影に焦点を合わせようとした。

「まいったな、いったいなにがあったんだ？」リードの声が聞こえた。「口がラクダの陰嚢になったみたいな感じがする」

ポーも喉が焼けるように痛んだ。頭が、がんがんいっている。

考えをまとめようとした。しばらくすると、記憶の断片が形を取りはじめ、ふたりともヒラリー・スウィフトに薬を盛られたのだという結論に達し、趣味の悪いピンク色のインテリアから判断するに、まだあの女の家にいるのだとわかった。だとすると、そうとう長い時間、気を失っていたことになる。居間には二十人以上が集まり、なかには救急隊員の緑色の制服を着ている者もいた。腕をきつく締められる感じがして目を向けた。血圧を測っているようだ。耳になにか突っこまれそうになり、思わずよけた。

「ポー、おとなしく体温を測ってもらいなさい」

フリンだった。

「ステフか？」かすれた声しか出てこない。

「あなたもリード部長刑事も薬を飲まされたのよ」

ポーはむっとしたようににらんだ。「そのくらいはわかる」そこでべつの考えが頭に浮かんだ。「スウィフトはどこだ？」

「逃げたわ、ポー。ギャンブル主任警視の部下が家のなかをくまなく捜索したけど、あわてて出ていったみたい。車がまだ外にあるから、タクシーを拾ったんでしょう」

「孫はどうした？」

「孫って？」

「家のなかに子どもがいたんだ」

「たしかなの？」フリンは緊迫した表情で尋ねた。

「声が聞こえた」

フリンは奥にいるリードに声をかけた。「リード部長刑事、ポー部長刑事がこの家に子どもがいたと言ってるけど」

「たしか、ふたりいたように思う」リードは答えた。

フリンが大声でギャンブルを呼び、彼は不快の表情を浮かべながらも急ぎ足でやってきた。「リード部長刑事とポー部長刑事が、到着したときには子どもがいたと言っています。スウィフトが連れて逃げたと思われます」

「それを先に言え」ギャンブルは不機嫌に言った。同行の刑事のひとりに向き直った。「いますぐ国境局に連絡しろ。彼女は子どもを連れている可能性があると伝えるんだ」彼はリードのほうを向いた。「年齢は？　男か女かどっちだ？　特徴は？　なんでもいいから役にたつ情報はないか？」

「顔は見ていません、主任警視」リードは答えた。「二階にいたので。彼女はアナベルとジェフリーと呼んでいたように思います」

「ジェレミーだ」ポーが訂正した。

「アナベルとジェレミーです」リードは言い直した。「スウィフトを〝おばあちゃん〟と呼んでいたほうの声は、かなり幼そうでした」

「ちくしょう！」ギャンブルは声を張りあげた。

彼がかっとなるのもよくわかる。単独行動の女に目を光らせろと言われれば、英国国境局は子連れには注意を払わないだろうからだ。国境を越えられたら、もう二度と、彼女の姿を見ることはないだろう。

「スウィフトの娘に連絡を取って、何枚か写真をメールで送ってもらいます、主任警視」

リードが言った。

ギャンブルは異をとなえようとしたようだ。おまえはなにもしなくていいと。しかし、こう言うにとどめた。「少なくとも、自分の不始末は自分で説明するんだな。自分が現場にいながら、彼女の子どもが拉致されたいきさつを伝えろ」

リードは真っ赤になってうなずいた。

それはあんまりだと思うし、スウィフトがあわてて姿を消したことがどれほどの意味を持つのかポーにはなんとも言えなかったが、それでも、薬物を用意していたという事実からすると、彼女もかかわっているのは確実だ。すでにギャンブルの部下のひとりが、これで探す相手はイモレーション・ウーマンになったという意見を述べていた。合意が形成されつつあるようだ。

それに事実とも合致している。ギャンブルの疑問もすべて、これで解決する。

それはいいが、ポーの疑問は解消していない。そのなかの最大のものの説明はいまだについていない。

なぜだ？

ほかの連中がどう考えようが関係ない。スウィフト犯人説はプライス犯人説と同じく難がある。なぜ長い歳月がたったいまなのか？　たしかに、すべての証拠が指し示しているように、スウィフトは本当に犯人なのかもしれないし、時間がたってからかつての共犯者を殺したのには単純な説明がつくのかもしれない。しかし、このまま悶々と考えつづけていたくはない。動機が突きとめられないかぎり、一睡もできそうにない。あるいは、自分がどうかかわってくるのかがわからないかぎり。

ブラッドショーのお気に入りの言いまわしを借りるなら、もっとデータが必要だ。最初に調べるべきなのは、あれしかない。

モンタギュー・プライスの供述。

立ちあがろうとしたが、脚に力が入らなかった。へなへなとくずおれた。

「いけません」救急隊員が言った。「ドクターの診察が終わるまでは動かないでください。生理食塩水を注入しなくてはなりません」

「いまのは命令と思ってもらうわよ、ポー部長刑事」部屋の奥からフリンが言った。

今度ばかりは逆らう気持ちはなかった。

43

捜査本部は雑然としていた。射出成形のプラスチックの椅子はどれも、毛むくじゃらの尻をした警官がおさまっていた。高い天井にはちかちかまたたく照明とオフホワイトのボードが取りつけられていた。新しいものも交じっていて、色の違いがやけに目立つ。どこの警察の捜査本部も同じだが、ここも揚げ物とコーヒーと焦燥感のにおいがこもっていた。ポーにはほっとするにおいだ。

うしろに立ち、さまざまな階級からなるヒラリー・スウィフト捜索チームに向けて、ギャンブルが捜査の進捗状況を伝えるのを聞いた。彼女がポーとリードに薬を飲ませたのち、逃亡してから二日がたっていた。そして、ポーの復帰第一日だった。これまでのところ、目撃証言はまったくない。スウィフトはうまいこと国を出たか、まだこころみてもいないかのどちらかだろう。

ギャンブルはスウィフト捜索のほか、オークションがあった夜に売られたとプライスが主張した四人の少年の所在も突きとめようとしていた。列車の乗車券は彼らがロンドンに逃げたと警察に思わせるための策略だったのなら、どこかべつの場所にいるはずだ。四人のうちひとりでも見つかれば、残りのパズルのピースもはまるべき場所にはまるとギャンブルは信じていた。彼は何人かの刑事をその任務に割りあてた。

ポーはうまくいくよう願ったものの、あまり期待はできないと思った。ユーツリー作戦——過去の児童性的虐待に対する全国規模の捜査——の想定外の結果として、虐待の報告が過去最高を記録したことがあげられる。訴え出る被害者が続出しているのだ。そういった者たちの主張はどれも深刻に受けとめられている。

しかし、四人の少年は二十六年ものあいだ、ずっと口をつぐんでいる。このところ、イモレーション・マンの被害者の話題があれだけマスコミをにぎわせているというのに。ひとりくらい、名乗り出てもよさそうなものだ。賠償金をいくらもらえるのか、問い合わせがあってもいいはずだ。

ポーの考えでは、少年たちがいまだに沈黙を守っている理由は単純だ。そして、陰惨でもある。

四人は死んでいる。

その考えは、まだ誰にも話していない。

ポーがひと晩入院しているあいだ、ブラッドショーが状況を逐次、知らせてくれた。スウィフトが彼とリードを眠らせるのに使った薬はプロポフォールだった。モンタギュー・プライスの自宅から押収した証拠の分析はすでに終わっていた。ガラス瓶に入っていた未詳の液体がプロポフォールだった。

プロポフォールは一般によく使われる麻酔薬のひとつだ。即効性で、経口摂取でき、長時間、体内にとどまることがない。厳重な管理を要する薬品であり、ギャンブルはその出所の解明に四人の刑事をあたらせた。

スウィフトがどこでプロポフォールを入手したかはまだ不明だが、それを使用したことで、答えの出ていなかった疑問のひとつ――なぜ五人の男たちは、なんの抵抗もすることなく拉致されたのか――が解明できた。薬を飲まされ、意識が朦朧とした状態で連れ去られたのはほぼ確実だろう。ギャンブルは、ふたりが共犯であるか、またはスウィフトがプライスを犯人に仕立てようとしたかのどちらかだと見ている。手段さえわかれば、理由はあとまわしでいい。

犠牲者全員の胃のなかが空だったことで、プロポフォールは拉致を容易にするために使われたという説がいっそうの信憑(しんぴょう)性を増した。スウィフトは手口をわからなくするため、体内からプロポフォールが抜けるまで被害者を閉じこめていた――医師の助言によれば、少なくとも二日間とのことだ――とギャンブルは見ている。その一時的な監禁場所を突きとめるための捜索も始まっていた。

ギャンブルの話はまだつづいていたが、ポーはブラッドショーと目を合わせ、部屋のうしろにいる自分のところに来るよう、仕種で伝えた。「一緒にここを抜け出さないか？〈シャップ・ウェルズ〉に戻って、ちょっとした警察仕事をしようと思うんだが」

「そう言ってくれるのを待ってたんだ、ポー」

ポーはフリンがモンタギュー・プライスの事情聴取の場にいたことも、それを録画したビデオをブラッドショーにメールで送ったことも知っていた。

「ヒラリー・スウィフトがイモレーション・マンなの、ポー？　だったらびっくりだな」

「どうしてだい、ティリー？」

「統計。連続殺人犯の八十五パーセントは男だもの」

「それでも、残りの十五パーセントがいる」

「それに、人を殺すのに火を使う女の人は二パーセントもいない」

「つづけて」

「つづけてって、なにを？」

「もう計算してあるんだろ。女が連続殺人犯で、しかも火を使う確率はどのくらいなんだ?」

「統計学的にありえない」

ポーはため息をついた。不明な動機に、ブラッドショーがはじき出した計算結果がくわわった。ギャンブルがどう考えようが関係ない。ポーは直感的にこう思った。スウィフトは関与しているものの、殺人犯ではない。

「行くぞ。プライスの供述の様子を確認しよう」


映像は4Kテレビかと思うほど鮮明だった。ギャンブルが使用した取調室は小さく真四角だった。四辺ともまっすぐで、角は四つとも直角だった。クリーム色の壁はがらんとしていた。室内にあるのは椅子、テーブル、それに録音機だけ。まっとうな用途を持ったまっとうな部屋だ。

モンタギュー・プライスは七十代のやせた男だった。手の甲にしみが点々と浮いているのが見える。ツイードのスーツにベストとタイピンで決め、なんとも粋な恰好だ。頭のてっぺんから足の先まで、誰もが描く地方の紳士階級そのものだった。

彼は狩猟と射撃の世界では、それなりに知られた存在だった。クレー射撃のイギリス代ている。表に選ばれたこともある。それゆえ、カンブリアでは王族にもひけをとらない扱いを受けている。

プライスは見るからに震えていた。これから先どうなるかという恐怖ではなく、健康上の問題ではないかとポーは思った。事務弁護士のバーソロミュー・ウォードが、はるばるロンドンから駆けつけていたが、噂によれば、一日につき三千ポンドも請求するらしい。

主任警視であるギャンブルは、本来ならば、地位が高すぎて取り調べに同席することはないが、プライスと事務弁護士は協力を惜しまない印として、問題視しないとあらかじめ同意していた。ほかにNCAの人間としてフリンの姿があり、ポーの知らない刑事もひとり同席していた。

各人の紹介がなされ、録音機器の二重のチェックがおこなわれたところで、バーソロミュー・ウォードが口火を切った。

「諸君（ジェントルマン）」フリンがいることなど頓着せずに言った。「これより、依頼人が用意した供述を提示します。依頼人がみずからすすんでこちらに出頭したことを、正式に認めていただきたい」

ギャンブルは鼻でせせら笑った。「彼の顔はどのニュースにも出ている」

「それでもです」

「記憶にとどめておこう」ギャンブルは言った。

「同意していただけますね？」とウォード。

ギャンブルは間をおいた。「同意する。そちらの依頼人はデュランヒルにみずから出頭した」

ブラッドショーが画面から目を離すことなくポーに尋ねた。「デュランヒルって？」

「カーライルでもっとも新しい警察署だ。二〇〇五年の洪水で前の署が破壊されて移転した。たしか八百万ポンドかかったはずで、サッカー場のスタンド席の裏側みたいな恰好をしてる」

ふたりは取り調べに注意を戻した。

「また、依頼人はいかなる罪にも問われていないことを確認させてください」

「たしかに、そちらの依頼人はいかなる罪にも問われていない……現時点では」

ささやかなふたつの勝利を得るとウォードは言った。「依頼人は二十六年前の問題の晩に起こったおそろしい出来事に、わずかながらも関与したことを深く恥じております。すみやかに当局に接触するべきでありましたが、一連の出来事の立案および実行に関しては、いかなる時点においても関与していないことは記憶にとどめていていただきたい」ウォードはほっとした様子をおくびにも出さず、ギャンブルに書類を渡した。

つづく五分間、誰も口をきかなかった。ギャンブルがときおり、信じられないというように顔をあげた。プライスとウォードは無表情のままだ。

ギャンブルは書類をおろした。「ビデオとふたりの同僚のため、わたしが要約したほうがよさそうだ」

ウォードはうなずいた。

「そちらの依頼人はアルズウォーター湖でのチャリティー・オークションに招待された六人のなかのひとりだった。違法なことがおこなわれるようだと察したが、それは招待状に暗号が仕込まれていたからだった」ギャンブルは顔をあげ、すでに答えを知っていながら尋ねた。「暗号というのは？」

プライスがここではじめて口をひらいたが、その声は、二日前のポーのようにしわがれていた。「招待状のタイトルに古い約物が使われていたのです。パーコンテーション・ポイントと言われるもので、その意味するところは――」

「それは知っている。その前の文に秘密のメッセージがこめられているという意味だ」

プライスとウォードが顔を見合わせた。ウォードが言った。「なぜそれをご存じなのかうかがっても？　今日(こんにち)では使われておりませんが」

「いや、その質問には答えられない」ギャンブルは先をつづけた。「あなたの依頼人は、クルーズは成人向けのパーティの隠れみのだと思いこんだ。高級コールガールとコカインの大盤ぶるまい。この理解でよろしいかな？」

「そうです」ウォードは答えた。

「それなら喜んで金を払おうと依頼人は思った。それも前金、二万五千ポンドでしたな？」

「ええ、そのとおりです」

「娼婦とコカインに二万五千ポンド？　それは少々ぼったくりでは？」

「依頼人はその手の相場にくわしくなかったのです。世事に疎いのは罪ではありません」

ギャンブルはあっぱれにも平常心を保っている。ポーなどは、小さなノートＰＣの画面ごしに事情聴取を見ているだけでも、歯ぎしりしたくなってきた。プライスの供述は要するに、違法な部分をできるだけおもてに出さないということにつきる。証明できることは認めるが、できないものは否定するというスタンスだ。

「船に乗ってみると、お楽しみはコカインと娼婦ではなく、売りに出される子どもたちだと気がついた？」

「そのとおりです」

「ヒラリー・スウィフトが連れてきた少年四人はウェイター役をつとめていたと」

プライスは顔がほころびそうになるのを必死でこらえていた。これだけ長い年月がたってもなお、胸がときめくらしい。「客であるわれわれは六人いましたが、売りに出されるのは三人だけでした。すでにカーマイケルがひとりを自分用に確保していたからです。彼は競い合って、高い値をつけるよう、わたしたちをけしかけました」彼は説明した。

ウォードがプライスの肩に手を置いた。「説明はわたしにまかせてください。少年たちは、依頼人と同様、自分たちが注目の的になっているとはまったく気づいておらず、プライス氏がどういうことかわかったときには、船は岸からかなり遠いところまで来ていました。まわりに合わせる以外、しょうがなかったのです」

「その理由は?」

「身の危険を感じたからです」ウォードは言った。「とんでもない状況に足を踏み入れてしまったことを考えれば、そういう不安を感じるのも当然であると同意いただけると思いますが」

ギャンブルは餌には食いつかなかった。供述書の要約をつづけた。

「少年たちがしこたま酒を飲まされたところで、オークションが始まり、ヒラリー・スウィフトがひとりひとり、全員に見えるよう連れまわした。何度か行き来させられ、招待客が商品をじっくり精査したところで、入札が――」

「ちょっと待って」フリンが口をはさんだ。「ヒラリー・スウィフトは船に乗っていたんですか？」

「そりゃあ、乗っていたでしょう。彼女とカーマイケルがすべて取り仕切っていたのですから」ウォードは言った。「それがなにか？」

ギャンブルとフリンは顔を寄せ合い、小声でひそひそ話しはじめた。フリンが部屋を出た。このときにポーに電話をかけ、ヒラリー・スウィフトの身柄を確保するよう要請したのだろう。

フリンが取調室を出てもウォードの話はとまらなかった。「依頼人は目の前の出来事に愕然とし、それ以上かかわるのをやめたのです」

「そうらしいな」ギャンブルは無表情に言った。「オークションが終わると、船は岸に戻り、男たちはそれぞれ買った商品とともに立ち去ったというわけか」

ウォードは首を横に振った。「いえ、その前にクエンティン・カーマイケルが一部始終を録画したビデオを見せ、これは全員にとっての保険であると説明したのです」

「それで……？」

「それだけです。依頼人はその後、男たちの誰とも会っていません。つき合いを完全にやめました」

「四人の少年がその後どうなったか、わかりますか？」

「なにも知りません。依頼人は、四人が無事でいることを望んでいると、記録に残してほしいそうです」

それまで黙っていた刑事がいきおいよく立ちあがって怒鳴った。「このうそつき野郎！」彼はプライスに殴りかかろうとしたが、ギャンブルがうしろから羽交い締めにし、応援を呼んだ。制服警官がふたり駆けこみ、もがく刑事を外に引っ張っていった。

ウォードは、言わんことではないとばかりに両腕をひろげた。「これまで届け出なかったのはこういう事態を恐れたせいなんです」ギャンブルはつぶやいた。「みんなにかわいがってもらえるはずだ」

「刑務所に行けばわかるだろうよ」ギャンブルはつぶやいた。「みんなにかわいがってもらえるはずだ」

「そうですか」ウォードは言った。「だとしたら、ちょっと問題が。依頼人に真犯人であるヒラリー・スウィフトとクエンティン・カーマイケルに不利な証言をさせたいのでしたら、犯人幇助以上の罪を負わせないという言質をいただきたい」

「ばかを言うな」ギャンブルは言った。「おたくの依頼人がおとがめなしですむわけがなかろう。供述書の大半はすでにこっちもつかんでいたことだ。そうそう、ついでながら言っておくが、クエンティン・カーマイケルは四半世紀前に死んでいるから、切り札の半分はすでに無効だ」

このことはふたりとも初耳だったようだ。切羽詰まった様子でひそひそ話を始めた。プライスはジェスチャーを交え、ウォードに訴えている。ここへ来てはじめて不安そうな表情を見せていた。

そこへ、ドアがあいてフリンが駆けこんだ。彼女は前かがみになってギャンブルに耳打ちした。

「事情聴取を中断する」ギャンブルは言った。

ウォードもプライスも主任警視に目を向けた。

「あんたもとことんついていないな。ヒラリー・スウィフトが行方をくらましたそうだ。椅子取りゲームで音楽はやんだが、あんたがすわる椅子はないようだぞ、ミスタ・プライス」

44

ポーとブラッドショーは〈シャップ・ウェルズ〉のガーデン・ルームにいた。リードはギャンブルに必要とされ、本来の捜査に戻されていた。

「ぞっとする話よね」フリンは言った。

「ぞっとするなんてものじゃない」ポーは言った。「プライスはいまどこにいるんだ？」

「これまでと同じ、カーライル署の留置場。もうじきギャンブル主任警視が検察庁と話し合いを持って、なんの容疑で起訴するか決めるみたい」

「別件逮捕するのか？」

「確実に再勾留するためにね。捜査が終わるころにはいろいろな罪状があがっているはず」

「やつの自宅で見つかった証拠は？」

「スウィフトは彼をはめようとしたみたい。証拠そのものは本物かもしれないけど、直近の二件の殺人については鉄壁のアリバイがあるから。ロンドンに身を隠していたことを裏づける証拠があるの。ギャンブルは、スウィフトはいくらか時間を稼ごうとしたんだろうという考えでいるけど、わたしも同じ意見。まさかプライスがこんなに早く出頭するとは思ってなかったんでしょう」

ポーはスウィフトが犯人であるという説には取り合わなかった。関与はしているだろう。だからと言って、すべて彼女の仕業ということにはならない。「プライスが身を隠していたから、真のイモレーション・マンは彼の自宅に証拠となるものを置いて、狩り出そうとしたのかもな」

フリンは顔をしかめた。「彼が襲われるかもしれないと考えてるの？」

「当然だろう。あのクルーズに参加したほかの連中が全員、犠牲になっているんだ。プライスだけが例外とはならないだろう。それに、犯人がやつを拉致して人目につかないように始末してしまえば、われわれがそれ以上、捜査をしたと思うか？」

「たしかに」フリンは認めた。「それと、いまあなたはスウィフトではなく〝イモレーション・マン〟と言ったわね。つまり、彼女が犯人だとはまだ納得していないってこと？」

「彼女がイモレーション・マンと共犯なのはまちがいない。プロポフォールを使った点は無視できない。プライスの自宅に証拠の品を置いたのは彼女かもしれない。だが、彼女が被害者を焼き殺したのかとなると、話はまったくちがってくる。それについてはティリーがはじき出した統計を見るといい」

「それはあとで見る。ほかにはなにか？」

「うん……これまでに、われわれが考えついた唯一の動機は金だった」ポーは言った。

「それだと理屈が合わない。性器を切り落として、焼き殺すか？　金の問題で？　それはちがうだろう」

「だったら、なにが動機なの？」

「まだわからない」ポーは言った。本当はわかっていたが、この場ではっきり言う気にはなれなかった。ブラッドショーの前では……

フリンは指を尖塔の形に組んで、目を閉じた。しばらくして目をあけると、身を乗り出した。「そう、わかった。だったら、本来の仕事をしましょう。スウィフトはギャンブルが追ってくれる。わたしたちは重大犯罪分析課なんだから、ほかの部署にはできないことをする」

ブラッドショーはうなずいた。ポーもけっきょくはうなずいた。

ポーは言った。「まずは移動手段から取りかかろう。拉致が五件に殺害が五件。どの被害者の体内にもプロポフォールの痕跡が残っていなかったことから、被害者は殺害される前にべつの場所に監禁されていたと考えていい。その移動については、まだなにもつかめていない」

「つまり、犯人は拉致現場まで車で行き、拉致現場から監禁場所まで行き、さらに監禁場所から殺害現場まで移動しなくてはならなかった」ブラッドショーがまとめた。「データ量が膨大になっちゃう」

「データが好きなんじゃないのか？」

ブラッドショーはにっこりとして言った。「データは大好き！」彼女がいくつかキーを叩くと、ほどなくプリンターが動きだした。「データがあればあるほど、いろんなことができる。ナンバー自動読取装置のデータベースのリンクをひらいて、さっそく取りかかるね」

ポーはフリンとともに席を立ち、ブラッドショーに聞かれないところまで移動すると、さきほど言う気になれなかった考えを告げた。「四人の少年は死んでいると見るべきだ」

フリンはうなずいた。厳しい顔をしていた。「わたしも同じ結論に達してた。なにか仮説でもあるの？」

「ある。二万五千ポンドも払えば好きなようにできると思うのが普通だろう」

「ならば六桁も払った三人は？」

「それだけの金を払ったなら、殺してもかまわないと思うんじゃないかな」

「わたしもそう思う」長い間ののち、フリンは言った。

ふたりとも、プリンターがとまっているのに気づかなかった。いまの話をブラッドショーに聞かれていた。「うそ！」彼女は目を涙でいっぱいにし、やがて泣きだした。フリンが隣に腰かけ、肩を抱いてやった。

ブラッドショーはかれこれ一年以上、この国で起こった深刻な事件をいくつか手がけてきたが、これまでは必ずといっていいほど距離があった。マイケル・ジェイムズの胸部に刻まれたポーの名を調べたときも、彼女が目にしたのは実際の死体ではなく、コンピュータ処理された画像だ。今回の現場捜査では、ブラッドショーはポーと同等に貢献してきた。いや、同等以上かもしれない――彼女は心がやさしい。ポーはそうではなかった。

一時間以上たってようやく、ブラッドショーも落ち着き、仕事に戻れるまでになった。ポーは申し訳なく思った。彼女をカンブリアまで同行させると強く言い張らなければ――あれはあれで正しい主張だったと思っているが――こんな思いをさせずにすんだかもしれない。

フリンが小声で言った。「あなたとティリーは気が合っているみたいね。さっきはああいうことになったけど、オフィスから連れ出したのは、あの子のためにとてもいいことだったわ」

ポーは新しい友人に目を向けた。彼女は眼鏡を押しあげ、思いつめたような表情で舌を突き出している。顔にはまだ涙の跡が残っている。ひと筋の髪がエアコンの風にあおられてひらひら舞っている。彼女は下唇を突き出し、目にかかった髪を息で払った。保護者のような思いやりの気持ちがポーのなかでひろがった。年齢の差はほんの数年しかないふたりだが、人生経験という意味では何十年というひらきがある。彼女の世間知らずで純粋なところは、ポー自身の複雑な性格と好対照をなしているが、ふたりは多くの面でよく似ている。こだわりが強く、他人の神経を逆なでしがちだ。

ブラッドショーのことを考えるうち、ふと思いついた。彼女はMSCTから届いたデータを解析し、マイケル・ジェイムズの胸にポーの名が刻まれているのを発見した。しかし、彼と事件とのつながりは、いまだにわかっていない。ヒラリー・スウィフトはなんらかの形で関与しているのだろうが、ポーあるいはポーの名前に覚えがある様子はうかがえなかった。彼女がイモレーション・マンの共犯だとしても、より大きな計画には含まれていないはずだ。ギャンブルはいまも、ひょっこりなにか出てくるのではないかとわずかな望みをかけ、ポーの過去を調べる作業に刑事をひとりあたらせている。

ポーは答えが自分の過去にあるとは思っていない。ペイトン・ウィリアムズの事件までの彼は、とくに問題のあるほうではなかった。悪い連中を刑務所送りにはしたが、この一年で出所した者はひとりもいない。それなのに……ポーの名が三人めの被害者の胸に刻まれた。それは議論の余地のない事実だ。つまり、見落としているものがある。ポーはブラッドショーに目を向けた。プリンターが次々と文書を吐き出す横で、彼女は最初のほうのプリントアウトを一部、壁にピンでとめはじめていた。自動車ナンバー自動読取装置、略してANPRはこの手のデータベースとしては世界でもトップクラスの規模を誇っている。処理すべきデータはそうとうの量だろう。

「これだけのものをより分けるのに、どのくらいかかるんだ、ティリー？」ポーは両手をひろげ、いくつもの文書の山を示した。

ブラッドショーは作業の手をとめた。ポーは、彼女の頭のなかの計算機が動く音が聞こえるような気がした。彼女は推測でものを言わない。

「四時間と三十分」彼女は答えた。「そのころには見せられるレベルの資料が出せると思う」

ポーはフリンに向き直った。「べつの動機も検討すべきだと思うんだが、ボス」

「話してみて」彼女は言った。

「男たちが六桁もの金を出したのは少年たちを殺すためだというのが、われわれの推理だろう?」

フリンはうなずいた。

「その場合、少年たちは死ぬ前にかなりの苦痛をあたえられたと考えられる」

フリンはここでもうなずいた。

「なら……それを誰かが突きとめたとしたらどうだろう」ポーは訊いた。

「そして、受けるべき罰をあたえようとした、と?」

「残虐な殺し方をしていることとも辻褄が合う」

「四人のうちひとりが生き残った可能性は?」フリンは訊いた。

ポーは首を横に振った。「生き残った者がいたなら、六人はもっとずっと警戒したはずだ。だから、犯人は連中の知らない人間だろう。それに、だいたいにして、なぜ二十六年もたってからなんだ?」

「だったら、誰なの? もう全員の身元はわかっているのよ」

「そうかな?」ポーは応じた。「四人が施設に保護されていたのは知っているが、彼らにもどこかの時点で家族がいたはずだ。そのうちの誰かの親としての責任が、いまさらながら目覚めたのかもしれないじゃないか」

フリンは納得した顔ではなかった。

「なあ、これから五時間もつぶさなきゃならないんだ。なにかやっても罰は当たらないと思うが」

「どんなことをするつもり?」

「出発点に戻ってみようと考えている」

「カーマイケルがなぜ塩貯蔵庫で最期を迎えたか? いまさらあれはどうでもいいことでしょう?」

「そうではなく、それよりも前のことだ」ポーは言った。「〈セブン・パインズ〉の捜索令状はカンブリア州警察でなく、われわれに出されたもので、いまも有効だ。児童相談所に戻って、四人の人生について調べようと思う。彼らが〈セブン・パインズ〉で保護されることになったいきさつを知りたい」

45

「なにをごらんになりたいんでしょうか?」オードリー・ジャクソンは訊いた。フリンとポーはカーライルの市民センターをふたたび訪れていた。捜索令状をうまく利用すべきだとポーに説得され、フリンは覚悟を決めた。ギャンブルの助手でいるのにうんざりしていたのだろう。

「少年たちの生い立ちです」フリンは答えた。

「家族の分も含めて」ポーはつけくわえた。「それと、四人と同時期に〈セブン・パインズ〉にいた職員および子どもたちのものも」

「それですと、かなり膨大なリストになりますよ。施設の役割のひとつとして、短期の評価があるものですから。一部のベッドは使う児童が頻繁に変わるんです」

ポーもフリンも黙っていた。フリンが腕を組んだ。

「とにかく、探してみます」ジャクソンは言った。

ジャクソンが少年たちのファイルを手に戻ってきた。最近、目を通していたのだろうとポーは思った。彼女はそれをテーブルに置いた。どれも悲しくなるくらい薄かった。

ファイルは全部で四つあった。少年ひとりにつきひとつ。ひどい扱いを受けた四人の子ども。親が面倒を見られない、見ようとしない、あるいは親として不適格であるため国による保護を受けていた四人。施設はそんな彼らにとっての避難所でなくてはならなかった。心を癒やし、愛し愛されることを学ぶ場所でなくては。ふたたび大人を信用できるようになる場所でなくては。

なのに少年たちは、暇を持てあました金持ちの遊びのために売られてしまった。ポーは決意を固めた。今後十年間、書類を見て過ごすことになってもかまわない。このファイルのなかに答えがあるなら、必ず見つけ出してやる。

ファイルをすべてひらき、基本情報だけを横一列に並べた。

マイケル・ヒルトン。

マシュー・マローン。

アンドリュー・スミス。

スコット・ジョンストン。

終わらせられた四つの人生。ポーはジャクソンが持ってきてくれたコーヒーに口をつけてから読みはじめた。フリンもべつの子どものファイルに取りかかった。

一時間後、絶望感がいっそう濃くなった。どのファイルもおそろしいほど異なっていると同時に、気が滅入るほど似通っていた。

マイケル・ヒルトン：育児放棄がつづき、九歳のときの体重が平均的五歳児のそれを下まわっていた。ソーシャルワーカーがやっとのことで家族から引き離したときの彼は、生きるためにハエを食べていた。両親はそれぞれ一年の懲役となった。ふたりが刑務所で虫を食べさせられたことを切に願う。マイケルは施設から施設へとたらいまわしにされたが、壮絶な幼少期に根ざした問題行動のせいで、ひとところに落ち着くことができなかった。〈セブン・パインズ〉はあたえられた最後のチャンスで、本人もそのチャンスを両手でしっかりつかもうとしているように見えた。

アンドリュー・スミス：学校では優等生だったが、やがて成績が落ちはじめた。あるとき、その理由を話し合うため、放課後残るように言われると、彼は激怒した。仕事に行かなくてはいけないのだと担任に告げた。当惑した学校側が警察に通報したところ、通学かばんのなかからヘロインが見つかった。父親に麻薬の運び屋をやらされていたのだった。

両親はスペインに逃亡し、現在もそこで暮らしているらしい。毎年、児童相談所を通じて息子にバースデーカードといくばくかの金を送ってきていた。差出人の住所は書かれておらず、最後のほうの数通がいまもファイルに残されている。

スコット・ジョンストンが家族から引き離された理由は、もっとも一般的なものだろう。母親は家庭内暴力を受けていたが、パートナーと別れることを拒否していた。意外でもなんでもない。一般の人が思う以上に、そういうことはよくある。結果がどうなろうとも、虐待者と離れられない女性はいる。児童相談所から、自宅は幼いスコットにとって安全な場所ではない、パートナーかわが子かどちらかを選んでほしいと告げられると、彼女はパートナーを選んだ。ソーシャルワーカーは遺伝子上の父親の居場所を突きとめようとしたが、果たせなかった。スコットは施設に入り、そこから出ることはなかった。ポーはスコットの父親の存在をメモした。あとでリードに追跡調査をしてもらおう。これまでのところ、動機らしきものがありそうなのは、この父親だけだ。

そして最後がマシュー・マローン。四人のなかでもっとも悲惨なケースと言える。ブライトンの安定した幸せな家庭の出だったからだ。マシューが幼いときに母親が亡くなると、家族の絆はもろくも崩れ、父親はザイール出身のヘロイン常用者の女とつき合うようになった。一カ月とたたぬうちに、一家は女の麻薬の借金を逃れるため、カンブリアに移り住んだ。その一ヵ月後、女はマシューを妖術使いだと言ってなじるようになる。父親――このころには彼も一日に八十ポンドもの金をヘロインに使うようになっていた――は、気づいていないのか、とくにやめさせようとしなかった。女はマシュー少年の体に巣くう悪魔を退治することに取り憑かれ、苦痛を持って追い出すのがいいと信じこんだ。マシューは背もたれの固い椅子に縛りつけられ、腕や上半身に煙草の火を押しつけられた。マシューはりっぱで、やられっぱなしではいなかった。逃げ出すとすぐ、ワーキントン署に駆けこんだ。父親は事態を放置したことで懲役四年となった。二年つとめたのち、ファイルによれば、釈放された当日に過剰摂取で死亡した――刑務所で手に入るヘロインにくらべ市中に出まわっているヘロインの威力を常習者が過小評価するのは、耳にタコができるくらいよく聞く話だ。女のほうはゆゆしき身体的危害をくわえたとして九年の判決を受けたが、刑務所に入って一年たたずに死亡した――これも同じようにくそみたいな事態の結末だった。ただし、このときは、彼女は八歳の少年ではなく、体重百キロもあるグラスゴー出の頭のおかしな女を相手に魔女が取り憑いていると因縁をつけたのだった。夫殺害で終身刑を受けた、そのスコットランド人は、相手の頭を監房のトイレのへりに叩きつけ、熟れすぎのバナナのようなどろどろの状態になるまで繰り返した。

ポーは満足の声を漏らした。

さらに彼は何人ものソーシャルワーカー、家庭裁判所判事、および訴訟後見人が長年にわたって作成した覚書にも目を通した。四人にはあらたな家庭を得るチャンスはなかった。スコット・ジョンストンの父親をべつにすれば、どこかにいる家族が子どもの復讐を果たそうとする証拠はほとんどない。死んでいるか、刑務所にいるか、あるいは気にもしていないかのいずれかだった。

四人の少年が一緒に写っている写真が一枚だけあった。インスタントカメラで撮ったもののようだ。下に幅のひろい帯状の部分があるのは、そこを持って振って乾かすためだ。写真はピンボケで、〈セブン・パインズ〉でどこかのビーチに遠足に行ったときに撮ったと思われる。四人とも陽射しのなかでにこにこと笑っている。上半身裸になれるほどの陽気だったらしい。スミスはサッカーボールを手にしている。四人とも楽しそうだ。古い写真で画質も悪いが、それでもマローンの腕や胸に煙草の痕がついているのがはっきりわかる。ポーは写真をそっと置いた。目が潤んできたので、涙にならないうちにぬぐった。

「なぜ誰も里親に引き取られなかったんでしょう？」彼は質問した。「ヒルトンが行動に問題を抱えていたのはわかりますが、ほかの三人は〈セブン・パインズ〉でちゃんとやっていたようです。本人たちが仲間と離れたくなかったんでしょうか？」

ジャクソンは首を横に振った。「おっしゃるように精神面に根深い問題を抱え、まだ克服できていなかったマイケルはべつですが、あとの三人はみな、大きくなってから施設に引き取られていまして、当時は、少年の里親を見つけることは事実上、不可能だったんです。四人が仲良くなったのは、引き取られなかったからです」彼女は説明した。「本人たちにとってそれは名誉の印みたいなものだったんでしょう。〝誰にも好かれなくたってへっちゃらさ〟みたいな」

なんともやりきれない答えで、ポーはふたたびファイルに目を通しはじめた。読み終えて下に置いた。さらなる調査に取りかかる前に、新鮮な空気を吸いたかった。べつの子どもたちの似たようなホラーストーリーを読んでいたフリンもついてきた。しばらくしてジャクソンも外に現われた。彼女は煙草に火をつけ、有害な気体を肺に深々と吸いこんだ。

「毎日毎日、こんな悲惨な話によく耐えられますね」ポーは言った。

ジャクソンは肩をすくめた。「わたしが耐えなければ、誰が代わってくれるというの？」

それもある意味で答えだった。それ以上の会話には発展しなかった。ジャクソンは最初の一本と同じ銘柄の煙草に火をつけた。五分後、三人はなかに戻った。ポーはなにか見つけてやるといきごみながら、ふたたびファイルをひらいた。

フリンの電話が鳴った。彼女は表示された発信者名をポーに見せた。ギャンブルからだ。

「もしもし？」

相手の話に耳を傾けるうち、彼女の表情がしだいにくもった。「そんな」彼女は小声でつぶやいた。「それはたしかなんでしょうか？」

彼女はさらに顔をくもらせ、ようやく電話を切った。

ポーは両方の眉をあげた。

「ヒラリー・スウィフトの娘がいましがた到着した。コッカーマスでクレモント・オーウエンズが殺害されたとき、母親はオーストラリアにいたと証言しているそうよ」

ポーは脈が速くなるのを感じた。「ということは、べつの人間を探さないと……」

46

同日、ギャンブルは臨時会議を招集し、〈セブン・パインズ〉の子どもたちに関するファイルからは、すぐに役立つ情報はなにも得られなかったことから、ポーたちは〈シャップ・ウェルズ〉に戻った。ジャクソンがすべての書類をコピーしてくれたので、ポーは自宅に戻ったらあらためて読み直すことにした。考えごとをするときは、もっと静かな環境のほうがいい場合もある。

ポーたちが留守にしているあいだも、ブラッドショーはなまけていなかった。彼女のまわりには大量の紙が散乱していた。ホテルの強力なwi-fiを必要としたため、いろいろ短所はあるもののガーデン・ルームがふたたび仮の捜査本部となっていた。その部屋はいま、ポーの頭のなかと同程度に雑然としていた。ブラッドショーがおそるおそる目をあげた。「ステファニー・フリン警部、カラー印刷でお金を全部使っちゃった」

「それは心配しなくていいわ、ティリー。予算はわたしが握ってるんだし……」フリンはプリントアウトの山をじっと見つめた。「えっと……正確なところ、いったい何枚印刷したの？」

「八百四枚」ブラッドショーは答えた。

　フリンは顔をくもらせた。

　ブラッドショーはさらに深く墓穴を掘った。「ホテルの人に言って、二度、インクの補充を頼まなきゃならなかった」

「これでなにかわかるなら、安いものじゃないか、ボス」ポーは言った。「あらたな人間の関与が判明したわけだから、ANPRはいい手段かもしれないぞ」

　カンブリア州警察とはちがい、国家犯罪対策庁は自動車ナンバー自動読取装置（ANPR）のデータベースに直接アクセスできる。ANPRとは警察のシステムのひとつで、イギリス国内にある八千もの固定および可動式カメラが設置されている場所を通過する全車両のナンバーを読み取り、チェックし、記録する。国内全体には四千五百万台以上の車があるが、ANPRのカメラは一日に二千六百万近くの写真を撮影し、国立ANPRデータセンター、通称NADCではすべての画像を二年間保存しているため、アーカイブには常時百七十億もの画像がある。ギャンブルが可動式ANPRカメラを、いくつかのおもだったストーンサークルに通じる道路に設置したいと要望したが、却下されたことをポーは知っていた。

「どんなことがわかったんだ、ティリー？」ポーは訊いた。

いまだに、自分がまずいことをしたのかどうかわからずにいるブラッドショーは、落ち着きなく咳払いをしてから言った。「必要とするANPRカメラのデータをダウンロードして、ここ二カ月ほど、暇な時間に取り組んでたプログラムで処理させてみた。カオス系の問題みたいだから、蔵本モデルを使って同期化の順序を評価したの」

ブラッドショーはそこで、わかるように説明したつもりだけどという顔でふたりを見た。

「もう少し嚙みくだいてくれないか、ティリー」ポーはぞんざいな口調にならないように言った。

「うん、わかった。要するにね、適正な条件下では、カオス状態は自発的にロックステップ・システムに変化するってこと」

フリンとポーはまだぽかんとした顔で彼女を見つめている。

「パラメーターを再定義したの」ブラッドショーはため息まじりに言った。

あいかわらず、ふたりとも反応しない。

「ねえ、からかってる？」ブラッドショーはかぶりを振った。「あきれた。ふたりとも、いまだに物めずらしそうに飛行機を指さすわけ？」

「なんだって？」ポーは言った。

「だから、プログラムを走らせて、車の登録番号のリストを出してあげたんだってば」

「なんだ、リストか。なぜそう言わない？」

ブラッドショーはポーに向かって舌を突き出すと、プリントアウトの山を自分のほうに引き寄せた。「イモレーション・マンが移動したと思われるルートに焦点を合わせた。拉致現場から監禁場所、監禁場所から犯行現場」

ポーはうなずいた。このくらいなら、理解できる。

「四人の被害者が殺害された時と場所はわかってるから、それと、各被害者の自宅にもっとも近いカメラとを比較した」

なるほどと思う。彼女は殺害現場近くのカメラを通過し、なおかつ拉致現場と考えられる場所に近いカメラも通過した車を拾おうとしているのだ。

「被害者は五人よ」フリンが指摘した。

「ええ、ステファニー・フリン警部。だけど、分析という観点から見ると、クエンティン・カーマイケルの棺で見つかった遺体は異常値だから。いつ棺に入れられたかもわからないし、どこでいつ殺されたかもわかってない」

彼女はふたりがちゃんと理解できるよう、少し間をおいた。データの話をするときの彼女には、おずおずとしたところが微塵もないことにポーは気がついた。

「もちろん、ここはロンドンじゃないから、ANPRのカメラがカバーしてるのはM六号線と主要幹線道路、それに比較的交通量の多い二級道路だけだけど、四件の拉致について言えば、一部のカメラを最低でも一回は通っているはず。M六号線のカメラと、M六号線と交差する道路をカバーしているカメラをね」

たしかにそうだ。大きな河川に似て、M六号線はカンブリア州を真ん中で二分している。イモレーション・マンがこの高速道路を一度も使わなかったとは考えにくい。まずまちがいなく、数回は上を越えるか下をくぐるか、本線を走るかしているはずだ。

ブラッドショーは説明をつづけた。「でも、ANPRのリストはあまりに膨大。六桁もあるんだもん」

「地方ほど車の利用が多いからだよ」ポーは教えてやった。「ANPRはすべての通勤ルートをカバーしているから、その程度ですんだことのほうが意外だな」

「それをあたしのプログラムで処理したら、まあまあの数にまで絞れた。そこでリストを三つに分けた。第一グループは可能性がもっとも高い車。全部で八百四台ある」ブラッドショーは言った。「それが色をつけたリスト」

車両の登録番号、撮影された場所と時刻といった基本データすべてを記録するのはもちろん、ANPRのカメラは写真を二枚ずつ撮影する。一枚はナンバープレート、もう一枚は車両全体を写したもの。ブラッドショーの言う、ＡＮＰＲのデータの一部に〝色をつけた〟とは、それらの写真をダウンロードしたという意味だった。そして仲間のアナログ人間ぶりを考慮し、すべてをプリントアウトしたのだった。

だが、費用は問題じゃない。ブラッドショーはふたつの博士号を持ち、オックスフォード大学の数学研究所のメンバーであり、ポーの知るかぎり、もっとも高い知能指数を誇っている。その彼女が、犯人はこのプリントアウトの山のどこかにいると言うのなら、それを信じるまでだ。

ポーは腰をおろして読みはじめた。フリンもそれにならった。

ブラッドショーがにやりとした。

ＡＮＰＲは見つける対象がわかっていれば、夢のような捜査ツールだが、最大の弱点は、大きく網を打とうとするとほぼ役にたたない点だろう。全員が引っかかってしまうからであり、ギャンブルがあえて利用してこなかった理由はそれにちがいない。どこかの時点で、ＡＮＰＲの調査に何人か刑事を張りつけたと思われるが、まともな捜査戦術にはほど遠く、確認欄にレ点を入れるようなものだ。ブラッドショーが入手したのと同じ六桁の数字を絞りこみ、まともなリストを作成するすべなどない。もっとも、ギャンブルの部下たちは数学の天才ではない。ブラッドショーは天才だ。

それでもかなりの数のデータを調べなくてはならなかったが、ポーは集中を切らさなかった。ブラッドショーには絶対の信頼をおいている。答えは絶対にこのどこかにある。ポーがプリントアウトに目を通すと、ブラッドショーが受け取って、彼女だけにしかわからない法則にのっとり、壁にピンどめする。いい考えだった。ひとつのまとまりとして見ると、個別に見ていたときとはちがう視点が得られるからだ。もっとも、いずれ、きれいに塗り直したばかりの壁をピンの跡だらけにしてしまったことがばれたら、ホテルの支配人の怒りを買うことになるが、それはあとで考えればいい。あるいはフリンが考えればいい。休憩で脚をのばしがてら、ポーはホテルが貸してくれたホワイトボードの前まで行き――ブラッドショーはなんてローテクなツールとばかりに顔をしかめた――その下のトレイからフェルトペンを一本取った。壁の前に戻り、除外していいと判断した車両を赤で消しはじめた。

八百四台の車両のうち、三十台以上が乗客を大勢乗せたバスだった。それらは赤で消した。イモレーション・マンがサポーターの団体を大かがり火の現場まで引き連れていったとはとても思えないからだ。バイクもすべて除外した。たしかに、どこにでも行けるが、被害者、燃焼促進剤の入った容器や杭を運ぶには向いていない。マイクロバスも四台写っていた。写真は小さいが、学習障害を抱える大人を運ぶ慈善団体のもののようだ。ポーはそれも赤で消した。

ほかにも、ためらいなく消せる車両があった。とくに警察車両。イモレーション・マンが警官である可能性はあるが、警察の車はひとりの人間だけが使うものではない。八時間か十時間のシフトをこなしたあとは、次のシフトの者が引きつづき乗る。救急車も同じ理由で消した。

次は囚人護送車だ。この州は長年、〝カンブリア――暮らしにも仕事にも観光にも安全な場所〟というキャッチフレーズをかかげてきたが、イモレーション・マンをのぞけば、それはほぼ事実だ。それでも、悪いやつやどうしようもないやつはいるもので、裁判所の数は減ったが、愚か者の数は減っていない。カンブリア州の道路には州の裁判所と唯一の刑務所が委託している、〈GUセキュリティー〉のバンが日常的に走っている。ポーはそのすべてを赤で消した。

彼はまた、大型のローリー車にも赤線を引いた。死体と道具を運ぶのには適しているが、いくつかの殺害現場にいたる道は曲がりくねっているため、除外が妥当と判断した。

それでも赤い線で消されていない画像の数は、まだ始末に負えるレベルではなかった。

ポーはかかとを上下させて、ふくらはぎの筋肉をほぐしながら、どうやればこの数字をもっと絞りこめるかと考えた。

壁のところまで戻り、腹立ちまぎれに、小さすぎる車をすべて赤で消した。運転手、死体、ガソリン缶を快適に運べないと考えたからだ。消し終わると、やけくそぎみにペンを放り出した。

「悪かった」彼は謝った。フリンのことを思ってというよりも、ブラッドショーを思ってのことだ。

「大丈夫？」フリンが訊いた。

ポーはうなずいた。

「だったら、つづけて。なにか気づいたみたいじゃない」

ポーはホワイトボードまで戻り、緑色のペンを手にした。可能性の高そうな車両に印をつけていった。両側面がパネルになっているバンにはすべて緑でレ点を入れた。ワゴン車、四輪駆動車、ミニバンもすべてレ点をつけた。霊柩車もあった。それにはレ点をふたつつけた。

ついには全車両に赤い線が引かれるか、緑のレ点がつくかした。話し合いの末、いくつかは印を変更したが、一時間後にはいちおうの合意が得られた。

ポーは体を前後に揺らしながら、壁に貼ったプリントアウトをじっくりとながめた。

ここに答えがあるはずだ。それがどれか、ひらめきさえすれば……

47

三人で壁をじっと見つめているうちに、日がとっぷりと暮れた。ピンでとめたANPRの画像をはずしたくなかったし、三人とも交代で食事をとるつもりもなかったので、ポーが車でケンダルまで行き、〈ブリティッシュ・ラージ〉というインド料理とタンドール料理のテイクアウトの店で食事を買ってくることになった。フリンにはバターチキン、ティリーには野菜のバルティ、そして自分用にラムのマドラスを注文したところで電話が鳴り、テキストメッセージの着信を告げた。リードからで、いま彼はハードウィック・クロフトにいると言う。ポーがどこにいるのか知りたがっていた。ポーは返事を書き、三人でホテルにいるから歩いて来いと伝えた。リードの分のラムのマドラスを注文した。

ホテルが気をきかせて皿とフォーク類を出してくれ、三人で食べはじめたところへリードが到着した。彼は飢え死にしそうだと言い、自分の分をむさぼるように食べ、すべて食べ終えるまではなにも話そうとしなかった。

リードは壁のほうに歩いていった。遅い時間で、しかもきょうは暑かったはずだが、いつものように一分の隙もなく決まっている。何時間も前に上着を脱ぎ、シャツの袖をまくりあげていたポーは、脇の下のにおいをこっそり嗅いだ。そろそろシャワーを浴びないといけない。

「ヒラリー・スウィフトの容疑が晴れたのは聞いたかい？」

「だが、彼女もかかわっていることに変わりはない」ポーは言った。

「それはまちがいないいな」リードは言った。「彼女のほうが手下だったのかな？　それとも、彼女の指示を受けていたやつがいるんだろうか」

ポーは肩をすくめた。「彼女はおれのことを知らなかった。イモレーション・マンとともに動いているのだとしても、見習いみたいなものなんだろう」

リードはなにも答えなかった。そもそも答えなどない。スウィフトはかかわっている。ただ、どうかかわっているのかがわからない。彼女が捕まるまでは、答えは出ないままだろう。

「ソーシャルワーカーからはなにか聞き出せた？」リードが話を先に進めようと尋ねた。

「きみは少年四人が死んでいると考えているんだろ？」

「おまえもそう見ているんじゃないのか？」

「それ以外、考えようがないからね。児童相談所を再訪した結果、少年たちの家族を調べることにしたんだろう？」

「そうなんだが、これまでのところ、飛び跳ねながら〝ぼくを選んで〟と呼びかけてくるやつはひとりもいない。この世に、ろくでなしの親があんなに大勢いるとは、まったく知らなかった。どいつもこいつも、自分の子どもなのに生きているあいだになんの愛情も示してない。いまになって良心が芽生えたとはとても思えないね」

「だとすると、未詳の仕業という線に戻るわけだ。いまだ捜査線上に浮かんできていない人物の」リードは腰をおろした。「ヒラリー・スウィフトといえば、ギャンブルから伝えてほしいと頼まれたんだが、彼女がなんらかの方法で国を出た形跡はないそうだ。彼女の名前を騙るか、容姿に合致する者がＵＫＢＡの観測点を通過した様子はない。ギャンブルは、彼女は国内のどこかに身を隠していると確信しているし、ぼくも同意見だ」

　ポーは舌打ちをした。

　リードは腰をあげた。「さてと、みんな仕事があるみたいだから、そろそろぼくは失礼するよ。あらたにわかったことがあれば、明日電話する」

「なにもなくても連絡をくれ、キリアン」ポーは言った。「こっちでわかったことがあれば伝える」

彼はうなずいて出ていった。

ブラッドショーがホワイトボードの前に立った。ポーもそばに行った。「もうひとつ、べつの色を使ったらどうかな、ポー？　除外したけど、再検討したい車両に」

ポーは青のペンを手にして言った。「じゃあ、始めよう」

ポーターが運びこんでくれたソファで交代で仮眠を取りながら、夜を徹して作業をおこなった。

朝の九時を迎えるまでに、さらに四つの色を使い、目から血が出るんじゃないかと思うくらいまで写真とのにらめっこをつづけた。

「これじゃだめだ」ポーがキレた。彼はブラッドショーに向き直った。「ティリー、その賢い頭を使ってくれよ。おれでもわかるようなものを見つけてくれ。いまのままじゃ、なにも見えてこない」

ブラッドショーは身をすくめた。ポーは謝った。どう考えても彼女のせいじゃない。

「いいのよ、ポー」ブラッドショーは言った。「あなたとステファニー・フリン警部は朝食に行ってきて。あたしは大学でやった技をためしてみる。パターンが見えないなら、視点を変えればいい」

彼女はどういうことか説明することも許可を求めることもせず、壁に歩み寄って写真をはがしはじめた。こういう彼女はこれまでにも見ているし、話しかけても無駄なのはわかっている。なにを言っても聞くわけがない。

「行こう、ボス。ベーコンサンドイッチをおごるよ」

ふたりが戻ると、画像はふたたびピンでとめられていたが、今度は四つのブロックに分けられていた。どのブロックも赤い線と緑色のレ点が交じっている。ポーは怪訝な顔でブラッドショーを見た。プリンターが冷えるときのかちかちという音がしている。ブラッドショーはまた画像をプリントアウトしたのだ。

「あらたに車を足したのか、ティリー？」ポーは訊いた。そうだとしたら、何歩も後退したことになる。

「足してないよ、ポー。被害者が殺された日ごとに写真を並べ替えただけ。各ブロックは日がちがうの。車一台につき写真が一枚ずつしかなくて、二日以上にわたって登場する車があったから、その分をプリントアウトしなきゃならなかったけど」

どうやら、彼女はＳＣＡＳの印刷予算をさらに逼迫させたようだ。というのも、四日とも出現している車が何台かあるからだ。ブラッドショーは各ブロックのわきに日付と被害者の名前を書きこんでいた。ポーは提示された情報をざっとながめた。

ブラッドショーが言った。「ふたりが見てるあいだに、あたしはゆで卵をひとつもらってくる」彼女は腕時計に目をやった。「ああ、もう。朝食は十時に終わっちゃってる。ちょっと遅かった」

「それは水曜と日曜だけだ、ティリー。その二日はカーベリー式（シェフが肉を切り分け、野菜は自分でとるビュッフェ）のランチの準備があるんだよ。きょうは十一時までやってるから、いますぐ行けばゆで卵を……」つづきが言えなくなった。

「なんなの、ポー？」ブラッドショーが訊いた。

ポーは質問に答えず、第二の被害者のブロックに歩み寄った。ジョー・ローウェルはブロートン＝イン＝ファーネス近くのスウィンサイドのストーンサークルの中央で焼き殺された。ブラッドショーにホテルの朝食の時間を教えたことで、頭の奥のほうではっと気づくものがあった。あとちょっとで手が届く。あと少しなのにつかめない。ポーは網膜に焼きつくほど写真を見つめた。つづく二十分間、なにを見るともなしにそうやって見ていた。ずらりと並んだ写真を五度、じっくり観察した。六度めで、すべてをひっくり返す写真を見つけた。

あった。くっきりと目立つ。異常値。そこにいるはずのない車。ポーは背筋がぞくぞくするのを感じた。

まさか、こんな単純なわけがない。

「ポー？」フリンが声をかけた。

しばらくのあいだ、ポーは口をひらこうにもひらけなかったが、ようやくひらいたときには、フリンの呼びかけを無視した。

「ティリー、HMCTSのウェブサイトで、ジョー・ローウェルが殺害された日、カンブリア州内の裁判所のうちどこが開廷していたか調べてくれないか？　プレストン刑事裁判所についても確認してくれ」

ブラッドショーはどうしていいかわからず、ポーとフリンの顔をかわるがわる見つめた。

フリンが言った。「ポーの言ったとおりにして、ティリー」

ブラッドショーが王立裁判所および審判所サービスのウェブサイトにログインするのをふたりはじっと見ていた。ポーが必要とする情報は一般に公開されているため、自分で見つけることも可能だが、ブラッドショーにやってもらうほうが断然早い。ポーと長いつき合いのフリンは、そのときが来ないかぎり彼からはなにも引き出せないとわかっており、無理に聞き出そうともしなかった。

五分後、ティリーが言った。「ジョー・ローウェルが殺害された日はどの裁判所も開廷してない。日曜日だから」

ポーはうなずいた。思ったとおりだ。ジョー・ローウェルのブロックに分類された一台の車に指を突きつけ、ブラッドショーとフリンのほうを向いた。

「だったら、この〈GU〉の囚人護送車はこんなところでなにをしてたんだろうな？」

48

大半の警官と同様、ポーは囚人の護送が二〇〇四年に刑務所の業務からはずされ、巨大多国籍企業に売却されたことに反対だった。そのしばらく前から、それらの企業は年間百五十万ポンドにもなる囚人の護送業務を、利益へのあくなき欲望の目で見ていた。売却を決めたのが労働党内閣のときだったのは意外でもなんでもない。連中は民間企業の口約束、つまり効率と革新という言葉にことのほか弱いからだ。

革新という言葉には、囚人を二平方フィートもない仕切りに押しこめることが含まれ、効率という言葉にはトイレ休憩で停車しないことが含まれ、その結果、囚人たち——そのなかには未決囚もいれば、まだ起訴もされていない者もいる——は仕切りのなかで排泄するしかなかった。食肉にするために出荷される家畜ですら、もっとましな形で運搬されている。内務省がその状況を知ったときには手遅れで——賄賂をつかまされ、幹部の職を約束され、契約が結ばれていた——彼らはどの政権でもやることをした。うそをつき、統計を操作した。真相を語らせるための投票など存在しないのだ。

さらに国民を愚弄し、意図せざる結果を露呈したのが、最初の契約の終了後に次の業者が引き継いだらどうなるのか、内務省の人間がまったく考えていなかったことだ。先見の明にいちじるしく欠けていた彼らは、最初の契約業者が所有した車両が必要でなくなったらどうするのか、法で規制することすら考えつかなかった。

すべての車両が一般市場に売りに出され、《デイリー・メール》紙が虐待に利用される恐れがあると主張する記事を掲載したにもかかわらず、政府にそれをとめる力はなかった。担当大臣は部下の公務員を非難し、公務員は大臣を非難し、その結果、わずか数千ポンドで移動刑務所にひとしいものを、誰もが合法的に購入できるようになったのだった。

ブラッドショーが日曜のブロックに入れた囚人護送車は、比較的小型のものだった。なかの仕切りは四つ。この三倍の人数を運べるタイプがあるのをポーは知っている。小型だから走りがよくて取り回しが楽であり、イモレーション・マンが犯行現場に選んだどの場所に行くのにも向いている。

いずれの写真にも運転手は写っていない。フロントガラスにスモークフィルムかなにかを貼っているようだ。ポーは意外に思わなかった。

すぐさま仕事にかかった。フリンはギャンブルに電話をかけ、これまでにわかったことを報告し、ブラッドショーはPNCを確認した。登録番号は〈GUセキュリティー〉のままになっているとわかった。そこのオペレーションセンターに電話したところ、当然のことながら協力を惜しまないという言葉が返ってきた。公共部門の契約を競う民間企業にとって、イメージがすべてだ。

はい、それは弊社で使用している四人用のバンの一台です。

いいえ、カンブリア州で使用されたことはありませんし、北西部の囚人護送には使われておりません。車両番号二三六というのが弊社での呼び名ですが、それは南西部の英国国境局で使われております。

はい、証拠はあります。弊社の車両はすべて衛星追跡装置を取りつけておりまして、監視室で常時、居場所を確認しております。

それらの情報をメールで送ってもらう約束を取りつけたところで、ポーは電話を切った。

ブラッドショーが言った。「いまの話はどういう意味なの、ポー？」

「偽造、またはべつのタイプの車両のものだと言われないために、実際にあるナンバーをそっくりそのまま使ったということだ」

「うわあ。頭がいいね」

まったくだ。「しかも、〈GU〉は北西部の囚人護送を受託しているから、昼間も夜遅くも、このあたりの道路を通っている。さんざん見ているから、背景の一部と化してしまっているんだ」

イモレーション・マンは、ありふれた風景のなかにひそんでいた。

フリンはギャンブルとの緊急会議に出かけた。問題の〈GU〉のバンを追跡する明確な作戦が提案されればいいのだが。

しかし、そうならなかった場合にそなえ……

ポーはブラッドショーを見やった。彼女は荷造りを始めていた。がっかりした顔をしている。発見による高揚感は、情報がギャンブルに渡った時点でしぼんでいた。その変化はそうとうなものだった。一週間前は、データは解くべきパズルだったが、解いてしまえばフリンに渡され、忘れ去られる。彼女はこれまで、自分が解析してきたデータに人的コストがかかっているとは考えてもみなかったのだろう。それがわかったいま、これからもっとすぐれた分析官になれるだろう。冷徹な理性だけでは充分でないこともある。リスクを背負うことも時には必要だ。みずからかかわることで、いっそうがんばれることもある。

「まさか、もうここでの仕事は終わりだと思ってるわけじゃないよな、ティリー？」ポーはにやにやしながら訊いた。「安心しろ、まだやらなきゃいけない仕事がある」

ブラッドショーは手を叩いて喜んだ。ノートPCをあけ、眼鏡を押しあげ、指示を待つ。

ポーは隣にすわった。「ギャンブル主任警視は車両の売却記録の確認から始めるはずだ。それには令状がいる」

ブラッドショーはポーが要点を言うのを待った。

「しかし、おれたちがにらんでいるようにイモレーション・マンが頭のいいやつなら、バンの購入をおもてに出したりはしない。クレジットカードで代金を払ったりはしないだろう。それに〈GU〉のほうもそもそも、個人相手に売るはずがない。車をまとめて購入してくれるような会社に一括で送るだろう。おれたちが追っているバンはオークションで購入されたか、あるいは子会社の子会社の子会社を経由して……な、わかるだろ？」

「よくわからないんだけど、ポー」

「だから、もっと手っ取り早い方法を見つけなきゃいけないってことだよ、ティリー。ギャンブルには書類を調べるという方法で追跡してもらう。その方法でもいずれはたどり着くだろうが、彼がそうしているあいだに、きみには犯人にたどり着くべつの方法を考えてもらいたい……」

49

ブラッドショーは遠慮がちにほほえんだ。「ポー、二日前にあたしが言ったこと、覚えてる？」

なんだっておかしくない。ふたりがここ最近交わした会話は多岐にわたっている。年配者の排便習慣から、彼の名前がなぜワシントンなのかにいたるまで。

「さあな」ポーはそう言ってから、当てずっぽうを言った。「いまやゲーム産業は音楽産業よりも大きくなりつつある話とか？」

「標本値群（データポイント）のこと」彼女はうながした。

なんとなく思い出した。ブラッドショーがポーの非言語の手がかりに気づかず、カオス理論の専門的な話を熱っぽくえんえんと語ったときに出た話題のひとつだ。彼は話をやめさせるよりも最後まで言わせたほうが簡単だとすでに学んでいた。まもなく頭がスクリーンセーバーモードに入った。「話の要点を忘れてしまったらしい」

「だから、充分な標本値群があれば、どんなものでもパターンは見つけられるってこと」

「で？」

ポーが統計学について無知であることに、彼女がそうとういらだっているのがわかった。悪気なく失礼なことをさらりと言う彼女もなつかしいが、言いたいことを口に出さないようにしているのを見ると、ずいぶん変わったなと思う。

「で」と彼女は写真に覆われた壁を指した。「ここにある画像をダウンロードしたときは、殺人がおこなわれた日に限定していた」

ポーにもなんとなくわかってきた。

そういうことか！

追跡すべき車両がわかったのだから、それが撮影されているＡＮＰＲの全記録を入手すればいい。イモレーション・マンの移動刑務所がカメラの設置された場所を通っていれば、いつどこを通ったかがわかる。ＡＮＰＲの記録は二年間保存されているし、記録がふたつになっても——正式なナンバープレートをつけた〈ＧＵ〉のバンがいまも南西部を走っている——分けるのは簡単なはずだ。

ブラッドショーはすでにＡＮＰＲのデータベース内に入っていた。数分とたたぬうちに、プリンターが情報を記載した紙を次から次へと吐き出した。彼女は言った。「これって、エドワード・ローレンツが提唱したバタフライ効果のいい例だよね、そう思わない、ポー？」

「うん」ポーは生返事をしたが、頭のなかは競売会社と、それを通さずに大量の車両を売却する方法でいっぱいだった。

「バタフライ効果だってば」

「話がよくわからないんだが、ティリー」

「これってそのいい例だって言ってるの。たったひとつの小さな、取るに足らないように思えることが、こんなふうに大きな雪の玉になったんだから」

「くわしく説明してくれ」

「うん、だから、これ全部のこと」ブラッドショーは両腕を振り、デスクの上、PC、壁に貼られたものすべてを示した。「あなたとあたしとで見つけたすべてのものが、たったひとつの小さなことから生まれたんだよ」彼女は感に堪えないというように、かぶりを振った。「たったひとつのものが、ほかのすべてを支えてる」

たしかに、こういうふうに難事件が解決することはよくある。小さな証拠がより大きなものに結びついていく。「そうだな。塩貯蔵庫の死体の件ではついていた」

「そう？　あたしはそれよりもっと前にさかのぼると思ってる。もとを正せば、すべては、なにげないひとことに起因してるんだよ」

プリンターの排出トレイがあふれていた。ポーは歩み寄って、中身を空にした。床に落ちた紙を拾いながら訊いた。「なにげないひとことというのはどれのことだ、ティリー？」

「ケンダル署の人がキリアン・リードに塩貯蔵庫で見つかった死体の話をしたでしょ。リード部長刑事はトーロン人のことを覚えていなかったし、あなたは知らなかった。犯罪として記録されてなかったから、あたしには見つけられなかった。ね、すべてはそのなにげないひとことから始まったんだよ」

ブラッドショーの言うとおりだ。ある意味では。ポーは頭のいかれたやつが彼の名を被害者の胸に刻んだときが出発点だと思っていたが、基本的に彼女の言うとおりだ。リードがトーロン人の件を教わってこなければ、ここまで捜査は進まなかっただろう。

ポーが黙っているのをブラッドショーは不賛成と受け取ったらしく、さらに主張を繰り返した。ポーはもう聞いていなかった。プリンターのいちばん上にあった紙を手に取り、にらみつけるように見ていた。ブラッドショーは最近のものから順に検索したため、最新の記録がいちばん上になっている。

ぱっと見てひらめくようなものがあるとは思っていなかった――これはブラッドショーの領域で、ポーのではない――が、半分ほどめくったところにあったふたつの結果を見た瞬間、手がとまった。恐怖感が襲ってくる。胃がきりきり痛む。口のなかがからからに乾いた。

いま目にしているのは、A五九一号線を監視しているカメラのうち一台が撮影したものだった。カメラは、湖水地方中心部にドラッグを運ぶ犯罪組織の追跡を目的として設置されていた。地元の状況に格別にくわしくなければ、アンブルサイドまたはウィンダミア湖に向かう車――ケズィック方面から来る場合も、ケンダル方面から来る場合も――は、A五九一号線に設置されたANPRのカメラを通る。

そして、A五九一号線で行けるのは、アンブルサイドとウィンダミア湖だけではない。

ほかにも小さな村がいくつかある。

そのひとつがグラスミアだ。

〈セブン・パインズ〉があった場所。

日付が一致する。

時刻も一致する。

ポーのメモが正確ならば――正確なのはわかっている――問題の囚人護送車がポーとリ

ードを乗せた車が通る約十分前にＡＮＰＲカメラが設置された場所を通っていた。ヒラリー・スウィフトはイモレーション・マンの共犯者などではない。彼女は次の被害者だ。イモレーション・マンは彼女を拉致した。

しかも、彼女の孫まで連れ去った。

50

「イモレーション・マンは子どもまで連れ去った！」ポーは電話に向かって叫んだ。フリンはハンズフリー通話にしていて、ときどきノイズが混じる。ギャンブルに会いに向かっている彼女に情報をじかに伝えるのが、しかるべき人々の耳に届ける最速の方法だ。

フリンは話はわかったと言い、電波状況がよくないながらも、彼女がアクセルを踏みこみ、エンジンの回転数が一気にあがるのが聞こえた。

万が一にもフリンが事故を起こした場合にそなえ、ポーはあらゆる手を打っておくことにした。リードに電話したが、留守番電話につながった。メッセージを残して電話を切った。ポーが伝えるべき情報はすでに伝えた。イモレーション・マンの車がスウィフトと孫の行方がわからなくなった当日にグラスミアにいたことを示すデータをフリンにメールで送った。

はやる気持ちを抑えようとする。たしかに筋が通っている。スウィフトが殺人に関与したと考えるより、拉致されたと考えるほうが。しかも、状況からすると——事件の動機は金ではなく復讐だという、ポーのあらたな推理も含め——すべて合致する。イモレーション・マンが誰であれ、彼はあの晩、チャリティー・クルーズに参加した全員を手際よく片づけている。モンタギュー・プライスだけはその運命を逃れたが、それは殺害のパターンに気づいてすぐに身を隠すという先見の明があったからだ。

ポーは、ベテラン警官ふたりの鼻先でスウィフトを拉致した手口に頭を悩ませていた。イモレーション・マンはどのようにして薬を混入させたのか。ふたりが訪ねたときにはすでに家のなかにいたのか。ポーたちがスウィフトと話をしているあいだに忍びこみ、ミルクにプロポフォールを入れたのか？　その計画では、警官たちがいつ茶を飲むのか知っていなくてはならず、イモレーション・マンとしてはあまりに行き当たりばったりなやり方だ。これまでのところ、彼はなにひとつ、運まかせにしていない。まったくこの事件らしい。ひとつ進展があると、さらなる疑問がわいてくる。

ブラッドショーはまだ囚人護送車のＡＮＰＲデータを調べ、ヒントになりそうなパターンを見つけようとしていた。ポーの雨だれ式の打ち方とは対照的に、彼女の指はキーボードの上を目にもとまらぬ速さで動く。プリンターは絶えず作動音を発しつづけ、その後の三十分間、ポーは新米職員も同然だった。プリンターに用紙をセットし、空になったインクカートリッジを交換した。ホテルのスタッフはブラッドショーのプリンターにうんざりしてきているにちがいない――またもホテルの在庫を使い果たしてしまったからだ――が、ポーの説得で建物内にあるほかの機器からインクをはずしてきてくれた。

やがてブラッドショーは作業の手をとめた。「これから一時間、検討したいの。カンブリア州の地図を持ってきてくれる、ポー？　なるべく大きいのがいい」

ポーは誰かを取りに行かせようと言いかけたが、検討するあいだ、彼に席をはずしてほしいのだと気がついた。なにしろ、さっきからずっと、彼は檻に入れられた野獣のようだったのだから。

「了解した」

一時間後、彼は戻った。この地域の地図を手に入れるのは問題なかった。店に行けばいくらでもある。問題なのは、店で売っている地図は観光客向けのものだったことだ。どれも丘陵地帯をウォーキングするのに特化しており、車で移動する人向けにはつくられていなかった。

あきらめかけていた。ケンダル署に壁一面を覆う地図があるのは知っている。ブラッドショーとふたりでデータを持参し、それを地図上に記入しようか。あれこれ考えながら——メリットと同時にデメリットも——ふと、隣にあったショーウィンドウに目を向けた。〈エイジコンサーン〉（高齢者の権利や生活を守るための活動をおこなう慈善団体）が運営するリサイクルショップで、なかをのぞくと地図の入ったバスケットが見えた。求めているものが見つかった。陸地測量局が発行しているツアーマップ。ポーは店員の女性に二十ポンドを渡し、釣りはいらないと告げた。

壁に貼られた地図に、ブラッドショーが大量に印をつけていた。パターンがあるとしても、ポーには見えない。赤と青のピンがそこここで群れをなしている。大きくて数が多いグループの一部は、州の幹線道路であるＭ六号線、Ａ六六号線、Ａ五九五線沿いに集まっているようだ。比較的小さなまとまりは、被害者が拉致されたとおぼしき周辺のもの。ロング・メグ・アンド・ハー・ドーターズをべつにすれば、イモレーション・マンが殺害場所として使ったストーンサークルはＡＮＰＲのカメラが多くない——人里離れすぎているからだ。

ブラッドショーは思ったようにならないのか、顔をしかめて地図を見ていた。

「どうした、ティリー？」

彼女は少ししてから答えた。「辻褄（つじつま）が合わなくて」

「どう合わないんだ？」

「あたしが考えたモデルと一致しない」

「くわしく話してくれ。幼稚園児にもわかるように頼む」

いつもならここでブラッドショーは笑うところだ。このときは笑わなかった。

「うん、この手のプロファイリングは、犯罪者の空間行動を理解するための一助になるってことは知ってるよね？」

ブラッドショーがなんの話をしているのか、ポーにはさっぱりわからなかった。そもそも〝空間行動〟とはなんなのかも不明だ。「もう少しわかりやすく説明してくれないか、ティリー」

「犯罪者は自宅の近くで犯罪をおかすのを、自然と避ける傾向にある」彼女は言った。「そういう場所を、緩衝（かんしょう）地帯っていうんだけど」

ポーならば、自分の家の玄関先ではくそをしないというところだが、彼女のいわんとすることはわかる。ケチなヘロイン常習者ですら、よそ様のドアノブに手をのばすにしても、隣の通りまで移動する傾向がある。

「逆に、犯罪者でも、安心できる安全地帯というものを持っている。たいていの場合、よく知ってる場所なんだけど。これを距離減衰理論ていうの。ふだんの活動範囲から遠ざかるほど、犯罪行動を起こしにくい」

それも納得がいく。イモレーション・マンは行動するエリアについて熟知している。道路に設置された固定カメラの多くをよけているのもそれで説明がつく。「だが、被害者は無差別に選ばれているわけじゃないのはすでにわかっている。犯人は始末する対象のリストを持っている。相手が住んでる場所については、自分でどうにかできるわけじゃない」

「その点もモデルにちゃんと組みこんである」

ごもっとも。

「じゃあ、なにが問題なんだ？」

「殺害現場。辻褄が合わないのはそこ。各殺害には三つの変数がかかわってる。被害者を拉致する場所、被害者を監禁する場所、そして被害者を殺害する場所」

ブラッドショーの話がどこに向かっているのかポーにもわかってきたが、最後まで言わせることにした。

「ポーの言うとおり、拉致する場所は犯人にはコントロールできないし、監禁場所は固定されてると考えれば、無作為なのは殺害現場だけってことになる」

「なのにパターンがない、と？」

ブラッドショーはうなずいた。「あるはずなの、移動方法だけだとしても。なのに、パターンが見えてこない。つまりパターンはないってこと」ブラッドショーは自慢でそう言ったわけではない。あくまで、事実を述べているだけだ。

「パターンがないのがパターンなのかもな」

ブラッドショーは、はっと体を固くして立ちあがった。「あたしったら、なんてばかなんだろ。カンブリアには六十三のストーンサークルがあるって言ったよね。犯人はそのうちの四カ所を使った。残りの五十九カ所はどこ?」

「いたるところにある」ポーは答えた。「すぐには出てこな……」

ブラッドショーは取り憑かれたようにキーボードに指を走らせた。二十秒後、州内のストーンサークルを列挙した文書がプリンターから吐き出された。その後三十分かけて、ふたりは地図にそれぞれの場所を示す黄色いピンを刺した。ポーは一歩さがった。

ブラッドショーも同じようにした。「言ったでしょ、ポー。データはうそをつかないって——パターンは必ずある」

ふたりは顔を見合わせることなく、無言でこぶしとこぶしを合わせた。

説明してもらうまでもなかった。イモレーション・マンが使わなかったストーンサークルとの比較で見ることで、パターンが理解できた。

イモレーション・マンは、ロング・メグ、スウィンサイド、キャッスルリッグという、いわゆる〝ビッグ・スリー〟と呼ばれるサークルで殺害をおこなった。この三カ所は歴史的に重要で、海外の人にもよく知られている。どれも広大で、見事だ。その真ん中に燃える遺体を置けば、衝撃は大きい。しかし……コッカーマスのエルヴァ・プレインも殺害場所に選んでいる。ほかにりっぱなストーンサークルはいくらでもある。そもそも、エルヴァ・プレインはストーンサークルらしく見えない。そんなものがあること自体、知らない人がほとんどだ。

なぜ地図上の、黄色のピンがもっとも多く集まっている場所のサークルを選ばなかったのか？　シャップ・ストーン・アベニューとして知られる地域から選ばなかったのはなぜか？　そこなら数え切れないほどのストーンサークルがある――そのうちのいくつかは、いまいる場所から近い。ぽつんと離れてはいるが、よく知られているサークルもある。どれもM六号線から簡単に行ける。イモレーション・マンが必要とする条件をすべてそなえている。

ブラッドショーが言った緩衝地帯について考えてみる。イモレーション・マンがシャップ一帯で犯行におよんでいないのは、近くに住んでいるからということはありえるだろうか？　自分たちは内側を見なくてはいけないのに、外にばかり目を向けていたのではないか？

うなじに汗が玉を結びはじめた。部屋のなかがまた暑くなってきた。上着を脱いで椅子の背にかけ、シャツの袖をまくった。あとちょっとのところまで来ているのがわかる。答えはそこにある。すべてを異なるレンズで見直さなくては。なにか新しいことを考えつこうと、椅子をうしろに傾け、前に傾けた。前後に揺らしたせいで上着が床に落ちた。彼は拾いあげようと腰をかがめた。

そこで手をとめた。

彼は息をのんだ。過去を探れば答えが見つかると、ずっと根拠もなく思っていた。プライス、つづいてスウィフトが容疑者になったが、あれは目くらまし以外のなにものでもない。ふたりのうちどちらかがイモレーション・マンの可能性があるとは、一度たりとも思ったことがない。

ポーは床に落ちた上着から壁に貼った写真のなかの一枚に視線を移動させた。四人の少年——上半身裸で、陽の光を浴びて元気いっぱいの顔をし、まだ貧弱な胸を精一杯張っている。ポーは立ちあがり、上着をもう一度、椅子の背にかけた。あらためて見ると、上着は汗で濡れ、シャワーレールに干した靴下みたいにだらりとしている。

頭のなかにいくつもの場面がつづけざまに浮かんできた。記憶を次々とたぐり、高まる疑惑を否定するようななにかがないかと探した。見つけられなかった。まばたきをすると、幻は消えた。

自分の上着。

少年たちの写真。

そこにつながりがある。

ポーの思考はさっきブラッドショーが口にした言葉に戻っていった。あのときはさして注意を払わなかったが、前頭葉のあたりで飛んだり跳ねたりしているということは、ずっと頭のなかで眠っていたのだろう。

バタフライ効果、と彼女は言っていた。いまふたりがいる場所から五マイルと離れていない場所でトーロン人が発見された話をリードに思い出させた人物がいて、それが触媒となり、ブラジルでの蝶の羽ばたきがテキサスでハリケーンを起こすような事態になった。トーロン人の話がなければ、荒らされた墓を発見することはなく、ブライトリングの腕時計が盗まれたこともわからずに終わっただろう。クエンティン・カーマイケルはいまもアフリカで死にかけていることにされ、チャリティー・クルーズの悪辣な目的は隠されたたままだっただろう。

しかし、もしも……？

ポーの思考はくねくねとうねり、マイペースでデータを処理することもあるが、ときには直感によって大きく飛躍することもある。まだまとまっていないが、おそろしい考えがみぞおちのあたりにひろがり、少しずつ浸食しはじめ……

ニューロンが火を噴いている。つながりを追うにしたがい、信号の伝達スピードがぐんぐんあがる。無関係と思われたパズルのピースがひとつにまとまり、おさまるべき場所におさまった。困惑が理解に取って代わった。

ポーは大半を理解した——おそらくはすべてを。

こんなにも長いあいだ、イモレーション・マンはどうやって幽霊のような存在でありつづけたのか、これまで誰も答えられなかった。当然だ。昨今は誰もが警察のやり方を知ることができる。情報自由法によって、警察の手引きの大半は誰もが入手可能だ。頭がよく、慎重な人間ならば、鑑識を意識した行動を取れるようになる。しかし、ギャンブルが設置した監視をどうやってくぐり抜けたのか？　移動式ANPRカメラ、人間によるストーンサークルの監視、それにあれだけの巡回。可能性はひとつしかない。イモレーション・マンは警察の最新情報を入手している。

みずから立てた仮説を少しずつ裏づけていきながら、ポーはこの二週間で解明したすべてを振り返った。上着に目をやり、軌道修正する。さらに過去にさかのぼる。チャリティー・クルーズがおこなわれた晩と、二十六年近くたってようやく実を結びかけた計画にまで。

論理的に判断すれば、犯人たりえるのはひとりしかいない。考えただけで体の芯まで凍りそうになる。

「プロポフォールに関する説明書はあるかな、ティリー？」

彼女は見つけて渡した。ポーは一枚めをめくり、他の用途について書かれた箇所を探した。リストに指を走らせ、目当てのものが見つかったところでとめた。

やっぱりか……

ポーは顔をあげた。ブラッドショーが彼の様子をうかがっていた。「ちょっと確認してほしいことがある、ティリー」

「どんなこと、ポー？」

彼から説明を受けると、ブラッドショーは顔をしかめた。「本当にいいの？」と小声で訊いた。

声を出そうにも出せなかった。そこでうなずいた。

ブラッドショーが渡された情報を調べるあいだ、ポーは室内を行ったり来たりしていた。こんな最悪な結果が出るのを待たなくてはならないとは。ポーは勘違いであってほしいと祈るような気持ちだったが、勘違いでないのはわかっていた。

ＰＣの画面に結果が表示され、ブラッドショーが振り返ってうなずいた。目に涙をためている。

彼女だけではない。

ポーはイモレーション・マンの正体を突きとめた。

51

ポーは携帯電話に表示された番号をじっと見つめた。この電話をかけたら、もう引き返せない。鐘を鳴らさなかったことにはできない。指がダイヤルのアイコンの上をさまよう。そしてついに、そこに触れた。目をつぶり、相手が出るのを待つ。出ないかもしれない。拉致された子どもの捜索がおこなわれている最中であるし、四人護送車の所有者も突きとめなくてはならないのだから。ほかの誰よりも先に彼女に伝えなくては。説得しなくては。

呼び出し音が八回鳴り——数えながら、一回鳴るたびに心が重くなっていくのを感じた——フリンが出た。

「ポー」彼女は小声で言った。「いまは話せない。ちょうどギャンブル主任警視がブリーフィングをしてるところ」

「主任警視を呼んでくれ、ステフ」

「少し待っててもらわないと。わたしには——」

ポーはきっぱりと言った。「いいからギャンブル主任警視を呼んでくれ。いますぐ」

「もう少し説明してもらわないと」少し間をおいたのち、彼女は答えた。

ポーは説明した。


フリンがブリーフィングルームを突き進んでいくのに三分か四分かかった。電話はわきのところで持っているのだろうが、それでも彼女が〝すみません〟と言いながら部屋の前へと進んでいく音がポーの耳にも届いた。

くぐもったような音だったが、主任警視の前まで到達したときには、両者の声が聞き取れた。

「ポー部長刑事から電話です、主任警視。わたしたちに話したいことがあると言っています」

「いまか？」ギャンブルは言った。「だったら、列に並んでもらわないと。このブリーフィングが終わったら、本部長の要望で報道苦情処理委員会(PCC)のオフィスに同行することになっている。ふたりそろってお目玉をくらうんだよ」

「この電話には出たほうがよろしいかと。本当です」

ギャンブルのため息が聞こえた。「いいかね、彼がこの捜査においていくらか力になってくれたことは承知しているが、いまは子どもがふたり行方不明になっている。彼のあらたな仮説とやらに費やす時間など、本当にないのだ」

フリンはなにも言い返さなかった。

「よかろう」主任警視は言った。「わたしのオフィスへ」

一分後、フリンが携帯電話をスピーカーモードに切り替えた。

「話せ、ポー」ギャンブルがきつい調子で命じた。

「イモレーション・マンの正体がわかりました。われわれとしてはただちに行動を起こさなくてはなりません」

「ほう、そうか」ギャンブルは疑わしそうに言った。

ポーは無遠慮な物言いを聞き流した。ギャンブルはとてつもないプレッシャーにさらされているのだ。「決め手は一日の終わりのスーツの上着でした」ポーは答えた。「スーツの上着と、蝶の羽ばたきです」

「いったいなにを言っているんだ、きみは？」

「キリアン・リードです、主任警視。イモレーション・マンはキリアン・リードなんです」

52

彼はブラッドショーが示してくれた道をたどっただけだ。あのとき彼女は、蝶とそれがハリケーンを引き起こしつづけているというような話をしていた。塩貯蔵庫で見つかった死体は、この事件の発端ではないというのが彼女の意見だった。発端——すなわち、蝶の最初の羽ばたき——はトーロン人の件を持ち出した人物だ。ケンダル署でそのなにげないひとことが発せられなければ、いまも警察は五里霧中状態だったろう。

しかし、それが偶然ではないとしたら？　意図的なものだったとしたら？　慈善パーティに出席したのはたまたまだが、それをべつにすれば、イモレーション・マンが主導権を握っていた。ここまでずっと、彼が人形遣い（つか）いとして裏で糸を引いていたのだ。

ならどうして、捜査が進むように仕向けたのか？

その理由はひとつしかない。イモレーション・マンはポーが捜査にくわわり、なおかつ、あまり遅れをとらないことを望んでいたのだ。そう考えることで、霧のなかに射す灯台の光のように、犯人と事件とのつながりがくっきりと浮かびあがった。

イモレーション・マンは裁きを逃れようとはしていたわけではない――公正な裁きをおこなおうとしていたのだ。

彼は自分の物語が語られることを望んだが、それはあくまで、関係者が全員、罰せられたあとでなくてはならなかった。捜査は当初、思うように進まず、ありきたりな仮説にもとづくばかりだったため、イモレーション・マンは混迷という霧を見通せそうな男が関与するよう画策した。その結果、愚直なまでに〝どこまでも証拠を追いかける〟のが信条のポーが、イモレーション・マンの代弁者となった。

ポーは最初から動機にこだわったが、このような事件の場合、動機がわかればすべてがわかるものだ。犯人の身元も、チャリティー・クルーズで本当はなにがあったのかも、被害者がどのようにして選ばれたのかも。ポーはイモレーション・マンがなぜあのような殺害方法をとったのかについても、推理してみせた。

ゆがんだ理屈ではあっても筋は通っている。イモレーション・マンの側からすれば、実際、筋が通っているのだ。

少年たちを殺した犯人は、カンブリアの上流社会のトップにのぼりつめた連中だった。地主、事務弁護士、メディア界の大物、地元の保守党議員、聖職者。イモレーション・マンは関与した者たちを殺害したが、それは目的の半分でしかない。彼は連中のやったことが世間の目にさらされることも望んだ。

しかし、自分が所属する警察に正しいことができるとは思っていなかった。本部長がカンブリア州警察より上の組織をねらっているのは知っていた。昇進先として。あの男では、性器切除と火あぶりの影に動機を隠してしまう。殺害方法以外のものには目を向けさせないようにするだろう。それでは、イモレーション・マンの物語は語られない。

そこでポーが必要になった。イモレーション・マンには、見出しの奥に隠されたものを見抜き、真実にたどり着こうとするポーの執拗なまでの意思が必要だったのだ。

リードは最初から捜査にくわわり、自分が起こした事件の推移を見守り、手を貸す必要があれば捜査を正しい方向に導いた。ポーに例の絵はがきを送ったのはリードだ。塩貯蔵庫の事件との関連を話したのもリードだった。誰かから聞いて思い出したのではないだろう。おそらく、彼はケンダル署にすら行っていない。ポーが食いつくとわかっている答えを携え、ハードウィック・クロフトに戻ってきただけだ。

それに彼はケンダルに住んでいるから、ブラッドショーが言った緩衝地帯と距離減衰理論にも合致する。

ヒラリー・スウィフトをどう拉致したのかもわかっている。どれもこれも疑わしくはあっても、いずれもけっきょくは状況証拠でしかない。動機はなにか？　なぜこんな悪魔の所業のような犯罪をおかしたのか？　十五年もまじめに勤め、勲章まで受けた警察官であるリードが、なぜ急に連続殺人犯になどなろうと思ったのか？

急に思いついたわけではない、というのが答えだ。ずっと前からそう決めていたのだ。わからなかった動機のヒントをくれたのは、上着だった。

どんな天気だろうと、リードは上着を脱いだことがない。昔から彼は、着るものに無頓着なポーをからかっていた。仕事のときも、夜遊びに出かけるときも、リードはいつもきちんとした服装をしていた。知り合ってからこの方、シャツ、上着、あるいはジャンパーを着ていない姿をポーは見たことがない。十代のときですら、Tシャツ姿になったことがない。

少年四人が写った写真を見ると、彼らの悪夢の始まりとなったもののひとつがくっきり残っていた。マシュー・マローンは上半身全体と腕に煙草による火傷の痕がついていた。けっして消えることのないおぞましい傷痕。

キリアン・リードの腕はいつもなにかで覆われていた。

キリアン・リードはマシュー・マローンだった。
そしてマシュー・マローンが、友だちを殺した男たちを殺していた。

53

「なにを血迷ったことを言っているんだ、ポー!」ギャンブルが言った。「どうかしてるぞ!」

ポーは説明を終えた。ギャンブルは受け入れなかった。フリンですら否定的だった。

「飛躍のしすぎよ、ポー」彼女は言った。

ポーとしてはふたりに信じてもらわないといけない状況だったが、彼らの反応——ある程度は予期していたとはいえ——は事態を悪化させるだけだ。「ティリー」彼は小声で呼んだ。「フリン警部とギャンブル主任警視にきみが突きとめたことを説明してやってくれないか?」

「わかった」ブラッドショーはそう言うと電話に顔を近づけた。「ポー部長刑事の依頼で、スカフェル獣医グループに登録されてる全車両を確認しました」

「そいつはいったいなんだね?」ギャンブルもブラッドショーには悪態をつかないらしい。

〈シャップ・ウェルズ〉にいた酔っ払いをべつにすれば、彼女と話すときには誰もが言葉に気をつけるようだ。

「動物の診療をしてる組織で、以前はたくさんの車を抱えてた。おもに四輪駆動車とランドローバー。会社が休業になって、それ以来、一台も購入してない」

「ティリー、いいかげん要点を――」フリンが口をはさもうとした。

一週間前にはなかった立ち直りのよさで、ブラッドショーは上司の言葉をさえぎった。

「その組織が十カ月前、ダービーシャーでおこなわれた車のオークションで二台、購入した」

沈黙がおりた。通話に参加している全員が、〈GUセキュリティー〉のイギリス本部がダービーシャーにあるのを知っている。

「それ、本気で言ってるの?」フリンが言った。ギャンブルは声も出ないようだ。

「確認するのは造作もない」ポーは言った。「資金洗浄法(マネーロンダリング)があるから、車のオークション会社はすべて、高額を扱う仲買人ということで歳入関税庁に登録されている。つまり、一万ポンドを超える額の現金を受け取ることはできず、それゆえ――」

「それゆえ、二台のバンは銀行送金によって支払われたはずだと言いたいんだな」ギャンブルが割って入った。「わたしだって資金洗浄法の仕組みくらいわかっている。それがどう、わたしの優秀なる部下と結びつくのか、あいかわらず見えてこないのだが」

「〈GU〉はひじょうに協力的でした」ギャンブルが割って入ったことなどなかったかのように、ポーはつづけた。「このオークション会社を通じて売却された車両は、四人が乗れるよう仕切られたバンと、それより大きい、十人用のトラックが何台かだったそうです。スカフェル獣医グループはそれを一台ずつ購入したと、オークション会社が断言しています。会社からのメールをそちらに送りました」

「しかし――」

「主任警視、スカフェル獣医グループの所有者はキリアン・リードの父親です」

さらに十分かかって、ギャンブルはようやく、部下のひとりが連続殺人犯かもしれないという事実と向き合った。それでも、どうしても説明がつかない、たったひとつの点にこだわった。「それはおかしいだろう、ポー。リードもきみと一緒に薬を盛られている」

「ええ、たしかに」ポーは同意した。

「それについてはどうなんだ？」

「プロポフォールのことはよくご存じですか、主任警視？」

「麻酔薬だ」ギャンブルは答えた。

「そうです。しかし、ティリーのおかげで、それ以上のことがわかりました。ほかにもいろいろな用途があるのです。アメリカでは死刑執行の際に注射される混合薬物のひとつとして使われていますし、ひと味ちがうものを求める薬物愛好者のなかには、おもしろがって使う者もいます。さらには――」

「いいから、要点を言いたまえ、ポー！」

「動物の薬です、主任警視！」ブラッドショーががまんできずに言った。「獣医も麻酔として使うんです」

「つまりきみが言わんとしているのは……」

「スカフェル獣医グループは昨年、プロポフォールをいくらか購入している」ポーはギャンブルにかわって言った。「プロポフォールは厳しく規制されている薬品で、製薬会社は完璧な記録をつけています。そのメールもそちらに送りました」

しばしの沈黙が流れた。「それでも、彼がみずからも薬を飲みつつ、同時にヒラリー・スウィフトを拉致した方法の説明にはなっていないぞ、ポー」

「それは、拉致したのは彼ではないからです、主任警視」ポーは言った。

「どういうことかさっぱり――」

「イモレーション・マンはひとりではなく、ふたりです」ポーは相手の言葉をさえぎった。

「リードは疑われぬよう、自分も薬を飲み、父親がヒラリー・スウィフトと孫を拉致したんでしょう」

フリンが場をおさめにかかった。「わかったわ、ポー。主任警視、説明はこれで充分だと思います。とりあえずはっきりするまで、リード部長刑事の身柄を押さえるべきかと」

「それから、モンタギュー・プライスがいるべき場所にちゃんといるか、確認させたほうがいい」ポーが言った。

その言葉にギャンブルがはっとなった。内なる敵に目を向けないことと、勾留中の被疑者を拉致されることとは、まったくべつの問題だ。

「こんなばかな話があるか、フリン警部」ギャンブルはきっと、これから先のことを考えているのだろう。もうじき、世界が彼の頭のうえに落ちてくる。

「ステフ」ポーは言った。「ギャンブル主任警視がやってくれないようだから、きみがやってくれないか？　いまやプライスは、クルーズ船参加者の唯一の生き残りだ。キリアンは必ずねらってくる」

「まかせて」

十分後、ポーはフリンのテキストメッセージを受信した。リードはカンブリア州警察本部にいなかった。誰も彼の姿を見ていない。ギャンブルはまったく使い物にならない。行き先に心当たりは？

ポーはなにも思いつかないと返信したが、ブラッドショーに調べさせていた。居場所につながるような紙の記録をリードが残しているとは思えないが、なにかせずにはいられなかった。探してほしいものをブラッドショーがきちんと理解できた時点で、自分はケンダルに出向き、犯行現場とされて立ち入り禁止になる前にリードのフラットを調べるつもりだ。そこが監禁場所とは思わないが、なにか見つかるかもしれない。

テキストメッセージを送ったとたん、電話が鳴った。フリンからだ。「なにかわかったのか、ステフ？」

彼女は走っているようだった。「ポー、二時間前、リードがモンタギュー・プライスをカーライル署から請け出した！」

くそ！

「彼がつき添って――」

「四人用の〈GUセキュリティー〉の四人護送車に乗せた」ポーがかわりに言った。

「あたり。ギャンブルは本部に残ってリードの捜索を指揮してるけど、もう限界みたい。わたしはいま本部に戻るところ。状況をちゃんと把握しているのはあなたとティリーだけのようよ」

「こっちはリード親子が当時住んでいた住所を調べてる。ふたりはリードの自宅にも父親の自宅にもいないだろう。人目につきやすいからな。リードのフラットはケンダルの中心部だし、父親のほうは小さなファームハウスを所有しているが、納屋ふたつに手を入れて売却したから、いまは近くに人が住んでいる」

「スカフェル・グループがわたしたちのつかんでいない不動産を所有しているということ？」彼女は訊いた。

電話での会話にもかかわらず、ポーは首を横に振った。「ティリーが調べてくれているが、会社には文字どおり、なにも残っていない。ジョージ・リードは資産をすべて清算したようだ。いま現在、彼が所有しているのは二台の護送車だけだ」

「いちばん可能性のありそうな場所は？」

「見当もつかない」ポーは答えた。「だが、ふたりが何年も前から計画を練っていたのはあきらかだ。光熱費の支払いをたどっても見つけられないだろう」

「そうじゃなくて、わたしが思うのは……」彼女の考えを聞くことはかなわなかった。ちょうどそのとき、べつの電話が鳴った。「ちょっと待ってて、ポー。個人用の携帯電話が鳴ってる」

ポーに聞こえるのは会話の一方の側だけだ。いい知らせではないようだ。

「ああ、もうなんてこと!」フリンは叫んだ。「わかった。すぐに現場に行くよう、彼に伝える」

フリンは落ち着いた声を出そうとした。「ポー、あなたに確認してほしいことができた。列車の乗客から、牧草地で人が燃えているのを見たという報告が入った」

「場所は?」ポーはわかるような気がした。

「あなたがいまいる場所からすぐのところ。ティリーに座標を送った。様子を見てきて。子どもが時季外れのガイ・フォークス・デーのかがり火を焚いただけならいいんだけど」

ブラッドショーが画面に表示させた地図を見つめた。恐れていたとおりの場所だ。「くそ」

「どうかしたの、ポー?」フリンが訊いた。

「座標が示してるのは、ウェスト・コースト本線がケンプ・ハウのストーンサークルを突っ切っている場所だ。線路はちょうど真ん中を通っている。ストーンサークルのなかでなにかが燃えているのを見たのなら、十ヤードと離れていなかったはずだ。それだけ近かったら、人間が燃えているのを、車輪つきの大型ごみ容器と勘違いするわけがない」

「うそでしょ」フリンはつぶやいた。

54

制服警官だった時代、ポーは警官として最初に現場に到着することが頻繁にあった。たいていの場合、原因不明の死、自然死、および自殺の現場を最初に目にするのはパトロール警官だ。死体を発見してあわてた身内や、生々しい異様なにおいに気づいた近所の人間は、必ずと言っていいほど、緊急通報の999に電話をかけようと思いつく。ポーは犯行現場の保存の仕方を心得ていた。

その後、犯罪捜査局に異動になり、いつ呼び出されるかわからない生活になると、お宝袋を用意するようになった。小さなリュックサック、現場保存テープ、懐中電灯と電池、携帯電話の充電器、鑑識用の防護服に防寒着などを詰めたものだ。車は常時、燃料を満タンにしていたし、冷蔵庫にはパック詰めの食品を用意していた。

今回持参するのは、はじめて現地調査に出た青二才の分析官だけだ。

ブラッドショーはホテルに残るのを拒否した。「一緒に行く」彼女に言われ、どうせ言い負かされるとわかっている議論に時間を費やすのがもったいなかったのだ。

途中、フリンに電話をかけ、目撃者が乗っていたのはカーライル発の北行きの列車だったことを確認した。ポーは満足の声を漏らした。つまり、いま走っている側にあるということで、えんえんと遠回りする必要はない。


十分後、ふたりはかろうじて残っているケンプ・ハウのストーンサークルを含む、小さな牧草地のわきにいた。ポーは車をとめたが、エンジンをかけっぱなしにした状態で、リードまたは父親の姿がないかと探した。いるとは思っていなかった。プライスの拉致はボーナスのようなもので、ギャンブルのブリーフィングで全員の目がよそに向いているすきにリストの犠牲者を制覇するという、思いもよらないチャンスだった。プライス殺害は急がなくてはならなかっただろう。凝った演出や儀式のための時間などない。それに、リードとしては自分の姿が目撃されるかどうかなど、気にする必要がなかった。もう、誰もが彼の正体を知っているのだ。

プライス殺害で終わりではなく、リードがここで待っているはずはなかった。それでもいちおう、ポーは確認した。リードにはポーの知らない一面があったのだから、不要なリスクをおかすわけにはいかない。車を降りてボンネットに乗り、周囲を観察した。問題はなさそうだ。

ケンプ・ハウのストーンサークルに目を向けた。おそらく、カンブリアでもっとも奇妙なものだろう。大昔から湿原（ムーア）だった場所を背景にしたここは、A六号線とウェスト・コースト本線沿いに一・五マイルにもおよんで石が並ぶ、シャップ列石の一部になっている。ヴィクトリア時代の人々がここに鉄道を敷いて二分することがなければ、いまも二十五ヤードの幅があったはずだ。いまではサークルの半分以上が盛土に埋もれている。残った六個のピンク色の花崗岩はかなりの大きさがあり、道路からも鉄道からもよく見える。

その内側で、なにかがくすぶっていた。

ポーはボンネットから飛び降りると車に乗りこみ、通行を遮断するよう道路の真ん中に移動させた。ハザードランプを点灯させる。

ブラッドショーを振り返った。「おれが任を解くまで、きみが外側警戒線役だ。つまり、おれの許可なしには誰もこの牧草地に入れてはいけない。わかったね？」

彼女はうなずいた。「まかせて、ポー」

「頼んだぞ、ティリー。じきに応援が来る。最初の警察車両が来たら、二十ヤード向こうにとめさせろ」彼は先のほうを指さした。「そうすれば、完全に道路を封鎖できる。文句を言うやつがいたら、大声でおれを呼べ」

ブラッドショーは車から離れ、あけっぱなしのゲートを背にして立った。

ポーは時間をかけ、やるべきことをすべてやったか確認した。簡単なリスク分析、完了。人材の適切な配置、完了。

いいかげん、近くまで行って、燃えているのが羊なのか――カンブリアでは若者がそういうことをときどきする――あるいは、小児性愛者なのかを確認しなくては。どっちがいいかと訊かれたら、硬貨を投げて決めるしかない。

リードにとって、人目に触れないことよりも、手早くやることのほうが大事になっていたはずだ。おそらく、牧草地のなかまで車を進め、一直線にストーンサークルに向かったことだろう。ポーは壁沿いを歩いた。自分が歩いた場所を記録する道具はなく、大事な証拠をできるだけ踏みつけないためにはこうするしかなかった。これ以降、現場に近づく者全員に同じルートをたどってもらうことになる。

まだあと五十ヤードもあったが、六カ月も早いガイ・フォークス・デーのかがり火という可能性は消えた。

やはり人間だった。

慎重に近づいていく。被害者の損傷具合からして、とても生きているとは思えない。焼けた遺体は真っ黒で、まだ煙があがっている。熱で皮膚にひびが入りはじめていた。ところどころ、燃え残りが赤く光っている。つんとするにおいがただよっている。ポーは舌を噛み、えずきそうになるのをこらえた。冷静でいなくては。みんなの期待がかかっている。死体の腕が動いたのを見て、ポーは心臓がとまるほど驚き、まだ生きていると思いこんだ。あわてて駆け寄ろうとした……ところで、なぜかわからないながら、熱で筋肉が縮んだせいだとすぐに気がついた。完全に冷えるころには、死体はコルク栓抜きのようにねじれた恰好になっているだろう。

正式にはDNAと歯の治療記録で確認することになるが、プライスだと考えてまちがいない。エルヴァ・プレインの死体ほどひどく焼けていないため、取り調べのビデオで見たのと同じ顔だとわかった。リードはよっぽど急いでいたのだろう、杭に固定されていなかった。全身に燃焼促進剤をかけ、火をつけるくらいの時間しかなかったのかもしれない。

近づいていきながら、またも逡巡した——ここでもリードは例の署名を残していた。ズボンが足首までおろされていた。性器が切り取られていた。しかも、芝生にたまった血の量から判断すると、男性器が切断されたとき、プライスはまだ生きていて、縛りあげられてもいなかった。周囲に目をやったが、切断された肉片は見当たらない。ほかの被害者の場合と同じ場所におさまっているのだろう——口のなかに。

ブラッドショーを振り返ると——これは彼女には見せたくない——あいかわらず道路の

ほうを向いていたので安堵した。鳴った電話に応答しながらも、目の前にひろがるおぞましい光景から、どうしても目が離せなかった。

「ポーだ」彼は言った。

「イアン・ギャンブルだ。もう現場に到着したのか？」

「しました」

「で？」

「残念ですが、モンタギュー・プライスのようです。すでに死んでいます」

「なんてことだ」ギャンブルはかすれた声で言った。「わたしはなんということを……？」

気持ちはわかる。勾留していたプライスが死んだのだ。それも、自分の指揮下にある人間に殺されて。このあと捜査がおこなわれ、ギャンブルはおそらく職を失うことになるだろう。まちがいなく、もう二度と捜査の指揮を執ることはない。ポーはこの男にいくらか同情を覚えた。こんな事件でたくみに采配をふるえる者などいるはずがない。連続殺人犯が捜査チームの一員？　ポーもそんな事件はこれまで聞いたことがない。リードは捜査の手順をすべて知っていた。作戦をたてるのに協力した。ギャンブルが携帯式のＡＮＰＲカメラをどこに設置したか知っていた。どのストーンサークルが監視されているかを知っていた。警察の動きも、NCAの動きも知っていた。なにもかも、つかんでいた。

そんな相手にどう対抗しろというのか。

それでも、ギャンブルがミスをおかしたのは事実だ。イモレーション・マンの拉致の方法がはっきりした時点で、モンタギュー・プライスの警備を二重にするべきだった。囚人護送車が逃亡の手段として使われる可能性を、ずいぶん昔に刑務所職員組合があきらかにしていたのだから。どれだけありえないと思っても、少なくともその可能性を考慮するべきだった。

それに、なにかにつけポーの意見を切り捨てるのではなく、もっと耳を傾けるべきだった。あとからなら、いくらだって言えるが。

「おれはなにをしたらいいですかね、主任警視？」ポーは訊いた。「いまはおれが現場を守り、ティリーに外側警戒線の仕事をやってもらってます。できれば応援を少し頼みたいところです」

「制服警官がまもなく到着するはずだ、ポー。連中がきちんと現場を保存するよう、見張っていてもらえるか？　別ルートで公衆保護班の部長刑事をひとり、そっちに派遣した。彼女が到着したらすぐに、現場をあけわたしてくれ。ほかの者が到着するまで彼女に現場を仕切っていてもらう」

「承知しました」

「それから、ポー？」

「はい？」

「悪かった」

「なにがですか？」

「すべてだよ」

ポーはすぐには答えなかった。「あまり気に病まないでください。前例のない事件なんですから。ブリーフィングルームに人殺しが交じってるなんて事態は、どんな捜査主任も経験したことはないんです」

「すまんな、ポー」電話が切れた。

ポーはブラッドショーに目を向けた。ポーの注意を引こうと手を振っている。青い点滅灯が見える。

応援部隊の到着だ。

55

ほどなく、ポーとブラッドショーはお役御免となった。殺人事件の捜査という、よく油を差した機械があとを引き継ぎ、ふたりは最初に到着した刑事によって、権限のない人員であると見なされてしまった。つまり、警戒線の内側にいる必要のない人員ということだ。ポーはべつに悪く思わなかった。本部長がこの場に現われたとしても、同じように追い返されたろう。

警察と支援スタッフが続々と到着した。全員が鑑識用の白い防護服に着替えたため、周辺一帯が動くマッシュルームの群生地のようになった。

ポーとブラッドショーは協力を申し出たが、普段着姿で、しかも人物を保証してくれる者がいなかったため、間に合っていると言われてしまった。数年前、ささいなことでポーと口論になった気むずかしい年配の刑事がやってきた。その彼から、用はないときっぱり言われた。ふたりはみんなから踏みつけられないよう、ポーの車まで退却した。

〈シャップ・ウェルズ〉に戻ったほうが、リードの潜伏先を突きとめる役にたつのはわかっていたが、ポーはフリンの到着を待ったほうがいいと判断した。そのうち、刑事たちは彼から話を聞きたがるはずだ。リードがイモレーション・マンであると突きとめられたこと、ポーの名がマイケル・ジェイムズの胸に刻まれ、その結果、彼と事件の結びつきがあきらかになったこと。ポーが知っていることをすべて聞きたがるだろう。生け贄探しが始まったときに必要となる情報は、彼が握っている。いずれ誰かがこの全責任を負わなくてはならない。

政治的な波及効果はひとまずおき、ポーは事件のいきさつをあらためてさらった。リードがヒラリー・スウィフトの孫を殺すとは思っていない。イモレーション・マンは行動こそ猟奇的だが、これまでのところ冷静で計画的に動いている。これといった理由もなしにやったことはひとつもない。子どもを拉致したのも戦術的な理由からだと、ポーは確信している。すべて片づく前に居所を突きとめられたときの切り札にするのだろう。

また、リードが近くにいることにも確信があった。途中、いくらでもストーンサークルがあったのに、プライスをカーライル署からシャップまで連れてきている。おそらくリードはモンタギューに火をつけると、まっすぐ潜伏場所に向かったのだろう。ここからそう遠くないはずだ。

しかし、該当する郵便番号の地域にいても、たいした役にはたたない。シャップの丘陵地は広大で人里離れている。どこにいてもおかしくない。

「ポー？」

ブラッドショーがじっと見つめていた。下唇をしきりに噛んでいるのは、なにか気になることがあるときの仕種であると、ポーにもわかるようになっていた。「なにかあったのか、ティリー？」

「リードがマシュー・マローンなら、彼とジョージ・リードはどういう関係？」

そう言えばそうだ。

ジョージ・リードはこの件にどうかかわってくるのか。マシュー・マローンはどのようにしてキリアン・リードになったのか。答えの出ていない疑問はほかにもある。リードはどのようにしてクエンティン・カーマイケルとその仲間の手から逃れたのか。彼とジョージ・リードが復讐をしようと決めたのはいつだったのか。それはリードが警察に入る前か、それともあとか？　リードが警察に入ったのは、復讐と関係あるのか？

わかっていない情報が多すぎる。

だが、わかっているのは、知り合ってからずっと、リードが抱えていたであろう痛みだ。彼が隠しとおしてきた痛みは、ポーの理解をはるかに超えていたにちがいない。彼とふたたび会うことはあるのだろうか？　そもそも、彼は本当に友だちだったのだろうか？　最初から、ポーもリードの壮大な計画の一部にすぎなかったのだろうか？

メッセージの着信音で物思いから引き戻された。フリンからだろうと思いながら画面に目をやった。知らない番号だ。さっきかかってきたギャンブルの番号ともちがう。クリックしてメッセージをひらいた。ポーは驚愕のあまり、口を大きくあけた。

ひとりで来れば子どもふたりは助けてやる。ギャンブルを連れてきたらふたりとも焼き殺す。車のナビが目的地に到着したと告げても、まだ先がある。さらに〇・六マイルほど走り、次の交差点で左に曲がれ。百ヤード行くと、ブラック・ホロウ農場の看板が見える。文字どおり、行きどまりだ。車をとめて家まで歩け。キリアン

最後に郵便番号が記されていた。こめかみのあたりの血管がどくどくいいはじめた。いよいよだ。終わりの始まりだ。リードはポーと会うのを求めてきた。そしてポーはそれに応じるつもりでいる。

心のなかでは、最後はひとりでイモレーション・マンに立ち向かうことになると、ずっと思っていた。ひとこと返事を書き――ＯＫ――送信ボタンを押した。電話をポケットに

入れ、どうしようかと考えた。時間はあまりない。まもなくフリンが到着するから、そうなったらこっそりここをあとにするのは無理だ。行くのなら、いますぐ出発しなくては。ブラッドショーが妙な目で見ている。無言で問いかけるように、首をかしげた。

「ちょっと用事ができたんだ、ティリー。きみはここにいて、フリン警部に必要な情報をすべて伝えてやってくれ」

「どこに行くの、ポー？　誰からメッセージが来たの？」

「おれを信用しているか、ティリー？」

彼を見つめるブラッドショーの近視の目が、眼鏡の奥で激しく燃えあがっている。彼女はうなずいた。「信用してる」

「やらなきゃいけないことができたんだが、きみに教えるわけにはいかないんだ」

「友だちでしょ。あたしにも手伝わせて」真剣な表情で言われ、ポーはあと少しで折れるところだった。

「今度ばかりはだめなんだ、ティリー。おれがひとりでやらなきゃいけない」

56

　リードに教わった住所はM六号線をはさんだ反対側だったが、ナビゲーションシステムは近くのくぐり抜け道路（アンダーパス）に行くよう指示した。ポーはシャップ集落より先の土地に関しては不案内だ。北に向かうときは、A六号線ではなくM六号線を使うが、まもなく車は低い山々が連なるほうへと向かった。

　カンブリアでは主要幹線道路から分岐した一車線道路をほんの百ヤードも走ると、あっという間に田舎道に変わってしまう。ほかに走っている車はないだろう。この道路を利用するのは山のなかに住んでいる者だけだ。どこかに抜けるわけではなく、突然、ぷっつりと途切れてしまうはずだ。羊たちがフェンスに邪魔されることなく、自由に草をはんでいる。M六号線近くを走っているときは三つのキャトルグリッドを通ったが、このあたりではひとつもない。ほどなく、高速道路を見おろせるほどの高さに到達した。いまいるのは、ラングデール丘陵だ。あたりはまたも不吉な霧に包まれ、鬱蒼（うっそう）としはじめた。すぐに視界がまったくきかなくなるだろう。ナビが、あと五マイルだと告げた。車はラングデール丘陵の頂上を越え、反対側の細い道路を下りはじめた。ナビが作動しているが、それでもいったん車をとめ、自動車協会発行の道路地図で確認した。位置関係を把握しておきたかったのだ。いまいるのは、カンブリア州でもとくに田舎のレイヴンストーンデール共同地だ。生まれてからこの方、一度も来たことがない場所だ。

道路の状態と霧のせいで、時速三十マイル以上は出せなかった。ナビの指示に従い、目的地に到着したと言われてもまだ、自分が人類の住む惑星にいる気配は微塵も感じられなかった。ここでは羊すら見当たらない。

ポーは車をとめ、リードの指示を確認した。

遠くにいくつものぎざぎざの山頂が、霧の上から墓石のようにのぞいている。その輪郭もしだいにぼやけてきていた。まもなく霧はポーがいるところまでおりてくる。そうなったら、万事休すだ。レイヴンストーンデール共同地はどこを見ても、ごつごつした岩山と石ころだらけの斜面と硬そうな花崗岩の露出ばかりだ。羊がいないのはそれが理由だ。食べるものがなにもない。風が斜面を吹きおろし、水がしたたる音が聞こえた。

それ以外、なにもない。

薄気味悪い場所だった。いつもなら頭をはっきりさせてくれる湿原も山々も、いまは陰鬱でうっとうしいだけだ。霧が低いところまでおりてきたせいで、夢のなかにいるような気がしてくる。いまのポーは完全に孤立無援状態だった。

車のギアを入れ、リードの指示に従った。次を左に曲がって百ヤード進むと、リードが言っていたとおりの場所にブラック・ホロウ農場の看板が見えた。通路上に大きな岩がいくつか置かれ、両脇に深い溝が掘ってあり、車両の進入を阻んでいた。地面についた岩を引きずった跡が、まだ新しい――最近になって間に合わせのバリケードを設置したようだ。リードがなぜそんな手間をかけたかが気になった。ポーが正面玄関まで車で乗りつけるのを見越していたかのようだ。ここからは慎重を旨としなくては。

ブラック・ホロウ農場は突き当たりにあった。ポーが車をとめたところで道は途切れていた。エンジンを切り、周囲を見まわした。

家屋は大きくて寒々としていた。ポーも孤独にひっそり暮らしているつもりだったが、この山中で農作業に従事していた男女にくらべれば、自分などシティボーイも同然だと思った。ここは農業をする以外、なにもない場所だ。

ブラック・ホロウ農場とはよく名づけたものだと思う。暗い雰囲気が農場全体をベールのように覆っている。恐怖、絶望、怒り。深い盆地にあるため――かつては採石場だったのかもしれない――一日じゅう、影になっている。湖水地方のファームハウスではあるが、朝食つきの宿にしても絶対に儲からないだろう。低くがっしりした建物は厳しい冬の気候に耐えられるようつくられており、見てくれなどほとんど考慮されていない。岩にしがみつくカサガイのように地面にへばりついて建っており、築二百年はたっていそうだ。

羊小屋——天候がかなり悪いときに羊を避難させる石造りの畜舎——が母屋のわきについている。ポーのところにもある。普通は円形か楕円形で、高さはおよそ三フィート、狭い入り口がひとつだけついている。ブラック・ホロウ農場の羊小屋は少々異なっていた。大きくした入り口を巨大な軍隊用の迷彩柄ネットで覆ってあった。

なかに、見つけられなかった十人用四人護送車があった。

ほかに三台の車が建物のわきにとまっている。ポーが何時間も費やして調べた四人用の四人護送車、リードの古いボルボ、おんぼろのメルセデスはジョージ・リードが使っているものだろう。

ポーは車から降りずにそれらすべてを見てとった。携帯電話を出した。意外にも、電波が来ている。実際に到着してみると、自分の行動がいかに無謀かを思い知らされた。彼がここにいるのは誰も知らないし、知っていたにしても、応援を呼ぶのにたっぷり四十分はかかる。

なのになぜ来たのか？　賢明なのはギャンブルに電話をし、あとは人質交渉人か武装対応班にまかせることだろう。それ以外の対応は無謀もいいところだ。しかし……リードは友人だ。知らない面はあっても、友だちに変わりはない。

ポーはどうしていいかわからなくなった。

メッセージの着信音がまた鳴った。さきと同じ番号だ。五単語からなるメッセージ――きみに危険はない、ポー。(You're in no danger, Poe.)

それでもポーは動かなかった。車を降りて、粘板岩の通路をファームハウスに向かって歩けば、警官としての人生が終わる。なにが起ころうと、待つべきだったと言われるだろう。

写真のなかの少年を思い出す。煙草の痕だらけだった少年。過酷な運命に逆らって生きのびた少年。ポーの友。こんなことになっても、リードはやはり友人だ。これほど長期間にわたって友情を装うなど、誰にもできるはずがない。リードにしゃべるチャンスをあたえたい。

またメッセージが届く――安心しろ、ワシントン。

顎にぐっと力を入れる。

ワシントン・ポーはこみあげてくる酸っぱいものをのみこむと、車を降り、地獄に向かって歩きだした。

57

霧に隠れた太陽は、ファームハウスの裏の位置にあった。正面に長い影がのびている。あたりは屍衣をまとった死体のように静かだった。涼しくなってきていたが、ポーは汗をかいていた。それが背中を伝いおり、腰のくびれのところにたまっている。

七十ヤード手前で足をとめた。前方、四十ヤードと離れていないところに長方形のものが見えた。影になっているせいでなんだかよくわからない。彼が通るところにわざと置いたようだ。芝居の小道具のように。ポーは近づいた。

棺だった。

全部で三つ。

そんな……まさか。

緊張で額がこわばった。棺はきれいな毛布の上に並んで置かれていた。ポーは最初のひとつの、ぬくもったパイン材を指でなぞった。磨きあげた真鍮の部品がきらりと光る。

携帯電話の懐中電灯機能を探りあて、真鍮のプレートを照らした。心臓が破裂しそうだ。そこに刻まれた三つの名前は、ポーの魂から一生消えることはないだろう。

マイケル・ヒルトン。

アンドリュー・スミス。

スコット・ジョンストン。

三人の少年は行方不明ではなくなった。

ポーは何枚か写真を撮り、それからうら寂しくしんとしたファームハウスを見やった。あそこで四人めの少年が彼を待っている。


ポーはブラック・ホロウ農場に向かって歩きだした。正面のドアはオーク材で、みっしりと重たかった。大きな鍛造の蝶番で取りつけられているそのドアは、ひとつひとつ手づくりされていた時代のものだ。窓にも同じ重たい木の鎧戸がついていた。手つかずの中庭の泥板岩はずいぶんと踏みならされていた。

人が住む家というよりも、警備の厳重な要塞のようだ。

近づいていくと、嗅ぎなれた化学物質のにおいが鼻腔を襲った。

ガソリン……

胃が飛び出しそうになった。喉の奥が灼けるように痛む。においが全体にひろがっていることから、ファームハウスは焼夷弾のようにガソリンをたっぷりまかれているようだ。全速力で走って逃げるべきだが、子どもたちを見つけるまでは引き返せない。十人用の囚人護送車に目を向けた。ハンドルがはずされている。ファームハウスに火がついたら、あの護送車も燃えてなくなってしまう。

子どもたちはあのなかにいるのだろうか？　ポーは護送車に向かった。

ファームハウスの木の鎧戸がひとつあいた。

リードが一階の窓のところに顔を出した。

「これがおれたちの〝真昼の決闘〟か、キリアン？」ポーは言った。「それとも、マシューと呼ぶべきかな？」ポーは足をとめることなく護送車に向かった。なにか起こる前にスウィフトの孫を見つけなくては。

リードが言った。「とまれと言っても聞いてくれそうにないようだね」

ポーは羊小屋に入り、金属のステップをあがって移動刑務所の前に立った。ドアをあけようとしたがロックされていた。数字が銀色で表示された黒いキーパッドが、なかにいる者を外に出られなくしている。

リードが大声で言った。「暗証番号は１２３４だ。きみの気の済むまでここで待っている。あまり時間をかけるなよ」

暗証番号を入力すると電子的なかちりという音がした。ドアをあけた。

これまで嗅いだことのない悪臭が一気に押し寄せた。においは鼻の内側に貼りつき、ガソリンのにおいをも圧倒した。大便、小便、嘔吐物にくわえ、饐えた汗と不潔な体のにおいが交じっていた。みじめさと死が放つ悪臭。中央通路の床は茶色い液体で濡れていた。通路に足を踏み入れると、においはさらにきつくなった。両側に五つずつ小部屋があり、ポーはそのひとつひとつのガラスの観察窓からなかをのぞいたが、長時間にわたる不快な収容の名残以外、なにも見当たらなかった。

どの小部屋も空だった。

58

ポーは車を降りて、深呼吸した。建物の正面にまわりこみ、正面のドアをためした。鍵がかかっていた。ドアを破ろうとしたが、肩を痛めただけだった。

「子どもたちはいったいどこだ？」ポーは大声で訊いた。

「あの子たちが悪魔の血を引いているのはわかっているだろう？」

「なんてことを……いったいなにをした？　子どもたちをどこにやった、キリアン？」

「ふたりとも無事でいるよ、ポー。ぼくの友人とウィンフェル・フォレスト・センター・パークスに滞在してる。けさ確認したら、とても楽しく過ごしているようだった。すべて、母親が手配したと信じこんでる」

ウィンフェル・フォレストはカンブリア州警察本部があるカールトン・ホールから約三マイルほどのところにある。リードがうそをついているのでなければ、いままでずっと警察の目と鼻の先にいたのだ。警察は空港やらフェリー・ターミナルを調べてまわっていたが、水泳用プールを調べればよかったのだ。

「フリンに連絡するぞ」

リードはうなずいた。

メッセージを入力しながら、ポーの頭をふと疑問がかすめた。「ふたりの写真は出まわっている。なぜ、誰も気づかなかったんだ？」

「きみはふたりの特徴を知っている？」

「もちろん」

「なぜ知っているんだ？」

「写真を見たから……」ポーの声はしだいに小さくなった。「写真を入れ替えたのか。母親から写真を手に入れるとギャンブルに言っていたが、手に入れたあと差し替えたんだな」

「いまこの瞬間も、同僚たちはぼくがフェイスブックから取ってきたふたりのアメリカ人の子どもを探してるだろうね」

「それで――」

「それで、なぜそもそもふたりをさらうという手間をかけたかって？　なぜ〈セブン・パインズ〉に置いていかなかったかって？」

ポーはうなずいた。

「どうしてもきみにここまで来てもらいたかったからさ。ぼくが来いと言おうが言うまいが、おそらくきみは自分の意思で来ただろうが、子どもをちらつかせれば確実だろ？」

ポーはまたも、もてあそばれたのだ。

「訊きたいことがあるようだね」リードは言った。

「なぜおれを呼び出した、キリアン？」

「どこまで突きとめた？」リードは訊いた。

「例のチャリティー・オークションのあと、少年四人は死ぬ運命にあったが、死んだのは三人だけだった。四人めがなんとか逃げ出し、復讐をしてまわっている」ポーはさらにつづけた。「で、これからもおまえをキリアンと呼んだほうがいいのか、それともまた、マシューと呼ばれたいのかどっちだ？」

リードはうなずいた。涙が次々と頬を伝う。「マシュー・マローンはあの晩に死んだ。いまのぼくはキリアン・リードだ」

「わかった、キリアン」ポーは言った。「ヒラリー・スウィフトはどこにいる？」

リードはファームハウスのなかに消えた。窓のところへとなにかが引っ張られてくる音がした。スウィフトが現われた。頭は血まみれで怪我をしているが、生きている。養生テープで口を覆われ、恐怖で怯えきっている。リードは養生テープをはがした。「ポーに再会のあいさつしろ、ヒラリー」

「助けて！　わたしを助けてちょうだい！」彼女はヒステリックに叫んだ。

「助けるだって？」リードは言うと、彼女の顔を殴った。「ポーはあんたを助けるために来たんじゃないんだよ、ヒラリー」

ヒラリー・スウィフトが死ぬのは、もうわかっている。なにをしたところでポーには彼女を救えない。彼女は二十六年前、悪魔と取引をし、これがその代償だ。ふと疑問が頭をよぎった。「クエンティン・カーマイケルの死体はどこに行ったんだ？」

リードは頭を傾け、さっき見たときは、もう使わなくなった麻の大袋と思ったものを示した。歩み寄り、糞にまみれた靴で袋の口をひらいた。

三十年近く塩漬けになっていた男の、しなびた死体が入っていた。昨年から湿気と接するようになって、ようやく腐敗が始まったようだ。長く退屈な時間がかかることだろう。リードは死体を、小便の染みがついたマットレスのように、放棄した。手の指も足の指もなくなっている。キツネやネズミがすでに襲撃をかけたらしい。

ポーは前に進み、リードがいる窓のところに向かった。スウィフトの姿はもうなくなっていた。

「話を聞く覚悟はできてるか、ポー？」

できてなどいないが、それでもうなずいた。

「聞かなくたっていいんだよ」リードは言った。「何年もかけて集めたすべての証拠に、録音した告白。そういうものが、外にとめた四人用の囚人護送車に積んだセーフボックスに入っているんだから」

ポーは言った。「なにがあったか話してほしい、キリアン」

59

「〈セブン・パインズ〉に関するきみのメモを読んだ」リードは言った。「ぼくたち四人が、養護施設にいたどの子どもたちよりも固い絆で結ばれていたことを、オードリー・ジャクソンがきみとフリン警部に話したことはわかってる」

ポーは先をつづけるよう、身振りでうながした。

「ぼくたちはヒラリー・スウィフトが大好きだった。施設の子はみんなそうだったよ。やさしそうで熱心な感じの人だったからね。友だちが兄弟なら、あの人は母親だった。だから、彼女からちょっとした小遣い稼ぎをしないかと言われたときには、話に飛びついた。当然だろう？　お行儀よくしていたら、稼いだお小遣いを使えるよう、ロンドンに連れていってあげると言われたんだ。向こうに着いたときに時間を有効に使えるよう、あらかじめ絵はがきを書いておきなさい、とも言われた」

絵はがきはそうやって送られたのか。あれがあったから、少年たちの捜索は北ではなく南でおこなわれた。はがきは一枚ずつ、男たちが仕事でロンドンを訪れた際にポストに投函したのだろう。筆跡と指紋は一致していた。それ以上のなにかがあったと勘ぐるはずがない。

リードがまた話しはじめた。「きみはあの晩の真相を探りあて――つけくわえておくと、ぼくの計画よりもいささかタイミングが早かった――モンタギュー・プライスが残りの部分を白状した。競りにかけられたのはぼくたちだった。カーマイケルが、ぼくらが母と慕う人と組んで準備したんだ。ぼくたちが張り切って、元気いっぱいの少年を演じているのを見ながら、あいつらはぼくらを自分のものにする権利を競り落とそうとしていた」

太陽はほぼ沈み、影もほとんど見えなくなっていた。満月の淡く、神秘的な光が射している。過去の悪夢を語りながらリードがどれほど心を痛めているか、ポーには充分すぎるほどわかった。

「カーマイケルが、〝お楽しみ〟のひとつは自分用にキープすると告げた。賢い男だ。少年三人に、小児性愛者が六人。需要と供給の法則。スウィフトはもっと大勢の子どもを連れてくることもできたはずだが、全員にひとりずつ行き渡ったら、あまり高い値がつかないからね」

モンタギュー・プライスが、そのようなことをすでにほのめかしていた。

「なにがおこなわれているのか気づいていたのか？」ポーは訊いた。

「雰囲気は察していた。男たちが忍び笑いを漏らしたり、貪欲な目で見てきたりしてたからね。でも、気づいてたってわけじゃない。金持ち連中は酔っ払うとこんなふうになるのかと思った程度だ。〝パーティ〟をやるからってことでどこかの家に行かされてはじめて、どういうことかわかった。そこでなにがあったかは、きみもわかるよね？」

「ひどい話だ」ポーはつぶやいた。「で、プライスは？　本人が主張しているように、あいつに非はなかったのか？」

「そんなわけないだろ」リードはぶっきらぼうに言った。「だからほかのやつらと同じように火あぶりにしたんだ」

予想していたとおりだが、リードの口から聞かされると胸が張り裂けそうになる。「で、競り落とした男たちが、それぞれ連れて帰ったわけか？」

「そう。ぼくはカーマイケルに連れていかれた。薬と酒で朦朧とした状態で。その後、数週間、どこかの部屋で過ごした。ときどき、あいつが〝遊び相手〟としてべつの男を連れてきたが、ほとんどはあいつの相手をさせられた。友だちも同じような目に遭ったと思ってる」

「じゃあ、船でのパーティ以来、ほかの三人には会ってないのか？」

「そうだったらどんなによかったか」リードは下に目をやり、床の上のなにかを踏みつけた。スウィフトがうめき声をあげたが、すぐにごぼごぼという音に変わった。「あいつらはサディストだったんだよ、ポー。ぼくたちを何週間にもわたって虐待するだけでは飽き足らず、いよいよ証拠を処分しなくてはならなくなると、最後にもう一度、全員で集まった。人を殺すことで、結束を確認しようとしたんだ。ぼくの友だちがどこで殺されたか、あててごらんよ、ポー」

見当をつけるまでもなかった。「ストーンサークル。三人はストーンサークルで殺された」

60

「ストーンサークルだ」リードはうなずいた。「あいつらはぼくたちを車に乗せ、ここからそう遠くない人里離れた場所にあるストーンサークルまで連れていった。ぼくは友人たちがひとりひとり、火あぶりにされるのを見せられた。男たちのほうもそれほど楽しんでいたわけではなさそうだったが、そのころには状況はひどくエスカレートしていた。カーマイケルはクルーズ中に男たちのビデオを撮影していたから、誰もあと戻りできる状態じゃなかったし、カーマイケルの側からすれば、殺し方が残忍であればあるほど、全員の身の安全が保証できるというもくろみがあったんじゃないかと思う。極悪非道な行為を共有することほど、お互いを強く結びつけるものはないからね」

ポーが捜査に取りかかった当初は、無辜（むこ）の人間を殺してまわるモンスターを追っているという想定だった。リードの行為を赦（ゆる）すことはないだろうが、理解はできる。殺された男たちは、自分たちにふさわしいモンスターをつくりだしたのだ。

「なぜきみは生き残れたんだ、キリアン？」男たちの秘密を守るためには、四人とも殺さなくてはならなかったはずだ。ひとりを生かすのは、全員を生かすよりもまずい。

「カーマイケルだよ」リードは言った。「ほかの三人はぼくのことも殺すよう頼みこんできたが、やつはそれを拒んだ。〝これはわたしのものだ〟と言って。あいつはぼくを〝これ〟と呼んだんだよ、ポー」

「それで……？」

「それで、けっきょく、ぼくに飽きたのか――これはぼくの考えだけど――クルーズ船に参加した連中の意見に耳を貸すことにしたらしい。なぜいつまでもぼくを生かしておくのか？　リスクが大きすぎるじゃないか。ある朝早く、ぼくは起こされ――外はまだ真っ暗で雪が降っていた――車でケズィックまで連れていかれた。キャッスルリッグのストーンサークルまで散歩しようと言われたんだ。たぶん、ほかの三人のときみたいに、外でやるスリルを味わいたかったんだろう」

「そのときに逃げたのか？」

「ちがう。地区評議会の敷地を歩いていたときのことだ。あとで知ったが、あれはストーンサークルへの近道だったんだ。人目を引くほど近くに車をとめたくなかったんだろう。塩の山をのぼっていたら、突然、やつが膝をついた。倒れたときにはもう死んでいた。これからやることに興奮しすぎたせいじゃないかと思う」

常識的に考えれば、そこでリードはしかるべき役所にまっすぐ駆けこむべきだが……そうはしていない。

「なぜ、警察に駆けこまなかったか、疑問に思っているんだろう？」

ポーはなにも言わなかった。たしかに疑問に思うが、そう単純な話ではないのだろう。あれだけの重荷を背負っていれば当然だ。

「理由はふたつあると思う」リードは言った。「カーマイケルに誘われてぼくをレイプした男のひとりが、自分は警官だと言ったんだ。どこの署に勤務してるかはわからなかった。当時、まだ十一歳だったぼくにとって、すべての警官は悪人だった。警官が怖かったんだ」

「もうひとつの理由は？」

「それまでの出来事に関して、ぼくも共犯だとカーマイケルに言われたから。友人たちがみんな死んだのに、ぼくだけが生き残ったんだからと。誰かに知られたら、ぼくもほかの男たちと一緒に刑務所行きだと信じこまされていた」

その年ごろで、しかもさんざん虐待を受けたあとでは、どんなことでも信じるだろう。カーマイケルは心臓発作という軽い罰ですんだ。本当に最低な野郎だ。

「だから、ぼくはたったひとつ考えついたことをした――カーマイケルの財布と金を奪い、その場をあとにした」

「それでカーマイケルは？」

「落ちた場所にそのまま放置した。雪がうまく隠してくれたんだろう」

その説明は、これまでわかったことと一致する。雪が降っていたのだから、融雪剤を散布する車が稼働していたわけだ。道路作業員がトラックに積む前に塩に積もった雪を払う手間をかけたとは思えない。カーマイケルは倒れこんだ塩の山ごとすくいあげられ、M六号線用の備蓄としてハーデンデール塩貯蔵庫に運ばれたにちがいない。四分の一世紀のあいだ、そこにずっと置かれた。

「そして、何週間も前にやるべきだったことをした」リードの話はつづいた。「ロンドン行きの列車に乗った。ブライトン行きに乗り換え、そこでおばさんの居場所を突きとめた」

「そんなはずはない」ポーは言った。「きみのファイルは全部、目を通した。きみにはブライトン在住のおばさんなどいない。一緒に暮らせるような親戚はひとりもいないはずだ」

「ポー、なにをばかなことを言ってる。ぼくたちは北部の人間だぞ。血がつながっていなくても、おばさんと呼ぶことはあるじゃないか。会いにいったのは母の親友だった、ヴィクトリア・リードという人だ。いつもやさしくしてくれて、信頼できる人だった。あの人ならどうすればいいか教えてくれると思ったんだ」

「教えてくれたのか?」リードの説明には納得がいった。ポーはリードの母親をヴィクトリアおばさん、父親をジョージおじさんと呼んでいた。子どものときは、みんなそうするのが普通だった。

「そんなことはなかった。だって、当然だろう? 彼女はぼくが施設にいたことも知らなかったんだから。こっちに越してからというもの、父は誰とも連絡を取っていなかった。ぼくはふたりにそれまでのことを説明した。なにもかも。ジョージおじさんは警察に行くべきだと言ったけど、おばさんはぼくの友だちを殺した男たちのことより、ぼくのことを考えてくれた。彼女は認知行動療法のセラピストで、心的外傷後ストレス障害（PTSD）を専門にしていた。当時はまだＰＴＳＤというものが認知されはじめたばかりで、おばさんは、警察に行ってもぼくが必要とする助けは得られないと考えた。ぼくが刑事司法制度に食われ、いま以上に悲惨な思いをさせられると考えたんだ」

「それで?」

「おばさんは、最善の考えが浮かぶまでは騒ぎたてないでほしいとジョージを説得した。

ぼくにとって最善の考えが浮かぶまでは。自分のことよりもぼくのことを優先してもらったのは、本当にひさしぶりだった」

「それで、おばさんは力になってくれたんだね？」

「そういうことだ、ポー。簡単なことじゃなかったが、おばさんは万事心得ていたし、聖人のような忍耐の持ち主でもあった。ぼくがおぞましい記憶の無限ループにはまりこんでいると、すぐに見抜いてくれた。これはPTSDの大きな特徴で、おばさんはそれを断ち切らないといけないと考えた。ぼくは、なにが起こったかを頭のなかで再生せずに、記憶としてとどめられるようにならなくてはいけなかった」

「それでこっちに越してきたのか？」

「そこのところはきみも知ってるだろ、ポー。学校で一緒だったんだから。おじさんもおばさんも湖水地方が気に入っていたし、おばさんからは事件と関わりのある場所を訪れるよううながされた。アルズウォーター湖、友だちが殺されたストーンサークル、カーマイケルの自宅。あれはもう終わったことなんだとわからせるためだった。おばさんはウェストモーランド総合病院に認知行動療法セラピストとして勤め、ジョージはこっちで開業した」

ヴィクトリア・リードは自分の息子でもない少年のために、住み慣れた土地を離れた。

夫も同行した。善良な人間にお目にかかることはそうそうあることではないが――実際に、そういう人物を前にすると、偽善的なものを感じてしまう――ポーはリード夫妻と過ごす時間がもっとほしかったといまさらながら思った。「その結果、少しずつでも回復したんだね？」

「時間はかかったが、少しずつ回復した。寝小便をしなくなった。他人にそばに寄られたり、触れられたりするたびに身をすくめることもなくなった。あの出来事にさいなまれることもなくなった」

「そしてキリアン・リードになった」

「あのころは、自分はこういう者だと言えば、誰もがそれを事実と受けとめてくれた。ぼくはふたりの息子として入学手続きをした。そこできみと出会った。誰もぼくの過去を詮索したりしなかった。ヴィクトリアおばさんは国民健康保険の仕事をしていたから、新しい出生記録をまぎれこませるのなんか造作もなかった」

人によっては、短い期間にそれだけの経験をすると、人を信じるということができなくなってしまう。そういう人間にとって、いずれは人生を取り戻す可能性があるというのは前向きになれる話だ。

それで、なにがあったんだ？　ポーはその質問を口にした。

「ぼくを愛してくれる両親とともに、残りの人生をなぜ楽しまなかったのかと訊いているんだね？」

ポーの目が潤んだ。とてもしゃべれそうになかった。

「うん、そうすることもできたかもしれない。本気でそう思ってる。ずっと考えてたんだよ。心の整理がついたら警察に行こうって。届を出して、司法に懸けてみようってね。でも……心の整理がついても、その気にならなかった。善良なふたりとの平和な暮らしのほうが、復讐よりも魅力的に思えたんだ」

「じゃあ、いったいなにがあった？」

「運命だったんだよ、ポー。父と一緒に獣医の集まりみたいものに出かけた。よくある人脈づくりのイベントだよ。終わったあとに食事と飲み物が出るような。場所はウルヴァーストンのメーソニック・ホールだったが、なんとなんと、その場に誰がいたと思う？」

ポーは答えなかった。

「くそ野郎のグラハム・ラッセルさ。やたらと目立っててね。冗談を飛ばしてはばか笑いしていた。シャツにブランデーの染みが点々とついていたな」

なんてことだ……

「ヴィクトリアのおかげで、過去につながるものを思い出すことはなくなっていたが、あのぶくぶくに太った人でなしの姿を見た瞬間、ぼくのなかでなにかがぷつんと切れてしまった。メーソニック・ホールにいるんじゃなく、カーマイケルの家の地下室に逆戻りしていた――ラッセルがぼくにのしかかり、汗をぽたぽた垂らしながら体を上下させていた」

「それがきっかけで、連中を殺すと決めたのか？」

リードは首を横に振った。「そうじゃない。それでもまだヴィクトリアおばさんのセラピーは効いていた」

「そのあとなにが？」

「あの下司野郎が近づいてきて、父に自己紹介した。ふたりが雑談に興じるあいだ、ぼくは恐怖で口をきくことすらできずにいた。あいつが得意げにあれやこれやと話すのを聞いていた。自分がいかに影響力のある人間かとか。引退はしたものの、金持ちの権力者連中からいまだに恐れられているとか。死体が埋められている場所を知っている、とも言った。ジョージおじさんは、記者時代の話をしているんだと思ったみたいだ。金持ちの有力者連中の盗聴をしていたときに発見した、スキャンダルや秘密のことだとね。でもぼくには、やつがぼくの友だちの話をしているとわかったんだ」

それがとどめだったのか……

「憎悪の気持ちが一気にわきあがったよ。その場でやつの喉を切り裂かないようがまんするのが精一杯だった。一分以上、手にしたステーキナイフを見つめて、そうしてやろうと考えた。友だちの仇（かたき）を討てるのなら、刑務所に入るくらい安いものだ」

「でも……？」

「でも、そこで思いとどまった。冷徹な論理がぼくの手を押しとどめたんだ。やつらのうちのひとりだけを殺したって意味がない」

リードはポーを見つめた。

「全員を殺せるのに」

61

その年、ヴィクトリア・リードは運動ニューロン病と診断され、リードは彼女が生きているあいだはなんの行動も起こすまいと心に誓った。それほどまでに彼女を大切に思っていた。

それでも、準備はつづけた。成功の確率を最大限まで高める目的で、カンブリア州警察に入ることを決めた。ジョージは否定的だった――彼は自分の仕事を手伝ってもらいたがっていた――が、ヴィクトリアはあと押ししてくれた。他者を助けることで、立ち直りのあらたな段階に進めると考えたからだ。リードは刑事の試験勉強に励み、重大犯罪の捜査にくわわれるよう全力をつくした。それが達成できると、今度はそこに確実にとどまるための努力をした。ポーは以前から、リードが警部への道を目指さず、より興味深い職も検討しないことを不思議に思っていたが、これで謎が解けた。彼は自分の事件の捜査にくわわり、捜査を自分が望む方向にさりげなく導き、追っ手よりも一歩先んじていようと計画していたのだ。

ギャンブルに最初から勝ち目はなかった。

ポーはヴィクトリア・リードの葬儀に参列したが、深く悲しんでいるはずのリードから、むしろ固い決意が伝わってきたのを覚えている。愛する人が衰弱していくのをずっと見てきたせいで、心のなかでは何カ月も前に死に対する心がまえができていたのだろう。当時のポーはそう思っていた。

「かかわった男たちの身元はわかっていたのか?」ポーは訊いた。

「ラッセルだけだ。彼を拉致して、ほかの連中の名前を吐かせたいところだったが、慎重にことを進めるほうを選んだ。まだ準備ができていなかった。理想を言えば、あと一年は待ちたかった」

「しかし、カーマイケルの死体が見つかり……」

「あれがぼくにとっての号砲だった。身元がわかるようなものを残していたとしたら――もっとも、そのころには娘と息子が父親は海外で死んだと、まわりの連中を信じこませてくれていたけど――ほかのやつらが警戒するかもしれないからね。心配するにはおよばなかった。カーマイケルの身元はけっきょくわからなかったんだから。きみが登場してくるまでは」

「それで、予定よりも早く始めたわけだ」

「いくつかのことは、すぐに手をつけた。護送車とその他の道具の購入とか。作業する場所も必要だった。この場所は父から聞いて知っていた。もう何年も耕作されていないという話だった。始める数ヵ月前に強盗事件を捜査したとき、いくつか書類を盗み、正式な身分証が必要になった場合にそなえて、パスポートを申請した。それを使ってここを借り、一年分の賃料を現金で支払った」

だからブラッドショーでも見つけられなかったのか。農場は彼の名義ではなかった。

「完全に準備できたところで、本番となった」

「グラハム・ラッセルを拉致した?」

「ちょっと説得したら、全員の名前を教えてくれたよ。本名を使ってなかったモンタギュー・プライス以外の名前をね。あいつの正体を知っているのはカーマイケルだけだが、あいつはもう二十五年以上も前に死んでいる。きみが銀行の取引明細を発見するまで、プライスの名前はわからなかった。そのころには、やつはどういうことかを察して、身を隠してしまった」

ラッセルの死体だけに拷問された痕跡が見られたのはそういうわけだったのか。

「それから、全員を見つける作業に取りかかった」

「どのくらいの時間が——」

「たいしてかかってない。グラハム・ラッセルを殺して、捜査が確実におこなわれるようにした。おかげでデータベースを調べる口実ができた。事件前だったら、疑いを持たれただろうけど。標的の居場所を突きとめ、それぞれについての情報を集めた。それから、ひとりひとり拉致した」

「どうやって?」

「おいおい、ポー。警察のバッジを見せれば簡単にドアをあけてもらえることくらい、きみだって知ってるだろう。お茶を一杯飲みながら防犯対策の話をし、それからプロポフォールをたっぷりあたえ、護送車に積みこむ。簡単だったよ」

計画的で、やっていることをちゃんとわかってさえいれば、殺人は簡単だ。捕まるのは無計画なやつだ。「だが、ジョージはどうなんだ? あの人は反社会的な人格じゃないし、このことにはなんの関係もないはずだ。おまえが無理にやらせないかぎり」

「ジョージ? 父がこの件に関係してると思ってるのか?」

「おまえひとりじゃできないだろう、キリアン。共犯者がいるはずだ」ポーは事実として述べた。二台の四人護送車を示した。「それにあの車を購入したのはスカフェル獣医グループだ」

「父は一年以上前に死んだよ。ある晩、本をひらいたら、最後まで読めなかった、みたいな。ヴィクトリアが死んで、生きることに興味を失ったみたいだった。父は今回の件にはいっさいかかわってない」

ポーはなにも言わなかった。

「もしかしたら、死亡届を出すのを忘れたかもしれないけど」リードはつけくわえた。

「残念だったな」心からそう思った。ジョージはいい人だった。

リードが咳払いし、ポーは彼が必死で正気を保とうとしているのを察した。「父の亡骸は湿原に埋めた。ここからそう遠くない場所だ。目印として、石で小さな墓標をつくった。検死をすれば、いつ、なにが原因で死んだかわかると思う。たしかにぼくは、ジョージの会社を隠れみのに使いはしたが、本人はいっさいかかわってない」

「それでも、おまえひとりの犯行じゃない」ポーは言った。ジョージが連続殺人犯に手を貸していると思っていたときは、心を痛めた。いまはほっとしている。それでも、なにもかもが共犯の存在を示唆している。ジョージでなければ、いったい誰が？

「うん、ひとりでやったわけじゃないのはたしかだ。協力者が必要だった。だが、それが誰かは重要じゃないし、いまその話をするつもりはない。でも、きみが安心できるよう、証拠を含めた情報が四人用の護送車に入れてある」

「共犯者を売るということか？」

リードは肩をすくめた。彼にとってはどうでもいいことらしい。

「薬を飲ませるとすぐ、共犯者が四人用の護送車で連れ去る手はずになっていた。それと同時に、ぼくは拉致された日がわからないよう細工もした。すでにグラハム・ラッセルはフランスにいるように見せかけてあった。ジョー・ローウェルはノーフォークに、マイケル・ジェイムズはスコットランドにウィスキーを楽しむツアーに出かけたことにした。家族を心配させない程度に、メールやテキストメッセージでフォローもしておいた。みんなが思っているよりも長期間、連中をこの農場に監禁していた。ローウェル、ジェイムズ、オーウェンズ、ドイルの四人は同じ時期にここにいたんだ」

計画と準備は充分すぎるほどだった。ポーは首をさすった。しだいに痛くなってきていた――かれこれ二十分近くも、リードを見あげていた。

「とにかく」リードは先をつづけた。「四人を十人用の護送車にしっかり閉じこめた。だが、目的は殺すことだけじゃない。告白させる必要があった。情報の欠けている部分を埋めたかったが、それ以上に、友人たちが埋まっている場所が知りたかった」

「連中はしゃべったのか？　あっさりと？」

「最初のうちはまったく。どいつもこいつも、あいかわらず自分の評判しか頭になかった。

そこで、そのうちのひとりを見せしめにするというアイデアを思いついたが、そこでようやく連中も態度をあらためた」

「セバスチャン・ドイルか」ポーはぽつりとつぶやいた。ドイルがさらしものにされず、カーマイケルの棺に入れられていたのはなぜか、そのことにずっと頭を悩ませてきた。

「そう、セバスチャン・ドイル」リードはうなずいた。「しゃべらなければどうなるか、ほかの四人に見せつけてやった。ドイルが火あぶりにされるのを自分の目で見るまでは、うまいことを言って逃げ出せると思っていたみたいだ。ドイルの死体をカーマイケルの棺に入れたのは、きみに興味を持ちつづけてもらうためだ。きみに捜査をつづけさせるためだった」

ポーは自分がなぜかかわることになったのか、山ほど訊きたいことがあった。しかし当面は、出来事を時系列で説明してもらうほうがいい。「彼らはすべて話したのか？」

リードはうなずいた。「しかも、信じがたいことに、あの胸くその悪くなる連中ときたら、苦労して手に入れた獲物に未練があったらしい。三人はあいつらの住まいから遠くないところに埋められていた。ジェイムズは、最低でも月に一度はその場所を訪れていたと白状した」

「遺体は回収したのか？」

「一度に一体ずつ。慎重に。ぼくの友だちだから」

「スウィフトは？」

リードは露骨に顔をしかめた。「最初から、あの女を殺すのは最後と決めていた——あの女の裏切りはなににもましてひどかったから——彼女の場合、ほかの連中のような、胸くその悪い衝動があったわけじゃない。純粋に金が目的だった。カーマイケルの行方不明の三十万ポンドの行き先を知りたいか？　彼女の手数料だったんだ」

ポーもそうではないかと思っていた。あそこまで深く関与していたことを考えれば、それが唯一の筋の通った説明だ。「だったら、なぜほかの連中を拉致したときに、彼女も拉致しなかった？　彼女も事件の裏にあるパターンに気づいていたと思うが？」

「拉致をごまかせない唯一の人物だったんだよ。こっちの準備ができた時点で、彼女はオーストラリアへの旅行を予約してた。彼女が向こうに行かなければ、行方不明事件として捜査がおこなわれてしまうし、その場合、捜査を主導するのは重大犯罪班じゃないから、誘導したくてもできなくなる」

「彼女は逃げないと確信していたのはなぜなんだ？　彼女も、どういうことか察していたと思うが」

「彼女は一貫して、自分はクルーズ船に乗っていなかったと主張してきた。覚えてるだろ？　その主張に反論できる人物はすでに死んでいる。そこで逃げたりすれば、犯人に対し、自分の過ちを認めるようなものだ」

事件の裏には、ゆがんだ論理がひそんでいた。「打ち明けてほしかったよ、キリアン」ポーはぽつりと言った。「おれときみとが組めば、どれだけ手強いコンビになったことか。きみの友だちのために正義を果たしてやることだってできただろう。あいつらが罪を逃れる見込みなんかなかったかもしれない」

「ぼくは正義を果たすためにやってるんじゃない。正義なんかどうだっていい。復讐のためにやったことだ」

復讐……その言葉でポーは中国の格言を思い出した。復讐をする者は墓をふたつ掘らねばならない。ひとつは敵の墓、もうひとつは自分の墓。リードの独白はこう締めくくられるだろう――ブラック・ホロウ農場から出るつもりはない。この建物が第二の墓だ。

ポーは顔をあげ、リードの目をじっと見つめた。最初の日から頭を悩ませてきた疑問を口にする。唯一かつ、大事な疑問を。「正義を求めていないなら、キリアン、そもそもなぜおれを巻きこんだ？」

リードは下に目をやり、ほほえんだ。「理由は三つある。第一に、きみはぼくが出会ったなかで最高の刑事だ。直感力にすぐれ、粘り強い。それに、やるべきことをやるのを恐れない。他人を怒らせるのも厭わず、ぽんと出された説明を鵜呑みにしない。捜査の初期段階こそ、レヴェンソン公聴会がらみの恨みという線に誘導しようとしたけれど、そろそろ軌道修正しないといけないと思ったんだ。ふたりめの犠牲者が出ても、カンブリア州警察は無差別連続殺人以外の可能性を考えようとしなかった。いつもの、心理学的にどうのこうのという以上の動機には目も向けなかった」

「だが、おれなら見つけられると？」

「きみが育ち、かつて働き、現在住んでいる場所で犯罪が起これば、ＳＣＡＳは即座にきみの停職処分を解くものと、勝手に思いこんでいた」リードは言葉を切ってまたほほえんだ。「でも、どうやらきみはこっちにいたとき以上にたくさんの敵をつくったようだね。きみが呼び戻されないとわかり、ぼくはなんとかしようとした。警察へのメッセージを忍ばせた」

「被害者の胸部におれの名を刻んだ」

「やつにとっては自業自得さ。それにきみがくれぐれも容疑者にならないよう、クレメント・オーウェンズはきみがハンプシャーに行っているあいだに殺した」

「配慮に感謝するよ」ポーは顔をしかめた。「絵はがきを送ったのはきみなんだな？」

「そうだ。マイケル・ジェイムズがどの程度焼けたかわかってなかった。パーコンテーション・ポイントはほぼ、焼きつくされていた。MSCTの報告書では、きみの名前の横に刻んだ記号が数字の5とされていると知って、きみを誘導しないといけなくなった。あらためて分析し、シャップとのつながりを見つけてもらわないといけなかった。それと同時に、きみが五番めの被害者だと思ってほしくなかったというのもある」

「それはどうも」ポーは言った。

「きみを巻きこんだ二番めの理由は、最後のひとりが誰か、ぼくには手がかりがまったくなかったことだ。そいつはカーマイケル以外には本名を教えていなかった。彼の身元を突きとめるには、きみに動いてもらうのがいちばんいいと思ったんだ」

うそだろ……

そんなふうには考えていなかった。ポーが銀行の取引明細を見つけたことで、リードにモンタギュー・プライスという名前を伝えてしまったとは。プライスはポーが殺したも同然だ。子どもへの性的虐待と殺害の共犯だった男に同情はできないが、それでもポーがミスをおかした事実は変わらない。彼はリードの操り人形だったのだ。

「そのころ、プライスはすでに身を隠していた。ギャンブルがやつを第一容疑者と見なし、全国規模の捜索がおこなわれるよう、手入れの際、やつの自宅にでっちあげの証拠を仕込んだ。逮捕されても、やつには鉄壁のアリバイがあるから、いずれ釈放されるとわかっていた。そうなったとたん、やつはぼくの獲物になる。ぼくとしては待つだけでよかった」

「だが、彼は捕まったわけじゃない。みずから出頭し、取引しようとした」

「そうなると、クルーズ船に乗っていなかったというヒラリー・スウィフトのうそがばれて、彼女は逮捕されてしまう。ふたりとも勾留されると、真相があきらかになり、どっちも保釈されなくなる。囚人護送車を使い、緊急に片方を拉致する計画を立てたが、それは二度は使えない手だった」

「プライスが真相を話す前にスウィフトに接近しなくてはならなかったわけか」

「〈セブン・パインズ〉に向けて〈シャップ・ウェルズ〉を出発する前、ぼくは……共犯者に電話をかけ、出かけるよう指示をした。住所は教えてあった。お茶を淹れ、スウィフトにもいくらか少ない量の薬をあたえた。眠気が差しながらも、目は覚めててもらいたかったからね。共犯者が現われ、スウィフトを拉致し、戻ってきて、今度は子どもたちを連れ出した」

「そして三十分後、おれたちは目を覚ました。彼女の姿は消え、おまえはおれと一緒に被害者となった」ポーは締めくくった。実に頭がいい。

「あのおかげでひと息つける時間ができた。それでも、きみがかなり迫っていたのはわかっていたし、ティリーが〈シャップ・ウェルズ〉の壁一面に写真を並べているのを見て、いずれ突きとめられると悟ったよ。そして、あのいまいましい資金洗浄法だ——四人護送車が拉致に使われたことがあきらかになった場合、書類を調べられたら一巻の終わりなのはわかっていたが、それでも、あの車を手に入れるメリットはリスクをはるかに上回っていた。そうやって突きとめたんだろう？」

「日曜日の拉致がきっかけだ。日曜に特別法廷はひらかれないし、囚人の移送は月曜から金曜までのあいだと厳しくさだめられている」

「そうか、まったく頭のいいやつだよ、きみは。それで護送車からぼくにたどり着いたのか？ それにしても、ずいぶんと早業だったな。車の購入者を突きとめるには、もう少し時間がかかると思ってた。〈GU〉は過去二年で二百台近くの車を市場に出しているし、もとの登録番号はわかっていないはずだ」

「護送車だけで突きとめたわけじゃない」ポーは言った。

「そうなのか？」

「おまえは一度も上着を脱いだことがない」

「ぼくが……なんだって？」最初はポーの言葉の意味がわからなかったらしい。しばらく彼は無言だった。一度乾いた涙が、また流れだした。「傷痕か」

「知り合ってからずっと、おれはおまえの腕を見たことがない。ただの一度もだ」ポーは言った。これでほぼすべての謎が解けた。しかし……まだ語られていないことがある。ここまでリードが語ったことはどれも、電話で告げるか、メールで送ればすむことだ。なんらかの理由があって、彼はポーをここに呼び出した。

「おれを巻きこんだのは三つの理由からだと言ったな、キリアン」ポーは言った。「これまでのところ、まだふたつしか言っていない。三つめはなんだ？」

62

リードはポーをけわしい表情で見つめた。「先に、きみに訊きたいことがある、ポー。正直に答えてほしい」

「おれはなにも隠しちゃいない」ポーは答えた。

「そうかな？」

ポーは一瞬、言葉に詰まった。「そうとも」

「ペイトン・ウィリアムズの事件はどういうことだったんだ？」

「どういうことだったかは知ってるだろう！」ポーは語気鋭く言い返した。

「きみの上司の警部に訊かれたんだよ、知ってたかな？　停職を拒否して、争わなかった理由を知りたがってた。ただじっとして動かず、連中のされるがままになっていた理由をね」

「きみはなんと答えたんだ？」ポーの声から自信が失われていた。

「自分のミスで人ひとりの命を奪ってしまった事実と折り合いをつけようと必死なんだと答えた」

ポーはうなずいた。

「もちろん、うそだけど」

ポーはリードをにらみ返した。

「本当はなにがあったんだ、ポー？」

「おれはミスをおかした」

「あれはミスなんかじゃない」リードはそう言うと、少し間をおいた。「きみのなかには暗黒がひそんでいるんだ、ポー。世間一般の常識の範囲を超えて、正義を求める欲求が。ぼくにもあるし、きみにもある。だから、こんなにも長いあいだ、友だちでいられた」

ポーは反論できなかった。リードと目を合わせていられなかった。

「ティリーに聞いたよ。ハンプシャーのオフィスで彼女をいじめてたやつを、きみが痛めつけたと――」

「べつに痛めつけてなど――」

「それに、〈シャップ・ウェルズ〉のバーで、酔っ払いをさんざんな目に遭わせたそうじゃないか」

ポーは黙っていた。どちらもべつのやり方で処理できたのはわかっている。ジョナサンは大勢がいる前でブラッドショーを〝ぼんくら〟と呼び——どのみちあの男はくびになったろう——バーにいた愚か者三人組は、NCAの身分証を見せればすぐに引きさがったはずだ。

それでも、ポーは暴力による解決を選んだ。

リードの言うとおりだ。ポーが始終、怒りを抱えているのは、ペイトン・ウィリアムズの一件よりも前からだ。しかも、ブラック・ウォッチ連隊に入隊したことで一時的な捌け口ができたものの、軍の仕事は知的な刺激にとぼしかった。すぐに飽きてしまった。怒りの根源について深く考えたことはない。むしろ、怒りを積極的に活用してきた。それによって彼は力を得た。闇を見通す力を。そのおかげで、ほかの者ならやろうとしないことも彼にはできた。そうやって人の命を救ってきた。

しかし、そのためにどれだけの代償を払ってきたか？

「そこに隠れている悪魔と向き合おうとするまで」リードはポーの頭を指さした。「そいつらはますます極端な行動に走らせようとする。そしてどこかの時点で、怒りはより邪悪なものに変化する。うそじゃない。ぼく自身がそれを経験している……」

「しかし——」ポーは反論しようとした。

「お父さんに会いにいけ、ポー」

「親父に？　なぜそういう話になる？　それがいったいなんの関係がある？」

「自尊心を捨て、なぜ自分がワシントンと名づけられたのか訊いてみるといい。そうしたらわかる」

ポーは黙れと言いそうになった。おれの人生のことなどなにも知らないくせにと。しかし、それはちがう。リードはときどき、何日もぶっつづけでポー親子と過ごしてきた。ポーはケンダルに住み、リードは数マイルほど郊外に住んでいたから、ふたりはたがいの家族としょっちゅう一緒に過ごしていた。リードはポーの人生のすべてを知っている。

「きみにはぼくのなかの暗黒は見通せない。きみ自身の暗黒によって目をくらまされているから。でも、きみのお父さんはそれに気がついていた。それをなんとか引っ張り出そうとしていたし、その際にときおり、ぼくにいろいろ話してくれた。本来なら、まずきみに話すべきことを」リードは言った。

「親父はなにを話したんだ、キリアン？」リードの話を聞きたいのか、ポーは自分でもよくわからなかった。

「きみのお母さんのことだ」

「お袋の話を持ち出すな！」こういう状況であっても、触れてはならないことがある。母ている。

のことは考えたくもなく、ましてや話題にしたくなどない。自分には母親はいないと思っている。

リードは取り合わなかった。「いいからお父さんに会いにいけ。そして訊くんだ。何事も見かけどおりとはちがうんだ、ポー」

ポーは黙っていた。

「ぼくから聞こうとするな」リードは言った。「お父さんから聞かなきゃだめだ。でも、これだけは言わせてくれ。お母さんはきみを憎んでなどいなかった」

「あの人はおれを捨てた。自分の子どもをうとましく思うような、身勝手な女だったんだ」

「そうじゃないんだよ、ポー」リードは言った。「お母さんはきみを愛していた。それも心から」

「ばかばかしい」

「きみを愛しているからこそ、家を出なきゃならなかったんだ」

リードはおれの知らないどんなことを知っているんだ？

「いまここで話さないなら、おれは帰る。この場所のことを通報する。次に誰の車がやってくるだろうな」

「ぼくから話すわけにはいかないんだよ、ポー。お父さんから聞け」

ポーは言葉に詰まった。母について、父がこれまで話してくれなかったことがあるのなら、話し合う場を持たなくてはならない。だが……なぜリードには話したのか？　それは筋が通らない。ただし……

「親父は度胸があるほうじゃない」ポーは言った。「おまえも知ってるよな。よくない話があるときでも、先のばしにできるならそうするような人だってことは、おれと同様、おまえもよく知ってるはずだ。おまえに話したのは、おまえがおれに伝えてくれると期待してのことだとは思わなかったのか？　自分は話せないから、おまえから話してもらおうとしたんじゃないのか」

今度はリードがためらった。

「わかったよ、ポー。聞く気があるんだね？」

ポーはうなずいた。

「お父さんとお母さんが、それぞれべつの人とつき合っていた時期があったのは知ってるか？」

ポーは首を振った。意外とは思わない。両親は快楽主義者だ。一夫一婦制はどちらの性格にもなじまなかった。父も母も結婚の誓いに対してはおおらかだったと、常々思っている。

リードは話をつづけた。「お父さんの話では、一年半近く離れていたそうだ。お父さんはある種の神秘主義を学ぶため、インド半島に向かった。お母さんは核兵器廃絶運動（CND）のメンバーと一緒にアメリカに向かった」

父がインドで導師のもとで学んだのはなんとなく覚えている——イギリスで父がよくやっていた、滑稽なヨガのポーズを教えるような場ではなかった。母がアメリカにいたことがあるのは知らなかった。彼女のことはほとんどなにも知らないにひとしい。

「お母さんから困ったことになったと訴える手紙が届き、お父さんはイギリスに戻らなくてはならなかったらしい。ふたりは離れてはいても、お互いに愛し合っていたんだ。お父さんはできるかぎり早く帰国した。ようやく再会したとき、お母さんは妊娠二カ月だったそうだ」

その話にポーは大ハンマーで頭を殴られたような思いがした。父とは血がつながっていない……。父はずっと、他人の子どもを育ててきたのだ。まるで聖人だ。しかし……釈然としない。それが本当なら、ポーに話さない理由がない。母親が夫以外の男と関係を持ったという話は、世間を揺るがすほどのことではない。当時ですら、他人の子どもを育てたからといって、なんら恥じることなどなかった。問題はそこじゃない。もっとまずいことがあったのだ。

「つづけてくれ」ポーはリードに言った。

「アメリカにいるあいだ、お母さんたちのグループのメンバーのひとりが、イギリス大使館の誰かに話を聞いてもらえることになったそうで、全員がそのあとのカクテルパーティに招かれた。お父さんの話しぶりからすると、招かれたのは冗談のネタにされるためだったらしいね。〝みんなでヒッピー連中を笑い者にしてやろう〟みたいなノリだったようだ」

「ワシントンか？」

「え？」

「イギリス大使館は、ワシントンDCにあるはずだ」

「うん」

「で、なにを言おうとしてるんだ？　おれの本当の父親は外交官だったとか？」

リードは答えるのをためらった。

「なにを黙っているんだ、キリアン。おれの父親は誰なのか、教えろよ」

それでもリードは黙っていた。

「キリアン。いいから早く言ってくれ。怒らないから」

リードは目を伏せた。目に涙が浮かんでいた。「お母さんはレイプされたんだ」小さな声で言った。「核兵器廃絶を訴えるためにパーティに出かけ、そこでレイプされた」

衝撃を受けた以外の考えが頭に入ってこなかった。なにか言おうと口をひらいたが、ひとことも出てこない。捨てられたという強烈な痛みは消えたが、もっと悲惨なものが入りこんだだけだった。罪悪感だ。ずっと母を憎んできたせいか？　無駄に過ごした歳月。母はポーをどう思っていたのだろう？　内なる光が消えたかのように、暗黒が押し寄せた。ポーは必死に、その意味を理解しようとした。母がレイプされた？　なぜ誰も教えてくれなかった？　彼は警官だ。なにかできたかもしれないのに。もはや未来という道を歩くことはかなわない。どこに向かえばいいのか？　これからなにをすればいいのか？

「もう帰るよ」ポーは立ち去ろうと背を向けた――事件のことなど、頭から完全に消えていた。

「待て！　まだ全部聞いてない。悪いことからいいことが生まれた話を聞いてないじゃないか」

ちくしょう！　たしかに、自分の名前が母がレイプされた街にちなんでつけられた理由をまだ聞いていない。悪いことからいいことが生まれた話などどうでもいいが、その疑問の答えだけは聞かなくては。彼は振り向いた。

「お母さんはきみを臨月まで育てるなんて無理だと思ったんだよ、ポー。たしかにきみを望んではいなかった——それについてはきみの言うとおりだ——けれど、きみが思ってるような理由からじゃない。お母さんは中絶手術を受けるため、イギリスに戻った」

「それはけっこうなこった……」ポーはとげとげしく言った。赤い嵐が吹き荒れる。いまや、怒りが彼の全思考を制御していた。ほどなく、完全に支配されるだろう。

「けれども、お母さんとお父さん——クリニックに行ったものの、できなかったそうだ」リードは言った。「お母さんとお父さん——きみのお父さんにかわりないじゃないか、ポー——は、きっとここからいいことが生まれるという結論を出した。お父さんによれば、お母さんはきみを育てる覚悟はあるのかと尋ねたそうだ。彼女は出産したら、きみが息をしはじめるより早く、国を出るつもりだと告げた」

「本当にそんなことをしたのか?」ポーは訊いた。「生んで、すぐにおれを捨てたのか? てっきり、しばらくはとどまって——」

「顔も見たくもないほど憎らしいと思うと予想していたようだけど、案に相違して強い愛情を感じたそうだ。お父さんは〝燃えるような愛情〟と評していたよ。予想だにしなかったほどの深い絆を感じたそうだ」

「それで……?」

「お父さんによれば、きみがこの世に生を受けたいきさつについて、お母さんは絶対にきみには知られたくなかったそうだ。そして、このまま一緒にいれば、いずれ、きみが自分をレイプした男に似てくるときがくるのもわかっていた。そうなる前に離れなくてはならなかった。そうなったときの自分の表情をきみに見られたくなかったんだ。きっと耐えられない。だから、別れなくてはならない。でもできない。きみがいとおしくてしょうがなかったから。だから、離れやすくする工夫が必要だった。手遅れになる前に結論を出すよう、自分を仕向けなくてはいけなかった。そうでないと、いつまでも先のばしにしてしまう」

「だから、一生忘れないよう、おれをワシントンと命名した」ポーはリードのかわりに締めくくった。誰かが息子の名を呼べば、それが短剣となって心に突き刺さる。ポーが何者で、いずれどんな人間になるのか、常に思い出させてくれる名前。「離れる力を得るため、自分がレイプされた街の名前をおれにつけた」

「そうだ」リードは言った。

「つまり、おれの名前は煙草のパッケージに書かれた、健康を害する恐れの警告みたいなものか」ポーは言った。「あまりのめりこんじゃいけない。父親みたいな男になるぞって」

「ぼくならそういう言い方はしないな」

「じゃあ、どういう言い方をするんだ?」

「オブラートにくるんだ言い方だよ」

ポーの怒りはしだいに小さくなっていき、やがて消えた。ワシントンと名づけることで、母は多大な犠牲を払った。ポーはいままでずっと自分の名が恥ずかしかった。いまはちがう——これからは、誇りをもってまとっていこう。

この話はいったん中断だ。出生の秘密はまたあとで考えればいい。母をレイプした犯人がいまも生きているなら、さっさと死んでもらいたい。でないと、草の根をわけても探し出してしまいそうだ。何カ月もかかるかもしれない。何年もかかるかもしれない。それでも、将来のいつか、彼と彼の〝父〟は対面することになる。

しかし、いまはやらなくてはならないことがある。

先に進む前に、リードは質問への答えを求めていた。そのくらいはしょうがない。リードはレイプされた経験がある。ポーの母もレイプされた。両者にはつながりがある。ならば、リードがペイトン・ウィリアムズの件の真相を聞きたいと言う以上、話すしかない。

ポーはミュリエル・ブリストウの家族を訪ねた日のことを振り返った。悪い知らせしか告げられなかった。容疑者はいるが、それが誰かは明かすわけにはいかない。しかも、ペイトン・ウィリアムズのほうは警察に目をつけられていることを知っている。ミュリエルはいまは生きていても、一週間とたたぬうちに脱水症状で死んでしまうだろう。ポーは選択を迫られた。少女の命か、自分のキャリアか。

ポーにはどうなるかわかっていた。わからないはずがない。ミュリエルの父は強靭な体をした、労働者階級の男だ。過去にも、こぶしで物事を解決してきた経験がある。しかも、彼の弟はどこかへんぴな場所に自動車修理工場を所有していた。

ポーはペイトン・ウィリアムズの名前を差し出した。彼が拉致され、ミュリエルの居場所を吐くまで痛めつけられるのを承知のうえで。

そうなることは予期していたし、いずれにしてもやったことに変わりはない。

「あれはミスじゃなかった」ポーは言った。「おれはわざと報告書を取りちがえた」

リードはそうだと思っていたというようにうなずいた。おそらく、わかっていたのだろう。なにしろ、誰よりもポーをよく知っているのだ。「なぜそうしたんだ？」

その質問への答えは、単純とはほど遠い。当時、正しい側にいるのだと自分を納得させようとして口にした言い訳をすべて吐き出すこともできる。あれは例外的な状況だったのだと。時間もなく、選択肢もなかったのだと。

墓場でのあの夜、フリンはポーの二元思考を批判したが、真実はもっと複雑だ。あれは正しいことだったと――人殺しの権利と無辜の被害者の権利、どちらを選ぶかという話なら……そう、選ぶまでもない。過去にさかのぼれたとしても、やはり同じ行動を取るだろう。なぜなら、少女が生きて見つかるチャンスをつくりだすことも、ハンプシャーでティリーをいじめていたやつや、バーの愚か者をなんとかすることも、指示を無視したことも、ほかの者から見れば自己破壊的に見える行動はすべて、いまのポーをつくりあげている要素なのだ。これまでのポーを。

彼がそういう行為に走るのは、罪は罰せられなければならないから、というのが真相だ。ペイトン・ウィリアムズが死んで残念に思うか？

もちろん、思う。

また同じことをするつもりか？

なんのためらいもなく。

「答えなくていいよ、ポー」リードは言った。「理由はもうわかってる。きみは最近、自分が反社会的人格ではないかと悩んでいる。でも、そんなことはない。悪夢を見るのは、きみに共感力がある証拠だ。人をいじめるやつが嫌いなんだと自分では言っているけど、それは上っ面をなでた程度の説明だ。きみが本当に憎んでいるのは、不正だ。だからきみじゃなきゃだめだった」

「話がよくわからないんだが」ポーは頭がくらくらしてきていた。母にまつわる新事実と、ペイトン・ウィリアムズへの拷問とその死で彼が果たした役割を認めなくてはという気持ちが入り混じり、頭が混乱してきていた。リードは彼の心を完全に読んでいる。彼にはどんな秘密も隠しておけない。昔からそうだったろうか？

「ぼくがきみに、たくさんの輪をくぐり抜けさせたのはなぜだと思う？」リードは訊いた。

「墓地で見つかった死体、きみが無視するとわかっていながら、主教に近づかないよう出した指示。なぜ、どこかにメモを残しておくだけにしなかったのか？　全員を殺してから、わかっていることをすべてきみに話し、それからこっそり行方をくらませなかったのはなぜなのか？」

リードはポーが知るなかでもっともまっとうな異常者かもしれないが、誰が見てもまともじゃない。

「きみがいまも同じ人間かどうかたしかめたかったんだよ、ポー。あのちっぽけな農場で暮らしているからといって、やわな人間にはなっていないとたしかめたかった。これはぼくの生涯をかけた仕事のクライマックスだ。聖職者に立ち向かったり、墓を荒らしたりする気概がないなら、このあとやってもらうつもりの仕事などこなせないからね」

「おれをためしていたのか？　なんのために？」

「きみにぼくの物語を語ってもらうためだ、ポー」

「じゃあ、なにか？」ポーは言い返した。「おれにおまえの伝記を書けってことか？」なんとか気力を持たせようと必死だった。さまざまな感覚が一気に押し寄せ、いまにもつぶれそうだ。一週間くらい、真っ暗な部屋に閉じこもりたい。父と話をしなくては。

リードは黙りこんでいる。

「そういうことなら、誰だってよかったじゃないか」ポーは言いつのった。「おれなんかよりもずっと信用があって、専門知識が豊富なやつにやらせればいい。そもそも、どうしてすべてをインターネットにアップしない？　陰謀論者どもにやってもらえばいいことだ」

リードは肩をすくめた。「裏づける資料がぼくの手もとにはない。きみが見つけた銀行の取引明細。パーティの招待状。ブライトリングの腕時計に関する情報。連中の告白映像を補強するものが」

たしかにそうだ。ポーとリードは、どちらも同じパズルのピースを半分ずつ持っている状態だ。ポーの証拠がなければ、告白は怯えた男が拷問者に言われるままにしゃべっただけのものになり、告白がなければ、証拠は状況証拠になれば御の字という程度だ。ようやくわかった。ポーでなければだめなのだ。それができる唯一の人間であると同時に、やる意思のある唯一の人間でもあるのだから。

「あの男は、きみがつかんだもの以前にも、同じようなパーティをひらいていた」リードは言った。

「カーマイケルのことか？」

「そうだ。おぞましさのレベルがぼくらのときと同じくらいかどうかは知らないが、参加した子どもの身にまともでないことが起こったのはたしかだ。初期のパーティに参加した男たちのなかには、いま、かなりの有力者になっている者もいる。組織をあげて守るだろう。それは頭に入れておいてもらわないと」

ヴァン・ジル部長からはすでに、国会議員からこの件をこっそりと慎重に処理してほしいと言われたという話を聞いている。そういう連中がカンブリア州警察の本部長に耳打ちする姿が目に浮かぶ——関係者はもう全員が死んでいる、と。寝た子を起こすな、とかなんとか。頭のいかれた男の犯行ということでおさめておけばいい。ところで、きみのロンドン警視庁への異動希望はどんな具合だね？　わたしで力になれるなら、いつでも連絡をくれたまえ。いくらか口添えをしてやれるかもしれん。全容があきらかになるとは思えない。マスコミ、検察、裁判所、警察の幹部連中は、トップの命令に唯々諾々と従うだけだ。リベラル系の新聞のなかには、隠蔽を疑うところもあるだろうが、ポーが協力しなければ、具体的な証拠はなにも見つけられない。

リードがそろそろと言った。「きみは常々、証拠を追ってどこまでも行くと言ってるが、ひとつ質問させてほしい。証拠を預けたら、必ずおおやけにしてくれるか？　全世界にぼくたちの物語を伝えてもらえるか、ポー？　ぼくの友だちのために、それだけはしてやってほしい」

「必ずおおやけにするよ、キリアン。すべてを」

「ありがとう、ポー」

ポーが顔をあげるとリードは言った。「誰にも言うなと言ったはずだ」

車が一台、農場に向かって道路をくねくねと進んでくるようだ。霧の向こうにヘッドライトが見える。

「誰にも言ってない」ポーは答えた。リードのほうを向いたが、彼の姿はなかった。戻ってきたリードは、ひとりではなかった。意識が朦朧としているヒラリー・スウィフトを連れていた。ふたりは手錠でつながっていた。リードの手にはジッポーのライターがあった。

63

近づく車のヘッドライトがポーの車を照らしていた。

「誰だ、あれは？」

「おれが知るかよ」ポーは答えた。「だが、誰にも話してないのは本当だ。話してたら、もっと早く到着しているはずじゃないか」

誰が来るにしても、まだ十分はかかるだろう。距離としてはたいしたことないが、急坂であるのにくわえ、ヘアピンカーブを七つか八つ通らなくてはならない。直線距離なら二百ヤードほどしかないが、道路だと少なくとも一マイルはある。車が自分たちに向かってきているのはふたりともわかっている。道はブラック・ホロウ農場で行き止まりなのだから。

リードが言った。「いまとなってはそれはどうでもいい。どうせもう話は終わりだ」

リードの側の物語は、そろそろ終わりを迎えようとしていた。バトンをポーに渡そうとしていた。

「なにも、そんなことはしなくていいじゃないか」ポーは言った。

「スウィフトには、ぼくの友だちと同じ痛みを味わわせてやらなきゃいけないんだ」

「きみはどうなんだ？ 自分の命を捨てるなんて、ずいぶんとお粗末な追悼方法だぞ」

リードはポーをにらんだ。「そうだな。ぼくが彼らのそばに埋葬されないようはからってくれ。それと、ぼくが集めた証拠も頼む。きみを友と呼べて光栄だったよ、ポー」

リードは親指をさっと動かしてジッポーを点火させ、肩ごしに放り投げた。それが床に落ちる音につづき、かすかな〝ぼっ〟という音が聞こえ、オレンジ色の光が炸裂した。陽が落ちてひんやりとした周囲で影が躍りはじめた。

リードは目をつぶり、姿を消した。

ヒラリー・スウィフトが悲鳴をあげた。

64

リードがこの建物をどのようにしつらえたのかはわからないが、放火の知識があるのはあきらかだった。一分とたたぬうちに、もうもうとした煙があいた窓から流れ出た。

リードの望みがどうであれ、ポーのほうには親友をこのまま死なせる覚悟などなかった。逮捕する覚悟もなかったが、それはあとで考えよう。

とにかく、なかに入る方法を見つけなくては。頑丈そうなドアに目をやった。

テレビドラマでは、簡単にドアを蹴破っている。実際には、警察は重い破壊槌というものを使い、ドアの強度の弱い部分——一般には錠前と蝶番——にねらいをさだめる。肩を使う場合、選択の幅は狭くなる。

ポーは肩からぶつかり、ゴムボールのように跳ね返された。

肩から指の先まで強烈な痛みがひろがった。腕を動かしてみると、指がまともに動かなかった。どこかを痛めたらしい。

鎧戸のおりた窓には分厚い壁に鉄格子が取りつけてあり、なかからでないとはずせないようになっている。外からは入れない。

スウィフトの悲鳴はまだ聞こえるが、弱ってきているのがはっきりわかる。ポーはほかになにかないかと探した。

四人用の護送車に目を向けた。

急いで駆け寄った。ドアはあいていて、キーはイグニッションに挿さったままだ。キーをまわすとディーゼルエンジンが低くうなりながら始動した。助手席に目をやる。リードの証拠をおさめたセーフティボックスがあった。これはあとで見よう。ポーは護送車のギアをバックに入れ、ちょうどいい位置に移動させた。アクセルを強く踏みこみ、建物のドアめがけて車を走らせた。

たくさんのことが同時に起こった。車がドアにぶつかり、運転席側のエアバッグがポーの顔に襲いかかった。エアバッグをハンドルのなかにおさめていたプラスチックの覆いが鼻にぶつかり、骨が折れた。破損したエンジンがおそろしい音をたてる。足をもつれさせながら護送車を降りると、正面のドアが大破していた。

ポーは考えすぎて慎重になるタイプではない。車のボンネットを乗り越えて、燃えるファームハウスの破損したドアをくぐった。

なかに入ると、あいたばかりのドアから新鮮な酸素が大量に流入し、溶鉱炉のような炎が押し寄せてきた。

想像を絶する熱さだ。

視界がまったくきかない。

呼吸はできず、どこに行けばいいのかもわからない。

ポーは覚悟を決めた。この先に親友がいるのだ。

火と言えば、ひとつ思い出したことがある。カブスカウトに入っていたころの記憶だ。煙は上にのぼる。身を低くすればするほど、汚染されていない冷たい空気が吸える。ポーは膝をついて這いはじめた。煙がしみるので、目をぎゅっとつぶった。

手をのばして周囲を探ると、ほどなく階段に手が届いた。ろくに目が見えないまま這いまわるよりも、早く上にあがったほうがいいと判断し、すぐさま立ちあがった。

ぶくぶくと泡だったニスがくっつくのも気にせず、手すりをつかみ、一段飛ばしで階段をあがった。階段が終わったのに気づくのが遅れ、ポーは前のめりに倒れて四つん這いの恰好になった。かれこれ三十秒近く息を吸っていないが、ここも呼吸できる状態ではなかった。急がないと間に合わない。

スウィフトの悲鳴はもう聞こえず、どの方向に進めばいいか見当がつかない。

壁のところまで行って仕切り直そうと思い、前に進んだ。手早くグリッド方式の捜索をこころみる。スウィフトとリードがどこに倒れているにせよ、ふたり合わせれば、少なくとも四フィートの幅があるとはじき出した。右に数フィート移動したところ、鋳鉄のラジエーターに手が触れた。じゅうじゅうと熱したフライパンよりも熱くなっている。ポーは思わず手を引っこめた。ひどい火傷を負ったのはわかっているが、先を急ぐ必要がある。

部屋の半ばまで来たところで、ようやく見つかった。ふたつの人影。手をのばすと、まだ体の一部が燃えている。燃えていない部分はぱりぱりになっていた。リードはふたりの体がぐっしょり濡れるほど燃焼促進剤をかけたようだ。

どっちも死んでいた。

ふたりのあいだを手探りする。思ったとおりだ。まだ手錠がかかっている。生きていたときと同じ、つながった状態で死んでいた。リードは最初からそのつもりでいたのだろうか。

彼をここに残しておくわけにはいかない。友だちのそばには埋葬しないでくれと言われたが、それでも埋葬はしなくてはならない。葬儀の場に立ち会うのがポーとブラッドショーのふたりだけだとしても。

ポーは足を持ってふたりを引きずりはじめたが、使えるのは片腕だけで、おまけに呼吸も苦しく、のろのろとしていっこうに進まなかった。ポーの口から苦しげな声が漏れた。

ようやく階段のところまで来た。

そこから下に落とすしかない。肺が破れそうなのもかまわず、ポーはふたりを階段のへりまで引っ張った。

あと少しだ。

本当にあと少しだった。

しかし、古い建物の木の梁が露出しているところから、火がいきなり燃えあがった。耳をつんざくような、ばりばりという音につづいて無数の火花が散り、室内はまるで花火のなかのような状態になった。顔をあげると空が見えた。屋根の一部が崩れていた。酸素に飢えた炎がいきおいを増し、いっそうあざやかに燃えあがる。すでに焼けただれた肌が、ますます強くあぶられる。炎が屋根を突き破り、空に向かって噴きあがった。

またも、ばりばりという音がして、屋根が崩れ落ちた。

火のついた木材がシャワーのように降ってくる。ポーは恐怖のあまり、有害なガスを含んだ空気を肺いっぱいに吸いこんだ。意識を失いかけているのを感じるが、自分ひとりが逃げる時間もほとんど残っていない。重たい腕とのろのろした動きで、燃える破片から逃れた。階段に向かって這いはじめたが、腕も脚も鉛のように重かった。

このまま眠りに落ちてしまおうかという考えが、不思議なほど魅力的に思えてくる。

炎の轟音の向こうから、声がした。

「ポー！　ポー！　どこにいるの、ポー？」

なにかが足に触れた。下に目をやり、反射的に足をうしろに引いた。これは幻覚だ。幻覚に決まっている。泥のモンスターが、悪夢のなかのゴーレムが、彼の足をつかんでいる。地獄に引きずりこもうとしているのだ。ポーはやみくもに叫んだが、肺のなかにわずかに残っていた息が体から抜けただけだった。

部屋がぐるぐるまわりはじめた。ゴーレムが彼を捕まえようとする。モンスターに脚をつかまれたのがわかる。

ポーは目を大きく見ひらき、空気を求めてあえいだ。ふと気づくと、もうどうでもよくなっていた。

ワシントン・ポーは火傷を負った両手で顔を覆い、目を閉じ、そして意識を失った。

65

音が聞こえた。しばらく前からしていたようだが、意識がはっきりせず、なんの音だかわからない。目をあけたいが、糊でくっつけたように動かない。

ここがどこなのか、見当をつけようとした。

ブザーの音、ぶうんというううなり、ひそめた話し声。彼はベッドに寝かされている。清潔なシーツはごわごわで、足側がきつくたくしこまれている。消毒剤のレモンの香りがあたりにただよっていた。

病院なのは誰でもわかる。

もう一度、目をあけようとしたが、それでもまぶたはぴったりくっついて離れない。指でこじあけようと思ったが、手はやわらかい布でぐるぐる巻きにされていた——おそらく包帯だろう。手がずきずきするのは、燃える手すりに触れたからにちがいない。あるいは、鋳鉄のラジエーターか。あるいは、燃えあがる死体か。あるいは落ちてきた屋根のせいか。

ポーは手を使うのをあきらめ、耐えがたい痛みをものともせず、まぶたをあけた。布を引き裂くような音とともに、目が思った以上に大きくひらいた。焼けつくような痛みが走り、ポーは思わず叫んだ。一条の光が視界に突き刺さった。溶鋼を頭に流しこまれたも同然だった。

体を起こそうとしたが力がまったく入らない。見ると、やはり両手に包帯を巻かれている。胆汁色の液体が染み出ている。ヨード液だろう。

いったい全体なにがあったのか？

鎮静剤で頭が重く、集中してものが考えられない。ポーは枕に頭を預け、目を閉じた。

次に目覚めたときには、頭痛はわずかに改善していた。もう一度目をあけると、今度は完全にあけることができた。あらためて全身を確認する。包帯を巻かれ、そうでないところは生々しい傷があらわになっている。鼻はギプスで固定されていた。ふたつの点滴につながったチューブが右手の甲に挿さっている。点滴スタンドに目を向けた。生理食塩水の袋は半分ほどまで減っている。もうひとつの、抗生剤と思われる小さめの袋はほぼ空になっていた。

病室の照明はしぼりぎみで、外は真っ暗だった。ポーはふたり部屋にひとりで寝かされていた。ベッドの両側に転落防止の高い柵がついている。

いったいいつからここにいるのか。

ひどく喉が渇いているが、水差しは手の届かない位置にあった。ポーはナースコールを手に取り、ボタンを押した。ドアがあき、制服姿の看護師が入ってきた。彼女はポーを見てほほえんだ。

「シスター・レディンガムと言います。お加減はいかがですか？」血色がよく、スコットランドなまりの強い女性だった。

「なにがあった？」ポーはしわがれた声で尋ねた。自分の声とは思えない。砂利のなかでしゃべっているようにしか聞こえなかった。

「ここは、ウェストモーランド病院のＨＤＵです、ミスタ・ポー。火災で火傷を負ったんです。運よく一命は取りとめましたけど」

「ＨＤＵ？」

「重症ケア室の略です」看護師は答えた。「命の危険はありませんが、火傷は感染症を引きおこしやすいですから、皮膚が治癒しはじめるまでは、こうして無菌状態を保つのが最善なんです」

「おれはどのくらいここに？」

「ほぼ二日です。お見舞いの方が外に列をつくっていますよ。お会いになりますか?」

ポーは起きあがり、吐きそうになるのをこらえてうなずいた。

シスター・レディンガムは列をなしていると言ったが、入ってきたのは実際にはひとりだった。ステファニー・フリンだった。

警部らしいパンツスーツ姿に戻っていた。ポーと同じくらいぐったりして見える。

「具合はどう、ポー?」

「なにがあったんだ、ステフ?」ささやき声と大差ない声しか出なかった。ポーは水を示した。フリンはプラスチックのコップにたっぷり注いだ。ストローを挿し、ポーがくわえられる位置まで持っていった。こんなにうまいものは飲んだことがない。

「どの程度、覚えてる?」彼女は訊いた。

リードがポーの母親について語ったことは記憶しているし、部屋が燃えていたのも記憶している。リードとスウィフトを燃えさかる建物から引きずり出そうとしたことも、ぼんやりながら覚えている。それに、泥のモンスターが現われたことも思い出したが、それは言わずにおくことにした。

「あんまり」ポーは白状した。断片的な記憶はあるが、雑然としていてまとまりがない。

「子どもたちは……」

「無事よ。あなたが知らせてくれた場所にいた。いまは母親と一緒にいるけど、異様な事件に巻きこまれたことにはまったく気づいてないみたい」

「ふたりを連れ去った男は？」

「野球帽をかぶってサングラスをかけていた」

「くそ」

「まったくだわ。似顔絵を描く警官がふたりと話したけど、使えそうな情報はなにもなかったって。ふたりをセンター・パークスに連れていったのは子守として登録されている女性だった。雇ったのはリードだけど、母親の依頼のように見せかけていたらしい。メールには、自分がイギリスに戻る前にふたりにご褒美をあげたいし、おばあちゃんには少し体を休めてもらいたいと書いてあった。子守に預けるまではリードのフラットに滞在してたみたいね。子守はそこから連れ出しただけ。事件とは無関係」

それはもっともだと思う。リードは子どもたちの身が危ないとポーに思わせなくてはならなかったが、モンスターの餌食になった自身の経験を考えれば、ふたりに危害をあたえるようなまねをするわけがない。

「箱があるはずだ。金属製で、助手席に――」

「燃えあがった建物にあなたが突っこませた車の助手席？」

「あれはどうなった？」

「車と同じ。燃えつきた」フリンは答えた。「中身がなにか知らないけど、大事なものらしいわね。だって、科学捜査班が見つけたとたん、本部長みずから持ち去ったんだもの」

「それで？」

「おもてむきは、中身はすべて破壊されていたということになっている。すべて灰と化してしまったと。見せてほしいと頼んでみたけど、もうこれはカンブリア州警察の事件だからと、丁重に拒否された」

　ポーは手で顔を覆い、体を前後に揺らした。ほどなく、こらえきれずにすすり泣きはじめた。

　フリンは看護師を呼んだ。しかし、やってきたのは医師だった。彼が点滴量を調節すると、ほどなくポーの嗚咽（おえつ）はおさまり、眠りに落ちた。


「あいつは人を殺しはしたが、あいつなりの理由があったんだ、ステフ」ポーは言った。

三時間後、彼は喉の渇きと空腹で目が覚めた。

「箱にはなにが入っていたの、ポー？」フリンは訊いた。「誰もかれもがそこまで気にするなんて、いったいなんなの？」

ポーは三十分かけて、農場でリードと交わした会話を再現して聞かせた。母親の件と、ワシントンという名の由来についての話は省略した。

フリンはいくつか質問をし、ジョージ・リードの墓の話になったときには手短に電話をかけた——それをべつにすれば、黙って聞いてくれた。

「供述をしたい」話し終えるとポーは言った。「伝聞でしかないと言われて終わるのはわかっているが、キリアンと約束したんだ。あいつの側の話をおおやけにすると」

「その場合、困ったことになる人や組織が大勢いる。それに証人はひとりもなく、補強証拠にとぼしく、鍵となる人物は全員死んでいることから、すでに検察は事件性はないと公言してる。誰も起訴されることはないってこと」

「モンタギュー・プライスの供述は？」

「すでに握りつぶされた」

「どうして？」

「厳密に言えば、あれはプライスが取引材料として提供した情報にすぎないし、告発される前にリードに誘拐されてしまったことで、記録をすべて破棄しないなら訴えると遺族の事務弁護士が言ってきたの。カンブリア州警察はけさ、プライスの供述書と取り調べの映像を返した。わたしたちが持っているコピーも破棄するよう言われてる」

「あいつの友だちの遺体は？」

「すべてリードの犯行にされた。現時点での整合性のある仮説――というか、少なくとも幹部がひねり出したたわごとに合致しそうな仮説だけど――は、子どものころ、リードはあの三人を殺害し、いまになってまた、同じ殺し方をすることで、当時のスリルをあらためて味わったというもの」

「なんてやつらだ」ポーは小声でつぶやいた。

「しかも隠蔽工作もおこなわれている」フリンは打ち明けた。「いろいろ探ってみたところ、カーマイケルのもてなしを受けた者のなかには……いわゆる権力者も交じっていた。カーマイケルが特定のイベントのためだけに口座を開設したのなら、前にも同じことをしていないわけがないでしょ？　誰も今回の事件という石をひっくり返してほしくないのよ」

「それでも誰かがやるべきだ」ポーは言った。

「あなたが意識不明のあいだに、内務大臣が声明を発表し、〝この苦しい状況〟でのカンブリア州警察、とくに本部長の献身とプロ意識に深く感謝すると述べた。イモレーション・マンの正体は心を病んだ警察官で、遺族には心からのお悔やみを申しあげると。なかでもクエンティン・カーマイケルは無私無欲のすばらしい見本であり、それがこの国を偉大にしてきたとかなんとか、ばかばかしいことを並べたてた」

ポーは啞然としてフリンを見つめた。いま耳にした言葉が信じられなかった。

「文字通り、わたしたちにできることはもうないの。いくらあなたが記録を調べ、リードから聞いた話を繰り返したところで、どうにもならない。きょうわたしは、公式見解以外のことを口にしたら、くびだと伝えるよう言われてきた。職と年金を失うだけじゃすまないそうよ。この国でもそうとうの力があり、有力なコネを持つ一族に追われることになる。訴訟を起こされ、結果、あなたはすべてを失う」

フリンの言うとおりだ。証拠がなければ、天に唾を吐くにひとしい。告白がなければ、ポーの証拠などなんの価値もない。ポーの手もとには材料が半分あるが、それは意味のない半分だ。

「わたしたちは真実を知っている」フリンが言った。「それでよしとしなくては」

「それではあいつがかわいそうすぎる、ステフ」

「ええ。でも、どうにもならないのよ」

ポーが無謀にもタブロイド紙の取材を受けたとしても、今回の件をつぶしにかかった連中はマスコミをも支配している。活字になることはないだろう。

この件はまたあとで考えるにしても、これ以上、ＮＣＡの一員でいたくなくなった。辞職して、もう少し調べてまわろう。具体的な証拠が出てくるかもしれない。友人のために、そのくらいはしなくては。それに、母の件を考えるためにも、少し時間が必要だ。まずは父と話そう。居場所を突きとめるだけでもひと仕事だ。

「そろそろ失礼して、ヴァン・ジルに電話しないと。でも、帰る前に、なにか訊いておきたいことはある？」

「ある」ポーは答えた。「目が覚めたときから、ずっと気になっていたことが」

フリンは首をかしげた。

「おれはなんで死なずにすんだんだ？」

66

　フリンは先にいくつか電話をかけなければならず、ポーは包帯を交換しなくてはならなかった。ふたりは一時間後に話をすることで合意した。

「石にひびが入り、ガラスが溶けるほどの熱だったんだぞ」戻ってきたフリンにポーは言った。彼は包帯を巻いた手をあげた。「死体に触れるだけでも三度の火傷を負ったくらいだ」

「わかってる」フリンは言った。「予備火災報告書を見たもの。建物には例の燃焼促進剤がたっぷりまかれていた。鎮火したときには、抜け殻みたいになってたわ」

「鎮火？」

「通報を受けた三十分後に消防車が現場近くに到着したけど、そばまで寄れなくて。というのも――」

「――岩が道をふさいでいたから」あれを引きずって移動させたのはそういうわけだった

のか。「誰が通報したんだ？　それに、燃えさかる建物のなかで気を失っているには、三十分は長すぎる」

「誰が通報したと思う？」

ポーは考えこんだ。リードのわけがない。みずからつくりだした炉で死ぬつもりでいたのだから。灰は灰にのたとえのごとく。ほかに、ポーの行き先を知っていた者はいない。

いや、しかし……。

霧のなか、ヘッドライトがくねくねと農場に近づいてくるのが見えたのは覚えている。誰が運転しているのかはわからなかった。リードは車の接近に気づくとすぐ火をつけたが、誰かが向かってきていたのはたしかだ。

ブラッドショー以外は全員が、ポーはモンタギュー・プライスの殺害現場を離れ、〈シャップ・ウェルズ〉に引き返したと思いこんでいた。けれども、ブラッドショーに彼の居場所が突きとめられたはずがない。

そうだろう？

ポーは肩をすくめた。

「襟首をつかんであなたをあそこから引きずり出したのと同じ人物。ティリーよ。わたしたちの真のヒーロー」

「でも……どうやっておれの居場所を突きとめたんだ？」

「あなたのブラックベリー」

やられた！　アシュリー・バレットに受け取りの署名をさせられたとき、追跡アプリが有効になっているという説明を受けた。カンブリアに向かう車のなかで、ポーはブラッドショーにそれを切ってほしいと頼んだ。彼女は言われたとおりにしたと言っていた。

「アプリを無効にしてほしいと頼まれたとき、彼女はまだあなたをよく知らなかったから、無効にしたとうそをついたの。切らないでくれて本当によかった。彼女はあなたがばかなまねをしにどこかに向かったと気づき、追跡を開始した」

「農場まではどうやって行ったんだ？　運転はできないはずだ」

「あなたの反抗的な精神が彼女に伝染したのかもね。彼女は、あなたがひとりでどこかに向かったことを電話で知らせてきたの。わたしはすぐ行くから、そこで待っていなさいと指示した。彼女は緊急事態だって言ったわ。それで、制服警官にホテルまで乗せてもらい、そこから自分の携帯であなたの携帯を追跡し、あそこにたどり着いたというわけ。あなたより三十分ほど遅れていたそうだけど」

「それでは答えに――」

「あなたの四輪バギーよ、ポー。彼女はあなたの四輪バギーで行ったの」

うそだろ……。

ポーは言葉を失った。

「彼女は無事なのか？」そんな言葉では、彼女がしてくれたことの大きさは伝わらない。命を賭してやってくれたことの大きさは。

「あの子なら大丈夫。煙を吸いこんだから、肺が元通りになるにはしばらく時間がかかるし、あなたを引っ張り出すときに両手に軽い火傷を負ったけど、もう退院してる。お母さんがロンドンに連れ戻そうと駆けつけてきたけど、本人が帰らないと言い張って」

「そんなわけがない。屋根が崩れ、炎が激しく燃えていたんだぞ、ステフ。本格的な呼吸装置と防護具なしには階段をのぼれたはずがない」

「彼女だってばかじゃないのよ、ポー。あなたとちがって、無計画に飛びこむようなことはしてないわ」

「ならばどうやって………」

「どうするべきか、ググったの」

「冗談言うな！」

「彼女は冷静で、少し時間をかけてどうすればいいか検索した。あるサイトに、濡れたものの全身を覆うといいと書いてあったそうよ。推奨されている濡れた毛布がなかったから、自分なりに工夫して、最終的に——」

「泥を使ったのか」ポーは言った。彼女はぐしょぐしょの泥で全身を覆ったのだ。つまり、ゴーレムが現われたわけではなかった。あれはブラッドショーだったのだ。目が潤んできたのがわかったが、フリンの前では泣きたくなかった。やせっぽちで近眼で、はじめて経験するあらたな世界にまごついていたブラッドショー。彼女が〈シャップ・ウェルズ〉のラウンジで、酔っ払いのくず野郎どもにからまれたときのことを思い出した。あのときの彼女も勇気があった。追い払ったのはポーかもしれないが、そもそも連中があいう行動に出たのは、彼女が彼らの要求を頑としてはねつけたからだ。おどおどしてはいるが、その下には特別ななにかがひそんでいると、あのときはじめてわかった。

「彼女にはどれほど感謝してもしきれないな」

病室の外から音が聞こえ、ふたりはそちらに顔を向けた。あいたドアのところにブラッドショーが立っていた。彼女ははにかむようにほほえんだ。ポーに小さく手を振った。両手は包帯を巻かれ、煙の影響で目が赤い。カーゴパンツを穿いているが、このときは、いつもの映画やスーパーヒーローの柄のTシャツではなく、ポーがケンダルで買ってやったのを着ていた。〝ナードパワー〟のロゴがついたTシャツ。ポーの目がなにを見ているかに気づくと、ブラッドショーは両方の親指を立てた。

「ハロー、ポー」彼女は言った。「具合はどう?」

ポーの目から涙がこぼれはじめ、ほどなく、彼は人目もはばからずに泣きだした。ブラッドショーと彼女の勇気だけが涙の理由ではない。リードのための涙であり、適切な正義がおこなわれないことに対する涙でもあった。

フリンがそうっと立ちあがり、病室をあとにした。

ブラッドショーはベッドのわきの椅子に腰をおろした。ポーが泣きやむまでずっと待っていた。

「すまん」彼は涙をぬぐいながら言った。

「いいのよ、ポー」彼女は言った。「ステファニー・フリン警部からキリアン・リードの話を聞いた。とても悲しいし、あの人のことが気の毒でならないわ」

「おれも同じ気持ちだよ、ティリー」

ふと、思った。バーで酔っ払いどもを追い払ったあとで、ポー自身が言った言葉だ。

「ティリー、燃えさかる建物に飛びこんだのは、次はきみが助ける番だとおれが言ったからじゃないよな?」

ブラッドショーは例の鋭いまなざしをポーに向けた。いつもなら、居心地が悪くなるようなあのまなざし。しかしこのときのポーは、しっかりそれを受けとめた。

「本気でそんなこと思ってるの、ポー？」

「正直に言ってほしいんだ、ティリー。おれはいま、どう考えればいいのかわからない。大親友だと思ってた男が、連続殺人犯だった。いまのおれは、とても頭が切れる状態じゃない」

「ポーはすごく頭が切れるよ！　だって、あれだけの事件を解決したんだもん」

「あれはみんなで解決したんだ、ティリー」

「じゃあ、みんなで解決したってことにする。でも、ちがうよ、ポー。バーであぁ言われたからポーの行方を追ったわけじゃない。あのときのポーは気まずい気持ちを隠そうとして、わざと軽口を叩いてたでしょ。ポーって、ときどきああいうことをするよね」

「そうか？」

「うん、そうだよ」

「ということは……」

「言ったでしょ」彼女は言った。「あたしの友だちだからだって」

そのあとは、言うべきことはあまりなかった。

一時間後、フリンがふたりの様子をのぞきにきた。ふたりともぐっすり寝入っていた。

67

　ポーはウェストモーランド病院にもう一日とめ置かれ、ようやく帰宅を許された。喉の損傷を案じていた医師たちも、治る兆しが見えるとほっとして退院を許可した。病院側は、地元の看護師を一日に一回、彼の自宅に派遣して包帯の交換をさせるつもりでいた。ポーは通院することで手を打ってもらった。医療器具の詰まったかばんを手に二マイルもの荒れ地を歩かせるのは申し訳なかったのだ。

　つづく数日間で、電話が数え切れないほどかかってきた。ヴァン・ジル部長はポーをねぎらい、いろいろあったが、警部に復職してはどうか、それも一時的ではない形でと打診してきた。ポーは断った。

「フリンがそのままやればいいことです」ポーは言った。「彼女はおれなんかよりもずっとすぐれた警部ですから。今回の事件が解決したのは、彼女がおれたちにちゃんと仕事をさせてくれたからです。おれは木ばかり見ていたが、彼女は森全体を見ていたんですよ」

ヴァン・ジルは同意した。ポーが断るとわかっていながら、打診してきたのかもしれない。

「わたしに言っておきたいことはないかね、ポー部長刑事？」部長は最後にそう訊いた。

リードの告白のことを言っているのだとわかった。ポーが行動を起こすつもりでいるのか、確認しておきたかったのだろう。

「ありません」ポーは答えた。ペイトン・ウィリアムズの事件はミスなんかじゃなかったと伝えたかった。どういうことになるか承知のうえで、家族に渡すファイルに省略なしの書類をわざと入れたのだと。それについてはどんな処罰でも受け入れると。ミュリエル・ブリストウの命は救えたが、ポーの行動によってひとりの男が死んだのは事実だ。暗い秘密を抱えつづけているとどうなるかはわかっている。リードのような末路を歩みたくはない。それでも、けっきょくなにも言わなかった。いまになって認めるのは身勝手だ。古い事件の捜査が再開される。上訴がおこなわれる。ポー自身の信頼性が疑問視される。人殺しが野放しになる。

重荷は自分ひとりが背負えばいい。

ハンソン副部長も電話をよこしたが、このところポーに厳しくあたったことをいちおう謝罪した。しばらくぎこちなく世間話をしたのち、ハンソンはようやく本来の用件を切りだした。いくつもの決まり文句の羅列だった。言わぬが花ということもある。せっかくのキャリアをだめにすることはない。寝た子は起こすな。要するに、彼もまた、ポーの意思をたしかめたかったのだ。

ポーはなんのことかわからないふりをし、ハンソンのほうは単刀直入に尋ねる度胸を持ち合わせていなかった。とうとう、こうぶちまけた。「例の告白とかいうものの件だが、ポー部長刑事、あれは頭のおかしな男が勝手にほざいただけのことだ。それ以上でも以下でもない」

カーライル教区の主教からも電話があり、ポーはいろいろと世話になったこの人物にいくばくかの同情を覚えた。オールドウォーターは大事な国教会にどれほどのダメージがおよぶかを知りたがった。けっきょく、オールドウォーターは、良心に従いなさいとポーに告げた。

二週間にわたり、ポーは休息につとめ、エドガーを連れて春の夜の長い散歩を楽しんだ。火傷を負った肺は癒え、声が正常に戻った。手の火傷もよくなった。ときどき、フリンが電話をかけてきた。職場の最新状況を伝えるふりをしているが、本当はポーの様子を確認したいだけだ。ありがたいが、それをどう言葉で伝えたらいいのかわからない。

ブラッドショーからは一日に二、三十通のメールが届く。どれを読んでも、ポーは思わず顔がほころんでしまう。本来の業務にも慣れてきたが、ポーと一緒に現場に出る日が待ちきれないと書かれていた。いまは車の運転を習っていて、免許を取ったらすぐにポーとエドガーに会いにくるつもりのようだ。リードが死んだいま、ブラッドショーがもっとも近しい友人かもしれない。ふたりはまるで正反対だが——彼女が陽なのに対し、ポーは陰——そういう友情こそ、なによりも強いことがある。ブラッドショーは、いつ仕事に復帰するのかと訊いていた。

それに対する答えは持ち合わせていない。復帰するかどうかもわからない。まずはリードのために正しいことをしてやれるかどうかが先だ。それに、父と話をしなくてはならない。メールを送り、今度イギリスに戻ったら連絡をくれるよう頼んだ。いまのところ返事はないが、それはまったくかまわない。これだけ長いこと待ったのだ、あと少しくらい待つのはなんでもない。しかし、罰は必ずあたえる。いつか、ポーは母をレイプした相手と、どこかの部屋でふたりきりで会う。ワシントンでおこなわれ、ヒッピー連中が大勢出席した外交関係のパーティなど、そうたくさんあるはずがない。覚えている人がいるはずだ。

農場で採取された証拠の分析は終了した。リードの被害者全員のDNAが、大きいほうの四人護送車の各房から検出された。ほとんどの房から小便、嘔吐物、血液、糞便が見つかっている。どういうわけか、ひとつの房だけは漂白剤で徹底的に洗浄されていた。被害者たちはその農場で監禁されたのち、最後の旅に出たという結論にギャンブルは納得していた。ジョージ・リードの墓は、リードが言っていたとおり、ブラック・ホロウ農場から数百ヤードのところで見つかった。リードの言うとおりだった——検死の結果、死んだのは、連続殺人が始まるかなり前であると判明した。死因は心臓発作。カンブリア州警察はいまも、事件に関与したもうひとりの人物——リードの謎の協力者——を探している。しかし、ポーは見つかるとは思っていない——その人物の身元は、ほかの証拠とともに灰と化し、手がかりはひとつもないのだ。この先も捜索はつづくだろう——そうするしかない——が、フリンがこっそり打ち明けてきたところによれば、たいして期待は持てないようだ。

DNA分析の結果、農場の二階で見つかった死体はスウィフトとリードのものと確認された。

火災報告書によれば、農場の建物には有毒なガスを出すものがほとんどなかったとのことだった。予想したよりも煙が黒くなかったのはそのためだろう。リードはスウィフトが煙を吸いこんで意識を失うのではなく、焼死することを望んだのだ。

ポーとギャンブルは一度だけ顔を合わせた。気むずかしい主任警視はリードを熟知しており、農場での出来事についてはポーの説明を信じてくれた。主任警視は主任警視なりに真相を突きとめるべく最善をつくした。本部長の意に反し、リードが回収した少年三人の亡骸の検死を命じた。しかし、ギャンブルは歳月と炎に屈した。検死医は、三人とリードの被害者とのあいだになんらかの接触があったことを示す証拠を見つけられなかった。検死審問では不審死と記録された。

少年三人はポーが遺体の発掘をおこなったのと同じ墓地に埋葬された。だが、ポーが強く主張したため、K区画ではなかった。葬儀には大勢が参列した。その模様はニュースで大々的に報道された。ロンドンから参列した者たちは、待ちかまえたカメラに向かってあたりさわりのない言葉を並べたてると、車に乗りこみ、大急ぎで走り去った。

事件がほぼ解決し、リードの被害者の遺体——規則のうえでは検死医に所属するとされている——が遺族に戻された。ポーは相次ぐ豪華な葬儀をテレビで見た。そのうち見るのをやめてしまった。内務大臣がみずからカーマイケルの遺族のもとを訪れた。古くからの知り合いらしい。ふたりが出会ったのはチャリティー・イベントの場で……。

リードの葬儀はまったくちがっていた。彼は小さくて、手入れの行き届いていない墓地に埋葬され、どの葬儀屋もポーの依頼を受けてくれなかったため、亡骸は地元自治体が提供する棺におさめられた。ポー、フリン、それにブラッドショーが参列した。カンブリア州警察の関係者はギャンブルひとりだった。

ポーは不思議なくらい、なにも感じなかった。

葬儀のあと、ギャンブルがポーを追いかけてきて、これ以上の捜査はおこなわれないと告げた。彼は定年が近づいており、いまの職にとどまれたのは運がよかったし、まだ、大学生の子どもがいる。ポーは理解した。こういう連中のせいで、無辜の命が失われてきたのだ。

マスコミも御用評論家も唯々諾々と、リードを手に負えないほどのモンスターと化した男と決めつけた。リードが少年時代におかした殺人を再現したという公式声明に合うよう、事実をねじ曲げ、過去を書き直した。読んでみると、それがまた腹立たしいほど説得力があった。やがてマスコミは沈黙した。タブロイド紙の注意持続力は二歳児並みかもしれないが、警察官が有力者の性器を切り落とし、焼き殺した事件ならば三日以上は追うのが当然だ。いつまでもこだわるなと言われたのはあきらかだ。

リベラル系の新聞も、なにかにおうと思いながらも証拠がないため、沈黙を守った。遺族のなかにはかなりの有力者がいた。カーマイケル家などは、カンブリア州警察とNCAを訴えると脅しをかけてきた。ヴァン・ジルがポーに電話してきて、心配する必要はないと告げた。「連中がそんなことをするわけがない。われわれと同じくらい灰色のスーツの男たちが怖いのだから。ダンカン・カーマイケルは沈黙と引き換えに、慈善活動への貢献に対しナイトの称号があたえられる。ああいう連中に対しては、そういう形で沈黙を買うのだ」

ポーは嫌悪感でいっぱいになり、それ以上、聞いていられなかった。

カンブリア州警察の本部長レナード・タッピングが、あいていたロンドン警視庁の副総監の候補になったとフリンが教えてくれたが、ことのほか不愉快なその電話のあと、ポーはこれ以上調べるのはやめようと決意した。このままつづけたところでなんの益もなく、無意味だ。証拠は消失した。あるいは、その後、破棄された。どっちでもかまわない。結果は同じなのだから。

ハードウィック・クロフトの壁にピンどめした情報をはがそうとしたときに、これで本当に終わりだと思った。記憶を呼び覚ますきっかけになるのではと思い、ずっとそのままにしていたのだ。一度に何時間も見つめていたにもかかわらず、けっきょくなにもひらめかなかった。

空の箱を取ってきて、自分たちの仕事の成果をひとつひとつはずしはじめた。写真、地図、専門家の意見。ブラッドショーによる解析結果に、各人が付箋に書いたメモ——捜査の過程で突きとめたあらゆる事実。

最後にはずしたのは、リードが〈シャップ・ウェルズ〉気付でポーに送った絵はがきをブラッドショーがコピーしてラミネートしたものだった——裏にパーコンテーション・ポイントが書かれたあのはがきだ。これがきっかけで、マイケル・ジェイムズの胸にも同じパーコンテーション・ポイントが刻まれていることがわかったのだ。

捜査にいきおいをあたえた絵はがき。

ポーはそれを山のいちばん上に放った。

はがきは途中で裏返り、写真の側が上になって落ちた。

ポーはそれをじっと見つめた。

68

その写真のことはぼんやりとしか記憶になかった。必要な情報は裏面にあったから、誰もおもてにはほとんど注意を払わなかったのだ。なんの意味もないと思っていた。しかし、いまはそう言い切れなかった。

コーヒーがなみなみと注がれたカップの写真だった。暇を持てあましたバリスタの手によって、泡だてたミルクがおしゃれにアレンジされている。

ポーはそのラテアートに目をこらした。

鳩の絵だった。世界共通の平和のシンボル。それが白い部分にチョコレートパウダーとおぼしきもので描かれている。

いつの間にか、ポーは息をとめていた。リードはこれを送ってきたが、彼のやることにはすべて理由があった。必ず、手がかりやパズルを残していた。ひょっとしたら、これもそのひとつかもしれない。

ポーはもっと情報を引き出そうと、ひたすら写真を見つめつづけた。描かれているのは鳩で、鳩は平和を連想させる。コーヒーの入ったカップ。マントラをとなえるように、頭のなかで何度も繰り返した。

鳩。

平和。

コーヒー。

鳩。

平和。

コー……そうか！

そう言えばリードがコーヒーを持ってきてくれたことがあった！

ポーはキッチンの奥へと急いだ。やかんの上の棚のものをおろしていく。いつもごちそうになっているから次はこれをとリードが持ってきたコーヒー。あった。挽きたてのコーヒーがたっぷり入った茶色い袋。

ないとわかっていながらふるいを探しまわり、けっきょく大きなソースパンで妥協した。袋を破ってあけ、上下逆さまにして中身をソースパンに出した。金属がぶつかる音がして、やっぱりそうだったと思った。袋に入っていたのはコーヒーだけではなかった。かきまわすようにして探すと、それが見つかった。

それら、だ。正確に言うならふたつ。

ひとつはスティック状のUSBメモリ、もうひとつは金属製のバッジだった。

ポーはデスクまで行き、ノートPCのスイッチを入れた。PCが立ちあがると、USBを挿した。あらたなウィンドウがひらいた。フォルダーがいくつか並んでいる。リードの被害者ひとりひとりに、フォルダーがひとつ割り振られているようだ。ポーは画面に並んでいる順に、名前のついたフォルダーをひらいていった。

各フォルダーには動画、音声ファイル、それに文書ファイルがおさめられていた。リードが各被害者について集めたすべて。彼が認めさせたすべて。自力で集めたものの、おおやけにできなかった全証拠。

ポーの顔に笑みが浮かんだ。リードは警察を信用していなかったのだ。あれだけ入念に計画したのだから、運を天にまかせるつもりなどなかったのだろう。

当然、バックアップも用意したはずだ。

金属製のバッジを手に取った。エナメルで彩色された肩章バッジだ。このマークは捜査で見た記憶がある。アルズウォーター湖のクルーズ事業をやっていたが、いまは廃業してしまった会社のものだ。〝あなたは幸せ？〟イベントで船を提供した会社だ。

会社のマークの上に単語がひとつ書かれている。

船長。

バッジをながめまわすうち、ぱっとひらめいた。

あの晩、船に乗っていた男は全員が管理職かそれ以上の地位にある者だった。ヒラリー・スウィフトはソーシャルワーカーで、残りは四人の少年だ。

だとしたら、誰が船を操縦していたのか。

自前のイベントとはいえ、湖を一周するには誰かが船を航行させなくてはならない。自分たちでやったはずがない。競りの参加者が六人、カーマイケルとスウィフト、あとは少年四人。

それに、船の船長もいた。

すべてを目にしていながら、沈黙を守った人物。リードの目には、その人物もほかの連中と同等に罪が重いと映っただろう。

なぜ、みんなそれに思いいたらなかったのか？

リードは突きとめていたのだ。その人物のバッジを手に入れているのだから。

だが、その人物はどこにいる？

そして誰なのか？

オーナーではない。不審死でないことはブラッドショーが確認済みだ。

ポーはノートPCの前に戻った。まだひらいていないフォルダーがひとつ残っている。名前のついていないフォルダーが。

なかにあったのはインタビューの動画だった。男がふたり写っている。バラクラバ帽をかぶっているほうはリードで、早々にまずいことになった場合にそなえ、顔がわからないようにしているのだろう。もうひとりはポーの知らない男だった。捜査では出てこなかった人物。五十代後半か六十代くらいで、いかにも船乗りらしい風貌をしている。肌が鞍の革のようで、世界中を旅してきたような顔をしている。いかにも屋外で働いてきた男らしく顔の色つやがよく、肉体労働者らしい体格をそなえている。

ポーは再生ボタンを押した。動画はおよそ一時間の長さがあった。男はアルズウォーター湖の周遊船を操縦していた人物だった。彼は〝あなたは幸せ？〟のクルーズでなにがおこなわれるのかはまったく知らなかったが、オークションのときになにかあったような気はしていたと、カメラに向かって説明した。黙っているかわりに一万ポンドが支払われ、金にくわえ、権力者を怒らせたくない気持ちから、これまで誰にもひとこともしゃべったことはなかった。

男がリードにすべてを告白すると、ふたりは取引をした。男にはすべてが終わるまで十人用の護送車で寝起きしてもらうが、リードのかわりに雑用をするときだけは外に出られる。とりたてて違法なことをしてもらうわけではない。ほとんどが運転だ。グラハム・ラッセルの車を運転してフランスまで行き、向こうに置いて帰ってきたのはこの男だろう、とポーはにらんだ。それに、ヒラリー・スウィフトと孫を連れ去った未詳もこの男にちがいない。いくらか歳を取ったとはいえ、船乗り生活で強靭な筋肉がついている――薬でいくらか朦朧としているスウィフトがかなう相手ではない。

もしもすべてをきちんとやれば、この告白の動画――および、少年殺害において彼が果たした役割――が白日のもとにさらされることはない。しかし……もしもリードの期待を裏切るようなまねをした場合、ふたつのことが起こる。ほかの男たちと同じ運命をたどり、家名を傷つけることになる。男は一も二もなく同意した。必死に媚を売った。

リードの共犯者が見つかった。

もうひとつ、ひらめいたことがある。十人用の護送車のひとつの房だけが徹底的に掃除されていた。あれが動画の男が入れられていた房だろうか？　事件をあらためて調べてみると、答えの出ていない疑問があまりに多く、まるで落丁だらけの本を読んでいるような気がしたものだ。その疑問が解けはじめた。

なぜひとつの房だけが漂白剤を使って掃除されたのか？

リードはなぜスウィフトと一緒に焼死する道を選んだのか？

なぜ友人とともに埋葬されることを望まなかったのか？

消極的な共犯者の存在によって、事態はまったく異なる様相を呈してきた。

リードは約束を履行したのか。男の側の取引が完了した時点で自由の身にしてやったのか、それとも……殺したのち、必要になるまで死体を保存していたのか。

あの晩、農場であったことを、警察はどこまでつかんでいるのだろう。公式見解はポーの目撃証言がもとになっている。だが、あれもポーの視点にすぎない。まぎれもない真実とはかぎらない。

あれが全部まやかしだったとしたら？

リードがジッポーを放り投げてあとずさりしたとき、ポーはてっきり彼はそのまま倒れこみ、死ぬのを待とうとしていると思った。けれども、ほかの誰かと入れ替わる時間はあった。ぎりぎりではあるが、不可能ではない。

それに、ブラック・ホロウ農場は奥に窓がひとつあった。炎が屋根を吹き飛ばしたときに見えたのを覚えている。

そういう細工をしたところで、ほとんどの場合、あとになってから見抜かれる。だが、あくまで、ほとんどの場合だ。しかし、農場に通じる道路がふさがれていた結果、燃えている時間が長くなり……

犯罪現場で混入する可能性があるため、捜査に携わるものは全員が自分のDNAを提出するが、リードの場合、共犯者のサンプルを採ることができたわけだから、彼がなにを提出していたかなどわかりようがない。彼はDNAのサンプルをごまかしたにちがいないとポーはにらんだ。ギャンブル率いるチームは、リードのフラットからもDNAのサンプルを採取している。毛髪、使用済みの脱脂綿、歯ブラシ。どれも彼が捜査開始時に提出したサンプルと合致した。それが反論の余地のない証拠となり、ブラック・ホロウ農場で見つかった死体はキリアン・リード部長刑事のものと確定した。

しかし……どうして、囚人護送車のひとつの房だけが漂白剤を使って掃除されていたのか？

リードが全員をだましたとは考えられるだろうか？

ポーは船を操縦していた男のことを考えた。リードは本当に彼をもとの生活に戻してやったのか？　男はクルーズ船での出来事を知っていたし、沈黙を守ることで金を受け取った。そんな男がこの先ものうのうと生きていくのを、リードが許すとは思えない。かかわった者は全員死ななくてはならない。共犯者として利用したのち、最後は自分の身代わりとして使ったとは考えられないだろうか？　燃えあがる農場からポーが懸命に引きずり出そうとしたのは、共犯者であって、リードではなかった？　あくまでひとつの仮説であり、証明はできない。

めぐりめぐって、けっきょく、もとに戻った。鳩に。

友人はようやく心の平和を得たのだろうか。

どこかでまだ生きているのだろうか。陽射しを浴びながら、ウェイトレスをからかっているかもしれない。友人のために乾杯をしているかもしれない。

幸せにやっているかもしれない。

フリンに話さなくては。携帯電話に手をのばした。電話のアイコンの上で指をさまよわせる。彼女に知らせるのは当然だ。彼女ならどうすべきかわかるだろう。

本当に？　そもそもわかる者などいるのか？　ポーは電話を手荒く下に置いた。

今回だけは、ハンソン副部長のアドバイスに従おう。

寝た子は起こすな。

69

ポーはM五号線沿いのカフェにいた。南まで公共交通機関を使って移動し、そのあと長期利用者用の駐車場にあった車を無断で拝借した。運よく、なくなっていることに所有者が気づく前に返すことができた。いま彼はポットで頼んだお茶をちびちび飲んでいる。手には安物のタブレット。緊縮経済になってからそこらじゅうにできた現金取引の店で、中古品を買ったのだ。IPアドレスがずいぶんと簡単にたどれるのを知って驚き、危ない橋は避けることにした。ブラッドショーに訊けば、足跡をたどられない方法を教えてくれるかもしれないが、それをしたら友情を汚すことになる。いまからやることで、なんらかの余波があったとしても、自分以外の誰もそれに巻きこみたくない。

もうかれこれ、三時間以上も画面を見つめている。

リードが残した証拠は、すでにメールに添付できるほどのサイズに圧縮してある。それには、共犯者に関するファイルをのぞいたすべてが入っている。

事件の重要な鍵を握るもので、メールに添付していないファイルもある。銀行の取引明細と取引を提案しようとするモンタギュー・プライスの事情聴取の動画があれば、おおいに役にたつだろうが、リードが自分で証拠を集めたことで、それらは使えなくなっている。それでも……ポーがこれから送ろうとしているのは、フリンが言っていたパズルのピースの残りの半分であり、今度はこれが正しい半分になる。

メールの送り先は見つけられるかぎりの編集者、編集補佐、フリーランスの記者、それにブロガー。自国はもちろん、海外の新聞社の関係者だ。全部で百人近くにもおよんでいる。

ポーだとわかる証拠はない。それどころか、ポーではありえないのだ。救急車に乗せられて農場をあとにしたときのポーは意識不明だった。着ていた服は燃えて灰となり、鑑識が分析のために持ち去った。カンブリア州警察は彼がブラック・ホロウ農場から証拠となるものをいっさい持ち去っていないと断言している。誰もが、これは正体のわかっていない協力者の仕業と思うだろう。表向きには彼は唯一残っている関係者だ。カンブリア州警察はいまもその行方を追っているが、ポーは無駄な努力だと思っている。それをポーが教えてしまえば、リードの努力は水の泡だ。

ここで送信ボタンを押せば、五分とたたぬうちに百人近くの人間が証拠を目にすることになる。明日の朝までにはその数は何千人にも増えるだろう。

調査がおこなわれるだろう。おこなわれるに決まっている――国民が求めるからだ。ポーはもう、なにもしなくていい。ポーたちで突きとめたすべての事実――カーマイケルとスウィフトによるクルーズ事業、ブライトリングの腕時計、秘密の銀行口座、リードによる口頭の証言――については、すべて引き渡すことを法的に求められるだろう。あまりに多くの人が知っているから、黙っているのは無理だ。ポーは証人として呼ばれるだろう。宣誓のうえ証言することを求められるだろう。

大勢の人がそれに耳を傾ける。

親友を落胆させるわけにはいかない。

送信ボタンを押しさえすればいい。

指はまだ迷っている。引っかかるのは、このあとどうなるかがわからないことだ。ブラッドショーの蝶の話が、また頭によみがえった。予想もしない結果になるかもしれない。閣僚がふたりテレビに出演し、事件はリードの狂気によるものであり、それ以外の意味はないと国民に向けてすでに断言している。ここでまた隠蔽工作がなされれば、みんな黙っていないだろう。暴動にまで発展する可能性もある。民主主義が機能するのは、国民がそれを認める場合にかぎられる。

このメールをばらまくのは無謀だ。

しかし……ポーはリードのことに、彼が寄せてくれた信頼に思いをはせた。フリンとブラッドショーと、二十六年前の出来事をあきらかにするためにおこなった捜査の数々に思いをはせた。現実にあったことをもみ消すのに加担した全員のことを考える。ポーの大事な友だちをモンスターであるとレッテル貼りした政治家のことも。ここでポーが送信ボタンを押さなければ、また連中の勝ちだ。エドマンド・バークも言ったではないか。〝悪の勝利に必要なのは、善良なる人々がなにもしないことである〟と。

その一方……ダンカン・カーマイケルはポーを〝まったく迷惑なやつ〟と呼んだ。そしてポーは、そのような侮辱の言葉を黙って聞き流す男ではない。

「おまえのために、キリアン」ポーは小声で言った。

送信ボタンを押すと、椅子の背にもたれ、未来の到着を待った。

謝辞

本を執筆するのは容易だ。ゴールラインを越えるのは容易どころの話ではない。

まず最初に、妻のジョアンに感謝したい。彼女の支えなくしては、ここにはたどり着けなかったし、それよりなにより、彼女はわたしがいちばん最初に感心させなくてはいけない相手だった。彼女は誰よりも早い段階で草稿に目を通し、わたしが語ろうとしている物語に仕上げるのに手を貸してくれた。

つづいて、エージェントである、DHH著作権エージェンシーのデイヴィッド・ヘッドリーに深く感謝したい――きみは本当に計り知れない力を持っている。こんなわたしにがまんしてくれてありがとう。それから、わたしのばかな質問に数多く答えてくれたエミリー・グレニスターにもとても感謝している。

リトル・ブラウン社のインプリントである〈コンスタブル〉のクリスティーナ・グリーンは、二〇一六年の末にデスクにぽんと置かれた荒削りの原稿にゴーサインを出してくれた。その勇気に親指を立てて感謝したい。ポー、ティリー、ステフ、そしてその三人が繰りひろげるドタバタに入れこむきみの情熱は、半端じゃない。

マーティン・フレッチャー、ハワード・ワトソン、レベッカ・シェパード、ジャン・マッキャンの四人のおかげで、この本は着実によいものになっていった。それから最高にかっこいい装幀に仕上げてくれたショーン・ギャレヒーにも感謝している。絵を使っていないのに、本にひそむどす黒い緊張感が見事に伝わってくる。また、それぞれ広報とマーケティングを担当してくれたベス・ライトとエイミー・ドネガンにも、粘り強い仕事ぶりと無尽蔵の忍耐心に対し、お礼を言わせてほしい。ふたりとも本当にすごい！

次に三人の校閲者——アンジー・モリソン、スティーヴン・ウィリアムソン、ノエル・ホルテン——にも感謝の意を表したい。辻褄が合わなかったり、わたしの意図がうまく伝わっていない箇所があると、彼らは正直に教えてくれた。

つづいて、本書の調査の際にお世話になった方々にも感謝を伝えたい。

大切な友人であるスチュアート・ウィルソン（実際のハードウィック・クロフトの住人）は、シャップ丘陵に建つ小屋をポーがどのようにして人が住める場所にしたかについて、根気よく教えてくれた。

また、保護観察官時代の同僚であり、ときどき激論を交わす仲のピーター・マーストンは、カンブリア州内のストーンサークル（本当に全部で六十三カ所もあるのだ）についてくわしく説明してくれた。本人はそんな話をしたことも、あるいは、ストーンサークルに関する本を貸してくれたことも覚えていないかもしれないが、彼からの情報はわたしの頭のなかに蓄積され、五年後に日の目を見ることに……

ジュード・ケリーとグレッグ・ケリーには大きな声でありがとうと言いたい。ふたりは殺人事件の捜査に関する専門的な知見を授けてくれ、また、披露してもらった逸話のいくつかについては、物語に奥行きをあたえるため、本書で使わせてもらった。

〈シャップ・ウェルズ〉のスティーヴは、一般には入れない場所に快く案内してくれた。ちなみに人里離れた場所に建つ気品あふれるこのホテルは実在しており、戦時中は捕虜の収容所として徴用されていた。

最後になるが、実際の重大犯罪分析課にも心から感謝したい。みなさんのことを好き勝手に書いてしまったことを深くお詫びする。これからも変わらずに、がんばっていただきたい――おかげで一般市民は安心して暮らせます。

言わずもがなのことではあるが、お礼を述べるのを忘れている方々もいることと思う――それはあくまでわたしの記憶の悪さのせいであり、感謝していないわけではないことをご理解いただきたい。

ありがとう、みなさん――本当に楽しかった。

訳者あとがき

山の緑を背景に巨石が環状に並ぶストーンサークル。そこでひとりの老人が鉄杭にくくりつけられ、焼き殺されようとしている。そんなショッキングで凄惨な描写から始まる本書『ストーンサークルの殺人』（原題 *The Puppet Show*）はM・W・クレイヴンの長篇三作めにして〈ワシントン・ポー〉シリーズの第一作であり、二〇一九年の英国推理作家協会賞最優秀長篇賞（ゴールド・ダガー）を受賞した作品である。

国家犯罪対策庁（NCA）の重大犯罪分析課（SCAS）に所属するワシントン・ポーは、被害者家族に機密情報を含んだ報告書を渡してしまうというミスをおかし、正式な処分が決まるまで停職を命じられた。世間とのつながりを絶ってカンブリア州の丘陵地帯に引っこみ、エドガーという名のスプリンガースパニエル犬と暮らすようになって一年半が過ぎたが、処分はいまも決まっていない。そんなある日、かつての部下であるステファニー・フリンが訪れ、彼の停職が解かれたと告げる。

カンブリア州では、年配男性がストーンサークルで焼き殺されるという残虐な連続殺人事件が発生していた。マスコミが〝イモレーション・マン〟と名づけた犯人の犯行は大胆でありながら用意周到で、捜査は難航していた。地元のカンブリア州警察が重大犯罪分析課の協力をあおいだところ、三人めの被害者の胸にポーのフルネームと数字の5とおぼしき文字が刻まれているのがわかったのだった。

犯人はなぜ年配男性をねらうのか。ストーンサークルを現場に選んだのにはなにかわけがあるのか。残忍な殺害方法にどんな意味があるのか。ポーの名が被害者の胸に刻まれた理由はなんなのか。そして本当にポーが五人めの被害者になるのか。やがて、無差別と思われた事件につながりが見えはじめ――

英国情報部の落ちこぼれスパイの活躍を描いた『窓際のスパイ』や『死んだライオン』(早川書房刊)の著者ミック・ヘロンが、〝すばらしい新シリーズの幕開け〟と絶賛しているが、訳者もいま、同じ思いでこのあとがきを書いている。猟奇的な連続殺人事件というと、その殺害方法にどうしても目が奪われ、捜査の本質を見失いがちになるものだが、主人公のワシントン・ポーは証拠が指し示すものを愚直なまでに追いかけると同時に、視点を変えることで得られる直感で謎を少しずつ解明していく。複雑な生い立ちと徹底的に正義を求める姿勢は、どこか、マイクル・コナリーが描く刑事ハリー・ボッシュに重なって見える。実際、イギリス版ハリー・ボッシュと評す声もあるようだ。

本書ではもうひとり、魅力的な人物が登場する。SCASで分析官として働くティリー・ブラッドショーだ。やせぎすでノーメイク、金色のハリー・ポッター風眼鏡をかけた彼女は非凡な頭脳の持ち主で、十六歳のときにオックスフォード大学で最初の学位を受けて以来、学問の世界のなかだけで生きてきた。世間一般の常識に疎く、ポーを困惑させることも多いが、データマイニングでは高い能力を発揮する。ものの五分でプログラムを書いて答えを出し、まわりをびっくりさせたかと思えば、膨大な量の画像をカラー印刷して手作業で分類するという根気強い面も見せる。ティリーもポーも不器用で人づき合いが苦手だが、そんな似たもの同士のふたりが、捜査を通じて心を通わせていくところもいい。

捜査が進むにつれ、目を覆いたくなるようなむごい事実が浮かびあがってくる。なぜこんなことができる人間がいるのか、やり場のない怒りに駆られることもしばしばだが、ポーとティリーの友情が一服の清涼剤的な役割を果たしてくれる。本書を読み終えた読者の方に、ポーとティリーの物語をもっと読みたいと思っていただければ幸いだ。

著者のM・W・クレイヴンはカンブリア州カーライルに生まれ、ニューカッスルで育った。十六歳のときに陸軍に入隊して十年間を過ごし、除隊後は福祉を学んで保護観察官として働いたそうだ。その後、カンブリア州警察のエイヴィソン・フルークという刑事を主人公にした *Born In A Burial Gown*（二〇一五年）、*Body Breaker*（二〇一七年）を発表。あらすじを読んだ印象では、主人公のフルークはかなり型破りで、上司と対立することもしょっちゅうという、扱いづらくしたタイプのようだ。

そして二〇一八年、本書『ストーンサークルの殺人』が刊行されたが、レビューサイト《What's Good To Read》でのインタビューによれば、当初はエイヴィソン・フルークのシリーズの三作めとして書くつもりだったとのこと。エージェントから新しいシリーズを書いたらどうかとアドバイスされて生まれたのが、ワシントン・ポーだそうだ。職場の同僚にからかわれているティリーを救った場面や、ホテルのバーでティリーにからんだ酔っ払い連中をこらしめる場面などは、エイヴィソン・フルークのキャラクターが色濃く出ていると思われる。

主人公のワシントン・ポーという名前は、とある会話のなかで、〝ワシントン・ポスト〟と新聞の名前を言ったつもりが、〝ワシントン・ポー？〟と訊き返されたときに、これだと思ったとのこと。そして、カンブリア州生まれでワシントンという名前はめずらしいを通りこし、普通はありえないため、生い立ちのエピソードをつけくわえたそうだ。

『ストーンサークルの殺人』は好評で、ワシントン・ポーのシリーズは現時点で三作めまでが出版されている。二作めとなる *Black Summer*（二〇一九年）は、ポーが六年前に担当し、解決した殺人事件の被害者、つまり死んだはずの女性が生きていたという設定だ。こちらも一般読者からの評判は上々で、英国推理作家協会賞最優秀長篇賞のロングリスト入りを果たした。残念ながら最終候補作には残らず、二作つづけての受賞の夢は消えたが、とても期待できる内容になっている。

また、今年の六月にはシリーズ三作めの *The Curator* が刊行され、来年の夏には四作めの *Dead Ground* も予定されている。五作めもほぼ書き終わっており、六作めのプロットもできあがっているとのこと。さらには、ポーとティリーが登場する短篇が三作おさめられた *Cut Short* も今年の九月に出版される予定になっている。残念ながらこのあとがきを書いている時点では入手できないのだが、新型コロナウイルスが猛威をふるうなか、人との距離をおくことを余儀なくされたポーが古い事件を洗い直すという、タイムリーな一篇も入っているとのことで、ひじょうに楽しみだ。

楽しみといえば、クレイヴン本人がインタビューで明かしたところによれば、本書『ストーンサークルの殺人』のテレビドラマ化も実現しそうとのこと。ポーとティリーを演じるのは誰になるのか、詳細の発表を待ちたい。

二〇二〇年八月

ホッグ連続殺人

ウィリアム・L・デアンドリア
真崎義博訳

The HOG Murders

雪に閉ざされた町は、殺人鬼の凶行に震え上がった。彼は被害者を選ばない。手口も選ばない。どんな状況でも確実に獲物をとらえ、事故や自殺を偽装した上で声明文をよこす。署名はＨＯＧ――この難事件に、天才犯罪研究家ベネデッティ教授が挑む！　アメリカ探偵作家クラブ賞に輝く傑作本格推理。解説／福井健太

ハヤカワ文庫

2分間ミステリ

Two-Minute Mysteries

ドナルド・J・ソボル

武藤崇恵訳

銀行強盗を追う保安官が拾ったヒッチハイカーの正体とは？　屋根裏部屋で起きた、首吊り自殺の真相は？　一攫千金の儲け話の真偽は？　制限時間は2分間、きみも名探偵ハレジアン博士の頭脳に挑戦！　事件を先に解決するのはきみか、博士か？　いつでも、どこでも、どこからでも楽しめる面白推理クイズ集第一弾

2分間ミステリ
ドナルド・J・ソボル　武藤崇恵 訳
Two-Minute Mysteries
by Donald J. Sobol
早川書房

ハヤカワ文庫

くじ

The Lottery: Or, The Adventures of James Harris

シャーリイ・ジャクスン
深町眞理子訳

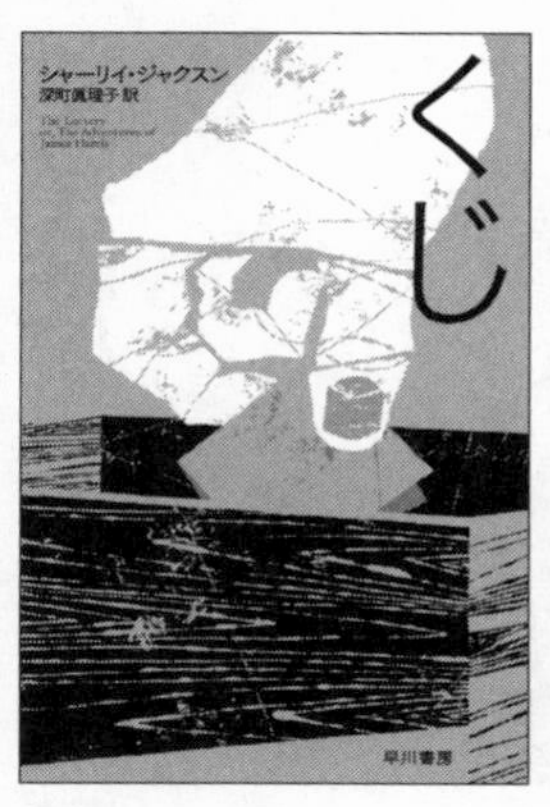

毎年恒例のくじ引きのために村の皆々が広場へと集まった。子供たちは笑い、大人たちは静かにほほえむ。この行事の目的を知りながら……。発表当時から絶大な反響を呼び、今なお読者に衝撃を与える表題作をふくむ二十二篇を収録。日々の営みに隠された黒い感情を、鬼才ジャクスンが容赦なく描いた珠玉の短篇集。

ハヤカワ文庫

特捜部Q
―檻の中の女―

Kvinden i buret

ユッシ・エーズラ・オールスン
吉田奈保子訳

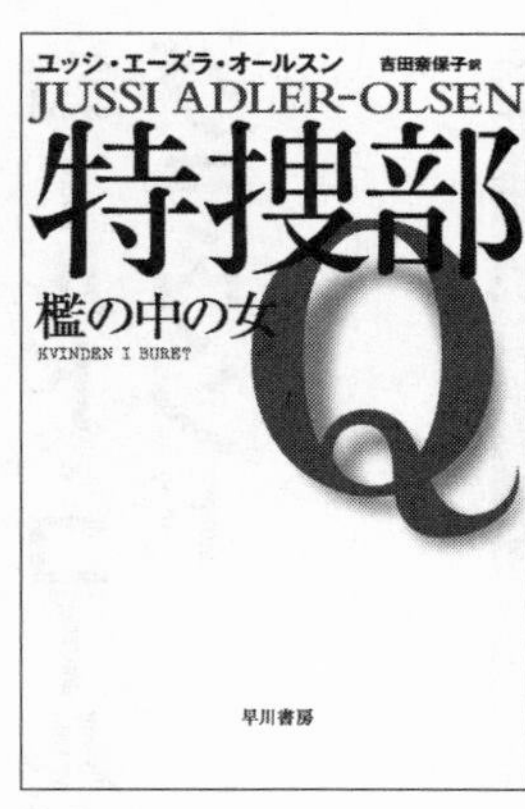

〔映画化原作〕コペンハーゲン警察のはみ出し刑事カールは新設部署の統率を命じられた。そこは窓もない地下室、部下はシリア系の変人アサドだけ。未解決事件専門部署特捜部Qは、こうして誕生した。まずは自殺とされていた議員失踪事件の再調査に着手するが……人気沸騰の警察小説シリーズ第一弾。　解説／池上冬樹

ハヤカワ文庫

コールド・コールド・グラウンド

The Cold Cold Ground

エイドリアン・マッキンティ
武藤陽生訳

紛争が日常と化していた80年代北アイルランドで奇怪な事件が発生。死体の右手は切断され、なぜか体内からオペラの楽譜が発見された。刑事ショーンはテロ組織の粛清に偽装した殺人ではないかと疑う。そんな彼のもとに届いた謎の手紙。それは犯人からの挑戦状だった！　刑事〈ショーン・ダフィ〉シリーズ第一弾。

ハヤカワ文庫

アイル・ビー・ゴーン

In The Morning I'll Be Gone

エイドリアン・マッキンティ
武藤陽生訳

元刑事ショーンに保安部（MI5）が依頼したのはIRAの大物テロリスト、ダーモットの捜索。ショーンは任務の途中で、ダーモットの親族に取引を迫られる。四年前の娘の死の謎を解けば、彼の居場所を教えるというのだ。だがその現場は完全な〝密室〟だった……刑事〈ショーン・ダフィ〉シリーズ第三弾　解説／島田荘司

ハヤカワ文庫

訳者略歴　上智大学卒，英米文学翻訳家　訳書『川は静かに流れ』『ラスト・チャイルド』『アイアン・ハウス』『終わりなき道』ハート，『逃亡のガルヴェストン』ピゾラット（以上早川書房刊）他多数

HM=Hayakawa Mystery
SF=Science Fiction
JA=Japanese Author
NV=Novel
NF=Nonfiction
FT=Fantasy

ストーンサークルの殺人（さつじん）

〈HM㊽-1〉

二〇二〇年九月　十五日　発行
二〇二三年五月二十五日　十三刷

（定価はカバーに表示してあります）

著者　M・W・クレイヴン
訳者　東野（ひがしの）さやか
発行者　早川　浩
発行所　株式会社　早川書房
郵便番号　一〇一 - 〇〇四六
東京都千代田区神田多町二ノ二
電話　〇三 - 三二五二 - 三一一一
振替　〇〇一六〇 - 三 - 四七七九九
https://www.hayakawa-online.co.jp

乱丁・落丁本は小社制作部宛お送り下さい。
送料小社負担にてお取りかえいたします。

印刷・株式会社亨有堂印刷所　製本・株式会社明光社
Printed and bound in Japan
ISBN978-4-15-184251-1 C0197

本書は活字が大きく読みやすい〈トールサイズ〉です。